SUTTON
VERLAG

WILLI VOSS

BITTERES BLUT

EIN DÜMMER-KRIMI

SUTTON KRiMI

Über den Autor

Willi Voss war als Bibliothekar und Auslandsjournalist tätig, bevor er sich mit begeistert gelobten Krimis und Polit-Thrillern als freier Schriftsteller und Drehbuchautor, unter anderem für den Hamburger Tatort, etablierte. Für »Das Gesetz des Dschungels« wurde er 1989 mit dem Deutschen Krimi Preis ausgezeichnet.

Mehr über den Autor finden Sie im Internet: www.willivoss.de

Sutton Verlag GmbH
Hochheimer Straße 59
99094 Erfurt
www.sutton-belletristik.de

Lektorat: Dr. Marion Heister, Köln
Gestaltung und Satz: Sutton Verlag

ISBN: 978-3-86680-958-1

Druck: Aalexx Buchproduktion GmbH, Großburgwedel

1

»Ich versteh das nicht«, murmelte Hollenberg fassungslos. »Aber ich schwör, dass der da gehangen hat! Wirklich, Herr Kommissar!«

Verlegen und trotzig zugleich knetete der Bauer sein soeben benutztes Taschentuch, als könnte er in ihm den Beweis seiner Behauptung ertasten. Seine Blicke wanderten von dem verwitterten Gedenkstein über die hölzerne Flussbrücke und hinüber zu den von Zäunen in unregelmäßige Quadrate geteilten sattgrünen Weiden, an deren Horizont träge drehende Windräder aus dem morgendlichen Dunst ragten. Aber auch da war keine Leiche.

»War es denn noch dunkel, als Sie hier eintrafen?«

»Dämmerung, würde ich sagen, noch keine Sonne …« Geradezu weinerlich die Stimme. »Ich werde doch nicht die Polizei anrufen und melden, dass da ein Toter ist, wenn das nicht stimmt!«

Kann sein, dachte Kriminalobermeister Lorinser. Aber es gibt Leute, die sehen grüne Männchen auf der Gardinenstange. Und in Lemförde hatte er während der Durchfahrt die unverkennbaren Zeichen eines Schützenfestes bemerkt. Gut möglich, dass Hollenberg sich am Wochenende einen zu viel auf die Lampe gegossen hatte.

»Waren Sie auf dem Volksfest?«

»Meinen Sie, ich wäre noch beschickert und sähe Gespenster?«

»Manche brauchen dazu noch nicht mal Alkohol.«

»Nee, nee, was ich gesehen habe, habe ich gesehen, Herr Kommissar!«

»Erstens Kriminalobermeister und zweitens sollten Sie mal drüber nachdenken, ob die Dämmerung Ihnen eine Leiche vorgegaukelt hat«, sagte Lorinser. Nach einem skeptischen Blick auf die Stele fügte er hinzu: »Das Seil kann auch schon länger da hängen.«

»Gestern war er jedenfalls noch nicht da«, behauptete Hollenberg. »Ich geh jeden Morgen auf die Weide, um das Vieh zu kontrollieren. Ich war gerade am Siel, als ich den Toten sah. Ich also wie angestochen auf den Trecker und rüber zu Farnebecks, und von da aus hab ich die Polizei alarmiert.«

Um genau sechs Uhr fünfzehn. Nur zwei Minuten später hatte Polizeihauptkommissar Bredeker Lorinser mit seinem Anruf aus dem Schlaf gerissen und in seiner schadenfroh-groben Art vom Fund der Leiche im Ochsenmoor berichtet. Lorinser war widerwillig aus dem Bett gestiegen, im Kopf die vage Erinnerung an eine überaus attraktive Paula, die ihn vom Widersinn der Betonierung des Dümmerufers zu überzeugen versucht hatte und ihm trotz deutlicher Avancen in der feucht-fröhlichen Nacht abhanden gekommen war. Er hatte sich einen Instantkaffee aufgegossen und ihn während des hektischen Ankleidens schubweise in sich hineingeschüttet. Feiner Landregen war über Nacht niedergegangen und hatte die B 51 nach Lemförde fingerhoch überschwemmt. Auf dem Deichweg hatten ihn zwei Tee trinkende, heiter plaudernde Uniformierte und Hollenberg erwartet.

»Fehlanzeige«, hatte der junge Streifenführer gesagt und sich an die Stirn getippt. »Ein verständliches Missverständnis, wenn Sie mich fragen. Manche sehen halt Sachen, die anderen verborgen bleiben.«

Aber Irrtum ausgeschlossen, darauf hatte Hollenberg mit erhobener Schwurhand bestanden. Trotz der fehlenden Leiche. Und weil es keine gab, hatte Lorinser seinen Vorgesetzten in der Polizeiinspektion Diepholz angerufen, um zu verhindern, dass sich die gesamte Mordkommission auf den Weg machte. Dennoch: Der am überwucherten Denkmal baumelnde Strick ließ sich nicht wegdiskutieren. Und auch nicht der durchweichte, schwarze Sportschuh, einige von der Nässe aufgelöste Papiertaschentücher und ein blaues Einwegfeuerzeug.

»Sie sagten, der Tote sei ein gewisser Böse gewesen. Was wissen Sie von ihm?«

»Was alle wissen.«

»Und was wissen alle?«

Hollenberg schob mit sichtbarer Verdrossenheit die Hände in die ausgebeulten Taschen seines blauen Overalls.

»Kein gutes Blut, das sagen sie.«

»Das heißt?«

»Dass der Alte ihn an Sohnes Stelle angenommen hat.«

»Adoptiert also?«

Hollenberg senkte den Kopf. Über den buschigen Brauen bildete sich plötzlich ein Gitternetz tiefer Falten, das von einer dünnen, dem Haaransatz zustrebenden Narbe durchschnitten wurde. Offensichtlich versuchte er herauszufinden, wie weit er in Anwesenheit eines ihm noch nicht bekannten Polizisten die Regeln der politischen Korrektheit interpretieren durfte.

»Ist wohl schlecht gelitten, was?«

Hollenberg blickte auf, bellte ein abgehacktes Lachen in die frische Morgenluft und reckte das Kinn.

»Ein echter Schweinehund, das isser! Was der hier schon für Unglück angerichtet hat! Mit Saufen, mit Rauschgift, mit den Weibern! Wie der mit seinem Porsche die Straßen unsicher macht! Der hätte schon längst in den Knast gehört. Aber der alte Böse bügelt die Schweinereien immer wieder aus. Fragen Sie den mal, was der sich ins Haus geholt hat.«

»Wo finde ich ihn?«

Hollenberg drehte sich um, umfasste mit einem Blick das weite, von einzelnen Bäumen durchsetzte Land und deutete mit seiner ruckartig zustechenden rechten Hand in Richtung einer aus dem Dunst aufragenden Baumreihe.

»In Stemshorn, gleich hinter der Haldemer Straße, da hat der seine Festung. Aber mit dem ist nicht gut Kirschen essen.« Zögernd herausgehustete, ungeduldige Worte, ganz so, als bereute er, Böse überhaupt erwähnt zu haben. »Brauchen Sie mich denn noch, Herr Kommissar?«

»Nein. Ich hoffe für Sie, dass Sie mir keinen Bären aufgebunden haben.«

»Ich hab den gesehen, und davon lass ich mich auch nicht abbringen!« Hollenbergs rechter Stiefel matschte im morastigen Untergrund. Seine ineinanderverschränkten Hände knackten. »Der Bruder ist ja hier auch umgekommen. Fünfundsiebzig ist das gewesen, als der hier zu Tode kam.«

»Fünfundsiebzig? Wie alt ist denn der junge Böse?«

»Um die fünfundzwanzig, glaub ich.«

»Wie kann der einen Bruder haben, der Jahrzehnte älter ist?«

»Ich mein doch nicht den, ich mein den vom Alten, den Hinrich.«

»Und der ist hier umgekommen?«

»Aufgehängt.« Hollenberg deutete mit dem Kinn auf das Denkmal. »Genau wie der da. Die gönnten dem anderen nicht den Ohrschmalz. Soll ja Selbstmord gewesen sein, aber vielleicht fehlten ja nur die richtigen Beweise.«

»Für Mord?«

Hollenberg nickte.

»Manche glauben, dass es der Alte war. Aber das kann man ja nicht wissen, oder? Wo selbst die Polizei nichts finden konnte. Ein Satan war er schon immer, der Pestbock, und mit der Meinung stehe ich nicht alleine.«

Vermutlich eine der Geschichten, die die Fantasie der Menschen zum Gerücht verdichtet hatte. Und Gerüchte sind hartnäckig, werden immer wieder aufgekocht, bis sie sich gerundet und den Charakter einer Legende angenommen haben. Daran konnte man dann glauben oder auch nicht. Wenn etwas daran war, gab es sicherlich Akten. Und in die, beschloss Lorinser, würde er einen Blick werfen. Falls sie nicht längst geschreddert worden waren.

Hollenberg ließ sich trotz Lorinsers hartnäckigen Fragen nicht weiter auf »Hinrichs Fall« ein. Er entließ ihn, nachdem er seine Daten aufgenommen und ihn für den nächsten Tag zum Protokoll in die Inspektion geladen hatte. Sichtlich erleichtert humpelte der Bauer davon, schwang sich auf seinen Trecker und fuhr in Richtung Hüde.

Lorinser strich sich mit der linken Hand über den Hals, ertastete den schwellenden Einstich eines Mückenrüssels und fixierte das hin- und herschwingende Seil. Seinen ersten Kriminalfall hatte er sich so nicht vorgestellt. Der hatte viel mit geraubten Juwelen, komplizierten Recherchen und Verfolgungsjagden zu tun, ganz sicher nichts mit verschlammten Schuhen und der bangen Frage, ob er ein von den Kollegen bespötteltes Opfer einer imaginären Denkmalsleiche werden würde.

Die beiden jungen Streifenbeamten beobachteten ihn. Ihren Gesichtern war anzusehen, dass Hollenbergs Erzählungen sie nicht überzeugt hatten.

»Glauben Sie wirklich«, fragte der Jüngere der beiden, »dass hier jemand rumläuft, der eine Leiche klaut?«

Der grinsenden Skepsis der Uniformierten hielt Lorinser ein vages Schulterzucken entgegen. Was heißt schon glauben? Tatsachen entschieden und sonst nichts. Tatsache war, dass die Sonne zu wärmen begann. Und der hielt er, während er über die nächsten Schritte nachdachte, sein noch immer winterblasses Gesicht entgegen. Den alten Böse hatte er aufzusuchen. War dessen Sohn anwesend, war der Fall abgeschlossen. Wenn nicht, wurde er zu einem. So einfach war das.

Er deutete auf das im Gebüsch kaum zu erkennende Denkmal.

»Wer ist das? Und wieso hat man ihn so verkommen lassen?«

»Weißt du was, Gerd?«

Der Ältere der Polizisten schüttete den Kopf.

»Wusste gar nicht, dass der hier steht. Wahrscheinlich haben die in der Gemeinde kein Geld für die Pflege.«

»Wie auch immer«, sagte Lorinser. »Passen Sie gut auf ihn auf. Bis die Spurenkollegen hier sind. Sagen Sie ihnen, dass ich mich bei Herrn Böse nach seinem Sohn erkundige.«

»Jawohl, Herr Kommissar.«

»Zu viel der Ehre«, korrigierte Lorinser. »Kriminalobermeister.«

Das zweigeschossige, aus doppelt gebrannten Klinkern errichtete Haus ließ Lorinser an eine Festung denken. Kleine, gardinenlose Fenster, die seltsamerweise mit einem Netzwerk aus Weidedraht gesichert waren. Regellos auf dem Gelände verteilt, schwarzstämmige Espen mit moosbewachsener Rinde. Auf der Mauer ein zusätzlicher Zaun aus Maschendraht, dessen oberes Drittel mit Stacheldraht durchzogen war und wie der Verhau eines Schützengrabens aus den verkratzten Filmdokumenten des Ersten Weltkriegs wirkte.

Vor dem schmiedeeisernen Tor bremste Lorinser ab, stieg aus und warf einen Blick in den mit Backsteinen ausgelegten Hof. Nirgendwo ein Hinweis auf den oder die Bewohner des Hauses. Ein angeschlagenes Emailleschild: »Betteln und Hausieren verboten!« Darunter im Mauerwerk der Torsäule eine mit Grünspan überzogene und wohl selten benutzte Klingel. Lorinser legte den Daumen darauf. Entfernt das schrille Kichern einer Glocke, das jedoch Minuten lang keine Wirkung zeitigte. Er versuchte es wieder, länger, ausdauernder. Oberhalb der Treppe wurde ein Fenster aufgestoßen. Der kahle Vogelkopf eines misstrauisch aus dicken Brillengläsern äugenden Mannes schob sich kampflustig ins Freie.

»Haben Sie Klodeckel auf den Augen?!«

Die Stimme war kräftig und artikulierte klar. Schmale, knochige Hände umklammerten den Fensterrahmen.

»Nein, eher nicht. Ich will auch nicht betteln oder etwas verkaufen. Ich bin von der Polizei und möchte Thorsten Böse sprechen.«

»Den Thorsten? Was hat die Polizei mit Thorsten zu tun?«

»Ist er zu Hause?«

Der Alte drehte sich um und sprach einige Worte, die Lorinser nicht verstand. Sekunden später tauchte neben ihm der Kopf eines Rottweilers auf. Große, dunkle Augen, ein mit scharfen Zähnen bewehrtes Maul, aus dem Speichel tropfte.

»Nein, ist er nicht. Was wollen Sie?«

»Wann war er zuletzt hier?«

Eine Unmutsfalte wuchs auf der Stirn des Mannes im Fenster, der vermutlich Wolfhardt Böse war. Die dünnen Lippen verzogen sich in der gleichen Sekunde, als der Rottweiler ein unterdrücktes Knurren hören ließ. Böse legte ihm die linke Hand zwischen die Ohren. Der Hund beruhigte sich. Abrupt schloss der Alte das Fenster.

Auch eine Antwort, dachte Lorinser und spürte Zorn in sich aufsteigen. Böse schien seinen Ruf verdient zu haben. Ein »Börger«, wie sich die alt eingesessenen Lemförder stolz nannten. Sie galten noch in Diepholz als selbstgefällig, verschlossen und abweisend. So viel hatte Lorinser bereits herausgefunden. Nicht nur, dass sie glaubten, vom lieben Gott bereits vor der Errichtung des Paradieses erschaffen worden zu sein: Gegen die Naturgewalten, das Amt und Zugereiste hielt man hier seit ewigen Zeiten die Reihen fest geschlossen.

Lorinser presste den Finger erneut auf den Klingelknopf und bemerkte durch das Gittertor rechts vom Haus zwischen immergrünen Pflanzen einen grauen Volvo-Kombi. Auf den roten Steinen waren schlammige Reifenspuren zu sehen. Offensichtlich war das Fahrzeug vor nicht langer Zeit bewegt worden.

Riegel polterten, ein Schlüssel drehte sich im Schloss, scharrend wurde die Haustür aufgedrückt. Der Alte erschien auf der Schwelle. Er war bedeutend kleiner, als Lorinser ihn eingeschätzt hatte, erschreckend mager, mit stark gebeugtem Rücken. Er warf dem Polizisten einen strafenden Blick zu und hakte den Rottweiler an die Kette, die links neben dem Eingang im Mauerwerk verankert war. Vortastend, als traute er seinen Gliedern nicht mehr, stieg er vorsichtig hinunter. Er trug eine dunkelbraune, an den Knien ausgebeulte Gabardinehose mit breiten Umschlägen und eine blassgrüne, zottelige Strickjacke, in deren Ausschnitt ein mit gelben Flecken übersätes, zerknittertes Leinenhemd nach der Lauge einer Waschmaschine schrie. Die nackten Füße steckten in hellgrünen Plastiklatschen. Vor dem Tor blieb er stehen. Das Horngestell der Brille war im Laufe der Zeit gelb geworden. Die graugrünlichen

Augen zerliefen in den Schleifringen der Gläser. Gut Kirschen essen ist mit dem wohl wirklich nicht, vermutete Lorinser.

»Was wollen Sie von Thorsten?«

»Mich überzeugen, dass er hier ist. Sie sind sein Vater, nicht wahr?«

Lorinser zeigte ihm den Dienstausweis. Böse blickte verächtlich darüber hinweg und demonstrierte mit der abwinkenden rechten Hand, die Lippen hart aufeinandergepresst, stumme Abwehr.

»Ja, das bin ich. – Was hat der Kerl wieder angestellt?«

Der Hund zerrte knurrend an der Kette. Lorinser umfasste die feuchten Gitterstäbe des Tores. Der Atem des Alten schlug ihm entgegen. Eine ätzende Knoblauchwolke, die ihn zurückweichen ließ.

»Was?«, fragte Böse fordernd.

»Es geht um eine Meldung«, formulierte Lorinser vorsichtig, »nach der er von einem Unglück betroffen sein könnte. Konkretes haben wir bisher allerdings nicht.«

Die haarlosen Brauenwülste zogen sich über der Nasenwurzel zusammen. Die rechte Hand fuhr auf Lorinser zu.

»Warum kommen Sie nicht zur Sache? Sieht ja fast so aus, als wollten Sie mir etwas schonend beibringen.«

Lorinser entschloss sich, Klartext zu reden. Böse hörte sich seine kurze Schilderung regungslos an. Nur seine Augen schlossen sich für einen kurzen Moment. Er verschränkte die knochigen Arme, nickte und starrte den Beamten einige Sekunden lang wie lästiges Ungeziefer feindselig an.

»Ungutes Blut«, stieß er bitter hervor. »Ein Tunichtgut! Will und kann nicht standhalten. Ein furchtbar dummer Junge!«

»Ist er nun hier oder nicht?«

»Saufen und die verdammten Weiber! Kein Charakter, immer auf der Flucht! Nein, hier ist er nicht … Ist er tot?«

»Wenn die Beobachtung des Zeugen stimmt, muss damit gerechnet werden, Herr Böse.«

Der Alte fixierte den Polizisten. Die wie ein Raubvogelschnabel gebogene Nase war von einem Geflecht geplatzter Äderchen überzogen. Die dünnen, nassen Lippen zuckten. Lorinser war sich nicht sicher, ob das ein Zeichen aufgewühlter Gefühle oder schlicht altersbedingt war. Es hatte den Anschein, als habe der Alte durchaus mit dem Tod seines Sohnes gerechnet. Wie auch immer, das Verhältnis zwischen den beiden war sicherlich nicht von inniger Zuneigung bestimmt.

»Wann haben Sie Ihren Sohn zuletzt gesehen?«

»Gestern. Er kam wenige Minuten vor Mitternacht. Betrunken natürlich. Er brauchte Geld. Ich habe ihm gegen Unterschrift zweihundertfünfzig Euro gegeben.« Böse registrierte Lorinsers Erstaunen. Mit einer herrischen Handbewegung schnitt er ihm das Wort ab. »Klare Verhältnisse«, fuhr er harsch fort. »Besitz muss verdient werden!«

»Er ist Ihr Sohn.«

»Er trägt lediglich meinen Namen.«

Mitleidlosigkeit war in seiner Stimme, eine Härte, die Lorinser erschreckte. Er selbst war zwar auch in einer zerrissenen Familie aufgewachsen und hatte unter der oberlehrerhaften Strenge seines vom hoch bezahlten Bauingenieur zum Bauarbeiter abgestürzten Vaters gelitten, aber trotz des harten Panzers der Verbitterung Verlässlichkeit, Fürsorge und Liebe erfahren. Dieser alte Mann schien seelisch durch und durch erkaltet.

War es das, was Wolfhardt Böse verbitterte: dass der Angenommene nicht *angenommen* hatte und – wenn er denn unter der Eiche geendet war – in den Tod geflüchtet war?

»Wann hat er das Haus wieder verlassen?«, fragte Lorinser mit dem Gefühl, gegen eine Wand zu sprechen.

»Punkt Null«, sagte Böse trocken wie ein Automat. »Die Uhr in der Diele schlug gerade, als er die Tür hinter sich schloss.«

»Ist er zu Fuß fortgegangen?«

»Nein, er ist gefahren. Ich habe ihm dummerweise diesen teuren Wagen gekauft.«

»Er fuhr Porsche, nicht wahr?«

»Wenn man das Fahren nennen kann, ja. Es war wohl mehr ein Zelebrieren. Angeberei, um es genau zu sagen.«

»In Diepholz angemeldet?«

»Natürlich in Diepholz.«

»Die Farbe?«

»Gelb, mit schwarzen Streifen an den Seiten. Wieso ist das so wichtig? Ich meine, ist er tot oder ist er es nicht?«

Keine brennende Neugier in seiner Stimme. Eine Frage wie nach dem Wetter. Und doch, die Ruhe des Alten war gespielt, fand Lorinser, schien eine Frage eiserner Beherrschung zu sein. Die Finger bewegten sich, griffen in die Luft, als wollten sie einen Gegenstand ergreifen. Eine schwere Last schien ihn seit Langem zu beugen, eine tiefe Abneigung gegen die Welt, die er mit scharfem Hund und Stacheldraht von sich fern zu halten versuchte.

»Wir wissen es nicht«, gestand Lorinser. »Unser Zeuge behauptet zwar, sich keinesfalls getäuscht haben zu können, aber die Lichtverhältnisse lassen begründete Zweifel zu. Ist es denn häufiger geschehen, dass Ihr Sohn fortblieb?«

»Versackt ist er schon mal, ja, aber morgens war er immer da, hat sich umgezogen und ist zur Arbeit gefahren. Nein, es ist schon ungewöhnlich.«

»Wie lange leben Sie zusammen?«

Böse strich sich über die Glatze. »Ich habe ihn zu mir genommen, als er neunzehn war. Jetzt ist er vierundzwanzig. Also fünf Jahre.«

Genommen. Lorinser atmete tief ein. Das Bild einer knochigen Hand, die das Genick eines jungen Hundes ergreift und ihn kräftig durchschüttelt, drängte sich ihm auf.

»Es ist nicht gerade üblich, ein Kind dieses Alters zu adoptieren.«

Böse zog ein kariertes Taschentuch aus der an den Knien glänzenden Hose und schnäuzte sich dröhnend. Kurz blickte er auf den Auswurf, rieb sich den Nasenrücken und hob die Hände.

»Wie Sie bemerkt haben werden, bin ich nicht mehr der Jüngste. Im November werde ich fünfundachtzig. Da denkt man anders über gewisse Dinge. Warum soll ich das alles« – sein Blick umfasste Haus und Land – »Händen überlassen, die gierig danach zucken? Einem Schweinehund, den ich über Jahrzehnte hinweg mit meinem Geld gemästet habe?«

»Ihren Sohn meinen Sie ja wohl nicht, wenn Sie von Jahrzehnten sprechen?«

Böses Lippen verbogen sich, die Mundwinkel zuckten. Es sah wie ein Lachen aus, war aber keines. Die Stimme war bitter. »Nein, den nicht. Den da!« Die ausgestreckte Hand, in der das Taschentuch wie ein Wimpel flatterte, deutete hinab zur Straße, hin zu einem rot gedeckten Flachbau, dessen blanke Scheiben sich in der Sonne spiegelten.

»Ein Verwandter?«

Der Alte schüttelte den Kopf.

»Nein, kein Verwandter. Chemie-Kröger. Ein Scheusal und gewissenloser Betrüger. Wenn Thorsten tot ist, dann hat ganz sicher der Schweinehund damit zu tun, das sage ich Ihnen!«

Er hat also doch Gefühle, stellte Lorinser fest, als er Böses heftig zitternde Hand bemerkte. Blanker Hass in den Augen. Der Hund auf der Treppe kläffte. Möglicherweise hatte er im Laufe der Zeit gelernt, die Stimmungen seines Herrn zu erwittern. Böse hob unwillig den Arm. Als treuer Festungssoldat kuschte der Rottweiler augenblicklich, wenn sich auch aus der bulligen Brust ein grollendes Knurren löste.

»Mir scheint, Liebe ist das nicht gerade, die Sie für diesen Herrn empfinden«, sagte Lorinser und nickte dem roten Dach jenseits der Straße zu.

»Keine Liebe, fürwahr!«, zischte der Alte und ballte in Richtung des Flachbaus drohend die rechte Hand.

»Warum, glauben Sie, kann er mit der Geschichte zu tun haben?«

Die schweren, wimpernlosen Lider senkten sich über die graugrünen Augen des Alten.

»Sie sind Polizist, finden Sie es doch heraus!«

»Es wäre einfacher, wenn Sie mir eine Erklärung böten.«

»Nein.«

Eine Absage wie der Klang eines Schusses. Aus überfüllter Seele mit einer gehörigen Portion Gift aus feuchter Kehle abgefeuert.

»Ich kann Sie nicht zwingen …«

»Obwohl Sie es gerne so hätten, nicht? Wie alt sind Sie?«

»Zweiunddreißig. Warum fragen Sie?«

Böse starrte Lorinser an, rieb die Hände gegeneinander und zählte leise vor sich hin.

»Nun ja, Sie sind wohl zu jung, obwohl der Geist nicht auszurotten ist. Der Ungeist«, korrigierte er sich. »Sechsunddreißig haben die meinen alten Herrn und mich von unserem Besitz vertrieben, diese gestiefelten Barbaren. Wir haben alles stehen und liegen lassen müssen, das Land, das Haus, haben in Frankreich und später in Portugal vegetiert und darauf gewartet, dass der Spuk ein Ende nimmt. Fremde haben sich unser Land unter den Nagel gerissen. Aber«, fuhr er mit einer Handbewegung über das Dorf fort, »dann haben *die* gezittert, als wir wieder hier waren. Fünfundvierzig im August.« Er brach ab, kicherte unvermittelt schadenfroh, als durchlebte er seine wahrscheinlich triumphale Rückkehr in die Festung mitsamt der Angst seiner Widersacher noch einmal.

»Die ehemaligen Nazis?«

»Die gemeine Flut, ja.«

»Die Zeiten sind vorbei, Herr Böse. Auch die polizeilichen Methoden haben sich geändert.«

»Aber nicht die Menschen, junger Mann, die nicht!« Er schüttelte den Kopf, deutete wieder auf das Haus jenseits der Straße und wich einen guten Meter vom Tor zurück. »Ich sage Ihnen, *die* nicht! Die tragen jetzt nur andere Kleider!«

Als wirkte die Nachricht vom möglichen Ableben seines Sohnes erst jetzt, schlug er die knöchernen Hände vors Gesicht und starrte zwischen den gespreizten Fingern hindurch auf einen Punkt, der nur das Haus mit dem roten Dach sein konnte. Der magere Körper schien zu schrumpfen. Es hatte den Anschein, als fürchtete er, geschlagen zu werden. Lorinser drehte sich um. Das Dach war noch immer rot. Die Sonne schien. Nirgendwo eine Veränderung. Lediglich ein Unimog, im Schlepp einen mit Heuballen beladenen Hänger, rollte über die Straße. Was hatte den Alten von jetzt auf gleich so verändert? Litt er unter einem Trauma, ausgelöst vom Anblick des Krögerschen Anwesens? Sicherlich war es nicht nur Altersstarrheit, die ihn gefangen hielt. Furcht peinigte ihn. Wovor? Und weshalb? Warum dieses greifbare Misstrauen? Wieso, fragte Lorinser sich, habe ich *jetzt* das Gefühl, es mit einem Menschen zu tun zu haben, der nicht nur auf dem Sprung und in Verteidigungsstellung, sondern bis auf die Knochen verängstigt ist?

»Vielleicht sollten Sie mir doch einen Hinweis geben, Herr Böse.«

»Verschwinden Sie und tun Sie Ihre Pflicht!«

So abrupt wie er das Fenster über der Treppe geschlossen hatte, drehte der Alte sich um und lief, als würde er verfolgt, den mageren Körper grotesk vor und zurück schwingend, seiner Festung entgegen.

»Nur eine Frage noch!«, rief Lorinser hinter ihm her.

Der Alte drehte sich um. »Sie wollen sich wirklich Ihr Gehalt verdienen, was?«

»Ich wüsste gerne, in welcher Firma Ihr Sohn beschäftigt ist.«

»Bei der Kreissparkasse. In Diepholz«, kam es nach kurzem Zögern mit allen Anzeichen größten Widerwillens zurück. Lorinser dankte und stieg in sein Auto.

2

»Sehr seltsam«, murmelte Hauptkommissar Steinbrecher, auf dessen Stirn sich dicke Schweißperlen gesammelt hatten. Er stellte den Spurenkoffer auf die Ladefläche des Passat und schüttelte seufzend den Kopf. »Der Sportschuh ist getragen worden. Deutliche Spuren, die da beginnen, wo die Grasnarbe aufhört. Sie enden an der Esche, fast genau unter dem Strick. Verstehst du, wieso einer sich *einen* Schuh auszieht, wenn er …?«

»Nein«, gestand Lorinser.

»Er hat Blut verloren«, fuhr der Kollege fort. »Ich habe an einem der aufgeweichten Papiertaschentücher Spuren gefunden. Kann sein, dass er sich verletzt hat und …«

»… oder schlicht 'nen dicken Schnupfen hatte.«

»Ja, auch das, oder verletzt war.«

Steinbrecher faltete die Hände, verschränkte sie vor dem Bauchansatz und blies, die sowieso schon hängenden Schultern noch mehr fallen lassend, die Backen auf. Unter den Kollegen kreiste der Spruch, er neige zur Resignation, sobald er sich mit Problemen konfrontiert sah. Sie führten das auf seine von einem wahren Drachen beherrschte Ehe zurück, die laut den kollegial verbreiteten Gerüchten einige Wochen vor Lorinsers Dienstantritt mit einem Eklat geschieden worden war. Seine Ex hatte ihn nach dem Urteil vor dem Amtsgericht im Beisein nahezu aller Prozessbeteiligten nicht nur geohrfeigt, sondern ihn kreischend einen »onanierenden Rohrkrepierer« genannt, nur deshalb Slipper tragend, weil er unfähig sei, sich die Schnürsenkel zu binden. Zu einem Waterloo für Steinbrecher wurde der Zwischenfall angeblich nicht wegen des ordinären Gekreisches der mit wehenden rostroten Haaren dreinschlagenden Dame, sondern weil der Kollege bar jeden Widerstands haltlos in Tränen ausgebrochen war und in wilder Flucht den Ehekriegsschauplatz verlassen hatte. Nicht, dass Lorinser ihn deshalb unsympathisch fand. Aber zu denken gab ihm schon, dass es das üble Gerede gab.

»Wie ist er hierhergekommen?«, fragte er nachdenklich. »Mit seinem Wagen? Gibt es Spuren?«

»Nur von 'nem Trecker. Trotzdem kann hier irgendwo ein Auto gestanden haben. Die Sperre an der Zufahrt ist ja offen.«

»Die hat erst unser Zeuge, hat Hollenberg aufgeschlossen.«

»Kann ja auch zu Fuß hergekommen sein.«

»Obwohl er ein Auto besitzt?«

»Selbstmörder handeln selten logisch. Da staut sich lange was auf, ehe die Ernst machen. Es ist wie eine Explosion. Bang, ein Knall, aus. Ich weiß, wovon ich spreche.«

Das glaube ich dir, dachte Lorinser. »Wie lange bist du schon bei der Polizei?«

»Gut achtzehn Jahre. Warum fragst du?«

»Weil hier schon mal einer gehangen haben soll. So um fünfundsiebzig herum. Der Bruder vom alten Böse.«

»Weiß ich nichts von. Habe die ersten Jahre Innendienst gehabt. Keine operativen Sachen jedenfalls. Nee, da müsstest du mal die Kollegen in Lemförde befragen. Oder die vom Fachkommissariat 5 um die alten Akten bitten. – Glaubst du an einen Zusammenhang?«

»Immerhin handelt es sich um die gleiche Familie.«

»Ist aber verdammt lange her.«

»Wo du recht hast, haste recht. Vielleicht hat es ja mit Tradition zu tun. Könnte für die Böses sozusagen der Stammplatz fürs kalkulierte Ableben sein.«

»Habt ihr das neuerdings in den Lehrgängen?«

»Den Gesamtzusammenhang erkennen, heißt das.«

»Wenn-es-denn-der-Aufklärung-dient …«, sagte Steinbrecher so schleppend, als müsste er jedes Wort mühsam aus dem Fundus seines Sprachschatzes scharren.

»Die Frage ist nicht nur, wie der Junge hierhergekommen ist. Ich frage mich, wie die Leiche, wenn es denn eine gegeben hat, abtransportiert wurde. Da sie in unmittelbarer Nähe nicht zu finden ist, schließt sich wohl ein Wegtragen so auf der Schulter aus. Es muss also ein Fahrzeug benutzt worden sein, oder?«

»Wir haben nur die Spuren von dem Trecker.«

»Der dem Zeugen Hollenberg gehört ... Wer macht so was, Franz? Wer entdeckt einen Toten, schneidet ihn vom Strick und schafft ihn fort?«

»Vielleicht ein Perverser, der Leichen sammelt?«

»So große Alben gibt's nicht.«

»Ich kann mir jedenfalls keinen Reim drauf machen. Vielleicht bringt ja die Blutanalyse was«, sagte Steinbrecher, den Kofferraum schließend. »Wäre hilfreich, wenn wir von dem Jungen Vergleichsmaterial hätten.«

»Ich kümmere mich drum«, sagte Lorinser. Seine Blicke wurden von einem weißen Wagen angezogen, der aus Richtung Hüde mit gehörigem Tempo über die schmale Asphaltstraße fuhr und schließlich vor dem offenen Schlagbaum zum Deichweg auf dem Seitenstreifen abrupt zum Stehen kam. Ein Mann stieg aus.

Steinbrecher fuhr ab. Lorinser ging auf den etwa vierzigjährigen Mann auf dem Parkstreifen zu. Er war gut einen Kopf größer als er, wohlgenährt, rotblond gelockt. Er trug verwaschene Jeans und eine Strickjacke, deren unregelmäßige Muster auf häusliche Handarbeit schließen ließen. Die schlammigen Lederstiefel mit den brüchigen Schäften schien er von seinem Großvater geerbt zu haben. Ein kurzer, abschätzender Blick. Die starken, wie gebleicht wirkenden Brauen hoben sich kaum merklich.

»Kann ich Ihnen helfen?«

Eine angenehm weiche und kultivierte Stimme.

»Kann sein«, sagte Lorinser. »Ich bin Kriminalbeamter. Sind Sie Anlieger?«

»Ja, wenn auch kein begeisterter.« Der Blonde deutete mit dem Fernglas hinter sich. »Ich heiße Halvesleben. Mein Haus steht dort, wo es so schön dunkel ist.« Seine linke Hand wies auf eine entfernte Baumgruppe, durch die kaum erkennbar ein weißes

Fachwerkhaus mit schwarzen Balken zu erkennen war. »Fand ich anfangs wunderbar, bis sich herausstellte, dass die Ecke hier ein abgebrochenes Stück vom Mond ist.«

»Ausgesprochen idyllisch jedenfalls.«

»Auf den ersten Blick, ja. Aber das Leben hier draußen ist problematischer, als Heino Müller es sich vorstellen kann. – Haben die russlanddeutschen Raubfischer mal wieder mit Handgranaten die Hunte beangelt?«

»Ach, machen die das?«

»Als Polizist sollten Sie das wissen. Wegen der Handgranaten, die auch mal in irgendeinem Wohnzimmer landen könnten.«

»Ich bin sicher, da kümmert man sich an der richtigen Stelle drum. Mir geht es um sachdienliche Hinweise in einem möglichen Todesfall.«

Lorinser sah keinen Anlass, die Situation nicht zu erklären. Ohne Namen zu nennen, schilderte er den Vorfall.

»Wir sind zwar recht spät zu Bett gegangen«, sagte Halvesleben, die Augen auf die stolz über dem Damm ragende Esche richtend. »So gegen Mitternacht. Aber nein, bis dahin haben wir nichts Außergewöhnliches bemerkt. Wer ist denn dort zu Tode gekommen? Jemand aus dem Flecken?«

»Sagt Ihnen der Name Thorsten Böse etwas?«

Halvesleben lachte auf. Bitter, meinte Lorinser.

»Mehr als genug. Hat *der* sich was angetan?«

»Wie kommen Sie darauf?«

Halvesleben lachte wieder. Aber ganz und gar nicht fröhlich. »Erstens wär's ein Segen für den Landstrich und zweitens kein Wunder bei dem Vater.«

»Können Sie das genauer erklären?«

»Ein Phänomen?« Er hielt dem Beamten die offenen Handflächen entgegen. »Der alte Böse ist ein Mysterium, ein Grenzfall, wenn Sie so wollen. Ein Typ, bei dem Sie vergebens fragen, was in ihm vorgeht. Ein echtes Ekel! Einerseits ein Original, andererseits die pure Bosheit, auch wenn die Adoption dieses Jungen bei naiver Betrachtung einen anderen Schluss zulässt. Aber auch das war Bosheit. Chemie-Kröger, seinem ehemaligen Verwalter gegenüber, dem der Alte mit der Adoption eins auswischen wollte.«

»Sie scheinen ihn richtig zu lieben.«

»Ich verabscheue ihn. Mitsamt seinem Sohn.«

»Warum?«

»Ich habe das Halbhaus da im Moor vor etwa zehn Jahren gekauft. Von alten Leuten, denen lediglich das Gemäuer, jedoch nicht das Grundstück gehörte. Erbpacht, verstehen Sie? Ich bekam das Anwesen frei von sämtlichen Belastungen. So wenigstens stand es im Notarvertrag. Dummerweise übersah ich, dass Wolfhardt Böse mit einem winzigen Anteil einer Leibrente im Grundbuch eingetragen war. Keine Tragik, glaubte ich, bis ich versuchte, das Haus mit einem Ausbaukredit zu belasten. Die Sparkasse mauerte, weil es den Eintrag gab. Geld hätte es nur dann gegeben, wenn Böse die Rangstelle im Grundbuch hätte löschen lassen. Ich wandte mich an Chemie-Kröger, der die Interessen Böses vertrat.« Halvesleben schlug mit der flachen Hand auf das Autodach. »Hat sich auch bemüht, aber …«

»Also nichts mit Kredit?«

»Böse bestand darauf, dass ich fünftausend Euro an ein Tierheim spende.«

»Haben Sie sich darauf eingelassen?«

»Hätte ich nicht gezahlt, wäre das Haus eine Ruine geblieben. Also biss ich in den sauren Apfel und berappte. Der alte Bock lacht sich wahrscheinlich immer noch ins habgierige Fäustchen.«

»Immerhin Tierfreund, der Alte.«

»Seine einzige Passion«, räumte Halvesleben ein. »Triebhaft. Ersatz für Menschlichkeit, wenn Sie mich fragen. Leute wie ich sind dem Alten suspekt. Für ihn bin ich ein Landverderber und Unruhestifter. Ich hätte hier niemals gekauft, wenn ich geahnt hätte, was auf uns zukommt.« Er deutete mit dem Kinn in die Richtung seines Hauses. »Wenn ich an das Wegedesaster vor meinem Haus denke, fällt mir nur noch Verkaufen und Fliehen ein. Aber das können Sie sich wahrscheinlich gar nicht vorstellen.«

»Doch, doch. Bin auch aus der Stadt … Was ist denn mit Ihrem Weg?«

»Es geht um die Zufahrt zu meinem Haus. Als ich kaufte, war Sommer, der Boden hart. Ich hätte mir damals nicht im Traum einfallen lassen, hier in Herbst und Winter russische Schlammverhältnisse vorzufinden. Moor, verstehen Sie? Solch einen Weg zu befestigen, heißt, sein Leben lang Bauschutt anzufahren. Dabei ist Böse, der das Land auf Erbpacht an Chemie-Kröger gegeben hat, nicht bereit, sich auch nur mit einem einzigen Cent an den Kosten zu beteiligen. Kröger bot mir den Rückkauf für sechzigtausend an, obwohl er ganz genau weiß, dass wir mehr als dreihunderttausend investiert haben.«

Lorinser hob die Schultern.

»Ein echter Schweinehund«, stieß Halvesleben hervor. »Wissen Sie, mir steht das alles hier.« Er legte die rechte Hand an den Kehlkopf. »Mit meinen Nachbarn komme ich auch nicht zu Potte. Ein eigenartiges Pärchen. Chocolatiers, wenn Sie verstehen, was ich meine. Schwule«, fügte Halvesleben angewidert hinzu. »Körnerfetischisten, die sich ein Stück Weideland gepachtet haben, um mit ihrem politisch korrekten Kleinwagen bei Vermeidung des gemeinsamen Weges darüber fahren zu können. Denen gehört die Reetdachkate gleich rechts vom Weg. – Kennen Sie sich aus?«

»Bin wohl daran vorbeigefahren. – Wie hatten Sie es eigentlich mit dem jungen Böse?«

»Übelst ist geprahlt«, stieß Halvesleben bitter aus. »Ist ein Maulheld ohne Überzeugungen. Hat den plötzlichen Wechsel aus dem Waisenheim in die Freiheit nicht verkraftet. Großkotzig, ein Kerl, der … Verdammt, warum ereifere ich mich eigentlich?«

Zwei, drei Nackenschläge zu viel, vermutete Lorinser. »Ein Kerl, der was?«

»Einer, der keine Freunde hat und niemals haben wird. Das wollte ich sagen.«

»Feinde aber schon?«

»Trotz seines Schlages bei Frauen ist er äußerst unbeliebt. Wenigstens kenne ich niemanden, der ihm zugetan ist. Ich selbst gehöre dazu.«

»Da wird ja große Freude aufkommen, wenn er sich umgebracht haben sollte.«

»Ach was!«, stieß Halvesleben hervor. »Die wenigsten gönnen einem anderen Menschen ein solches Finale. Auch ich nicht. Dabei hätte ich einige Gründe, den Böses die Pest an den Hals zu wünschen. Ich leugne das gar nicht, aber … nein, so weit geht es nun doch nicht. – Waren Sie schon beim Alten?«

»Glauben Sie etwa, er versteckt den Jungen?«

»Ja, könnte durchaus sein«, sagte Halvesleben nachdenklich. »Böse ist ein Satan, glauben Sie mir.«

»Ich habe ihn als alten, schwachen und verbitterten Mann kennengelernt.«

»Alt ja, schwach nicht. Sie sollten mal sehen, wenn er seine Gewaltmärsche über Land macht. Da kommt sein hässlicher Köter kaum mit. Nein, nein, Böse ist alt und verbittert, aber keinesfalls schwach!«

Halvesleben machte plötzlich einen verdrossenen Eindruck. Ein Großstadtmensch, der sich auf dem platten Land eingekauft hatte, um sich den Traum vom einfachen und bewussten Leben zu erfüllen. Der in seinen Erwartungen enttäuscht wurde und zu resignieren schien.

»Sie sprachen davon, dass selbst die Adoption des Jungen Bosheit gewesen sei. Gegenüber Chemie-Kröger. Wieso?«

Halvesleben hob die rechte Hand. »Genaues weiß niemand, aber im Dorf wird gemunkelt. Böse ist von Haus aus Chemiker, war wohl auch Kaufmann und als solcher ein durchtriebener Spekulant, aber von der Landwirtschaft versteht er nichts. Also hat er seine Ländereien an Chemie-Kröger verpachtet. Irgendwann in grauer Vorzeit, so Mitte der fünfziger Jahre, zu einem von heute aus betrachtet lächerlich geringen Preis. Chemie-Kröger verdient sich an den Sachen jedenfalls dumm und dämlich, wenn Sie berücksichtigen, dass er inzwischen für einen Hektar einige hundert Euro verlangen kann und verlangt. Ich wenigstens muss das für meine Weide bezahlen.«

»Gibt es keine Anpassungsklausel?«

»Offenbar nicht. Wolfhardt Böse hat da wohl nicht aufgepasst oder sich falsch beraten lassen. Er war ja schon damals recht alt. Was er mit in den Vertrag hat schreiben lassen, war ein Passus, der heute wiederum Chemie-Kröger auf dem Magen liegt. Das Land geht nur dann an ihn, wenn Böse keinen leiblichen Erben einsetzen kann.«

»Das kann er doch auch nicht?«

Halvesleben lachte auf.

»So hat Kröger wohl kalkuliert. Falsch. Böse nahm sich einen Anwalt und ließ sich – diesmal richtig – beraten. Er adoptierte Thorsten und hatte seinen Erben. Kröger stand da mit nassem Fell und schüttelt sich seitdem vor Zorn.«

»Thorsten ist doch aber nicht sein leiblicher Sohn!«

»Aber juristisch. Insoweit gibt es anscheinend rechtlich keinen Unterschied mehr. Kröger jedenfalls ist auf den Topf gesetzt worden. Das heißt, er wird wohl aufatmen, wenn zutrifft, dass der junge Böse Selbstmord begangen hat.«

»War er der Typ?«

»Thorsten? – Ach, wissen Sie, ich zweifle dran, ob es *den* Selbstmörder überhaupt gibt. Als Muster, meine ich. Es wird wohl die Situation sein, die einen in den Tod treibt.«

Lorinser zündete sich eine Zigarette an. »Wie beurteilen Sie Kröger?«

»Als beinharten Geschäftsmann, der mit allen Salben gerieben ist. Nach außen jovial und überaus nett, aber … jedenfalls sehr wohlhabend.«

»Der über Leichen gehen könnte?«

Halvesleben sah Lorinser aus fragenden Augen an. Seine Hände suchten und fanden sich. Kräftige Hände, die ordentlich zupacken konnten. »Ich habe keinerlei Sympathien für ihn, aber verleumden möchte ich ihn auch nicht, wenngleich ... Wie gesagt, hier wehen eine Menge Gerüchte ...«

»Über Kröger?«

»Über die gesamte Mischpoke, die hier während und nach dem Krieg die chemische Industrie aufgebaut hat. Böses Bruder soll damals mit seinen Erfindungen die wichtigste Rolle gespielt haben. Nach seinem Tod muss es nicht nur unter seinen Mitarbeitern heiße Kämpfe um die Produktrechte gegeben haben. Wenn Sie darüber mehr wissen wollen, müssen Sie allerdings Kompetentere fragen. Zum Beispiel den Alten.«

Lorinser beschloss, genau das zu machen.

Seine heimliche Hoffnung erfüllte sich nicht, der Gehenkte, wie Lorinser Thorsten Böse in Gedanken nannte, könnte sich an seiner Arbeitsstelle in der Kreissparkasse in Diepholz aufhalten. Böses Vorgesetzter gerierte sich am Telefon zunächst wie ein Geheimnisträger, kam nach einigem Zureden dann doch zur Sache.

»Nein, ist er nicht, Herr Kriminalobermeister. Er hat sich noch nicht mal zu einem Anruf aufraffen können, obwohl er genau weiß, wie arg im Druck wir sind.« Kurze Pause. »War wohl wieder mal eine lange Nacht, wie?«

»Nicht auszuschließen. – Ist er zuverlässig?«

»Nun ... alles in allem schon, wenn er hin und wieder auch mit einem Kater zu kämpfen hatte.« Der Herr Abteilungsleiter lachte säuerlich. »Wie diese jungen Burschen heute so sind. Wir haben ja auch mal über die Stränge geschlagen und waren nicht abgeneigt, ein Gläschen über den Durst zu kippen. Nein, unzufrieden bin ich nicht, wirklich nicht. – Was ist denn mit ihm?«

»Das wissen wir noch nicht«, sagte Lorinser. »Sollte er sich melden oder bei Ihnen auftauchen, bitte ich um Nachricht.«

Lorinser steckte das Handy ein und blickte misstrauisch durch die zur Blindheit neigende Windschutzscheibe in den sich wieder beziehenden Himmel. Düstere Wolken, von der zwischen ihnen blitzenden Sonne zu einem gewaltigen Hochgebirgsgemälde stilisiert, drängten sich über dem Stemweder Berg zusammen. Es war kurz vor elf. Der Hunger meldete sich mit schmerzhaftem Knurren. Obwohl er hinter einer Bahnüberführung den nach links weisenden Hinweis auf »Tiemanns Hotel, Café und Restaurant« entdeckte, entschloss er sich, die Polizeistation aufzusuchen.

Vom Vorraum, der sich im Obergeschoss des Hauses befand und unter dem Versuch, ihm mit Urlaubsfotos eine persönliche Note zu verleihen, litt, gingen mehrere Büros ab. In einem davon, das als Empfang diente, erklärte ein etwa dreißigjähriger bebrillter Polizeimeister einer offensichtlich ortsfremden Dame den Weg nach Dümmerlohhausen. Er taxierte Lorinser und fragte schließlich nach seinem »Begehr«.

»Der Alte vom Berg? Nein, darüber kann ich Ihnen so gut wie nichts sagen. Aber warten Sie mal.« Er wandte sich um und rief in den Raum hinein: »Heiner, komm doch bitte mal nach vorne. Hier wird deine Nummer verlangt.« Sich wieder Lorinser zuwendend. »Der Kollege Bossen kennt den Betrieb hier seit Ewigkeiten.«

Heiner Bossen schob sich mit imposanter Bedächtigkeit heran. Mittelgroß, gedrungen, die Uniformjacke geöffnet. Im Ausschnitt ein grauer Pullover. Die Pfirsichhaut seines Gesichtes war von unendlich vielen Adern gesprenkelt, die Nase ein klobiger, violett changierender Zinken, eingehüllt in eine von Porenkratern übersäte Haut, aus der sich wie von Silikon aufgepumpte Lippen stülpten. Ein Freund von Traurigkeit schien der Hauptkommissar jedenfalls nicht zu sein. Er streckte Lorinser die gut gepolsterte Rechte entgegen. Sein Doppelkinn wackelte bei jedem Nicken, mit dem er die Fragen des jungen Beamten quittierte.

»Nee, nee, das ist wieder mal einer seiner dämlichen Streiche«, erklärte Bossen mit der Gewissheit eines Platzhirschs, der auch die letzten Seelenfalten seiner im Revier lebenden Schützlinge zu kennen vermeint. »Das Thörstchen ist keiner von *der* Sorte. Der muss ständig beweisen, was er für ein toller Hecht ist. Und Hollenberg? Nee, nee, der Johannes ist ganz schön genarrt worden, der arme Hund.«

Er war nicht nur im Besitz der Wahrheit, er wusste also auch über den aktuellen Stand des Falles Bescheid. Offensichtlich hatten die Streifenbeamten bereits die Buschtrommel gerührt.

Bossen führte Lorinser in den hinteren Bereich des Reviers. Ein mittelgroßes Büro, auf dem Schreibtisch Bildschirm und Tastatur, an der Wand ein Messtischblatt der Gegend und wie im Vorraum großformatige hinter Glas gesperrte Fotos mit Wüstenmotiven. Eines zeigte den braun gebrannten Bossen auf einem prächtig aufgezäumten Kamel vor einer gigantisch hinter ihm aufragenden Sanddüne posierend. An den weißen Wänden Schränke und Regale voller Akten. Zwei Fenster, durch die grelles Sonnenlicht hineinflutete. Wetter wie im April.

Lorinser nahm auf dem Stuhl vor dem Schreibtisch Platz. Bossen fingerte eine brennende Zigarre aus dem Reklameascher und lehnte sich zurück.

»Sie werden sehen«, sagte er gereizt, »bald taucht der Schubiak wieder auf und lässt sich als großen Helden feiern!«

»Ich kann nach Hollenbergs Aussage schlecht zur Tagesordnung übergehen.«

»Glauben Sie mir, Johannes hat 'ne Macke, werter Kollege. Und zwar 'ne ganz ordentliche.« Er tippte sich an die Stirn. Asche pulverte auf seine Jacke. »Die ganze Familie hat's ein bisschen hier oben. – Sind Sie aus Richtung Osnabrück hergekommen?«

»Ja, über Stemshorn.«

Heiner Bossen nickte ihm aus der Höhe seiner in über dreißig Jahren gesammelten Erfahrung zu. »Ein paar hundert Meter vor der Abfahrt gab's mal ein Gasthaus. Da hätten Sie bis vor einem Jahr ein spätes Mädchen entdecken können, die Margarete, das tüddelige Ding. War die ältere Schwester vom Johannes. Saß Tag für Tag von früh bis spät auf den kalten Steinen und wartete. Wartete auf ihren Verlobten, der um sechzig herum mit seiner Horex gegen einen Baum gefahren ist.« Die Zigarrenhand berührte zum zweiten Mal die Stirn, aber dieses Mal regnete es keine Asche. »Als die Nachricht von seinem Tod kam, hat sie das einfach nicht wahrhaben wollen. Sie ist immer wieder zu dem Gasthaus gegangen, wo die beiden sich immer getroffen hatten. Weder Reden noch das Grab, das man ihr zeigte, haben sie davon abgebracht. Lief dahin, weil sie sicher war, dass er sie da wieder abholen wird.« Bossen tippte sich zum dritten Mal an die Stirn. Schien bei ihm eine Art Tick zu sein, wenn nicht gar der Hinweis auf das Intaktsein der eigenen grauen Zellen. »Das ging Jahrzehnte so. Sie gab einfach nicht auf, die Margarete bis … na ja, bis sie dann endlich gestorben ist im letzten Sommer.«

»Das sind ja Geschichten …«

»Tja, so ist das nun mal, wenn da oben was kaputtgeht.« Die Hand ging wieder zur Stirn. »Der Johannes ist auch ein bisschen daneben. Familienerbe, verstehen Sie? Aber glauben Sie nicht, dass ich mich darüber lustig machen will. Ich will nur darauf hinweisen, dass seine Sprüche mit Vorsicht zu genießen sind.« Er blies Lorinser den ätzenden Rauch ins Gesicht.

»Immerhin haben wir Spuren gefunden. Wer lässt seinen Schuh in der Landschaft liegen? Die Aussage Hollenbergs rundet das Bild lediglich ab.«

»Warum sollte der junge Kerl sich das Leben nehmen? Dem geht es so gut wie nie zuvor! Der verdient Geld, hat ’n flottes Auto, mit dem er die Mädels flachlegt. Gut aussehen tut er auch noch! Was also macht er? Er zeigt seiner Clique, dass er der Größte ist. So ist das nun mal mit Angebern. Nee, Kollege, der macht mal wieder eine seiner Touren.«

»Möglicherweise in Richtung Himmel.«

»Nee, nee, mein Lieber, so einer landet nicht im Himmel!« Ein heftiges Lachen, begleitet vom quälenden Rasseln seiner teergeschädigten Lungen, trieb ihm Tränen in die Augen.

»Wer weiß«, sagte Lorinser. »Jedenfalls wäre er der zweite, der die Reise von dort antrat. Von der gleichen Stelle aus, wie mir erzählt wurde.«

»Ach, Johannes und die alten Geschichten!« Bossen seufzte theatralisch und wischte sich mit dem Handrücken die Nässe aus den Augen. »Ich war damals neu hier und hatte einen Riesenbammel, mir die Leiche anzusehen. Sah auch übel aus, wie Hinrich sich zugerichtet hatte. Glücklicherweise musste ich nur zusehen, wie die von der Mordkommission den abgefertigt haben. Meine Meinung ist, so Selbstmörder müssten sich angucken, wie sie danach aussehen. Das würde so manchen davon abhalten.«

»Ja, könnte *der* Präventions-Hit sein.«

Bossen stutzte, lachte trocken auf und drohte mit dem Finger, ohne jedoch auf den Einwurf einzugehen. »Wenn Sie auf einen Zusammenhang spekulieren, mein Freund, dann vergessen Sie dat dumme Tüch von Brudermord und so. Hinrich Böse hat selbst Hand an sich gelegt. Und das hat er, weil er sich mit seinen Chemiebuden trotz seiner genialen Patente ruiniert hat. Wenn ich nicht irre, hat man auch einen Abschiedsbrief gefunden.«

»Gibt es – neben dem Bruder – Angehörige? Eine Witwe, Kinder?«

»Frauen waren nicht sein Ding.«

»Homosexuell?«

»Weiß ich nicht, will ich auch nicht wissen. Ich weiß nur, dass es 'ne ziemlich traurige Beerdigung war. Zwei, drei Piepelchen aus seiner Firma, der Pastor, die alle froh waren, als es vorbei war.« Die Stimme senkte sich zu einem Flüstern. »Und was den Alten, den Wolfhardt, angeht, der hatte noch nicht mal einen Kranz für seinen Bruder über. Na ja, bei so einem ist wohl auch nix anderes zu erwarten.«

Klang nicht nur verächtlich, klang, als hätte auch Bossen seine üblen Erfahrungen mit dem Alten vom Berg gemacht.

»Wie stehen Vater und sein Ziehsohn zueinander?«

»Jedenfalls nicht wie Vater und Sohn. War bestimmt keine christliche Nächstenliebe im Spiel, als er das Thörstchen adoptierte. Das war Berechnung, ein Schlag ins Kontor seines ehemaligen Verwalters Kröger, dem er nicht das Schwarze unter dem Nagel gönnt.«

»Wenn er Kröger als Verwalter eingestellt hat, muss er ihm zunächst vertraut haben.«

»Der traut niemandem, selbst seinem eigenen Arsch nicht, wenn ich das mal so klar sagen darf. Alles, was aus der Gemeinde kommt, ist Gift für ihn. Braucht er mal einen Handwerker, bestellt er ihn von außerhalb. Selbst zum Einkaufen fährt er in die Nachbargemeinden oder gar bis Osnabrück. Nee, aus dem Ort gönnt er keinem was.«

»So was macht man nicht grundlos, oder?«

»Alle werden als Ferkel geboren, sagt man, aber aus manchen werden echte Schweine.«

»Alles nur Biologie, Herr Bossen?«

»Natürlich nicht.« Der Zigarrenstummel zerplatzte im Ascher. »Hass spielt da schon eine wichtige Rolle. Er kommt nicht davon los, dass die Nazis ihm übel mitgespielt haben. Kann einfach keinen Schlussstrich ziehen, der dösige Starrkopf!«

»Ist Böse Jude?«

»Ein weißer, würde ich mal sagen, von Geburt aus nicht.« Bossen lachte, als hätte er einen üblen Witz erzählt.

»Wieso hatte er Probleme mit den Nazis?«

»Na ja, wenn man die alten Leute hört, waren die Böses hier die großen Herren. Viel Land, viel Geld und … na ja, wohl auch Großkotzigkeit. War ja eine verdammt arme Gegend. Böse Zungen behaupten, die Nazis wären ganz erschrocken gewesen, als sie die Moore trocken legten und dabei richtige Menschen entdeckten. Hier ging es plötzlich aufwärts, klar, dass fast alle stramm hinter denen standen.«

»Bis auf die Böses wahrscheinlich.«

»Die hatten halt ihren eigenen Kopf. Und die Nazis vergaßen solche Leute ja nicht, die waren längst in den schwarzen Büchern registriert. Ob zu Recht oder Unrecht, weiß ich nicht, jedenfalls waren die Böses überzeugt, man werde ihnen das Fell über die Ohren ziehen. Weil sie Angst hatten, sind sie bei Nacht und Nebel nach Frankreich abgehauen. Nur der Hinrich ist geblieben.«

»Und der hat's dann ausgebadet, oder wie?«

»Der Hinrich? Nee, der konnte es ganz gut mit den Braunen. Für ihn wurde es erst bitter, als der Krieg zu Ende war und die Alliierten Fragen zu stellen begannen. Wurde interniert. Nicht lange, ein Jahr oder so, oben in Bremen bei den Tommys. So richtig zusammen kamen die Brüder ja auch nicht mehr, waren wie Hund und Katz und gingen sich aus dem Weg. Bis das Geld dann alle war und er den Schlussstrich gezogen hat, der Hinrich.«

»Wer hat damals den Fall bearbeitet?«

»Diepholz. Wir waren ja nur für die Hühnersachen zuständig.«

»Sie sagten, Hinrich Böse besaß Patente. Wer hat denn die geerbt?«

»Das weiß ich nicht. Wahrscheinlich der Bruder. Es gab ja ansonsten keine Familienangehörigen mehr, die Ansprüche hätten geltend machen können. Ob Hinrich überhaupt was vererben konnte, bezweifle ich. Da waren die Gläubiger. Und der Alte hat wohl auch kein Interesse an dem Nachlass gehabt. War froh, dass er sich aus allem raushalten konnte.«

»Womit er sich schließlich ins eigene Fleisch geschnitten hat?«

»Wenigstens sieht er das so. Kröger denkt anders darüber. Er hatte Glück und den richtigen Riecher, das ist alles. Aber Böse muss sich bei dem, was er Monat für Monat einstreicht, auch nicht beschweren. – Aber«, fügte er mit einem Blick auf seine goldene Armbanduhr hinzu, »das hat ja wohl nichts mit unserem Thörstchen zu tun, nicht wahr?«

»Fäden sind oft seltsam gesponnen.« Lorinser betrachtete das plötzlich schlaffe Gesicht des Polizisten, die noch immer vor Nässe glitzernden Augen, in denen der Widerwille, das Gespräch fortzusetzen, deutlich zu erkennen war.

»Was ich mir nicht vorstellen kann, ist, dass der junge Böse isoliert wie Treibgut durch die Landschaft segeln soll. Es muss jemanden geben, bei dem er sich aussprechen, bei dem er Unterschlupf finden kann!«

»Ist doch eine andere Generation«, sagte Bossen resigniert und ließ den Blick über die Wüstenfotos gleiten. »Mit der hat man nur zu tun, wenn es Ärger gibt …«

Ein müde gewordener Dorfbulle. Die einstigen Illusionen waren längst mit dem Schleifstaub der dienstlichen Routine verweht. Was geblieben war, war in den aufwendig gerahmten Fotos an der Wand zu erkennen.

»Und die Mädels? Sie sagten, er hat keine von der Bettkante flitzen lassen.«

»Dick gemacht und sitzen lassen hat er se!«

»Haben Sie Namen?«

»Meinen Sie, die bringen Ihnen was?«

»Ja.«

Bossen schüttelte den Kopf. »Ich glaube, Sie reißen bei den armen Dingern nur alte Wunden auf, aber wenn Sie meinen …« Er hielt inne, strich sich mit der linken Hand über die Stirn. »Inzwischen geht er ja an alles ran, was sich nicht wehrt. Im Festzelt gestern Abend verdrehte er der Simmerau den Kopf, und die könnte seine Großmutter sein. Aber vielleicht ist er klamm und verspricht sich von der was in die Tasche. Geld scheint sie ja zu haben, wenn man sieht, wie viel sie in ihre alte Scheune gesteckt hat.«

»Wieso glauben Sie, dass zwischen den beiden was war?«

»Sie war einfach hin und weg. Die Blicke, die Albernheit, das Gegacker! War richtig peinlich, wie die ihm beim Tanzen auf die Pelle kroch. Einen Kerl hat sie ja nicht, wie's aussieht, und dann kommt plötzlich Adonis höchstpersönlich … Erzählen Sie mir nichts von alternden Weibern!«, fügte er nach einem Seufzen hinzu.

Bossen war nur eine knappe Stunde geblieben und gegen einundzwanzig Uhr nach Hause gegangen. Ob und wann die beiden das Zelt gemeinsam verlassen hatten, wusste er nicht zu sagen. Nur so viel »zur Person«: Gertraud Simmerau sei Wirtschaftsberaterin, etwa fünfzig Jahre alt, »stamme aus der Freiburger Ecke« und hatte ein durch Brandstiftung ruiniertes Anwesen eines spurlos aus der Gegend verschwundenen Schriftstellers ersteigert und es »mit allen Schikanen« in einen »wahren Palast« umbauen lassen. Sie benutze das Haus nur an wenigen Wochenenden und »höchstens mal« – wie im Augenblick – für einige Wochen im Sommer.

»Würde mich gar nicht wundern, wenn die ihn kaputtgevögelt hat und er da seinen Rausch ausschläft. – Vielleicht löst ein Anruf Ihr Problem.«

Bossen schob Lorinser den Telefonapparat entgegen und las aus einem dünnen Telefonbuch die Nummer vor.

»Nichts«, sagte Lorinser nach langem Klingeln. »Vielleicht ist sie schon wieder abgereist.«

»Sie fahren sowieso in die Richtung. Hier ist die Adresse.«

Lorinser schrieb sie sich auf. Und die einer Carola Bersenbrück, die Thorsten Böse laut Bossen »dick gemacht« und im Elend sitzen gelassen hatte.

»Sie wohnt in Brockum. Der Vater betreibt dort eine kleine Fabrik. Können Sie gar nicht verfehlen ...«

»Danke«, sagte Lorinser und reichte dem Beamten die Hand. »Vielleicht darf ich wieder auf Sie zukommen, falls ich weitere Fragen habe?«

»Thörstchen liegt wahrscheinlich bei der Simmerau oder bei einer anderen im Bett, glauben Sie mir«, sagte Bossen und versuchte erst gar nicht, seinen Körper der Höflichkeit halber um einige Zentimeter aus dem Bürostuhl zu wuchten.

Lorinser hatte bereits die Klinke in der Hand, als er sich noch einmal umdrehte. »Sagen Sie, dieses Denkmal da draußen ... ich habe gesehen, dass der Name herausgemeißelt wurde. Wissen Sie, wem es gewidmet ist?«

»Das *Denkmal*?«

»Ja, am Huntedeich. Damals, als Böses Bruder sich dort umbrachte, könnten Sie es noch intakt gesehen haben.«

»Nein, nein! Das war schon immer so ... Nee, tut mir leid, das ist aus anderen Zeiten, und wer damit gemeint ist ... tut mir wirklich leid.« Der Kopf ruckte nach hinten, über die aufgeworfenen Lippen keckerte ein dürres, verlegenes Lachen. Die Augen jedoch, die fröhlichen Trinkerlichter, waren plötzlich verschleiert und verschwanden hinter den geschwollenen Lidern, als wollten sie sich verstecken.

»Wiedersehen«, sagte Lorinser und hatte wieder das Gefühl, nicht die ganze Wahrheit gehört zu haben.

Was Bossen als Palast beschrieben hatte, stand klotzig wie ein Bürogebäude in einem Rechteck aus hellem Kies und war nichts weiter als ein schwarz gedecktes Halbhaus mit bis auf das Fundament reichenden Fenstern. Die grau getönten Scheiben erinnerten Lorinser an den milchigen Glanz toter Fischaugen. Eine kniehohe Bruchsteinmauer bildete ein Quadrat, in dem offenbar ein Pedant militärisch exakte Muster erzwungen hatte: Daumenhoch getrimmter Rasen, durchbrochen von mit Rindenmulch gefüllten Beeten, aus denen Kirschlorbeer, Rosen und Buchsbaumzwerge ihre jugendlichen Ärmchen in die Sonne streckten. Grauschwarzes Verbundpflaster zog sich als Auffahrt am Haus vorbei zu einem von Kletterrosen bewachsenen Carport.

Einen Porsche entdeckte Lorinser nicht. Dafür aber vor der Hausfassade grüne Gummihandschuhe, die bei näherem Hinsehen zu einem mit Botox behandelten Michelinmännchen in einem weißen Arbeitsanzug gehörten. Kurze, weißblonde Haare, durch die die Kopfhaut rosig schimmerte, ein rundes Gesicht, das halslos aus dem hochgestellten Kragen ragte und aus dem hinter golden gerahmten Brillengläsern kohlschwarze Augen starrten.

»Sind Sie der Spengler?«

Der Stimme nach war das Männchen eine Frau, ihr saftiger Dialekt badische Ursuppe.

»Nein, Kriminalbeamter. Sind Sie Frau Simmerau?«

»Die bin ich, ja. Und was wollen Sie, wenn Sie nicht der Spengler sind?«

»Sie fragen, ob Sie wissen, wo Thorsten Böse ist.«

Sie rollte sich die Handschuhe von den Händen. »Wieso glauben Sie, dass ich das wissen könnte?«

»Wissen Sie's?«

»Wer sagt Ihnen, dass ich überhaupt weiß, wen Sie meinen könnten?«

»Sie haben gestern mit ihm getanzt. Im Festzelt.«

Ihre weißen Gartenclogs gruben sich in den knirschenden Kies. Vom Nachbarhaus, einer kleinen Reetdachkate, erklang das Geräusch eines anspringenden Motors.

»Ach der … den Jämie, den meinen Sie, ja, mit dem habe ich getanzt, und wie!« Keckernd sprühte eine Lachkaskade aus ihrem trichterförmig verformten Mund. »Wieso fragen Sie mich überhaupt? Ist was passiert? Bestimmt. Sonst wären Sie wohl nicht hier. Überhaupt, woher wissen Sie eigentlich, dass ich gestern auf dem Schützenfest war?«

Genau so ruckartig wie sie die Sätze hinausgeschleudert hatte, rückte sie auf klappernden Holzsohlen näher. So nahe, dass Lorinser einen Schritt zurückwich. Eine Wolke ihres Pfefferminzatems traf ihn trotzdem. Fordernd, als hätte sie Erziehungsrechte, blickte sie ihm ins Gesicht. Ihr dünnlippiger Mund entblößte ungewöhnlich große Zähne, die wie zum Zubeißen geöffnet waren. Die Oberlippe versteckte sich im Schatten eines von Lippenstift gedüngten Damenbarts. Unter den Augen falteten sich dunkle Schatten.

»Wie lange waren Sie mit ihm zusammen?«

»Kann ich nicht genau sagen. Mitternacht wird es gewesen sein, ein bisschen früher vielleicht. Ich habe kurz danach das Deutschlandlied im Radio gehört. – Wieso fragen Sie mich das alles?«

»Wir suchen ihn.«

»Hat er was verbrochen?«

»Hat er nicht. Er wird vermisst. Und wenn ich Sie richtig verstehe, war er bei Ihnen, ja?«

»Er war so nett, mich nach Hause zu fahren.«

»Blieb er?«

Ihr Blick schweifte ab, verfolgte einen roten Kombi, der vom Nachbargrundstück auf die schmale Straße rollte. »Nicht lange«, sagte sie, die grünen Gummihandschuhe knetend. »Ich habe ihm einen Espresso gemacht, und dann ist er gegangen.«

»Gegangen?«

»Gefahren natürlich. Er wohnt ja ziemlich weit weg. Da am Stemweder Berg bei dem schrecklichen Alten.«

»Mit seinem Porsche?«

Ihre behaarte Oberlippe zitterte. »Ich habe alles versucht, ihn davon abzuhalten, aber er wollte nicht, wollte unbedingt noch los, erst tanken und dann nach Hause, hat er gesagt, obwohl wir in Lemförde die Polizei gesehen haben und er ziemlich angetrunken war. Ich habe ihn wirklich gewarnt, und es hätte mir nichts ausgemacht, ihn hier schlafen zu lassen. Aber bringen Sie das mal einem bei, wenn er in dem Zustand ist!«

Eine lockere Zufallsbekanntschaft scheint das nicht zu sein, dachte Lorinser. Jamie nennt sie ihn. Mit weichem Sch. Und zu viel Sorge ist auch im Spiel. Gefühle eines späten Mädchens, das sich in den längst verschüttet geglaubten und plötzlich wieder erwachten Traum ihrer Jugend vernarrt hatte?

»Seit wann kennen Sie ihn?«

»Seit letztem Jahr. Ich habe ihn auf dem Sommerfest kennengelernt. Er hat mich angesprochen. In einer geschäftlichen Sache, die ihn sehr beschäftigte. Er wusste wohl, dass ich Inhaberin einer Firma für Wirtschafts- und Industrieberatung bin.«

»Wollte er sich selbstständig machen?«

»Nein, der ist froh, seine Stellung bei der Sparkasse zu haben. Es ging um alte Geschichten, um Patente, die sein Onkel auf dubiose Art und Weise an ein großes Unternehmen verloren hat. Er war der Ansicht, die Verträge seien auf betrügerische Art und Weise zustandegekommen und deshalb null und nichtig.«

»Und?«

»Gegen großes Geld zu prozessieren verlangt mehr als langen Atem. Wenn es zu keinem schnellen Vergleich kommt, kann man in einem solchen Verfahren alt und grau werden. Außerdem sind

Patente nur über einen bestimmten Zeitraum gültig, und der war längst überschritten. Eine hoffnungslose Geschichte.«

»Das hat er auch eingesehen?«

»Mit knirschenden Zähnen, würde ich sagen.«

»Wieso nennen Sie ihn Jämie?«

»Weil er James Dean so ähnlich sieht«, gestand sie und zeigte zum ersten Mal den Anflug von Verlegenheit. »Er hatte ja auch nichts dagegen, ihm gefiel es ja.« Sie deutete mit einer abrupten Handbewegung auf das Haus. »Wenn Sie noch viele Fragen haben, lade ich Sie gerne auf einen Kaffee ein. Mögen Sie?«

»Nein, vielen Dank. – Wie war ... wie ist Ihre Beziehung zu ihm?«

Sie blickte auf ihre Clogs, als könnte sie dort die Antwort auf die Frage finden, hob plötzlich den Kopf und stieß ein kurzes Lachen aus.

»So oft sehe ich ihn nicht ... Ich bin nur sporadisch hier, bin froh, wenigstens tageweise meiner Tretmühle entkommen zu können, das sag ich Ihnen! Und Jämie ist mir sehr sympathisch. Er hat es ja nicht leicht. Ich weiß nicht, ob Sie seinen Vater kennen. Einfach hat er es jedenfalls nicht mit dem, und er muss sich einfach mal aussprechen. Schon um sich von seinem Druck zu befreien.«

Von *seinem*? Lorinser bemühte sich, sich seine Skepsis nicht anmerken zu lassen. Was er da hörte, klang gar nicht nach dem Schweinehund Halveslebener und Bossenscher Beschreibung, klang nach einem Thorsten Sensibelchen, der den ausladenden Busen dieser Dame lediglich als Deponie für Frust & Tränen benutzte. Das konnte, musste man aber nicht glauben. Frauen über fünfzig, behauptete ja nicht nur sein Kollege Steinbrecher, sind Vulkane: Entweder erloschen oder permanent vor dem Ausbruch. Frau Simmerau jedenfalls machte nicht den Eindruck, inaktiv zu sein. Wenn Böses Ruf zutraf, ein Rammler vor dem Herrn zu sein, stand nicht er, sondern sie unter Druck. So verstanden, wurde ihre offensichtliche Trauer plausibel. Jedenfalls dem Anschein nach.

»Was meinen Sie, wenn Sie von Druck sprechen?«

»Kennen Sie seinen Vater?«

»Sie?«

»Ich habe genug gehört, um Rückschlüsse ziehen zu können, und dass Jämie sich bei ihm wie in einem Gefängnis fühlt. Er ist einfach unglücklich, verstehen Sie? Tief unglücklich. Und wie die Leute im Dorf mit ihm umgehen … das ist mehr als Diskriminierung, das ist … in vielen Köpfen ist das Mittelalter leider noch lange nicht überwunden.«

»Gilt aber nicht nur für Dorfbewohner. – Er wird also angefeindet?«

»Was denn sonst!«

»Haben Sie das schon mal erlebt?«

»Glauben Sie, die Leute gehen ihn an, wenn er in Begleitung ist?«

»Was Sie und ich glauben, spielt keine Rolle, Frau Simmerau.«

»Jämie belügt mich nicht!«, stieß sie, eine Fahne sprühenden Speichels in die Luft blasend, empört aus. »Ich kenne ihn gut genug, um das sicher sagen zu können!«

Waren das die funkelnden Blicke einer Frau, die sich vor ihren bedrohten Schützling stellt? Loderte da das Fieber einer Dame, das sich an dem bedeutend jüngeren Adonis Jämie entzündet hatte?

»Ich will Ihnen nicht zu nahe treten, Frau Simmerau, aber ist es nicht ein bisschen gewagt, wenn Sie sich für einen Menschen, den Sie nicht so oft gesehen haben, so weit aus dem Fenster lehnen?

»Nein. Ich kenne ihn. Und zwar sehr genau.«

War das Naivität oder Ignoranz? Oder beides in trauter Eintracht mit Blindheit? Ihm fiel das Motto seines letzten Seminars ein: Glaube dem, der nach der Wahrheit sucht, misstraue aber jenen, die überzeugt sind, sie gefunden zu haben.

»Sie scheinen ihm sehr zu vertrauen.«

»Ich habe keinen Grund, es nicht zu tun.«

»Heißt das, Sie sind mit ihm intim?«

Die durchgekneteten Gummihandschuhe fielen auf den Kies. Frau Simmerau bückte sich, ergriff sie und richtete sich ruckartig wieder auf. Im Gesicht eine Röte, die auch von der abrupten Bewegung herrühren konnte. Oder auch nicht, dachte Lorinser und verspürte gegen alle Neutralitätsgebote eine gewisse Genugtuung, als die Frau ihm ein wütendes »Das ist ja unerhört!« entgegenschleuderte. »Mein Privatleben ist einzig und alleine meine Sache!«

»Selbstverständlich, und entschuldigen Sie bitte«, sagte Lorinser, ob der Heftigkeit ihrer Reaktion überrascht. »Können Sie mir denn sagen, ob Böse Ihnen von seinen Vaterschaftsproblemen erzählt hat?«

»Stellen Sie sich vor, er hat! Aber sein Problem ist nicht die Vaterschaft, sein Problem ist, dass dieses Weibstück angestiftet wurde, sich von ihm schwängern zu lassen! Diese Bersenbrück, die ist durch sämtliche Betten des Dorfes gehüpft! Da versprach sich jemand ein sorgenfreies Leben, sonst nichts. – Oder würden Sie sich einen unehelichen Balg unterjubeln lassen?«

»Ich hätte in Kondome investiert«, sagte Lorinser und zog seine Zigaretten hervor. »Aber es geht nicht um mich. Ich wüsste gerne, wohin Böse gefahren ist. Hat er Ihnen ein Ziel genannt?«

Ihre missbilligenden Blicke deuteten Fundamentalismus auch gegen Raucher an. »Nein«, platzte es über ihre Lippen. »Mir hat er gesagt, dass er heimfahren will. Ich hatte und habe keinen Grund, daran zu zweifeln. Vielleicht hat er ja einen Unfall gehabt oder … woher wissen Sie eigentlich, dass er verschwunden ist? Von seinem Vater?«

»Dienstliche Erkenntnisse«, sagte Lorinser und zeigte lächelnd die Innenfläche seiner rechten Hand, »sind einzig und alleine Sache der Polizei.«

Sie starrte ihn an. »Und was ist jetzt mit Jämie?«

»Das wird sich hoffentlich bald herausstellen«, sagte Lorinser und zündete sich die Zigarette an. »Vielen Dank jedenfalls.«

Gertraude Simmerau blickte ihm bewegungslos nach, bis sie aus dem Blickfeld seines Rückspiegels verschwand.

3

»Ach Lorinser, Lorinser! Wie lange sind Sie jetzt bei uns?«

»Vierzehn Tage, Herr Kriminalrat.«

»Vierzehn Tage?« Timmermans seufzte, als säße ein vom Tode gezeichnetes Kind vor seinem wohl geordneten Schreibtisch. »Vierzehn Tage und schon beschwert man sich über Sie. Haben Sie eine Ahnung, wie lange es bei mir gedauert hat?«

»Mit Raten habe ich es nicht so.«

»Ich will's Ihnen sagen: Zweiundzwanzig Jahre Dienst und keine einzige Beschwerde!« Seufzen. Sein akkurat gespitzter Bleistift hämmerte auf die polierte Schreibtischplatte. »Vielleicht hat es ja damit zu tun, dass ich einer anderen Generation angehöre, vielleicht sogar einer anderen Welt. Keiner besseren, das will ich nicht behaupten, aber einer, in der die Regel noch Regel war. Mein Vater sagte immer: Dienst ist Dienst und Schnaps ist Schnaps. – Gehen mit Ihnen öfter mal die Pferde durch?«

»Eigentlich nicht«, sagte Lorinser und bemühte sich vergebens, die von Kriminalrat Timmermans beschworene Regelwidrigkeit im Käfig seiner Erinnerung zu finden. Er war der Meinung, sich überaus korrekt verhalten zu haben. Was ihm regelwidrig erschien, war die schulmeisterliche Art des Dienststellenleiters, ihm ein schlechtes Gewissen einzureden, ohne auf den Punkt zu kommen.

»Ich bin bekannt dafür, dass ich aus meinem Herzen keine Mördergrube mache, Herr Kriminalobermeister. Meine Devise: Problem erkannt, Problem gebannt! Sie können sicher sein, dass ich stets auf der Seite meiner Beamten stehe, aber was ich nicht dulden kann und nicht dulden werde, sind Mitarbeiter, die das hervorragende Ansehen meiner Dienststelle beschädigen. Leider habe ich Anlass, Ihnen genau das vorzuwerfen.«

»Wenn, dann bitte so konkret, dass mir eine allgemeine Beichte erspart bleibt.«

Timmermans schob das Kinn nach vorne. »Ich nehme an, Sie sind aus Überzeugung Polizist geworden?«

»Wollen Sie die ganze Wahrheit?«

»Ich bitte darum!«

»Es war Leidenschaft, Herr Kriminalrat. Für Jean Gabin in seiner Rolle als Kommissar Maigret. So banal es Ihnen auch erscheinen mag.«

Timmermans schüttelte den Kopf. Das Kinn fuhr in die Ausgangsstellung zurück. Ein Lächeln zuckte um seine Lippen. »Maigret also?«

»Maigret«, sagte Lorinser, obwohl es nur die eine Hälfte der Wahrheit war. Die andere lauerte im dunklen Bereich seiner Erinnerung. Blutige, zu Eis erstarrte Bilder, die hin und wieder mit einer gewaltigen Explosion in seinem Hirn zersplitterten und ihn zurück in jene Schreckenssekunde katapultierten, als das Geschoss aus einer Polizeipistole das Leben seines besten Freundes beendete und seines in einen zur Buße verpflichtenden Albtraum verwandelte …

»Um ehrlich zu sein, ich hätte auf Mike Hammer getippt. Um Ihnen jedoch die Generalbeichte zu ersparen: Der Herr Landtagsabgeordnete Reets rief mich vorhin an. Er seinerseits hatte kurz zuvor ein aufschlussreiches Gespräch mit dem Bürgermeister der Samtgemeinde Lemförde, der ihm berichtete, dass eine mehr als aufgebrachte Dame aus seinem Behuf sich über die Art und Weise empörte, wie Sie mit ihr umgesprungen sind. Klingelt's jetzt?«

»Gertraude Simmerau?«

Timmermans warf einen Blick auf seinen Notizblock und nickte. »Dieselbe, mein Lieber. Eine Dame der resoluten Art und nicht ohne Beziehungen, wie mir scheint. Was, zum Teufel, haben Sie nur mit ihr angestellt, dass sie so fuchsteufelswild geworden ist?«

»Ich habe sie sachgerecht befragt, mehr nicht.«

»Sachgerecht? Wohl eher in unangemessenster Form, wie sie laut Reets behauptet, rüde und ehrverletzend!« Der Bleistift knallte erneut auf die Platte. »Punkt eins: In welcher Sache haben Sie die Dame überhaupt vernommen? Punkt zwei: Welche Erklärung haben Sie für Ihr Verhalten?«

Die weiße Wand hinter dem Schreibtisch war mit Urkunden und Fotos von Massenläufen gepflastert. Mitsamt einem guten Dutzend nach Größe geordneter Pokale auf einem Bord darunter wiesen sie Kriminalrat Timmermans als Freund geduldig ertragener Qualen nicht enden wollender Langlaufkurse aus. In seinem von Wind und Wetter gegerbten Asketengesicht jedoch zuckten jetzt Ungeduld und Ärger. Als Lorinser den Sachverhalt nach Punkt eins geschildert hatte, starrte Timmermans ihn kopfschüttelnd und mit hochgezogenen Brauen an.

»Eine gestohlene Leiche?«

»Ich habe verschwunden gesagt, Herr Kriminalrat. Wenn sie denn, wie der Zeuge behauptete, an der Stele gehangen hat.«

»Finden Sie das nicht ein bisschen seltsam?«

»Nicht nur ein bisschen.«

»Haben Sie sich gefragt, ob Ihnen da ein Streich gespielt worden ist?«

»Mir? Ich kenne hier noch nicht mal alle Kollegen, und privat halten sich die Bekanntschaften in engen Grenzen. Nein, einen Streich, der mich treffen sollte, halte ich für ausgeschlossen.«

»Da haben Sie wohl Recht, aber … Da unten war Schützenfest, die Leute begießen sich tagelang die Köppe mit dem elenden Alkohol, und der eine oder andere kommt im Rausch auf die übelsten Ideen. Solch ein Strick muss ja zunächst einmal gar nichts besagen. Es kann ja auch dem Versuch gedient haben, dem Gedenkstein den Kopf abzureißen. Haben Sie weitere Indizien gefunden?«

»Böse, das tatsächliche oder vermeintliche Opfer, ist weder zu Hause noch auf seiner Arbeitsstelle erschienen.«

Timmermans rollte den Bleistift zwischen seinen Händen. Seine Stirn zerfaltete sich zu einem Waschbrett, während seine

Blicke zu dem mit Kakteentöpfen besetzten Fenster wanderten, hinter dem sich in einiger Entfernung ein mehrgeschossiges Geschäftshaus in den wieder trüben Himmel reckte.

»Tja, das ist wohl kein hoffnungsvolles Zeichen, da werden wir dranbleiben müssen. Was hat denn diese … diese Dame mit dem kurzen Draht zum Bürgermeister mit dem Fall zu tun? Ist sie eine Verwandte von dem Verschwundenen?«

»Eine Freundin. Gut dreißig Jahre älter als er. Sehr von ihm eingenommen, um es gelinde auszudrücken. Von sich vielleicht noch mehr. Wohlhabende Wirtschaftsberaterin, die sich in Hüde einen kleinen Palast als Wochenenddomizil erbaut oder besser ausgebaut hat. Sie hat den Abend mit ihm auf dem Schützenfest verbracht und gibt an, ihn vor ihrem Haus kurz nach Mitternacht zum letzten Mal gesehen zu haben.«

»Was Sie ihr nicht glaubten und zum Anlass nahmen, sie hart anzufassen?«

»Ich habe sie nicht hart angefasst. Ich hatte den Eindruck, dass ihre Beziehung zu Böse mehr als freundschaftlich ist, und um Auskunft gebeten.«

»Ohne Druck auszuüben und zu insistieren, ohne beleidigenden Unterton?«

»Meine Frage lautete: Sind Sie mit ihm intim.«

»Das ist alles?«

»Sie reagierte meiner Meinung nach wie eine ertappte Diebin und verbat sich die Einmischung in ihre Privatsphäre.«

Timmermans betrachtete seine Hände. »Dreißig Jahre Altersunterschied … wie kamen Sie denn darauf, dass die sich von dem … na ja, dass sie es mit ihm getrieben hat? Wenn die Frau lediglich mütterliche Gefühle für den Burschen hat, könnte ich mir durchaus vorstellen, dass sie eine solche Frage als beleidigend empfindet. Wie alt ist denn dieser Böse?«

»Vierundzwanzig.«

»Dann ist die Simmerau weit über fünfzig! Ist die noch so gut beisammen, dass so'n junger Kerl ihr ans Korsett geht?«

Timmermans' Zorn schien verflogen. Sein Gesicht hatte sich entspannt. Nur aufrichtiges Wissenwollen, fand Lorinser, zeichnete sich in seinen jetzt deutlich entspannteren Gesichtszügen ab.

»Nein«, sagte er, »attraktiv im üblichen Sinne ist sie nicht. Ist ziemlich … na ja, in der Höhe Kleidergröße 36, in der Breite 48, hartes Gesicht, dünne, kurze Haare, durch die man die Kopfhaut sieht. Und die Karosserie bügelt sie sich auch noch mit ordentlich viel Chemie auf. Aber es ist ja nicht immer das Äußere, das den Ausschlag gibt.«

»Sie meinen, der junge Kerl bespringt sie aus purer Not?«

»Nein, insoweit hat er keine Probleme. Könnte eine Geldfrage sein. Die Frau ist ordentlich betucht.«

»Klingt ja wie Fernsehen am Nachmittag.«

»Oder wie der Stoff, aus dem Beziehungen zwischen jungem Mann und alternder Frau sind.«

Timmermans schürzte die Lippen und sah Lorinser aus schmalen Augen eindringlich und skeptisch zugleich an. »Wenn Sie Ihre Spekulation weiter auf die Spitze treiben, basteln Sie aus der Simmerau noch die Mörderin eines Opfers, das unter Umständen irgendwo fröhlich spazieren geht.«

»Ich bin kein Heimwerker, und als solcher verstehe ich mich auch nicht, Herr Kriminalrat.«

»Das hoffe ich doch!«

»Kann durchaus sein, dass die Sache nichts weiter als ein Scherz ist. Aber mindestens eben so viel spricht dafür, dass der Zeuge Hollenberg die Leiche des Jungen gesehen hat. Wenn ja, ist Frau Simmerau nach jetzigem Erkenntnisstand die Letzte, die ihn lebend sah. Was immer das bedeuten mag.«

»Was auch immer«, wiederholte Timmermans nachdenklich. »Möglich, dass er sein Auto unter Einwirkung des Alkohols an einen Baum setzte … Warten wir's ab. Bezüglich der Beschwerde erwarte ich von Ihnen eine schriftliche Stellungnahme. Ich denke, damit ist die Geschichte auch für MdL Reets aus der Welt.«

Timmermans erhob sich und entpuppte sich als Sitzriese, dem Lorinser bequem über den gelichteten Scheitel blicken konnte. Seine fest zugreifende Hand fühlte sich trocken wie Pergament an.

»Und? Haben Sie schon ein bisschen Stallgeruch angenommen?«

»Stallgeruch? Weiß nicht. Einen Wegweiser brauche ich jedenfalls nicht mehr, um mein Büro zu finden.«

»Hört sich gut an, zumal Sie ja bald die ersten Runden für den Höheren Dienst auf der Polizeiakademie in Nienburg drehen.«

Das stimmte. Nicht zuletzt die Gelegenheit, über das Studium den Mittleren Dienst schnell hinter sich lassen zu können, hatte Lorinser dazu bewogen, sich bei der niedersächsischen Kriminalpolizei zu bewerben. Zwar hatte er noch keinen endgültigen Antrittstermin, aber wenigstens die Zusicherung, am nächsten Lehrgang für die Kommissarslaufbahn teilnehmen zu können.

»Ich hoffe, es funktioniert.«

»Daran habe ich keinen Zweifel, Lorinser. Lassen Sie nur nicht zu, dass die Simmeraus dieser Welt Ihnen am Zeug flicken können. Zurückhaltung bei der Vernehmung besonders von Zeugen zahlt sich immer aus, glauben Sie mir! Und wenn Sie das Ziel nicht aus den Augen verlieren, haben Sie es bald geschafft. Meinen Segen und meine Unterstützung haben Sie.«

Wenn das nicht sein Tag war!

Im Büro wartete Steinbrecher, in der rechten Hand eine Tasse seines allseits gefürchteten Kräutertees. Ein ekelerregend bitteres Gesöff, von dem er sich trotz seiner vielen Wehwehchen ewige Gesundheit versprach, das ihn aber, wie es hieß, schon einige Freundschaften gekostet hatte.

»Einfach verrückt, der Kerl«, sagte er und schlug mit der linken Hand auf die vor ihm liegende Zeitung. »Jetzt ist er mit einem Güllewagen bei denen vorgefahren und hat denen die Scheiße direkt in die Kassenhalle gepumpt.«

Lorinser warf sich auf seinen Stuhl. »Sprichst du etwa von unserer verschwundenen Leiche?«

»Nee, von dem Bartning, der seinen verrückten Krieg gegen die Sparkasse führt.« Er hob den Kopf und blickte Lorinser über den Rand seiner Lesebrille an. »Sag bloß, du hast noch nicht von dem gehört?«

»Als Neubürger hat man noch die eine oder andere Bildungslücke.«

»Dann hör mal genau zu!«

Lorinser hörte. Aber nur mit halbem Ohr, weil seine Gedanken noch immer um das doch eher bedrohliche Gespräch mit Timmermans kreisten und er sich fragte, ob er auf Scampi und Wein zum Italiener gehen sollte. Steinbrecher berichtete von einem Unternehmer, der überzeugt war, von der Sparkasse durch unbegründete Kündigung der Kredite in den Ruin getrieben worden zu sein. Wie Ratten hätten sie ihm zuerst mit hohen Zinsen das Vermögen weggefressen, wie Schweine seien sie dann über seine Grundstücke und die Konkursmasse hergefallen. Um den Bürgern klarzumachen, dass sie es in der Sparkasse mit Ratten und Schweinen zu tun hatten, hatte er eines Tages Dutzende dieser tierischen Zeitgenossen in die Sparkasse zu den dortigen Kollegen getrieben. Das gegen ihn angestrengte Verfahren war zum Entsetzen der Geldhöker im Sande verlaufen. Das hatte ihn offenbar ermutigt, eine neue Aktion mit Elefanten und Eseln zu starten. Die Elefanten, um die Dickhäutigkeit der ehemaligen Geschäftspartner zu symbolisieren, die Esel als Spiegel der bei den Sparkassenmanagern vermuteten intellektuellen Befindlichkeit.

»Und jetzt die Gülle! Was kann er denn damit meinen?«

»Dass sie ihn beschissen haben und dass er ihnen mit gleicher Münze heimzahlt. Ist doch klar.«

»Aha, Lorinsers verschwundene Leiche!«

Lorinser drehte den Kopf in Richtung der Stimme.

Im Türrahmen stand KHK Hildebrandt. Aus Steinbrechers Tasse schwappte die als Tee missbrauchte Medizin. Lorinser zuckte lediglich die Achseln, als die Hauptkommissarin die Tür hinter sich schloss und die beiden abwechselnd aus graugrünen Augen fragend betrachtete. Der Fall hatte sich also nicht nur herumgesprochen, er hatte auch schon seinen Namen weg. Lorinsers verschwundene Leiche. Wenn das nicht Image fördernd war!

Und die Hildebrandt war auch so eine, mit der nicht gut Kirschen essen ist. Polizistin mit Leib und Seele, aber auch, weil es die familiäre Tradition so wollte. Schon ihr Großvater hatte im Strom von Kaiserreich, Nazidiktatur und rheinischer Demokratie für Recht und Ordnung gesorgt. Ihr Vater war in seine Fußstapfen getreten. Ihr war auch nichts Besseres als die Sicherheit einer Beamtenlaufbahn eingefallen. Im Windschatten der Quote hatte sie eine steile Karriere hingelegt. Dreißig und schon Kriminalhauptkommissarin, das war schon was. Und das mit dem Freizeit fressenden Drang nach ganz, ganz oben. Überaus hübsch trotz der angedeuteten Knautschzone an den Hüften und den leicht übergewichtigen Brüsten. Auch sie hatte den dümmlichen Spruch von Dienst und Schnaps auf ihn abgefeuert, als er sich ihr vorgestellt hatte. Mochte an der Nähe zu Kriminalrat Timmermans liegen, der sie offenkundig protegierte. Dennoch: Was ging ihn die Neugierde seiner Vorgesetzten an, wenn er gedanklich bereits auf dem Nachhauseweg war?

»Nein, das war privat«, murmelte Steinbrecher seine lahme Erklärung, während er die Zeitung zusammenfaltete. KHK Hildebrandt nickte nur, als hätte sie nichts anderes erwartet, und wedelte mit einem Formular. »Wir haben einen Minderjährigen in der Zelle, der mit einem bisher Unbekannten den Kiosk am Bahnhof überfallen hat. Heult Rotz und Wasser, will aber seinen Komplizen nicht verpfeifen. Ich dachte, dass Sie mich in der Sache unterstützen, Kriminalobermeister.«

Lorinser stöhnte innerlich. Damit war er verbrannt, der Feierabend, und auch sein Plan von der kleinen Portion Scampi und dem recht ordentlichen Roten beim Italiener. Er deutete auf das Formular. »Ist das für mich zum Einlesen?«

»Die Zeit haben wir nicht, und nötig ist es auch nicht.«

»Dann spiele ich also den Fiesen?«

»Sie meinen, weil Sie heute schon mal geübt haben? – Nein, das brauchen Sie nicht. Ich möchte nur sicher sein, dass der Bursche seinen überaus gut entwickelten Bizeps unter Kontrolle hält.«

Sieh mal einer an! Nicht nur gekränkte Wirtschaftsberaterinnen verfügten also über kurze Drähte zu einflussreichen Stellen, dachte Lorinser. Offensichtlich hatte Timmermans die Kollegin informiert. Die Frage war, ob vor oder nach dem Gespräch. Wenn danach, hatte Timmermans sich nicht überzeugen lassen. Oder sollte die »Unterstützung« etwa eine trickreich angesetzte Lehrstunde in Sachen korrekter Vernehmungstechnik sein?

»Es ist Ihr Fall«, sagte Lorinser und hob die Hände.

»Genau, Kriminalobermeister!«

»Ich geh dann mal«, sagte Steinbrecher, winkte fröhlich mit der zusammengerollten Zeitung, machte aber den Eindruck, als flüchtete er von einem Schlachtfeld.

KHK Hildebrandt ließ ihn passieren, ging an den Schreibtisch, nahm den Hörer vom Telefonapparat und bat die Wache, den rabiaten Nachwuchsräuber zur Vernehmung vorzuführen.

»Ich krieg so was nicht runter«, sagte Steinbrecher. Fasziniert und entsetzt zugleich starrte er auf die Schnecke, die Lorinser sich in den Mund schob. »Wenn ich die sehe, denke ich immer an den Schleim, den die auf den Wegen hinterlassen. Hast du mal gesehen, wenn die sich gegenseitig auffressen?«

»Machen sie das?«

»Auf jeden Fall. Wenn eine tot ist, dann kommen ganze Trupps und stürzen sich darauf. Wie die Kannibalen. – Dabei würde ich gerne wissen, wie die schmecken.«

»Ohne Probieren geht das nicht.«

»Das ist es ja.«

Lorinser spießte eine weitere auf und hielt sie Steinbrecher hin. »Mach einfach die Augen zu und denk an die Hildebrandt. Bei der würdest du ja auch nicht nein sagen.«

»Was du nicht alles glaubst!«

»Ich habe Augen im Kopf, werter Kollege.«

Steinbrecher schüttelte sich.

»Komm schon!«

»Nee, lass sein«, wehrte Steinbrecher ab. »Ich schaffe es einfach nicht!«

»Die du im Kopf hast, sind Nacktschnecken. Rot, schwarz, klebrig und Augen in komischen Löchern und ungenießbar. Die hier sind wie die Hildebrandt, schleppen allerdings ihr Haus mit sich herum. *Helix pomatio.* Wirklich gut!«

Steinbrecher schauderte und trank von seinem Grauburgunder. »Hast du 'ne Ahnung, wie die im Stall genannt wird?«

»Ich weiß nur, dass sie wirklich was drauf hat.«

»Die eiserne Jungfrau«, sagte Steinbrecher.

»Vielleicht ist sie ja anders rum.«

»Du hast für alles eine Erklärung, was?«

»Quatsch.« Lorinser tupfte mit einem Stück Weißbrot heißes Öl aus der Schale. »Ich versuche nur, hinter die Dinge zu kommen. Kann ja auch frigide sein. Manche Frauen sterben ungefickt.«

»Frauen!« Steinbrechers Augen wirkten in ihren tiefen Höhlen wie stumpfe Kiesel. »Meine konnte nicht genug kriegen«, flüsterte er. »Richtig nymphoman. So viele Kerle, wie sie brauchte, konnte die gar nicht aufreißen. Ich sag dir, dann hast du's ganz schnell hier!« Er führte die rechte Hand über die Kehle. »Und du? Bist du gebunden?«

»Weiß ich nicht so genau.«

»Wie das? In Scheidung, oder wie?«

»Befreundet, verlobt vielleicht. Erst wollte sie mit raufkommen, dann wieder nicht. Hat sich die Gegend hier angesehen. Die Stadt. Die leeren Läden. Behauptete, sie hätte hier niemanden lachen gesehen. Und dann noch meine halb leere Bude, die unausgepackten Kartons. Das war es dann. Vermutlich«, schob er nach. Das Thema hat sich wohl erledigt, dachte er, ohne sonderlich viel Trauer zu verspüren.

»Tut mir leid für dich. Aber erstens findest du überall nette Frauen, und zweitens hat das Alleinsein ja auch seine Vorteile. Du brauchst auf niemanden Rücksicht zu nehmen.«

»Und vor Langeweile tust du mehr für die Karriere?«

Steinbrecher mühte sich ein Lächeln ab. »In meinem Alter machst du dir darüber keine Gedanken mehr. Noch zehn Jahre, dann ist Feierabend. Dann verkloppe ich das Haus und … vielleicht setze ich mich dann ins Wohnmobil und gucke mir die Welt an. Ich war ja noch nie richtig weg. Zwei Mal Mallorca, ansonsten immer nur Neustadt. Neustadt! Wir hatten da oben einen Wohnwagen wie 'ne Schuhschachtel so groß. Das Schlimme ist, dass man sich damit zufrieden gab.«

Steinbrecher leerte sein Glas. Es war das vierte. Gegessen hatte er nicht. Ein halbes Dutzend Zigaretten geraucht und sich gleich dreimal dafür entschuldigt, dass er Lorinser mit seiner Einladung auf ein Bier auf den Wecker gegangen war. Den Grund dafür hatte er nicht genannt. Vielleicht wollte er sich bei dem Neuen nur ausweinen.

Aus dem Bier war dann Wein bei »da Claudio« geworden, einem gut besuchten Italiener in der Steinstraße, der neben den obligatorischen Pizzen eine Reihe ganz ordentlicher Gerichte und Weine auf der Karte hatte. Dunkles Gebälk, Gipsputz, diffuse Beleuchtung und die Kerzen auf den Tischen schufen mit der Flut der schmalzigen Musik aus den versteckten Lautsprechern eine geradezu heimelige Atmosphäre. Gemischtes Publikum. Viele junge Leute, deren Stimmen wie Meeresbrandung zu ihnen aufs Podest rauschten. Am Kopfende des großen Tisches tauschten die Haare zweier Mädchen Zärtlichkeiten aus. Paula jedoch, die lockere und außerordentlich hübsche Plaudertasche, mit der Lorinser einen Teil der letzten Nacht verbracht hatte, war nicht zu sehen. Er wusste allerdings auch nicht mehr, ob er sich mit ihr verabredet hatte.

»Wie bist du denn mit *ihr* zurechtgekommen?«

»Mit der Hildebrandt?« Lorinser zündete sich eine Zigarette an. »Ganz gut, denke ich. Ich habe auch nur den Kerl gespielt, der mit düsterem Blick und verschränkten Armen an der Wand lehnt.« Er hob die Hände, verdrehte die Augen und machte das brave Hündchen. »Das Bürschchen, ein kleiner, muskulöser Macho, hat sich trotzdem nicht weichkochen lassen. Das war wie beim Squash: platsch, platsch, die Bälle voll gegen die Wand, aber kein Fleckchen Lack platzte ab.«

»So ist das. So bleibt das auch. Bis du dich eines Tages dabei erwischst, wie scheißegal es dir ist, ob so einer auspackt oder nicht. Was dich wirklich interessiert, ist, dass du den Aktendeckel zumachen und auf die linke Seite schieben kannst. Rechts stapeln sich ja schon die neuen Fälle. Ich habe siebzehn auf dem Schreibtisch liegen. Fingerabdrücke, Fußspuren, verschissene Unterhosen und verrotzte Taschentücher. Und zu Hause verhängst du den Spiegel, weil du das Sackgesicht darin nicht mehr ertragen kannst.« Er winkte der vorübergehenden Kellnerin, deutete auf sein Glas. »Bitte noch so einen!«, rief er ihr zu, wandte sich wieder an Lorinser und senkte die Stimme zu einem rauen Flüstern. »Du fühlst dich wie in einer Wartehalle. Nur weißt du nicht, auf was du wartest. Du hast kein Ziel mehr, das ist es. Kein Ziel, verstehste?«

Die räsonierenden Worte erinnerten Lorinser an seinen Vater, an jene Bilder, die ihn als düstere Silhouette in der lichtlosen Wohnung vor seinem Platz am Küchenfenster zeigten. Offiziell hieß das Stromsparen, tatsächlich war es die Kulisse seiner immer schlimmer werdenden Depressionen. Den Kopf in die Hände gestützt, die Augen blicklos in den einst heiß geliebten, jetzt aber verwilderten Garten gerichtet und die sowieso dünnen Lippen zu scharfen Klingen zusammengepresst. Das Gesicht war ihm wie ein in Granit gehauener Seufzer erschienen, leblos, erloschen, eine Mondlandschaft seiner vom wuchernden Krebs zerfressenen Träume. Ein Schatten seiner selbst, nicht nur eingehüllt in den Kokon seines Schmerzes, sondern zum Tyrannen verwandelt, der alles um ihn her mit geradezu fanatischer Kritik zu ersticken versuchte. Bis er klaglos an den Folgen seines unheilbaren Leidens gestorben war. Hinterlassen hatte er einen in der Bibel vergessenen Zettel: »Du jagst dein ganzes Leben deinen Träumen nach, erschöpfst dich, um dann zu erfahren, dass du ein Nichts bist. Ein Nichts im Nichts, nur deshalb noch wahrgenommen, weil dir der Mut zur Tat verloren gegangen ist und die Wäscheleine um den Hals wahrhaftig zu würdelos wäre. Die Wahrheit ist …«

Ja was?, hatte Lorinser sich wegen der abrupt abgebrochenen Aussage immer wieder gefragt. Getrieben von einer nie gekannten Neugierde hatte er nach dem Rest des Satzes gefahndet, als läge in ihm der Schlüssel zum Verständnis dieses Mannes, der ihm schon als Kind fremd geworden war. Er hatte den Kalender des Vaters wieder und wieder durchgeblättert, die Bibel, die spärlichen schriftlichen persönlichen Unterlagen durchsucht, war auf Urkunden, längst bezahlte Rechnungen gestoßen, jedoch nicht auf die Worte, von denen er *die* Antwort erhofft hatte.

Seine Mutter, die den Tod ihres Mannes offensichtlich als Befreiung empfand, hatte ihm auch nicht helfen können. Oder wollen. Für sie war mit dem Versenken des Sarges der letzte Akt des Dramas gespielt und der Vorhang gefallen, obwohl sie sich, wie Lorinser, besorgt fragte, ob das depressive Erbe des Verstorbenen eines Tages auch bei ihren Kindern unheilvoll durchbrechen würde. Seiner Schwester Katharina, genannt Katta, die nach früher Heirat und Kind schon nach Monaten aus der turbulenten Ehe ausgebrochen und für Mutters Geschmack zu flatterhaft geworden war, hatte sie ja oft genug prophezeiend vorgehalten, »wie Vati zu sein, wie ein Korken, der im Wasser treibt und keinen eigenen Weg hat«. War *das* auch die Botschaft des Textes auf dem Zettel?

Er wusste es nicht, ahnte aber, dass Steinbrecher ein ähnlicher Fall war, nur deshalb nicht vollends aus der Bahn geworfen, weil die Routine des Dienstes ihn in der Umlaufbahn hielt. So sehr er ihn aber zu verstehen glaubte, so wenig fühlte er sich in der Lage, den psychologisierenden Beichtvater zu spielen. Um Absolution schien es dem Kollegen auch nicht zu gehen. Wahrscheinlich fürchtete er nur das Elend der Einsamkeit in der ungewohnten Leere seines Hauses. Ihm selbst ging es ja ähnlich, wenn er seine kleine noch nicht eingerichtete Wohnung unweit des Bahnhofs betrat und die Stapel von unausgepackten Umzugskartons in ihm das Gefühl weckten, frostiges Niemandsland zu betreten.

»Wie weit bist du mit den Beweismitteln?«, fragte er. »Mit dem Blut an dem Taschentuch zum Beispiel?«

»A mit Rhesus-Antigen D, also positiv«, sagte Steinbrecher. Er nahm den Oberkörper zurück, um der Kellnerin Platz zu machen, die den nächsten Wein servierte. »Die gleiche Suppe am Schuh. Eindeutig menschlich, was aber gar nichts besagt, weil wir noch keine Vergleichsproben von diesem Böse haben. – Oder hast du sie mitgebracht?«

Lorinser schüttelte den Kopf. »Woher hätte ich's nehmen sollen? Dass sein Vater ein Fläschchen im Kühlschrank aufbewahrt, konnte ich mir einfach nicht vorstellen.«

Steinbrecher hob sein Glas, prostete ihm zu. »Eilt ja nicht«, sagte er. »Solange es keine Leiche gibt ...« Er hob die Schultern, trank und wischte sich mit dem Handrücken die Lippen. »Was sagt Timmermans dazu?«

»›Bleiben Sie dran, mein Lieber‹«, ahmte Lorinser die bedächtige Sprechweise des Vorgesetzten nach.

»Und immer der Reihe nach«, fuhr Steinbrecher fort. »Und vor allen Dingen abschalten, sobald du den Stall verlassen hast. Der beste Motor geht kaputt, wenn du ihm keine Pause gönnst. Ich kenne in Richtung Vechta einen netten Klub. Die LG.«

»LG?«

»Ludenfreie Genossenschaft. Da haben sich einige Mädchen zusammengeschlossen, die es satthaben, von Zuhältern ausgebeutet zu werden. Wenn du Lust hast, führe ich dich ein.«

»Ich mit meiner Knoblauchschnauze?«

»Mit Küssen haben die Mädels es sowieso nicht, da musst du dir keine Sorgen machen.«

»Sorgen macht mir mein Portemonnaie.«

»Ich habe Rabatt. Siebzig. Dafür machen sie es dir, bis Blut kommt. Getränke inklusive. Guter Laden, echt schicke Dinger, die keine Tabus kennen. Ich hätte viel früher draufkommen sollen. Vor der Heirat. Dann hätte ich mir eine Menge Ärger erspart. – Die akzeptieren im Übrigen auch Kreditkarten.«

Es gab Fragen, die ließen sich nicht so einfach beantworten. Nicht abends in einem Restaurant, in dem das Rauschen der Stimmen sich mit aus kratzenden Lautsprechern fließenden italienischen Schnulzen mischte und zusammen mit den trägen Gedanken eine Musik wie Meeresrauschen komponierte. Lorinser schüttelte auch nur kaum merklich den Kopf. Nicht, dass er es nicht nötig hatte. Aber die Vorstellung, den Kollegen in Zukunft als augenzwinkernden Zeugen ertragen zu müssen, trieb ihm trotz des wärmenden Alkohols kalten Schweiß auf die Stirn.

»Du kannst es dir ja noch überlegen«, sagte Steinbrecher sichtlich enttäuscht. »Ich dachte nur, weil dir ja auch die Decke auf den Kopf fallen muss in deiner Bude.« Er hob sein Glas. »Oder findest du es sonderbar, dass ich den Stoff und die Nähe dieser Mädchen brauche?«

»Ganz und gar nicht. Jeder versucht auf seine Weise, seine Albträume zu vertreiben.«

»Was hast du denn für welche?«

»Ich hab das Auto vor der Tür«, sagte er, um das Gespräch nicht zu vertiefen. »Ich bin ziemlich geschafft.«

»Trinkst du denn noch einen?«

»Dann kann ich nicht mehr fahren.«

»Ich brauche das Zeug. Ohne komme ich überhaupt nicht in den Schlaf. Ist die Hölle, sage ich dir. Ich hab's 'ne Zeit lang mit Pillen versucht, aber dann kam ich morgens nicht raus. Na gut, ganz wie du willst.« Steinbrecher lächelte müde. »Im Stall weiß übrigens keiner, dass ich in den Klub gehe.«

»Daran wird sich auch nichts ändern.«

Steinbrecher nickte. »Ich danke dir.« Seine linke Hand entlockte dem Weinglas durch Reiben einen singenden Ton. Mit der rechten bildete er das Victoryzeichen. »Das ist gut, Kollege. Dienst ist Dienst und …«

»… Schnaps ist Schnaps, wie die Schusterjungen so sagen.« Lorinser kniff ein Auge zu. »Ich zahl dann mal.«

»Ja, mach das. Und … bis morgen denn.«

»Bis morgen«, sagte Lorinser und winkte der Kellnerin.

Steinbrechers Rat, abzuschalten, machte schon Sinn. Einen theoretischen. Aber ein Kopf ist ein Kopf und keine Suppenschüssel, deren Inhalt sich auf die Schnelle entsorgen lässt. Und was den Alkohol angeht, dachte Lorinser, als das blecherne Garagentor im Rücken des zweigeschossigen Backsteinhauses laut scheppernd einrastete, der spült bestenfalls leicht verderblichen Trost in deine aufgewühlte Seele. Gleichgültig, ob du das Zeug am Küchentisch oder im Schummerlicht eines Puffs in dich hineinschüttest.

Ihm jedenfalls gelang es nicht, sich nach Feierabend von seinen Fällen zu lösen. Sie rumorten, beschäftigten ihn bis in die oft wirren, manchmal explosiven Träume hinein, in denen nicht nur das Gesicht seines Vaters und besonders dessen erloschene Augen wie Aufpasser herumgeisterten.

Im Postkasten fand er Werbezettel und einen Brief von der Bank. Den Brief steckte er ein, die Werbung warf er in die graue Tonne mit der Aufschrift »Nur für Papier!«. Die hölzerne Treppe knarrte und roch nach dem gleichen Wachs, den auch seine Mutter zu Hause verwendete. Im Obergeschoss mischten sich Farbausdünstungen mit den aus der Nachbarwohnung strömenden Aromen überhitzten Fetts. Auf der Kokosmatte vor seiner Wohnungstür kauerte eine in eine graue Regenjacke gehüllte Gestalt. Der blond gefärbte, mit beiden Händen abgeschirmte Kopf ruhte auf den hochgestellten, dicht an den Körper gezogenen Knien.

»Katta!«, sagte er leise und berührte sanft ihre Schulter.

Sie hob den Kopf. Ihr Gesicht war verquollen, als hätte sie sich in den Schlaf geweint. Das rechte Auge nässte. Das linke blinzelte aus einer blaugelb verfärbten Wulst, die sich bis über die Brauen in die Stirn und über den Wangenknochen zog. Sie streckte ihm beide Hände entgegen.

»Die Haustür war offen«, flüsterte sie, bemüht, sich am Türknopf hochzuziehen.

»Das ist sie immer«, sagte er und half ihr auf die Beine. Er zog sie an sich und barg sie in seinen Armen. Er spürte ihr Zittern, ihre Wärme, roch ihr Haar, eine Mischung aus Haartalg und Shampoo mit Spuren ihres moschushaltigen Parfums. Ihre Hände schlossen sich in seinem Rücken, übten heftigen Druck aus, als wollte sie sich mit ihm verschweißen. Ihre Tränen krochen warm durch den Stoff seines Hemds.

»Lass mich aufschließen«, sagte er und versuchte, den Schlüssel in den Schlitz des Schlosses zu schieben. Die Tür sprang mit einem leichten Knarren auf. Er drängte seine Schwester in den Flur, gab der Tür einen Schubs und schaltete das Licht ein.

»Um Himmels willen, Katta, was ist passiert?«

»Meine Tasche«, sagte sie. »Draußen muss noch meine Handtasche liegen.« Sie löste sich von ihm, riss die Tür auf und bückte sich nach dem olivgrünen Beutel, auf dem sie gesessen haben musste. »Das ist alles, was ich habe«, sagte sie und schloss die Tür. »Darf ich mal deine Toilette benutzen? Sonst laufe ich noch aus.«

Er deutete auf den Stapel Umzugskisten, hinter der sich die Tür zum Bad befand. Sie drängte sich an ihm vorbei, war bereits vor dem Bad, als sie zurückkehrte und ihm stumm über das Gesicht strich.

»Gleich«, sagte sie und verschwand hinter der Tür.

Lorinser hörte das Fallen der Toilettenbrille. Er lehnte sich an die Wand, schloss die Augen und presste beide Hände vor das Gesicht. Wie *wenig* sie ist, schoss es ihm durch den Kopf, das Bild ihres verunstalteten Gesichts vor Augen. Aber durchaus kein Prinzesschen, wie sie früher zu Hause genannt worden war, sondern eine Kämpferin, die offensichtlich zu ihm gekommen war, um sich die wie auch immer zustande gekommenen Wunden zu lecken.

»Gegessen hast du wahrscheinlich auch nichts, oder?«

In das Rauschen ihres Urins erklang ein trockenes Lachen, das sich wie Husten anhörte.

»Das muss vor der Pubertät gewesen sein. Oder heute Morgen. Ja, heute Morgen. Eine Banane, glaube ich, ja, eine Banane mit braunen Stellen.«

Stellen.

»Wieso nur eine Banane?«

»Weil die noch in meiner Tasche war.«

»Ich mach dir schnell ein Spiegelei. Mit Brot und Butter und dazu 'ne Tomate, Pfeffer und Salz. Das hast du doch immer gemocht, oder?«

»Darf ich mich in die Wanne legen?«

»Erzählst du mir, was passiert ist?«

»Dafür, dass ich baden darf?«

»Unsinn! Weil ich es wissen will, verdammt noch mal! Was ist mit deinem Gesicht passiert? Hattest du einen Unfall? Hat dich jemand geschlagen?«

»Du solltest erst mal meinen Rücken sehen! Und die Stellen vorne.«

Stellen! Ein Wort aus dem Sprachschatz der Mutter: das selbstverständlich gewordene Wort für Faulendes am Obst, das sich als Synonym für Verletzungen in die Hirne ihrer Kinder gebrannt hatte.

»Darf ich reinkommen?«

»An mir ist nichts, was du noch nicht gesehen hast.«

Sie stand in der Wanne, leicht vorgebeugt, die Hände am Duschventil, um die Wärme des aus dem Hahn rauschenden Wassers zu regulieren. Lange, schlanke Beine, ihre dunkle, herzförmige Scham, der angespannte Bauch, aus dem der Nabel wie eine flache Insel hervorragte. Feste, kleine Brüste, der schlanke Hals, durchzogen von blauen Placken und rotblauen Striemen, die sich über die linke Schulter wie Abdrücke einer mehrschwänzigen Peitsche bis auf den Rücken fortsetzten. Das Gesicht eine Landschaft des mühsam niedergehaltenen Schmerzes.

»Um Himmels willen, Katta, was ist nur passiert?« Er nahm ihre linke Hand, betrachtete die geschwollenen, verkrusteten

Risse, die, sich verjüngend, bis zur Armbeuge fortsetzten und dort nach außen abknickten, als hätte sich die Kraft des verletzenden Gegenstandes abrupt erschöpft. »Hattest du einen Unfall?«

Sie schüttelte den Kopf, stöhnte. »Ich bin geschlagen worden.«

»Von wem?«

»Kennst du nicht. Und es ist auch besser, wenn es dabei bleibt.«

»Nur nichts preisgeben, was?«

Sie schloss die Augen und schwieg, wie sie es schon als Kind getan hatte, wenn man sie unter Druck gesetzt hatte. Über der Nasenwurzel bildete sich ein strenges V.

»Warte, ich helfe dir«, sagte er, als sie versuchte, sich in die Wanne zu setzen. Vorsichtig umfasste er ihren Oberkörper und ließ sie hinabgleiten. Ihr Gesicht war dicht vor ihm, das blinzelnde und das schmerzdunkle Auge, ihr heftiger Atem, die Lippen, verbogen wie ineinanderverschlungene Drähte. Ein dünner Faden Blut rann vom Ohr auf ihren Hals. Sie zuckte zusammen, als ihr Rücken die kalte Wanne berührte. Lorinser fächerte ihr Haar zurück und entdeckte unter dem Ohr eine eiförmige, offene Risswunde. Die Quelle des Blutfadens, der bereits die Schulter erreicht hatte.

»Sieht nach schwerer Körperverletzung aus, Katta.«

»Für manche ist das ganze Leben eine Körperverletzung.«

»Das stimmt wohl, aber das hier ist ein Delikt, das man keinem durchgehen lassen sollte. Und ein Arzt sollte dich untersuchen. Ich bringe dich am besten gleich ins Krankenhaus.«

»Erst duschen, und wenn ich nichts zu essen kriege, kannst du mich gleich auf den Friedhof bringen.« Sie deutete auf ihren Bauch. »Hörst du das Gebrüll?«

Hörte er nicht. Aber er spürte Wellen des Mitleids und einer tiefen Sorge, die angesichts des Schmerzes, den seine Schwester offensichtlich erduldete, durch seinen Körper brandeten. Am liebsten hätte er den zarten Körper aus der Wanne gehoben und wäre mit ihm die wenigen Hundert Meter zum Krankhaus gelaufen, um ihn dort untersuchen zu lassen. Aber das ging natürlich nicht. Sie würde es nicht zulassen, würde sich sträuben, sich mit allen Kräften wehren und mit Recht darauf bestehen, dass er ihren Willen respektierte.

Er strich ihr über den Kopf. »Fäuste waren das nicht, oder?«

»Federball. Ein Schläger. Piffpaff, piffpaff. Ich hab noch versucht, das Ding mit den Händen abzuwehren. Hier«, sagte sie und zeigte ihren rechten Unterarm. »Da sind die Beulen. Darf ich jetzt duschen?«

»Klar«, sagte er und unterdrückte ein Seufzen. Er nahm zwei frische Handtücher aus dem unter dem Fenster stehenden Regal, stellte ihr Shampoo und flüssige Seife hin und strich ihr wieder über den Kopf. »Fühle dich wie zu Hause. Ich lasse die Tür offen und mache das Essen. Und rufe, wenn du was brauchst.«

Sie versprach es.

4

Entweder hatte Steinbrecher noch tiefer ins Glas geguckt oder seine Kraft bei den Nutten im Klub verausgabt. Zum Dienst erschienen war er jedenfalls nicht. Aber Johannes Hollenberg wartete ergeben auf der Bank im Flur. Er hielt die knorrigen Hände zwischen den Knien, als fürchtete er, die Restwärme seines gebeugten Körpers zu verlieren.

»Kommen Sie gleich mit«, bat Lorinser und führte ihn in sein kleines Büro am Ende des Ganges. KHK Hildebrandt tauchte, einen dünnen Hefter an die schweren Brüste gepresst, wie aus dem Nichts auf, nickte einen knappen Gruß und sagte, ehe sie in ihrem Zimmer verschwand, dass sich Lorinser »bitte kurzfristig« mit ihr »kurzschließen« sollte.

Hollenberg jammerte verhalten über die wertvolle Zeit, die er mit »diesem Tüch bei die Polizei« verschwendete, ging aber überraschend emotionslos und präzise bei der erneuten Schilderung seiner Beobachtungen vor. Nein, weitere Angaben könne er nicht machen und eingefallen sei ihm über Nacht auch nichts mehr zu der Sache. Und gehört, nee, gehört hätte er auch nichts mehr über den jungen Böse. Er kenne zwar so gut wie jeden im Dorf, aber viel reden würde er mit denen ja nicht.

»Wie ich sehe, sind Sie in Hüde geboren, Herr Hollenberg. Richtiges Urkorn der Gegend. Sie müssten doch eigentlich wissen, wem die Stele am Deich gewidmet ist.«

»Das weiß doch jeder.«

»Ich nicht.«

»Dem Alten, dem Doktor.«

»Böse?«

»Karl-Heinrich, ja.«

»Ist das der Vater von Wolfhardt Böse?«

»Das ist korrekt. Der hat ja mit den Erfindungen angefangen, die dann von Hinrich ausgebaut wurden. Dafür haben sie dann auch seinen Kopf auf die Säule gestellt. Noch vor dem Hitler.«

»Die Stele befindet sich in einem erbarmungswürdigen Zustand. Haben Sie eine Ahnung, warum? Das kann doch nicht nur am fehlenden Geld liegen, oder?«

Hollenberg machte wie am Vortag wieder die schwerfällige Gans. In seinem hageren Gesicht flackerten widerstreitende Gefühle auf. Sichtbar verlegen war er auch. »Was es damit auf sich hat, da will doch niemand mehr dran erinnert werden.«

»Sie wissen's also?«

»Man sollte endlich aufhören mit den alten Geschichten. Die Leute sind fast alle tot. Nützen tut das doch keinem mehr! Und mit dem jungen Böse hat das doch erst recht nichts zu tun!«, rief er gequält. Er machte den Anschein, als wehrte er sich gegen eine Beschuldigung. Hatte er seinen Anteil an der Zerstörung? Schämte er sich, den Vandalismus einzugestehen?

»Die Sache mit der Stele kommt nicht ins Protokoll, Herr Hollenberg. Sie haben mein Wort.«

»Warum fragen Sie nicht den alten Böse. War ja sein Vater, für den das Ding aufgestellt wurde.«

»Eine gute Idee«, sagte Lorinser. »Wir sind ja auch durch. Ich warte nur noch auf den Ausdruck. Sie unterschreiben und können nach Hause fahren. – Möchten Sie eine Zigarette?«

Hollenberg beäugte die Packung, als sei darin eine Mine versteckt. Mit beiden Händen wehrte er ab. »Nee, ich hab noch viel zu tun heute. Wo muss ich denn unterschreiben?«

»Wollen Sie Ihre Aussage nicht erst lesen?«

Wollte er nicht. Er unterschrieb und schien überrascht zu sein, dass er tatsächlich gehen konnte. Als die Tür hinter ihm ins Schloss fiel, zündete sich Lorinser eine Zigarette an und lehnte sich zurück. Er hörte Hollenbergs Schritte auf dem Flur. Fluchtgeschwindigkeit, dachte er und fragte sich, aus welchen Gründen der Bauer nicht über die Stele hatte reden wollen. Eine Art Solidarität oder – Angst? Und wenn ja, wovor?

Das Bild seiner Schwester überschwemmte seine Gedanken, löste erneut entsetzten Schrecken aus, der ihn übermannt hatte, als sie nach dem Bad mit nur mühsam beherrschtem Schmerz in die Küche gekommen war und seine Sorge mit einem Schulterzucken abgetan hatte. Sie hatte sich in eine Wolldecke gehüllt und in den Sessel gekuschelt und nur widerstrebend akzeptiert, dass er den Notdienst anrief. Nach einer elendig langen Stunde war der Arzt endlich eingetroffen und hatte Katharina, die inzwischen ein wenig gegessen hatte, schnell und professionell versorgt und ihr trotz der Verabreichung einer schmerzlindernden Spritze für die Nacht starkes Ibuprofen dagelassen.

»Sie scheint mir stabil zu sein«, hatte der Arzt, den Türgriff schon in der Hand, gesagt. »Frakturen habe ich auch keine feststellen können. Aber mir wäre wohler, wenn Ihre Schwester bereit wäre, sich ins Krankenhaus einweisen und ordentlich untersuchen zu lassen. Das Mittel, das ich ihr verabreicht habe, wirkt beruhigend. Sie wird wohl bald schlafen. Lassen Sie sie. Aber dann … Sie wissen hoffentlich Bescheid.«

Ja, ja, aber Bescheid wissen ist das eine und sich gegen den Starrkopf einer Schwester durchzusetzen das andere. Schon Kattas Geburt war eine Regelverletzung gewesen. Sie war als sogenanntes Frühchen zur Welt gekommen. Der Brutkasten war die Bühne ihres über Wochen unentschiedenen Spiels um Leben und Tod gewesen. Erst nach der Einschulung hatte sich ihr von schweren Asthmaanfällen und den daraus resultierenden Todesängsten durchgerütteltes Leben einigermaßen beruhigt. Normal war es schon deshalb nicht geworden, weil ihre Zerbrechlichkeit es nicht zuließ. Erst mit dem Einsetzen der Pubertät kräftigte sich ihr Körper, sprudelten ihre Energien, brach ihr unbändiger Lebenswille durch, kämpfte sie um sich selbst und das, was sie »Menschwerdung« nannte. Dagegen stand das strenge Sorgeregiment der Familie. Der Vater, der für sie nichts weiter als ein stählerner Lautsprecher starrer Regeln war. Die Mutter, die die Klammern ihrer Sorge nicht zu lösen vermochte und noch immer unter Kattas Flucht in eine frühe Ehe litt.

Lorinser blickte auf die Armbanduhr. Es war zehn Uhr zwölf. Es war trotz des offenen Fensters stickig. Vielleicht war es der ängstliche Geist Hollenbergs, der wie weißer Schimmel in der trockenen Raumluft seine Fäden spann. Oder die Fragen um den nicht zum Dienst erschienenen Steinbrecher, die – wer wusste das schon? – durchaus Anlass des von KHK Hildebrandt gewünschten »Kurzschließens« sein konnte. Und Katta natürlich. Ihr desolater Zustand, der alarmrot blinkend wie ein Endlosfilm durch die Windungen seines Gehirns geisterte.

Der alte Böse schien außer Haus zu sein oder keine Lust zu haben, den Hörer abzunehmen. Das hätte sein Sohn wohl getan, wenn er denn wieder aufgetaucht wäre. Einen Unfall, in den ein Porsche mit Diepholzer Kennzeichen verwickelt war, hatte es weder in der Nacht von Sonntag auf Montag noch in den frühen Morgenstunden gegeben, ergaben Lorinsers Anrufe bei der Verkehrspolizei im eigenen Haus und der für die in Nordrhein Westfalen liegenden angrenzenden Bezirke. Der Hinweis des Espelkampers Kollegen, mal darüber nachzudenken, ob der Gesuchte vielleicht in Urlaub gefahren sei, war auch nicht gerade hilfreich. Er erinnerte Lorinser lediglich an Steinbrecher, der noch immer nicht aufgetaucht war. Eine Entschuldigung oder Krankmeldung hatte er auch nicht durchgegeben. Möglich, dass der Alkohol ihn auf dem Laken hielt. Lorinser rief die Sparkasse an.

»Leider ist er nicht erschienen«, sagte Abteilungsleiter Herbert Schirmer. »Angerufen hat er auch nicht. Aber sein Vater war vorhin bei uns und hat Thorstens Konto sperren lassen.«

Lorinser runzelte die Stirn. Hatte der Alte ihm nicht versichert, dass sein Sohn permanent am Rande der Pleite herumschlidderte? »Ist das nicht seltsam?«

»Dank seiner Vollmacht ist er dazu berechtigt, Herr Lorinser. Ist ja auch vernünftig, denke ich, wenn man bedenkt, dass die Bankkarte durchaus in falsche Hände geraten sein kann.«

»Aber nur dann, wenn da was zu holen wäre. Ist es so?«

»Darüber«, sagte Schirmer erschrocken, »darf ich Ihnen eigentlich keine Auskunft geben. Sie wissen ja, das Bankgeheimnis …«

»Ich bitte Sie, Herr Schirmer!«

»Nun ja, wenn es für die Polizei so wichtig ist …« Schirmer seufzte herzzerreißend. »Von Ebbe kann nun wirklich nicht die Rede sein … fast zehntausend Euro, Herr Kommissar. Ich war selbst überrascht, weil, ich meine, er müsste doch wissen, dass eine solche Summe angelegt werden sollte und nicht auf einem Girokonto versauern darf, nicht wahr?«

»Wie kam er denn zu dem Segen?«

»Das weiß ich nicht. Er hat das Geld in zwei Tranchen zu je fünftausend bar eingezahlt.«

Sie mal einer an! »Wann?«

»Sie behalten das doch für sich, nicht wahr?«

»Selbstverständlich.«

»Ich komme in Teufels Küche, wenn … nun ja, die Einzahlungen wurden von ihm am Dienstag und Mittwoch letzter Woche getätigt. Wie gesagt …«

»Nur keine Sorge, Herr Schirmer. Sie haben mir sehr geholfen.«

»Das freut mich, das freut mich wirklich!«

Lorinser legte den Hörer zurück. Also doch keine verschuldete Kirchenmaus mit Brandlöchern in der Brieftasche, wie es der alte Böse und auch Dorfsheriff Bossen suggeriert hatten. Der junge Böse hätte sich ohne Weiteres vom Bankautomaten Geld ziehen können. Hatte er aber nicht. Hatte seinen Vater um Geld angebettelt und es gegen seine Unterschrift auch erhalten. Ist das zu glauben, dass der Alte am nächsten Morgen in höchster Eile loszieht, um das vermeintlich leer gefegte Konto seines Sohnes sperren zu lassen? Was hatte ihn dazu getrieben? Wusste er mehr über das Schicksal des Jungen, als er zugegeben hatte?

Er rief erneut und vergeblich Wolfhardt Böse an. Danach seine Schwester. Ihre Stimme klang munter. Ja, sie hätte wunderbar geschlafen, sich einen Kaffee gemacht und sei gerade bei der Zubereitung des Frühstücks. Leider ließe sich das antik anmutende Brot trotz ihrer vielen Tränen nicht erweichen. Sie werde versuchen, es im Ofen aufzubacken. Ob er denn so lieb sei, frisches mitzubringen. Von der Butter sei auch nur noch die Verpackung da. Wann er denn wieder zu Hause sei?

»Gegen Abend«, sagt er. »Genau kann ich es aber noch nicht sagen. Was machen die Schmerzen?«

»Wie kleine, scharfe Krallen, die sich in die Haut graben. Aber sie sind zu ertragen. – Könntest du auch Schokolade mitbringen? Ganz schwarze, bittere, ich bin richtig süchtig danach.«

»Wie sieht's mit Wäsche aus?«

»Ich denke, du hast zu arbeiten?«

»Ja oder nein?«

»Ich hab meine in deine vorsintflutliche Waschmaschine gesteckt, aus der sie hoffentlich wieder heil herauskommt. Solltest du entsorgen, das Ding. Die frisst dir nämlich die Haare vom Kopf. Und du ohne Haare … Meine Güte! – Nein, ich brauche jetzt keine Wäsche, ich habe deinen Bademantel an und fühle mich darin sehr wohl.«

»Na gut, wir besprechen das dann«, sagte er und machte sich auf den Weg zum Parkplatz, um nach Lemförde zu fahren. Er war gespannt darauf, wie Wolfhardt Böse die Sperrung des Kontos erklären würde. Außerdem war es höchste Zeit, Chemie-Kröger zu befragen, nicht zu vergessen die junge von Thorsten Böse geschwängerte Frau.

Kein grauer Volvo, kein gelber Porsche. Nur das gedämpfte Bellen des Rottweilers übertönte das aufgeregte Tschilpen der Spatzen, als Lorinser den Finger vom Klingelknopf nahm. Ein leichter, böiger Wind schüttelte die Baumkronen. Die Sonne zauberte unzählige Lichter auf das hektisch flüsternde Laub der hinter dem Haus in den klaren Himmel ragenden Silberpappeln. In der Luft hing der Duft frisch aufgeworfener Erde.

Wolfhardt Böse ist also ohne Hund unterwegs, dachte Lorinser, als er in die Isabella stieg und den holperigen Weg in Richtung

Kreisstraße hinabfuhr. Nach wenigen Hundert Metern bog er in die mit grauen Betonriegeln gepflasterte Einfahrt des Krögerschen Anwesens ein. Grau auch der riesige Hof, eingerahmt von einem Rasen, aus dem einige magere Sträucher ragten. Der aus weißen Klinkern gemauerte Bau mit seinen nachgedunkelten Redpine-Fenstern und dem als Windfang ausgelegten Eingang wirkte auf dem grauen Betonhof wie ein in Stein erstarrter Schrei aus tiefster Not. Vor der leeren Doppelgarage, die sich auf der linken Seite an das Haus anschloss, parkten drei Autos. Neben einem mit Spoiler und Breitreifen aufgemotzten Clio ein grüner Golf und ein rotes Cabriolet. Ferrari F430, stellte Lorinser fest, als er das Heck passierte. Im Windfang ein schwarzes Glasschild, auf dem in neongrüner Schrift »go fast racing« zu lesen war. Kein Name.

Lorinser hatte den Finger noch auf der runden Messingklingel, als die schwere Kassettentür geöffnet wurde. Ihm stand ein ganz in Schwarz gekleideter junger Jockeytyp gegenüber, auf dessen Oberlippe ein dünnes Dschingis-Khan-Bärtchen kümmerte. Schmales Kinn, gerunzelte Stirn, braune, aufgeweckte Augen. Im Ausschnitt des schwarzen Polohemds eine grobgliedrige Goldkette, die ein mit Brillanten besetztes Kreuz hielt. Auf der Gürtelschnalle das Pierre-Cardin-Logo. Die tänzelnden Füße steckten in roten Nike-Schuhen. Und am rechten Armgelenk blitzten Brillanten der Firma Rolex.

»Kröger? Bin ich. Der Olli. Aber kein Herr. Kann also nur mein Vater sein. Und den finden Sie, wenn er nicht gerade auf Sylt ist, in Lembruch.« Klare Stimme, selbstbewusst und so erfreut, als stände der Geldbote der Lottogesellschaft vor der Tür. »Und Sie, Sie werfen die Netze wegen Freund Böse aus, richtig?«

»Sie kennen ihn also?«

»Wir hatten gemeinsame Freundinnen. Aber nicht gleichzeitig. Hatte mal Rennfahrerambitionen. Aber kein Talent.« Er lachte, als wäre hinter dem ersten Geldboten ein zweiter aufgetaucht. »Und dann die Kohle …« Ein kurzes Verstummen, ein Blick. »Stimmt es denn, dass er sich umgebracht hat?«

»Das Dorf ist ein Kral, was?«

»Damit beleidigen Sie die Zulus.« Olli Krögers rechte Hand beschrieb einen Kreis, der die gesamte Gegend einschloss. »Alles Moralapostel. Alles Richter. Bigotte. Pack. Impotent ...« Die Freundlichkeit des Gesichtes erlosch, und es wirkte plötzlich so angewidert und verdrossen wie die Stimme. »Hat das Ekelpaket vom Berg mal wieder Gift gegen meinen Vater verspritzt?«

»Grundlos?«

»Bestimmt nicht grundlos. Ich weiß nur nicht, was ich damit zu tun habe. ... Soll das hier ein längeres Interview werden?«

»Einige Fragen würde ich Ihnen schon gerne stellen.«

»Kotzt Sie das nicht an? Das Wühlen im Dreck verdrehter Gehirne? Den Kopf immer voller Misstrauen? Ich würde kaputtgehen. Am Job oder am Stoff, den ich dann bräuchte.«

»Nicht jeder kann Rennen organisieren oder fahren, Herr Kröger.«

»Zum Glück. Für mich. Okay. Ich muss nach hinten in die Werkstatt. Entweder warten Sie hier, oder Sie kommen mit. Aber erwarten Sie im Schuppen keine Formel-1-Boliden. Soweit sind wir noch nicht.« Die Betonung lag auf »noch«.

Was Olli Kröger Schuppen genannt hatte, war eine moderne und anscheinend erst vor Kurzem renovierte Halle, die eher nach einem Operationssaal als nach einer Autowerkstatt aussah. Trotz der Lichtflut, die durch zwei Reihen blank geputzter Fenster in den Raum drang, waren ein gutes Dutzend Neonleuchten eingeschaltet. Maschinen, Werkzeugschränke und vier Formel-Renault-2000-Monocoques glänzten, als wären sie vor Sekunden vom Lackierer gekommen. Und auch die beiden Mechaniker, die an einem aufgebockten Boliden schraubten, schienen kurzweilige Besucher eines Reinluftlabors zu sein. Bis ihre Gesichter zu sehen waren, in denen das Elend tiefster Ratlosigkeit jammerte.

Irgendein Scheißsystem von Magneti Morelli sei stumm wie ein toter Otter und lasse sich weder per Hand noch vom Programm aus ins Leben zurückrufen. Noch nicht mal 'ne Errormeldung sei dem Mistding aus den Rippen zu kitzeln. Wahrscheinlich liege ein Hardwareproblem vor und so weiter ... in einer Sprache, die fern aller Felder war, die Lorinser je beackert hatte. Kröger ließ sich ein Handbuch geben, blätterte die Vorsatzseite auf und zog sein Handy. In lupenreinem Französisch stellte er einige Fragen, zog einem der Mechaniker den Kugelschreiber aus der Brusttasche und schrieb einige Sätze in das Handbuch.

»Mal abgesehen davon, dass der Ingenieur mir empfahl, euch zurück in den Dschungel zu prügeln, verweist er auf Seite 29 des Anhangs C, wo der Fall detailliert beschrieben steht. Resetschalter am Gerät suchen, draufdrücken und geduldig die zehn Sekunden ertragen, bis die Daten wieder fließen. Oder soll ich lieber den Tierarzt rufen?«

Er lächelte. Er blickte demonstrativ auf seine Rolex. Es dauerte zwei Minuten, bis das Problem gelöst war. Nicht ganz so lange benötigte Lorinser, um seinen ersten zwiespältigen Eindruck von dem jungen Mann zu korrigieren. In diesem Kopf gab es offenbar nur wenige Zweifel an der eigenen Bedeutung. Wenn überhaupt. Er gab sich nicht souverän, er war es. Boshaftigkeit schien ihm fremd zu sein. Selbst der Spott, mit dem er seine Mechaniker bedacht hatte, hatte sich wie kameradschaftliches Frotzeln angehört, frei von Häme und Ungeduld. Ein Alphatier, das seine Krallen noch nicht entdeckt hatte?

»Donnerstag geht's nach Oschersleben«, erklärte Kröger. »Auf die Rennstrecke. Europalauf. Die Jungens schrauben seit Tagen wie die Blöden. Wissen, dass sie fertig werden müssen. Druck. Den Transport machen. Aufbauen. Die Autos wie geleckt hinstellen. Und dann kommen die Lichtgestalten, unsere Fahrer, die den Haufen schwerster Arbeit möglicherweise nassforsch an die nächste Wand schmeißen. Echter Stress, Herr Kommissar. Und wo Stress, da guter Kaffee. Im Büro steht 'ne feine italienische Espressomaschine. Mögen Sie?«

Er mochte. Schwarz und süß und heiß. Auch die elegante, aus modernen und antiken Elementen zusammengestellte Einrichtung des Büros. Schwarz, sanftes Violett, Lack und Leder. Staubfrei. Über der ledernen Sitzgruppe ein Riesenbild, auf dem eine lüstern grinsende schwarze Mamba die Scham einer schamlos im Sand liegenden Schönheit angriff. Sorgsam geputzte Pokale auf exakt ausgerichteten Borden. Gerahmte Fotos von Rennfahrzeugen. Fahrern in Siegerpose. Plakate legendärer Grand-Prix-Veranstaltungen, auf denen heroische Gesichter in engen Cockpits vor vorüberfliegenden Landschaften posierten. In einer Glasvitrine von Niedrigvoltstrahlern mit grellem Licht überschüttete Ferrarimodelle. Nur die sonnengebräunte Dame um die dreißig wirkte mit ihrer Knabenfrisur und ihrem hochgeschlossenen, braunen Kleid wie eine graue Maus. Schweigend stellte sie das Kaffeetablett auf den Glastisch, ehe sie sich wieder lautlos an ihren Schreibtisch setzte.

»Was heißt schon gut kennen?«, sagte Olli Kröger, als Lorinser ihn nach seinem Verhältnis zu Thorsten Böse fragte. »Sie gucken den Leuten vor die Stirn. Was sich dahinter abspielt, können Sie bestenfalls erahnen. Was, außer Elend, hätte er auch über sich preisgeben können? Haben Sie eine Ahnung, wie es in der Clique ankommt, wenn Sie erzählen, dass Sie elternlos und in einem Scheißheim aufgewachsen sind?« Er sog an seiner Zigarette. »Und dann den Alten auf der Schulter, von dem jeder weiß, dass er einen Sprung in der Schüssel hat! Also nee, ich wäre schon nach zwei Tagen wieder weg gewesen. Oder hätte den alten Sack in die Klapsmühle gebracht.«

»Wann haben Sie Thorsten zuletzt gesehen?«

»Am Sonntagabend beim Schützenfest. Wir haben Hallo gesagt, und das war's.«

»War er alleine?«

»Das Zelt war pickepacke voll. Da ist man nie alleine. Man schluckt, man tanzt, man sieht Bekannte, Freunde, quatscht und versucht, die Zeit so gut wie möglich totzuschlagen. Ich war auch nicht lange da.«

»Bis wann?«

»Weiß ich nicht genau. Bis zehn? So ungefähr, denke ich.«

»Haben Sie Frau Simmerau gesehen?«

»Beide.«

»Was heißt beide?«

»Sind nun mal zwei. Das heißt, eigentlich drei: Mama Kugelblitz, Rühr-mich-nicht-an-Tochter Melanie und der feine Herr Kronprinz-Nase-ganz-oben. Heißt Moritz, glaube ich. Den habe ich allerdings nicht gesehen. Wienerte wohl wieder mal seine graue Opel-Kathedrale, anstatt sich mal den Frust von der Seele zu saufen.« Nein, Thorsten Böse habe trinkend am Tresen gestanden und nicht mit dem »Kugelblitz« getanzt. Der habe in einem fort schwätzend zwischen Lokalprominenz Tortenberge in sich hineingestopft, neben sich die kettenrauchende Melanie mit ihrem Trauergesicht. Die allerdings habe er einmal mit Thorsten tanzen sehen. »Ein hübsches Ding eigentlich, aber steif wie ein Stock. Eine auf den Hengst wartende Stute eben, die dennoch jedem Kerl ins Gemächte tritt.«

»Auch ihm?«

»Die Hand würde ich dafür nicht ins Feuer legen. Kein Wunder, wenn man bedenkt, was der Bursche schon für Festungen geknackt hat.« Kröger grinste. »Glauben Sie mir, hier laufen einige mit 'nem Riesengeweih herum. Wenn er auch sonst ein armes Schwein ist, Schlag bei den Mäusen hat er.«

»Kondome scheinen sein Fall auch nicht zu sein. Trotz Aids.«

»Wer denkt schon an Aids, wenn ihm der Saft ins Gehirn schwappt? Thörstchen bestimmt nicht. Und Porsche fahren kostet die Ohren. Da bleibt nichts für Verhütung. Aber ich bin sicher, der Alte wird schon Wege finden, ihn wieder mal aus der Scheiße zu ziehen. Hier ticken die Uhren noch anders, Herr Kommissar. Der eine kennt die Leiche im Keller des anderen. Das kittet besser als Zweikomponentenkleber. Hier hat nur der eine wirkliche Chance, der dazugehört. Alle anderen werden bestenfalls als Läuse im Pelz akzeptiert.«

»Wie Thorsten?«

»Wie Thorsten. Nur hat er den Vorzug, dass der Alte seine Flügel über ihn hält. Eine Laus mit Wohnrecht sozusagen.«

»Sie meinen…?«

»Ja, meine ich. Der Alte rührt noch immer in allen Töpfen, so verrückt er auch scheinen mag. Viel Geld, viel Einfluss. Weiß er sehr gut einzusetzen, wie ich aus eigener Erfahrung behaupten kann. Wissen Sie, wie man ihn hier nennt?«

Lorinser schüttelte den Kopf. Er blickte den jungen Mann auffordernd an.

»Satan vom Berg«, sagte Kröger. »Das sagen die, die ihm die Pest an den Hals wünschen. Aber er hat auch Freunde. Und die nennen ihn den Heiligen vom Berg.«

»Was ist er für Sie?«

»Ein Albtraum, Herr Kommissar.« Kröger legte die rechte Hand an seine Hüfte. »Ich konnte noch nicht richtig laufen, da kriegte ich schon das Zittern, wenn ich seinen Namen hörte. Und ich hörte ihn dauernd. Von meiner Mutter, die geradezu hysterisch wurde, wenn wieder mal eine Klage ins Haus flatterte. Von meinem Vater, der einen Zweifrontenkrieg führte. Gegen meine Mutter, die es satt hatte und von hier fliehen wollte, und gegen Wolfhardt Böse, der seine, das heißt *unsere* Existenz zu vernichten drohte. Für uns war er *der* Satan. Er ist es noch. Weil er meine Familie nach wie vor bei jeder sich bietenden Gelegenheit verleumdet und niederzumachen versucht. Mit Thorstens Adoption zum Beispiel hat er einen auf Treu und Glauben abgeschlossenen Vertrag ausgehebelt. So weh es tat, mein Vater hat es akzeptiert, hat auf die aussichtsreiche gerichtliche Auseinandersetzung verzichtet, weil ihm Ruhe und Frieden wichtiger als der finanzielle Vorteil waren. Aber Böse gibt keine Ruhe. Er beansprucht die Differenz zwischen den seinerzeit vereinbarten und später erzielten Pachten. Sein Adoptivpferdchen setzt er ein, um irgendwelche Patente zurückzufordern. Ein geradezu absurdes Ansinnen. Selbst seine Anwälte weigern sich, den Unsinn zu vertreten. Aber er gibt nicht auf. Gibt einfach nicht auf, das miese Schwein!«

Er hatte sich in Rage geredet. Die Augen blitzten, die feuchten Lippen pressten den Mund zu einem dünnen Schlitz. »So einen sollte man entmündigen, man sollte ihn aus dem Verkehr ziehen und …«

Er brach ab. Lorinser beobachtete seine Hände, die die Tasse umkrampften. Es sah aus, als wollte er die letzten Worte erwürgen. Die Knöchel zeichneten sich weiß unter der gebräunten Haut ab.

»Haben Sie eine Erklärung für sein Verhalten?«

»Ist Hass keine?«

»Jedenfalls selten grundlos.«

Olli Kröger winkte ab. »Böse ist wie ein verstocktes Kind. Weil er nicht kriegt, was er von uns beansprucht, sind wir seine Feinde. So einfach ist das.«

»Mit ihm verbunden scheinen Sie sich nicht gerade zu fühlen.«

»Ich?« Olli Kröger zupfte an seinem Oberlippenbärtchen und zog die Stirn in Falten. »Nein«, sagte er schließlich, während er die verqualmende Zigarettenkippe im Ascher zerquetschte. »Eigentlich nicht. Weder aus Neigung noch von Geburt. Ich bin während eines Urlaubs in Frankreich aus dem Ei geschlüpft. Und meine Eltern … Wir kommen ursprünglich aus Breslau. Wir zogen um, weil mein Großvater hierher versetzt wurde. Vor dem Krieg. War Bauingenieur und hatte mit der Landgewinnung zu tun. Aber das hat ja wohl nichts mit dem Verschwinden von Thorsten zu tun, oder?«

»Sehe ich jedenfalls nicht. Lebt Ihr Großvater noch?«

»Der ist gestorben, als ich noch gar nicht da war. Fünfundsechzig im letzten Jahrhundert. Mein Vater geht ja auch schon auf die siebzig zu. Mich haben sie gemacht, als angeblich nichts mehr zu machen war. Sozusagen ein Betriebsunfall. Aber ein willkommener.« Er lachte. »Aber auch das hat nichts mit Ihrem Fall zu tun, denke ich. Keine Ahnung, was ich Ihnen noch sagen könnte.« Er blickte demonstrativ auf das mit Brillanten besetzte Ziffernblatt seiner Rolex.

»Halten Sie es für möglich, dass Thorsten seinen Selbstmord vortäuscht?«

»Warum sollte er?«

»Sie kennen ihn, ich nicht.«

Kröger starrte in die Luft und schüttelte schließlich den Kopf. »Nee«, sagte er, »so einer ist das nicht. Dazu fehlt ihm die Fantasie. Und außerdem, was hätte er davon? Er würde doch nur verlieren. Und verdammt nicht wenig. Um den Alten zu erschrecken?« Erneutes Kopfschütteln. »Der lässt sich nicht erschrecken. Der würde ihn nicht nur strammstehen lassen, der würde ihn fertigmachen. Nein, das glaube ich nun ganz und gar nicht.«

»Dass er sich umgebracht hat schon?«

Olli Kröger fixierte seine Hände, als könnte er an ihnen die richtige Antwort ablesen. »Nicht wirklich«, sagte er. »Dazu gehört ja Mut, denke ich, ungeheuer viel Mut. Thorsten ist und akzeptiert sich als Parasit. Im Waisenhaus ist das ja nicht die dümmste Strategie, wenn einem Kraft und Muskeln fehlen und einem das Duckmäusertum bereits mit dem Muttermilchersatz eingetrichtert wurde. Ich hab oft genug miterlebt, wie er den Schwanz eingezogen hat, wenn hier und da mal der Tresen brannte. Er war immer der Erste, der sich dünnemachte. So einer will um jeden Preis überleben und unbedingt das Erbe des Alten antreten. Oben sein, wie er es nennt. Er gehört zu den Leuten, die sich dauernd diskriminiert und verfolgt fühlen und sich nichts sehnlicher wünschen, als den großen Macker zu mimen. So einer und Selbstmord?« Olli Kröger schüttelte entschieden den Kopf. »Dazu hat er weder das Format noch den Anlass. Aber vielleicht liege ich mit meiner Meinung auch völlig daneben. Kann ja sein.«

Ja, konnte sein. Oder auch nicht. Klingt alles wunderbar und vielleicht auch logisch, dachte Lorinser, nur bringt es dich keinen Millimeter weiter. Was er hörte, waren Ansichten und keine Tatsachen. Vor seinen Augen tanzte ein Phantom, das Thorsten Böse hieß und sich offensichtlich in Erwartung eines großen Erbes in die Hände eines hartherzigen Dämons begeben hatte. Zu Bedingungen, die eher Anlass gaben, den Dämon zu erschlagen, als sich selbst mit einem Kälberstrick ums Leben zu bringen. Lorinser fühlte sich wie auf einer Reise ohne Ziel. Vielleicht solltest du deinen Ehrgeiz zügeln und abwarten, bis Thorsten Böse entweder lebend oder als Leiche auftaucht. Sorgen hast du auch so genug am Hals. Katta, die sicherlich auf deinen Anruf wartet. Und nach Steinbrecher fragen solltest du auch.

Er stand auf. »Haben Sie denn eine Erklärung für sein mysteriöses Verschwinden?«

»Ich kann mir nur vorstellen, dass er seinen heiß geliebten Porsche geschreddert hat und sich wegen dem Donnerwetter seines Alten nicht nach Hause traut. Könnte sein, dass die Mühle in einer Werkstatt steht und er bei 'ner Tusse auf die Heilung seines heiligen Blechs wartet.«

»Hatte er Feinde?«

»Wenn Sie sich in solch einem Dorf quer durch die Gemeinde vögeln, bleibt das nicht aus. Aber fragen Sie mich nicht nach Namen. Ich kenne nur die üblichen Gerüchte.«

»Wie stehen Sie zu ihm?«

»Ich?« Seine rechte Hand vollführte eine wegwerfende Bewegung. »Er kam mir nie so nahe, dass ich mir darüber Gedanken machen musste. Gleichgültig, würde ich sagen. Der Alte geht mir allerdings auf den Keks. Aber das ist eine andere Geschichte.«

»Na gut«, sagte Lorinser, unentschieden, ob er die Worte des jungen Kröger anzweifeln sollte. »Jedenfalls herzlichen Dank für den Espresso und die Zeit, die Sie für mich geopfert haben. Nur eines noch: Gibt es in der Gegend eine Tankstelle, bei der man nachts tanken kann?«

»Sogar drei. Die Esso und die von der Genossenschaft oben auf der B 51 und die kleine hier im Dorf. Aber bei allen geht das nachts nur über den Tankautomaten.«

»Und Ihren Vater finde ich in Lembruch?«

»Oder auf Sylt. Aber er hat es garantiert nicht verdient, in die blöde Geschichte hineingezogen zu werden.«

»Ich würde ihn dennoch gerne sprechen.«

Trotz seines offensichtlichen Widerwillens stand Olli Kröger auf, ging an seinen lackierten Schreibtisch und entnahm einem schwarzen Kästchen eine Visitenkarte. »Seien Sie gnädig«, sagte er, als er die Karte überreichte. »Der alte Herr ist fast siebzig und nicht bei bester Gesundheit. Sein Herz, Herr Kommissar, ist nicht mehr das stärkste.«

Lorinser dankte und verließ das Büro, das irgendwann einmal ein Wohnzimmer der Familie gewesen sein musste. Als er in die überhitzte Isabella stieg, klingelte sein Telefon.

»Ich sitze vor deinem Apparat«, nuschelte Steinbrecher mit kaum verständlicher Stimme. »Bin eben erst angekommen und wollte dir Guten Tag sagen. Ging natürlich nicht. Aber das Telefon nervte ewig lange. Ich hab abgehoben und hatte den Wolfhardt Böse dran. Er wollte unbedingt dich sprechen und niemanden sonst.«

»Hat er gesagt, wo er zu finden ist?«

»Aufgelegt hat er, der Arsch. Nachdem er sich darüber beschwert hat, was das für Zustände bei der Polizei seien, und so weiter und so fort. Du sollst dich umgehend mit ihm in Verbindung setzen. O Gott, ich brauche unbedingt ein Aspirin!«

»So schlimm war's?«

»Rosa-Luxemburg-Tag.«

»Wie bitte?«

Stöhnen, das von einem krächzenden Auflachen ersetzt wurde. »Die Mädels ließen mir jede Freiheit ... Du hättest mitkommen sollen. Wirklich. Ich war der einzige Gast. Vier Supermäuse, die sich ausschließlich um mich kümmerten. Und nächsten Montag machen die wieder auf Kommune. Denk mal drüber nach.«

»Ich brauche deine Unterstützung.«

»Ach ja?«

»Auf meinem Schreibtisch liegt die Akte Böse. In ihr findest du das polizeiliche Kennzeichen von dem Porsche des Jungen. Finde bitte heraus, wie viele in Frage kommende Werkstätten es in der Gegend gibt und frag bitte nach, ob der Wagen zur Reparatur abgegeben worden ist.«

»Das kriege ich hin.«

»Ist aber noch nicht alles. Thorsten Böse hat laut Simmerau in der Nacht noch tanken wollen. Wenn es dringend war, kann er es nur in der Samtgemeinde gemacht haben. Hier gibt es drei Tankstellen, die mit Tankautomaten ausgerüstet sind. Könnte sein, dass Böse dort mit Karte gezahlt hat und von einer Überwachungskamera aufgenommen worden ist. Ja, und recherchier mal, ob Böse ein Handy besitzt. Wenn ja, lass dir die Daten geben.«

»Ich hole mir erst mal einen Kaffee.«

»Ruf mich bitte sofort an, wenn du ein Ergebnis hast. «

Steinbrecher versprach, sein Bestes zu geben. Nach dem Kaffee. Lorinser beschloss, Carola Bersenbrück in Brockum aufzusuchen, die junge Frau, die laut Dorfsheriff Bossen neben anderen von Thorsten Böse geschwängert worden war.

Hinter der Adresse verbarg sich eine Fabrik. Und die lag am Rande Brockums unweit der Straße nach Wagenfeld. Sie war in einer verlottert aussehenden Scheune untergebracht, in die nachträglich doppelt verglaste Fenster und ein graues Garagentor eingebaut worden waren. Über rissige Backsteinwände war ein steiles Wellplattendach gestülpt. Ihr gegenüber und rechts der Einfahrt ein eingeschossiges Wohnhaus aus rotem Ziegelstein. Dahinter ein Stück Wiese mit Sandkasten und Kinderschaukel. Ein flaches Stallgebäude, das als Garage und Holzschuppen diente, versperrte den Blick in das Dorf. Zwischen Stall und Haus schlurfte selbstvergessen mit sich selbst diskutierend eine alte, ein braunes Kopftuch tragende Frau und verschwand hinter dem Haus. Der Geruch von versengendem Plastik nahm Lorinser den Atem, als er nach mehrmaligem Klopfen ohne Antwort das Scheunentor öffnete und sich in einer schmalen Halle voller klappernder und zischender Maschinen wiederfand, aus denen aus stählernen Formen wie Eier aus Hennen schwarze, dampfende Plastikteile in Drahtkörbe fielen.

»Bringen Sie die Kokille?«

»Ich weiß noch nicht mal, was das ist«, sagte Lorinser und drehte sich in Richtung der Stimme um, die zu einem etwa vierzigjährigen, rotgesichtigen Mann gehörte, der mit einem grauen Kittel bekleidet hinter einem Stapel blauer Tonnen stand, freundlich lächelte und sich mit einem weißen Lappen die Hände säuberte.

»Was bringen Sie denn?«

»Einige Fragen«, sagte Lorinser und stellte sich vor. »Die ich Frau Carola Bersenbrück stellen möchte. – Ist sie hier?«

»Um was geht's denn?«

»Ich möchte mit ihr über Thorsten Böse sprechen.«

Das Gesicht des Mannes schien zu vereisen. Der Lappen flog in eine der Tonnen. Die Stimme war plötzlich ein tiefes Seufzen. »Was ist so wichtig, dass Sie mit ihr über *den* sprechen müssen.«

»Sind Sie ihr Vater?«

Bersenbrück nickte stumm.

»Böse ist verschwunden, vielleicht tot«, erklärte Lorinser. »Sie kann uns möglicherweise in der Sache helfen.«

Bersenbrücks Kopf neigte sich auf die rechte Schulter, während der Mund sich überrascht öffnete. »Ist sie etwa wieder mit dem zusammen gewesen!? Das kann doch nicht wahr sein, kann es doch nicht, verdammt noch mal!«

Zorn und Verzweiflung trieben die Stimme in einen zitternden Diskant. Lorinser hatte den Eindruck, als wenn das nach hohem Blutdruck aussehende Gesicht sich blähte und in den nächsten Sekunden platzen würde.

»Nur ein Gespräch, Herr Bersenbrück. Ich möchte Ihre Tochter nicht unbedingt in die Inspektion laden.«

»Wir wollen endlich unsere Ruhe haben!« Die Hände sanken herab. Der Kopf ruckte nach links in Richtung lärmerfüllter Halle. »Carola!«, schrillte die Stimme. »Schalt die Maschine ab und komm her! Aber ein bisschen plötzlich, wenn ich bitten darf!« Er wandte sich an Lorinser und deutete hinter sich. »Da ist der Sozialraum. Da können Sie rein. Dabeihaben wollen Sie mich ja wohl nicht, oder?«

Ohne eine Antwort abzuwarten, stampfte er in Richtung der zischenden Maschinen, schlug seiner in einer blauen Latzhose steckenden Tochter mit der geballten Faust wütend in die Seite, als sie ihn passierte, und tauchte mit gesenktem Kopf Sekunden später hinter einem großen Zinkschrank ab.

»Tach«, sagte das Mädchen tonlos. »Wir sollen in den Pausenraum gehen.«

Sie ging voran. Schleppend und gebeugt, als zöge sie ein schweres Gewicht hinter sich her. Dabei war sie nicht kleiner als Lorinser, etwa einsachtzig und sehr schlank. Von der Schwangerschaft war noch nichts zu sehen. Das glatte, hellblonde Haar war im Nacken zu einer Welle geformt und wurde von einer roten Plastikklammer gehalten. Rot war auch der dünne Pullover, den sie unter der Latzhose trug. Ihre Hände steckten in gelben Arbeitshandschuhen, die nackten Füße in leichten Plastiksandalen, die bei jedem Schritt quietschten. Vor einem mit Thermoskannen, benutzten Tassen und Butterbrotpapier übersäten Küchentisch blieb sie stehen und ließ sich auf einen der darum gruppierten fünf weißen Plastikstühle fallen. Sie warf die Handschuhe auf den Tisch.

»Mit Aufräumen hat es hier keiner«, sprach sie mit unverhohlener Aggressivität gegen das blecherne Gedudel eines auf der Fensterbank stehenden Radios an. »Bringt ja kein Geld, den Dreck wegzumachen. Wenn Sie sich setzen wollen, machen Sie das auf eigene Gefahr.«

»Danke für den Hinweis«, sagte Lorinser und zog sich einen Stuhl heran. Der bittere Geruch alten Kaffees reizte seine Schleimhäute.

Er deutete auf das Radio. »Darf ich das abstellen?«

Carola Bersenbrück zuckte die Achseln, stand abrupt auf und zog den Stecker. »Ist auch aus der Steinzeit«, sagte sie, als sie wieder saß und aus der Brusttasche der Latzhose Zigaretten zog. »Der Kasten und die Musik. Alles. Was wollen Sie eigentlich?«

»Mich mit Ihnen über Thorsten Böse unterhalten.«

Ihr Feuerzeug ratschte. Die Flamme fraß sich in den Tabak ihrer Zigarette.

»Auch Steinzeit. Aus, vorbei.«

»Wenn ich richtig informiert bin, tragen Sie sein Kind.«

»Passiert schon mal, wenn man sich von so einem Arsch ficken lässt.«

»Wann ist es so weit?«

»Hat sich erledigt.«

»Sie haben es verloren?«

»Ist jedenfalls nicht mehr da drinnen«, sagte sie und schlug sich mit der linken Hand auf den Bauch. »Und da kommt auch keins mehr rein«, fügte sie zornig hinzu. »Nicht von so einem!«

Trotziges Gesicht. Schmale, wütende Augen hinter geschwollenen Lidern. Die Zigarette zerknitterte unter ihrem heftigen Zug. Aber sie litt. Lorinser vermutete, dass der Grund nicht alleine im Verlust des Kindes zu suchen war, ob er nun aus natürlichen Gründen oder per Abort verursacht worden war. Den schnöden Verrat, die Demütigung durch Böse hatte sie sicherlich auch noch nicht verwunden. Und die Rolle, die sie deshalb spielte, hatte sie sich für Leute mit unangenehmen Fragen ausgedacht. Leute wie ihn.

»Wann haben Sie Thorsten zuletzt gesehen?«

»Auf dem Fest. Als er mit der fetten Kuh abgezischt ist. Ich bin dann auch los. Mit dem Moped. Kurz vor Mitternacht. Warum fragen Sie das? Wollen Sie ihn einsperren?«

»Er ist seit Sonntagnacht verschwunden.«

»Wie geht das denn? Der machte doch mit der geilen Oma auf dem Schützenfest rum, und mit der spiddeligen Tochter genau so. Und gestern Morgen habe ich ihn doch auch noch gesehen!«

»Sind Sie sicher?«

»Und ob ich das bin!« Zum ersten Mal blickte sie dem Polizisten in die Augen. »Kenne doch den Wagen, die verchromten Felgen, den schwarzen Strich an der Seite, seine Initialen in der Nummer. TB. Und dass ich ihn auch persönlich gut genug kenne, können Sie mir ruhig glauben.«

Der Wagen, behauptete Carola Bersenbrück, habe sie und ihr Moped auf der Straße von Hagewede nach Brockum überholt und sei auf das Dorf zugefahren. »Ganz gemütlich. Ich dachte schon, jetzt hält der an und zwingt dir ein Gespräch auf.« Aber abgebremst habe er nicht. Vermutlich, weil eine von seinen Tussen im Auto saß und eckige Fragen gestellt hätte. Das Nummernschild habe sie jedenfalls lange genug vor sich gehabt, um es mehr als einmal lesen zu können. Es sei kurz vor sieben Uhr gewesen. Das wisse sie sehr genau, weil sie werktags um zehn vor von ihrer Wohnung in Hagewede abfahre und die Weggabelung, an der sie den Porsche gesehen hatte, um fünf vor erreiche. Bis zur Firma ihres Vaters brauche sie dann noch drei Minuten. »Dass ich immer pünktlich stemple, können Sie mir ruhig glauben, schon weil mein Erzeuger richtig Stress macht, wenn ich auch nur eine Minute drüber bin. Und die Karten kontrolliert der jeden Tag.«

Erzeuger.

»Ich nehme an, Sie fuhren auf der rechten Seite der Straße und wurden links überholt? Ist das richtig?«

»Ich halte mich an die Verkehrsregeln.«

»Haben Sie den Wagen vor dem Überholen bemerkt, sich nach ihm umgesehen?«

»Ich habe ihn gehört, aber umgedreht habe ich mich nicht. Nicht sofort.«

»Also erst dann, als er neben Ihnen auftauchte?«

»Ja klar.«

»Konnten Sie das Dach des Wagens überblicken?«

Carola Bersenbrück runzelte die Stirn. »Da klebte Laub drauf. War ja nass. Glauben Sie mir etwa nicht?«

»Selbstverständlich glaube ich Ihnen. Was ich von Ihnen wissen möchte, ist, ob Sie die Insassen sehen konnten. Konkret: War Thorsten Böse am Steuer?«

Sie schwieg, senkte den Blick und biss sich auf die Lippen. »Ich weiß nicht«, flüsterte sie nach einigen Sekunden. »Ich habe eine Jeans gesehen. Verwaschen. Die Hand mit einem Ring. Auf dem Schalter, dem Ganghebel.«

»Sein Gesicht?«

»Sie meinen, ob sich der Böse umgedreht hat? – Nein. Hat er nicht. Die Scheibe war auch nass. Auf dem Beifahrersitz 'ne Tusse.

Wenigstens habe ich Jeans und eine weinrote Handtasche gesehen. Die haben wohl irgendwo in einem Feldweg gestanden und … Ist ja auch egal!«

War es wohl nicht, vermutete Lorinser, als er die Trauer in ihren dunklen Augen und das Zucken ihrer Mundwinkel bemerkte. Die von Böse geschlagene Wunde mochte bereits vernarbt sein, verursachte aber immer noch Schmerzen. Jene dumpfen, an die man sich zwar irgendwann gewöhnt, die sich jedoch wie Blei aufs Gemüt legen.

»Sie erinnern sich ausgesprochen gut.«

»Ist ja auch noch nicht so lange her.«

»Sie sagten, der Wagen sei langsam gefahren.«

»So langsam, dass der andere hinter ihm abbremsen musste.«

»Kann es sein, dass das wegen eines Schadens war? Haben Sie Dellen oder dergleichen gesehen? Hörten Sie Schleifgeräusche?«

Carola Bersenbrück schüttelte den Kopf. »Da waren keine Geräusche, da war auch keine Beule. Wenigstens nicht an der Seite oder hinten. Nein, bestimmt nicht.«

Lorinser schob den Stuhl zurück. »Das war's schon«, sagte er. »Ich danke Ihnen. Es kann allerdings sein, dass wir Sie noch mal behelligen müssen.«

»Aber bitte nicht hier!«

»Nein, nicht hier«, versprach er und ahnte das Spießrutenlaufen, das der jungen Frau nach der Vernehmung bevorstand. Polizisten sind nur dann Freunde und Helfer, wenn sie die anderen heimsuchen. Im eigenen Haus hinterlassen sie die klebrigen Schatten des Makels. »Haben Sie eine eigene Telefonnummer?«

»Ja«, sagte sie. »Die von meinem Handy.«

»Besitzt Böse auch eines?«

»Na klar.«

»Kennen Sie die Nummer?«

»Sogar auswendig«, sagte sie.

Lorinser schrieb sich beide auf. Er reichte ihr die Hand. »Kopf hoch«, versuchte er sie zu trösten.

5

Alles für nix? Hatte Dorfsheriff Bossen mit seiner Einschätzung recht, der junge Böse inszeniere eines seiner Spielchen und werde nach einiger Zeit quietschvergnügt aus der vorübergehenden Versenkung auftauchen? Hatte Olli Kröger Recht, wenn er behauptete, »so einer« sei zu feige und zu berechnend, den Abschied in die Ewigkeit zu nehmen? Oder führte der »Alte vom Berg« in diesem absurden Streifen Regie, in der Absicht, die Krögers wieder einmal in Misskredit zu bringen? Erreicht hatte Lorinser ihn immer noch nicht.

Lorinser starrte verdrossen durch die Seitenscheibe in den trostlosen Hof der Festung. Im Kopf Leere, im Bauch das Gefühl wie nach einem in letzter Sekunde verlorenen Spiel seines abstiegsgefährdeten Favoriten VFL Bochum. Selbst die ansonsten fröhlich tschilpenden Spatzen hatten andere Spielplätze gefunden. Spürten sie, dass er sich seit der Aussage Carola Bersenbrücks wie ein Verlierer vor höhnendem Publikum fühlte? Machte er sich nicht lächerlich, wenn er angesichts der veränderten Lage stur weiter recherchierte?

Lorinsers geklaute Leiche! Er sah es schon vor sich, das Grinsen der Kollegen, fürchtete deren Frotzeleien und Anzüglichkeiten, die ganz sicher auch durchschlugen, wenn es um zukünftige Einsätze ging. Klar, dass Steinbrechers Abfrage der Werkstätten nichts ergeben hatte. Kein zerknautschter gelber Porsche mit den Initialen Böses auf dem Nummernschild. Keine Rückmeldung der Tankstellen. War offensichtlich nicht ganz einfach, die Elektronik der Tankautomaten zu checken. War wohl auch Sache der Betreiber und nicht der Pächter, die sowieso keine Ahnung mehr hatten, wenn es um Technik oder Service ging. Die reinen Verkäufer. Die reine Pleite. Daran änderte auch die Tatsache nichts, dass sich das am Tatort gefundene Blut als identisch mit einer Thorsten Böse von der Verkehrspolizei im Januar abgenommenen Blutprobe erwiesen hatte.

Lorinser nahm die nur angerauchte und erloschene Zigarette aus dem Aschenbecher und zündete sie an. Ätzend der Rauch. Aber die Dinger kosteten, und es wäre die reine Verschwendung, fast dreißig Cent wegzuschmeißen, hätte seine Mutter gesagt. Die hatte in der schlechten Zeit gelernt, auch die letzten Reste zu verwerten. Daran hatte sich allerdings auch nichts geändert, als es besser wurde. Angewidert zerdrückte Lorinser die Kippe und drehte wenig später den Zündschlüssel. Im gleichen Augenblick sah er den grauen Volvo in der Wegeinmündung.

Der Wagen, offenbar frisch gewaschen, kroch mit dröhnendem Motor heran und stoppte. Die Seitenscheibe glitt herab. Wolfhardt Böse schob den hochroten Kopf heraus und drohte mit der linken Faust. »Sehen Sie nicht, dass Sie mein Eigentum blockieren, Sie Döspaddel!«

Lorinser löste die Handbremse und ließ den Wagen rollen. Nach einigen Metern bremste er und stieg aus. Böse starrte ihn aus funkelnden Augen an.

»Ach, Sie sind das!«, blaffte er schließlich und stieß den Schlag auf. Behände, als hätte er vor Kurzem den dreißigsten Geburtstag gefeiert, verließ er den Wagen. »Stehen hier dauernd mit ihren Weibern und lassen dann die vollgespritzten Pariser liegen. Soll sich in die Büsche verziehen, das geile Sauvolk.« Er deutete mit seinem Schlüsselbund auf die Isabella. »Wenn die sich nicht vom Staat aushalten ließen, müsste die Polizei nicht solch einen Schrott fahren. Beziehen Sie wenigstens Ihr Gehalt noch regelmäßig?«

»Keine Sorge, Herr Böse. Wir tragen demnächst Werbetrikots und werden an den Einnahmen beteiligt.«

Der alte Mann, dessen Kopf Lorinser an verkratzte Schwarz-Weiß-Bilder Ghandis aus Fernsehdokumentationen erinnerte, blinzelte einen Augenblick irritiert, nickte einige Male, als müsste er seine Gedanken sammeln, tippte sich dann aber an die Stirn. »Es gehört zum Vorrecht der Jugend, arrogant zu sein und Alter und Gebrechlichkeit mit Stupidität gleichzusetzen. Aber täuschen Sie sich nicht, junger Mann! Auch wenn Knochen und Fleisch schwach sein mögen, der Kopf wird es nur, wenn er nicht benutzt wird. Ich benutze meinen.« Sein rechter Zeigefinger richtete sich gegen Lorinsers Brust. »In zwei, drei Jahrzehnten werden Sie wissen, was ich meine. Seien Sie auf der Hut. Die Zeit hat Zeit, Sie nicht. Sie haben nur lächerlich wenige Jahre, sich mit ihr zu arrangieren.«

»Danke für den Ratschlag.«

»Ich habe noch einen für Sie!« Böse drückte die Autotür zu. Seine Stimme nahm einen schneidenden Klang an. »Besorgen Sie sich schleunigst einen Durchsuchungsbefehl für Krögers Besitz, graben Sie da alles um. Der Schweinehund hat meinen Sohn auf dem Gewissen!«

Da war er wieder, dieser vom Hass verschleierte Blick hinter den fettigen Brillengläsern, das mit Speicheltropfen über die Lippen spritzende Gift der Verbitterung eines alten Mannes, der sein Ende vor Augen, aber die Vernichtung seines Intimfeindes noch nicht erreicht hatte. Drohend die gereckte Faust, die auf das rote Flachdach jenseits der Straße deutete, unter dem Olli Kröger, der Sohn, seine Träume von Motorsporttriumphen träumte.

»Welche Gründe haben Sie, Kröger mit dem Verschwinden Ihres Sohnes in Verbindung zu bringen?«

»Gründe, Gründe! Finden Sie die Spuren, die er hinterlassen hat, dann haben Sie Ihre Gründe!

»Der Staatsanwalt lacht mich aus, wenn ich ihm damit komme. Sie müssen mir schon mehr als Behauptungen liefern.«

»Er ist zu jeder Schandtat bereit, um mir zu schaden. Ist das nicht genug?«

»Leider nein.«

»Was erwarten Sie denn? Dass wir Bürger die Straftäter selbst dingfest machen und wohl verpackt abliefern?«

»Wir haben Hinweise, dass Ihr Sohn lebt.«

Die Brauen über der hervorspringenden Nase des Alten berührten sich. Er kniff die Augen zusammen und riss den Mund auf. »Nein!«, schrillte er. »Das kann nicht sein! Sie müssen sich irren!«

»Es kann aber auch sein, dass Sie Thorstens Konto zu früh gesperrt haben. Warum eigentlich?«

Böses Schultern sanken herab. Er hob die Hände, ließ sie wieder sinken und verlor dabei den Schlüsselbund. Ehe Lorinser sich danach bücken konnte, hatte Böse ihn wieder aufgehoben, klimperte damit und lehnte sich gegen den Volvo. »Warum?« Seine Gesichtszüge schienen zu zerfallen. »Ja, warum macht man das, Herr Kriminalist? *Ich* habe das gemacht, weil ich den Missbrauch seiner Kreditkarte befürchtete. Ein Toter kann sich bekanntlich nicht mehr wehren. Das müssen die Zurückbleibenden für ihn tun.«

»Haben Sie den Kontostand geprüft?«

»Nein. Ich habe lediglich prüfen lassen, ob während der letzten beiden Tage Geld abgehoben wurde. Wurde aber nicht.«

Er schwieg. Er hatte mit leiser, erschöpfter Stimme gesprochen. Auch seine Bewegungen waren fahrig. Offensichtlich waren die Aufregungen, der vormittägliche Ausflug zur Bank und zur Waschanlage zu viel für ihn gewesen. Aber er machte keinerlei Anstalten, das Tor aufzuschließen. Hinsichtlich des gut gefüllten Kontos seines Sohnes schien er ahnungslos sein, oder, überlegte Lorinser, schauspielert er?

»Hat Ihr Sohn hier eine eigene Wohnung?«

»Die beiden Räume im Erdgeschoss. Und die gegenüberliegende Küche.«

»Ich würde sie mir gerne anschauen.«

»Wozu?«

»Vielleicht hat er Hinweise hinterlassen, die uns weiterbringen.«

»Hier gibt es nichts zu finden!«, sagte Böse bissig. »Ich habe Ihnen bereits gesagt, wo Sie die Beweise suchen müssen!«

»Was wissen Sie von Thorstens Versuch, sich die Patentrechte Ihres Bruders zu sichern?«

»Patentrechte?« Böse lachte bitter. »Nennen Sie das Kind getrost beim richtigen Namen: Es war Betrug! Mein Bruder ist um die Früchte seiner Arbeit gebracht worden. Kröger brachte ihn damals mit Vertretern einer Firmengruppe zusammen. Die K-Tec, der Konzern, der seine Patente erwarb und verwertete, macht damit seit Jahren Dutzende von Millionen. Die haben ihn trickreich in den Ruin getrieben, um sich in den Besitz seiner Erfindungen zu bringen. Thorsten hat die Akten gesichtet und juristischen Rat eingeholt. Danach sind die Prozessaussichten durchaus erfolgversprechend. Wie sehr, zeigte sich in der Bereitschaft der K-Tec, ernsthafte Gespräche in der Sache zu führen.«

»Haben Sie die entsprechenden Unterlagen gesehen?«

»Solche Sachen berühren mich nicht mehr.«

Lorinser seufzte. Er ahnte, das Böse von seinem Sohn mit erfundenen Erfolgsmeldungen an der Nase herumgeführt worden war. Laut Gertraud Simmerau, der Wirtschaftsberaterin, gab es schon wegen des Rechteverfalls keine Erfolgsaussicht gegen die Patentverwerter. So sehr er sich gegen das Gefühl wehrte, aber der alte Mann tat ihm leid.

»Erlauben Sie, dass ich rauche?«

»Es sind Ihre Lungen, die Sie vergiften.«

»Als ich damit anfing, war es noch nicht verpönt«, sagte Lorinser und schob sich eine Zigarette zwischen die Lippen. »Damals versteckte man allerdings auch keine Denkmäler in Holunderbüschen.«

Böses haarlose Brauenwülste bogen sich über plötzlich hellwachen Augen.

»Ich habe einige Leute befragt«, fuhr Lorinser fort, »aber nur ausweichende Antworten erhalten. Niemand wollte an die Stele Ihres Vaters erinnert werden.«

»Ha!«

»Warum eigentlich? Warum der seltsame Standort am Deich? Warum die Zerstörungen? Warum haben Sie nichts gegen den offenkundigen Vandalismus unternommen?«

»Der Schande wegen, junger Mann!«

»Beim besten Willen, das verstehe ich nicht. Ist es nicht vielmehr eine Schande, das Ehrenmal verkommen zu lassen?«

Böses rechte Hand ruckte in Richtung Dorf. In seine Augen trat ein seltsamer Glanz. Eine innere Kraft, vielleicht war es Selbstgefälligkeit, vielleicht auch Stolz, richtete seinen mageren Körper auf. »Die Dialektik dieser Geschichte zu verstehen, setzt Wissen um die Zusammenhänge voraus. Die Stele ist der Garant dafür, dass diese Leute da unten an ihre Schande erinnert werden.«

In Anerkennung seiner wissenschaftlichen Verdienste war dem Dr. Karl-Herrmann Böse von einer wissenschaftlichen Vereinigung jene jetzt am Deich verrottende Stele mit dem bronzenen Abbild seines Kopfes gewidmet worden. Feierlich und mit salbungsvoller Rede der Ortsprominenz, so Böse, habe man sie 1927 »mitten im Ort« unter großer Anteilnahme der Bevölkerung ihrer Bestimmung übergeben. Überaus stolz sei man gewesen, den bedeutenden Sohn der Gemeinde in der Weise geehrt zu sehen. Als aber die Nationalsozialisten die Macht übernahmen, war es vorbei mit der Bewunderung für den genialen Sohn vom Dümmer. Die neuen Machthaber erinnerten sich nur zu genau, dass der alte Herr – der damals so alt noch gar nicht gewesen war – sich mit aller Kraft und einigem Geld gegen die braunen »Dumpflinge« engagiert hatte. Man begnügte sich zunächst damit, die Stele mit Farbe zu verunstalten. Als dann herauskam, dass ein jüdischer Bildhauer Entwurf und Gestaltung der Stele vorgenommen hatte, riss man sie unter johlender Anteilnahme vieler Dorfbewohner und der neuen Machthaber nach vandalistischen Attacken kurzerhand ab und entsorgte sie auf dem Schutthaufen des Bauhofs.

»Die Herren, die gestern noch Knechte waren, sonnten sich im Schein der neuen Macht«, sagte Böse in einem Ton, der seine Verachtung ahnen ließ. »Aber sie sonnten sich nicht nur, sie überschwemmten das Land mit ihrem braunen Brackwasser. Schon 1933 erhielten sie im hiesigen Wahlkreis mehr als zwei Drittel der Stimmen. Es dauerte kein Jahr, und sie hatten *alles* unter Kontrolle. Die Ämter, die Schulen, die Vereine. Und vor allem die Köpfe.« Er ballte die Hände. »Deutsch hatte alles zu sein. Das Brot, die Kartoffeln, die Wissenschaft. Und was ihnen nicht deutsch genug war, wurde so lange boykottiert, bis sie es ruiniert hatten. Die Versteigerer hatten damals Hochkonjunktur. Sie müssen nur nach den größten Häusern schauen, dann wissen Sie, wen ich meine. Doppelt gebrannter Klinker, vierzig Zentimeter dicke Mauern und Dächer, die die sich im Glauben, ihre Herrlichkeit werde niemals enden, für ihre Ewigkeit gebaut haben.« Seine bis dahin kraftvolle Stimme wurde leise. »Man sagt, das Geheimnis der Erlösung ist die Erinnerung. Das mag in einem höheren Sinne zutreffen. Wenn man verzeihen kann. Für mich gilt das nicht, für mich war und ist das dauernde Erinnertwerden die Hölle.«

Die der unvollendeten Rache, fügte Lorinser in Gedanken hinzu.

»Warum sind Sie hier geblieben?«

»Weil ich noch immer hoffe, Scham in ihren Gesichtern zu sehen.«

»Viele von denen, die Sie meinen, dürften inzwischen verstorben sein.«

»Einige hat der Teufel geholt, einige haben sich umgebracht, aber alle sind in Ehren begraben worden. Von denen, die zwar die Anzüge gewechselt haben, aber nach wie vor in ihrem Geist und von den damals zusammengerafften Vermögen leben.« Ein dünnes, zynisches Lächeln. »Kann ja sein, dass ich für den einen oder anderen doch das schlechte Gewissen bin.«

»Wie die Stele am Deich, nicht wahr?«

»Wie die Stele am Deich, junger Mann, die ihnen ein Dorn im Fleische ist, die sie aber nicht beseitigen können, weil sie auf meinem Grundstück steht.« Er kicherte und rieb sich wie ein Kind in unverhohlener Schadenfreude die Hände. Ähnlich hatte er sich wohl gefühlt, als er nach Jahren mit bangen Gefühlen, aber auch triumphierend mit den Alliierten in die Gemeinde zurückkehrte.

»Glauben Sie mal nicht, dass da Heulen und Zähneklappern war. Mich haben sie, wenn auch hinter vorgehaltener Hand, Verräter genannt! Kein Wort der Entschuldigung, keine Reue! Nur vor den polnischen Soldaten, die hier einquartiert waren, krochen sie wie geprügelte Hunde. Rückgratlose Kreaturen, die ihre Mäntelchen schon wieder in den Wind hängten.«

Die Stele sei aufgetaucht, als man Schutt für die Ausbesserung der alten Bundesstraße benötigte. »Sie wollten sie klammheimlich verschwinden lassen«, erzählte der alte Mann. »Aber ich habe ihnen einen Strich durch die Rechnung gemacht. Einige Wochen stand sie für jeden sichtbar mitten im Ort auf einem Hänger. Ein Stein des Anstoßes. Hoffte ich. Nur nahm niemand Anstoß. Sie waren empört, dass der Vaterlandsverräter diese Provokation wagte. Im Dezember 1946, wenige Tage vor Weihnachten, versenkten sie die Stele in der Hunte. Ich habe sie herausfischen und dort aufstellen lassen, wo sie immer noch steht.«

»Hat es nie den Versuch einer Einigung gegeben?«

»O doch! Irgendwann Mitte der Fünfziger. Sie boten mir einen Platz in der Nähe des Amtshofs an. Dazu eine lächerliche Plakette, auf der die Verdienste meines Vaters aufgelistet sein sollten. Aber nicht ein Wort über das Unrecht, dass sie uns angetan haben. Hätte ich mich darauf einlassen können? – Nein, niemals«, gab er mit schneidender Stimme selbst die Antwort. »Sie haben ja nur *ihren* Frieden gemeint, nicht den der Opfer. Verstehen Sie?«

Lorinser nickte. »Sie haben vorhin diesen sehr schönen Satz vom Geheimnis der Erlösung gesagt …«

»Der nur dann Gültigkeit hat, wenn das Erinnern auch eine Sache der Täter ist. Aber sie wollen sich nicht erinnern, sie rechtfertigen ihr Verhalten und verkehren ihre Untaten zu Zwangsläufigkeiten. Daraus, junger Mann, werde ich sie nicht entlassen. Nicht solange noch Atem in mir ist.« Er nickte mehrmals, drehte sich abrupt um und ging auf das mit einem Stacheldrahtverhau verrammelte Tor zu.

»Noch eine Frage, Herr Böse!«

Der alte Mann blieb stehen und drehte sich um. In seinem Gesicht zuckte es.

»Warum ist Ihr Bruder nicht auch vor den Nazis geflüchtet?«

»Was glauben Sie denn?«

»Scheinbar hatte er nichts vor ihnen zu befürchten.«

»So ist es.«

»Wieso nicht?«

Böses magere Gestalt schien von Krämpfen geschüttelt. Er presste beide Hände gegen seinen Magen, krümmte sich und stöhnte laut auf. »Wieso nicht?« Seine Stimme war nichts weiter als ein heftiges Gurgeln. »Das kann ich Ihnen ganz genau sagen: Er blieb hier, weil er Blut von ihrem Blute war.« Er drehte ab und schloss das Tor auf. Wenig später rollte sein Wagen in den trostlosen Hof.

Wie sehr ihn der Fall beherrschte, stellte Lorinser fest, als er den »Jägerhof« betrat und sich beim Anblick des weißhaarigen Mannes, der ihm entgegenkam, fragte, ob der wohl zu der johlenden Horde gehört hatte, welche Karl-Hermann Böses Ehrenmal verunglimpft und aus der Verankerung gerissen hatte. Mehr erschreckt als freundlich erwiderte er den Willkommensgruß. Wie aus dichtem Nebel hörte er, die beiden Säle seien »besetzt«, er müsse, falls er überhaupt »zu Tisch gehen wolle«, schon mit der Gaststube vorliebnehmen, dort sei noch genügend Platz.

Lärmende Stimmen übertönten ein Schmachtstück aus der Hitparade der Volksmusik. Speisengeruch. Eine untersetzte Kellnerin hastete mit mehreren gefüllten Tellern durch den Flur auf den Saal zu. Es roch nach Gurkensalat, Braten und Bier. Eine helle, krähende Männerstimme kratzte sich durch das Stimmgewirr: »Kann mir einer sagen, was ’ne heiße Frau morgens um halb sieben mit ihrem Arsch macht?« Als Lorinser den schmalen Schankraum betrat, keckerte vom Tresen her ein untersetzter Glatzkopf um die fünfzig die Antwort: »Sie drückt ihm den Henkelmann in die Hand und schickt ihn zur Arbeit! Hahaha!«

Der Einzige, der über den langbärtigen Witz grölte, war der nicht mehr ganz standfeste Erzähler. Dorfsheriff Bossen schaufelte ungerührt und mit teilnahmslosem Blick Zwiebelbraten von seinem dampfenden Teller. Neben ihm am Kopfende ein Pfeife putzendes dürres Männlein, dessen kugelartiges Gesicht schweißnass glänzte und vom lockigen Flor einer Jesusfrisur umrahmt war. Er gönnte Lorinser den Ansatz eines Nickens. Das ältliche Paar am Nebentisch steckte die Köpfe über der Lokalzeitung zusammen. Über ihnen eine blaue Uhr, deren Ziffern linksherum angeordnet waren und deren Zeiger über dem roten Eindruck *España es diferente* in die gleiche Richtung liefen.

»Darf ich?«

»Nur zu, Kollege«, sagte Bossen kauend und nickte dem Platz am freien Kopfende zu. »Das Einverständnis des Herrn Rechtsanwalts selbstverständlich vorausgesetzt.«

»Wir leben in einer freien Gesellschaft, in der selbst die Polizei unser Vertrauen genießt«, sagte das Männlein, das Ebertuwski hieß, und nickte zum zweiten Mal. Dieses Mal klar erkennbar und begleitet von einem aufmunternden Blinzeln.

»Hört man nicht oft«, sagte Lorinser und ließ sich auf die gepolsterte Holzbank fallen.

»So denkst du aber erst«, stichelte Bossen, »seitdem du die tiefroten Socken gegen grüne ausgetauscht hast, Robert.«

»Andere denken gar nicht«, sagte der kleine Mann bissig und setzte seine Pfeife zusammen. »Namen muss ich ja wohl nicht nennen.«

»Nimm's nicht so tragisch, ich bin auch schon mal geblitzt worden.«

»Aber gezahlt haste nicht, von wegen Einsatz und so.«

»Dienstgeheimnis«, murmelte Bossen und schob sich eine Ladung Zwiebeln in den Mund. Er wandte sich an Lorinser. »Sie machen auch nicht gerade den glücklichsten Eindruck.«

»Liegt wohl am Hunger.«

»Dagegen haben wir was«, sagte der weißhaarige Wirt, der wie aus dem Nichts an den Tisch getreten war. »Erst mal ein Bierchen?«

»Gute Idee. Dann hätte ich gerne was Leichtes. Was würden Sie mir empfehlen?«

»Ein anderes Lokal«, platzte es mit Soßenresten über Bossens Lippen. »Oder wie siehst du das, Erwin?«

Erwin lächelte säuerlich. »Ich schlage dem Herrn unseren Lachs mit Butterreis und der Variation von Blattsalaten vor«, sagte er freundlich. Aber seine mahlenden Kieferknochen und die leicht verengten Augen zeigten, dass ihm die derbe Anmache Bossens ganz und gar nicht gefiel.

»Klingt gut«, sagte Lorinser, »dann also den Lachs, aber anstelle des Biers einen trockenen Weißen.«

»Sehr gerne, der Herr.«

Der Wirt ging. Der Anwalt räumte, den Kopf gesenkt, seine Pfeife in ein ledernes Etui. Bossen schaffte das Kunststück, zu kauen und dennoch glucksend vor sich hin zu lachen.

»Sehr gerne, der Herr!«, ahmte er die sanfte Sprechweise des Wirtes nach. »Demnächst serviert er noch auf silbernen Platten!« Offenbar genoss er seine Rolle als unangefochtener Platzhirsch. Und die beiden Schnitzel, die zusammen mit den Zwiebeln und Kartoffeln in Windeseile vom Teller verschwanden. Ein Rülpsen kündigte das Ende seiner Mahlzeit an.

»Sind Sie mit Ihrer Sache weitergekommen, Lorinser?«

»In der Sache nicht, aber ich habe eine Reihe interessanter Menschen kennengelernt. Und den Ort natürlich.«

»Und Ärger gehabt, wie ich hörte.«

»Was Sie alles hören!«

»Nicht wahr?«

Bossen lachte meckernd, schob den Teller in die Mitte des Tisches und zog ein ledernes Zigarrenetui aus der Innentasche seiner Uniform. Er befeuchtete das Ende der Fehlfarben, biss die Spitze ab und steckte ein abgebrochenes Streichholz hinein.

»Schönen Tag noch«, sagte der Anwalt und erhob sich. Der Witzerzähler forderte lautstark ein frisches Pils. Bossen ratschte ein Streichholz an.

»Wenn Sie lange genug in einer solchen Gemeinde leben, merken Sie, dass überall Mikrofone stehen«, sagte der Polizist mit verschwörerisch gedämpfter Stimme, als der Anwalt den Schankraum verlassen hatte. »Und die sind verbunden mit vielen kleinen Lautsprechern, aus denen im Flüsterton die kleinen und großen Geschichten des Dorfes plätschern. Funktioniert so ähnlich wie mit den Beichtstühlen der Katholen. Sie müssen nur wissen, wo die Dinger sind, müssen die Ohren in das Gesäusel halten, dann kriegen Sie eine Menge von dem mit, was hier abläuft. Ob Sie wollen oder nicht, Sie haben den Überblick. Verstehen Sie, was ich meine?«

Lorinser verstand, wenngleich die oberlehrerhafte Art des Vortrags ihm auf den Senkel ging. Die Streichholzflamme fraß sich in den Tabak. Bossen rückte näher an Lorinser heran und neigte den Kopf. Seine eindringliche Stimme wurde noch leiser.

»Sie kriegen mit, dass die strahlende Ehrbarkeit in Person seit Jahren seine Tochter vögelt und dass nicht nur seine Frau aus Angst vor dem Sturz ins Nichts die Augen verschließt. Sie hören, wie die Schweinehunde es hinkriegen, aus fruchtbaren Äckern Bauland zu machen, wie Posten verschachert und ehrenamtliche Jobs mit dicken Aufwandsentschädigungen gedopt werden, wie alte Menschen um ihre Grundstücke und oft genug um den Verstand gebracht werden. Sie kriegen all die kleinen und großen Schweinereien mit, aber auch, dass Sie nur in den seltensten Fällen eingreifen können. Im Grunde sind Sie machtlos, weil Sie Erkenntnisse, aber keine Beweise haben. Gegen die Mauer kommen Sie nicht an. Sie haben nur eine Alternative: Sie rennen sich den Kopf blutig, oder Sie versuchen, das Beste draus zu machen.« Er warf das verkohlte Streichholz in den Reklameaschenbecher und tippte sich an die Stirn. »Ich hab da nur 'ne kleine Narbe. Und dabei soll es auch bleiben, verstehen Sie?«

»Und jetzt erzählen Sie mir, wo ich den lustig vor sich hingrinsenden Thorsten Böse finden kann?«

Bossen lachte dröhnend auf. »Schön wär's! Schon um den kleinen Affen mal ordentlich strammstehen zu lassen. Damit kann ich leider nicht dienen. Aber mit 'nem kleinen Tipp in Richtung Presse.« Er deutete hinter sich. »Unser Reporter Halvesleben ist mit Thörstchen ganz ordentlich aneinandergeraten. Wie es heißt, sogar handgreiflich. Am frühen Sonntagabend hinter dem Schützenzelt. Muss nichts bedeuten, kann aber, zumal er sich mit denen schon seit Jahren heftig zofft. Außerdem steht sein Haus nicht weit von dem Denkmal entfernt, begreifen Sie?« Das Doppelkinn zitterte, und die hinter Fettpölsterchen funkelnden Augen glitzerten bedeutungsschwer. Dem rotvioletten Zinken Bossens entströmten zwei graue Rauchfahnen, während seine aufgestülpten Lippen die von der gepolsterten Hand gehaltene Zigarre umzuzzelten.

»Ich nehme an, Sie haben Halvesleben noch nicht befragt?«

»Keine Anzeige, keine Vernehmung, Lorinser. Mit anderen Worten: Sie hörten eine Sendung des Dschungelfunks, werter Kollege. Erzählen Sie mir bei Gelegenheit, ob Sie daraus was haben machen können. Da kommt Erwin übrigens mit dem Lachs. Ist zwar aus der Tiefkühltruhe, aber ganz gut.«

»So, der Herr«, sagte der Wirt, stellte das braune Pressholztablett ab und servierte das Essen und den Wein.

»Guten Appetit«, wünschte Bossen und kämpfte sich schwerfällig hinter dem Tisch hervor.

»Danke auch für die Informationen«, rief Lorinser ihm nach und griff nach Messer und Gabel.

Bossen hob gönnerhaft die rechte Hand, tätschelte dem Wirt freundschaftlich die Hüfte und watschelte hinaus. Aus den versteckten Lautsprechern ölten die Wildecker Herzbuben zum höchsten Vergnügen des Thekenstehers »Herzilein, musst net traurig sein«.

In Hochstimmung hatte ihn der Lachs nicht versetzt. Der Weißwein war so nichtssagend rund, wie es die Designer in den kalifornischen Labors ausgetüftelt hatten. Ein Tiefschlag war der düstere Himmel, aus dem schwer wie aus Kannen Wind gepeitschter Regen trommelte. Lorinsers Gedanken kreisten um Halvesleben und die Frage, ob es Sinn machte, die Isabella über dessen verschlammte Zufahrt zu lenken. Er entschloss sich, erst mal Kattas Sehnsucht nach schwarzer Schokolade zu erfüllen.

Als er mit seinen neunundsiebzig Euro vierundzwanzig schweren Plastiktüten den Supermarkt in der Nähe der evangelischen Kirche verließ, regnete es immer noch, aber sanft und in dünnen grauen Fäden. Er verstaute den Einkauf vor dem Beifahrersitz und blickte, als die eingeschobene Marika-Rökk-Kassette lediglich ein verdächtiges Knattern auslöste, auf seine in irgendeinem Gehirnwinkel abgespeicherte »Was-ist-zu-tun?«-Liste.

Der Name Halvesleben war an die erste Stelle gerückt und hatte dessen namenlose Nachbarn an die zweite Stelle verbannt. Wolfhardt Böse, stand da geschrieben, im Archiv nachforschen! Einen Augenblick lang war er versucht, KHK Hildebrandt anzurufen, um ihr Bericht zu erstatten. Aber nur einen Augenblick. Er nahm die Kassette aus dem Schacht des Rekorders und warf sie auf den Beifahrersitz.

Er lenkte den Wagen durch die verregnete Lagerhallenromantik des Geschäftszentrums, vorbei an der uniformen Wiedererkennungs-Architektur der Discounter, Fließbandbäcker und China-Ramsch-Höker und stieg kurz vor der Ausfahrt jäh auf die Bremse, als er am Heck eines Golf unter einem blauen Regenschirm Paula entdeckte. Überaus hübsch anzusehen. Enge Jeans, weiße Bluse, rotblonde Haare und dieses heitere Gesicht, das nur für ihre riesengroßen, graublauen Augen komponiert zu sein schien. In ihnen blitzte auch noch freudiges Erkennen auf. Lorinser parkte und stieg aus.

»Heiliger Bimbam«, rief sie. »Das ist ja 'ne Überraschung!«

»Eine angenehme, hoffe ich.«

»Dass du mich wiedererkannt hast!« Sie intonierte ihr helles, klirrendes Lachen, das ihren Mund zu einer reinen Aufforderung machte. »Wir waren ganz schön drauf, oder? Neuerfindung der Moral und so. Hätte nie gedacht, dass du mich noch wiedererkennst! Chris … Christo … Christoph, stimmt's?«

»Kristian, Paula. Mit K.«

»Mit XGB wär's die Katastrophe. Also wirklich, dass du mich erkannt hast! Ich war wohl ganz schön zu, was?«

»Weg warst du plötzlich.«

»Ich? Ich war nur kurz für kleine Mädchen. Als ich zurückkam, stand nur noch dein Glas da. Viña Real. Und es sah aus, als hättest du mir ein Trinkgeld dagelassen.« Ihr rechter Zeigefinger stieß auf ihn zu und berührte sein Kinn. »Ich war ganz schön sauer, das sage ich dir.«

»Und ich habe dich *gesucht*!«

»Tja, die Brille findet man ganz zuletzt auf der eigenen Nase. Aber schön, dich zu sehen. Ich fühle mich schlichtweg gezwungen, dir aus gegebenem Anlass bei Tchibo einen Kaffee zu sponsern. Darf ich?«

»Du darfst noch viel mehr«, sagte er und legte seinen Arm um ihre Hüfte.

Hilde Knef machte keine Schwierigkeiten. Die nach dem Kauf des Autos im Handschuhfach gefundene Kassette schepperte zwar im Abspielschacht des alten Blaupunkt Rekorders, aber nicht nur ihr mit rauchiger Stimme dargebrachtes »Eins und eins, das macht zwei« ließ Lorinser die schlechte Qualität der beiden aus den sechziger Jahren stammenden Hecklautsprecher vergessen. Das unverhoffte Wiedersehen mit Paula hatte mehr noch als die drei Tassen Kaffee seinen Puls auf Touren und seine Stimmung auf die höchste aller Stufen gebracht.

Welch eine Frau!

Nur war sie jetzt nicht mehr die Nebelgestalt einer alkoholisierten Nacht, sondern ein greifbares, seine Sinne aufwühlendes

Wesen aus Fleisch und Blut. Eine Nachbarin obendrein. Sie lebte ebenfalls in der Nähe des Diepholzer Bahnhofs, sozusagen im Orchestergraben des Verkehrstheaters, durch das in regelmäßigen Abständen ICEs, Regional- und Güterzüge ihre wegen der Gewöhnung an sie schon nicht mehr nervenden Lärmkompositionen schmetterten. Neunundzwanzig Jahre alt war sie in jener Nacht geworden, als Lorinser sie kennengelernt und Stunden später wieder verloren hatte. Erst der, wie sie sagte, spontane Besuch bei ihrem an diesem Sonntag aus dem Urlaub zurückgekehrten Vater habe dem Zufall ihrer Begegnung eine Chance gegeben. Ob Vater, Zufall oder nicht, ihren Haaren tat keinerlei Chemie ein Leid an. Ihre Bräune war das Nebenprodukt eines Abenteuerurlaubs in Sibirien, den sie mit den »inzwischen ganz ordentlichen Erträgen« ihrer auf Tierplastiken spezialisierten Kunstschmiede finanziert hatte. Eine logische Karriere für eine Frau, die nach Jurastudium, zweitem Staatsexamen und unbezahltem Praktikum in einer Anwaltskanzlei keine Anstellung gefunden hatte, stellte sie eher ironisch als bitter fest.

»Aber ich fühle mich wohl in der Nähe von Amboss und Schweißbrenner. Ich komme rum und finde dabei abhandengekommene Kerle wieder. Ist auch nicht schlecht, oder? Brauchst du nicht zufällig ein wunderschön geschmiedetes Kranichpärchen? Zum Beispiel für deinen Garten?«

Was er brauchte, spürte er geradezu schmerzhaft unterhalb des Bauchnabels.

»Mein Garten besteht aus zwei Blumentöpfen auf dem Fensterbrett«, sagte er mit einem Blick auf ihre Brüste, die, er war sicher, nicht in stützenden Körbchen steckten.

»Ich bin gut im Anpassen. Von Figuren. Was hältst du von einem baldigen Besichtigungstermin?«

Er hielt ihn für eine Überlebensfrage. Trotz des anstehenden Gesprächs mit Halvesleben, des unumgänglichen Besuchs bei dem in Körner verliebten Pärchen in dessen Nachbarschaft und des hildebrandtschen Schwerts, das in Form von aufgezwungener

Ermittlungsarbeit gegen den gewaltbereiten Jugendlichen über ihm schwebte. Er dachte natürlich auch an Katta, die trotz ihrer Verletzungen inzwischen sicherlich ihre Vorbereitungen für den Rinderbraten à la Mutter erledigt hatte.

»Zwanzig Uhr?«, schlug er in der Hoffnung vor, die anstehenden Probleme in der verbleibenden Zeit lösen zu können.

»Ich freu mich«, sagte sie und ließ wieder ihr klirrendes Lachen hören. »Ich freu mich riesig … besonders darauf, dass die Kraniche in gute Hände kommen.«

Die?

Er lachte sie an und spürte sein heftiger schlagendes Herz, als er das verräterisch-einladende Glitzern in ihren Augen bemerkte.

Lorinser stoppte den Wagen zwischen Haus und Garage des Halveslebenschen Anwesens. Er ging auf die Tür zu und klingelte. Kein Ton. Auch beim zweiten Mal nicht. Er entdeckte den gelben Haftzettel, der auf den Postkasten geklebt war.

»Hallo Maus«, war da in klarer Druckschrift zu lesen, »ich bin in der Redaktion und besorge danach im Gartenmarkt die Harke. Denke, bin um sechs zurück. Küsschen, Bernie.«

Wahrscheinlich Bernd oder Bernhard, vermutete Lorinser, als er durch die getönten Butzenscheiben in die Diele des großen Bauernhauses blickte und dort eine rot-weiß gefleckte Katze entdeckte, die er mit seiner Klingelei aus dem Schlaf gerissen hatte. Sie warf ihm einen gelangweilten Blick zu, senkte das müde Haupt und schloss nach wenigen Augenblicken wieder die Augen.

Halveslebens Maus hatte das schlichte Halbhaus offensichtlich auch verlassen. Die offene Doppelgarage war bis auf einen roten Aufsitzrasenmäher leer. Dahinter, von Büschen und hohen Kastanien geschützt, das etwa zweihundert Meter entfernte strohgedeckte Hexenhäuschen der Nachbarn. Auf der Weide davor parkte unter einem blauen Zeltdach ein grauer Minivan. Eine dunkle Doppelspur wies den Fahrweg über die Weide aus.

Es war sechzehn Uhr fünf, als sein Telefon klingelte. Es war Hildebrandt. Mit einer Stimme, die ganz schön weit weg von der Tonlage der Erlösung war. Ob er sich einen schönen Tag gemacht hätte, fragte sie provokativ. Ihrer, ahnte Lorinser, schien die reine Katastrophe gewesen zu sein. Ihr aktueller Favorit, der jugendliche Gewalttäter mit seinen Beziehungen zur Diepholzer Latino-Mafia, sei ihr kurz vor der Kapitulation sozusagen vom Tablett gekickt worden. Von einem verquasten Vertreter des Jugendamtes in Begleitung eines weltfremden und obendrein mehr als schnoddrigen Rechtsanwalts, der einen Beschluss des Amtsgerichts zur sofortigen Entlassung des Strafunmündigen in eine Rehabilitierungsmaßnahme vorgelegt hatte. Aus der Traum von einer erfolgreichen Aufklärung.

»Und Sie, sind Sie mit Ihrem mysteriösen Fall wenigstens einen Schritt weitergekommen?«

Lorinser spulte mit knappen Worten sein Tagespensum ab. Als er von dem tatsächlich oder vermeintlich in Brockum gesichteten Porsche Böses berichtete, war es mit Hildebrandts Beherrschung vorbei.

»Verdammt noch mal, mir reicht es jetzt! Sie haben mit der eindeutigen Zeugenaussage den klaren Beweis, dass der Fall in die Vermisstenabteilung und nicht in unseren Bereich gehört! Wir haben Wichtigeres zu tun, als uns um den wie auch immer begründeten Ausflug eines Sunnyboys zu kümmern.«

»Ich sehe die Sache ein wenig anders, ich denke …«

»Was Sie denken oder vermuten, ist mir vollkommen gleichgültig. Solange keine konkreten Tatsachen vorliegen, werden Sie den Fall ruhen lassen. Drücke ich mich klar genug aus?«

»Ich habe Hinweise, die …«

»Keine Leiche, keine Ermittlungen, *Herr* Kriminalobermeister! Ich erwarte Sie morgen früh möglichst ausgeruht in der Dienststelle. Zu tun haben wir mehr als genug.«

»Wie Sie wünschen«, sagte Lorinser. Zweifel hatte er, ob das mit dem Ausgeruhtsein funktionieren würde. Bis Paula waren es nur noch gute drei Stunden. Was danach kam, würde, wenn sich seine Wünsche erfüllten, ganz schön viel Zeit und Kraft kosten. Zwanzig Minuten hatte er für den Weg nach Diepholz einzurechnen. Die Rückkehr in die Inspektion würde er sich ersparen. Nur anrufen, um sich abzumelden. Essen mit Katta. Da blieb nicht viel Zeit, um rechtzeitig zum Besichtigungstermin des Kranichpärchen zu erscheinen.

Er überlegte, ob er Halvesleben und die Liebhaber politisch korrekter Kleinwagen für einen der nächsten Tage trotz des hildebrandtschen Edikts vorladen sollte. Er winkte innerlich ab. Offiziell angesetzte Vernehmungen machten den Leuten Angst, sie fühlten sich verdächtigt und kamen nicht aus sich heraus. Je höher der Bildungsstand, desto eher suchten die Betroffenen Rat bei ihren Anwälten, die, um ihre Honorare zu rechtfertigen, daraus in der Regel fliegende Elefanten machten, die dann nur noch schwer vom Himmel zu holen waren, der in diesem Augenblick einige zaghafte Sonnenstrahlen zeigte.

Die Sache wirklich sausen lassen?

Er horchte in sich hinein. Nein, entschloss er sich, als er das überzeugende Votum seines Instinkts vernahm. Wenigstens die verbleibende Zeit wollte er noch nutzen. War ja denkbar, dass sich noch einige überzeugende Argumente gegen den Abbruch der Ermittlungen ergaben.

Lorinser hinterließ neben dem gelben einen weißen Zettel mit der höflich formulierten Bitte um einen baldigen Anruf. Er stieg in sein Auto und fuhr in Richtung des Hexenhauses, in dem Halveslebens Nachbarn wohnten.

Die Dame des Hauses war ein Herr. Mindestens zehn Zentimeter größer als Lorinser, mit angegrautem Kraushaar, dunklen Bartschatten und einem Blick, in dem das Misstrauen Bleiberecht ertrotzt hatte. Die linke Hand hielt das Halsband eines aufgeregt vor Freude kläffenden Schäferhundcollies, die rechte einen steinernen Mörserstößel, an dem Kräuterreste klebten. Die wie zerbissen wirkenden Lippen zitterten vom Nachhall der furchtsam herausgebellten Ankündigung, keinen Fremden ins Haus zu lassen, solange der Lebensgefährte außer Haus sei.

Lorinser präsentierte seinen Dienstausweis.

»Ach so! Dann kommen Sie bestimmt wegen dem Böse, dem Thorsten.«

»Richtig«, sagte Lorinser und spürte, wie der Regen seinen Hemdkragen aufweichte. »Ich sehe hier nirgendwo ein Namensschild.«

»Burfeind. Dieter«, sagte der Mann und gab die Tür frei. »Ich wusste ja nicht, dass Sie Polizist sind. Sie glauben ja gar nicht, was hier für Typen auftauchen. Zeitschriftendrücker sind noch die Harmlosesten. Putzen Sie sich bitte die Schuhe ab. Da hinein bitte.« Der Stößel deutete auf einen rund gemauerten Durchgang, über dem auf einem Bord Delfter Porzellanteller und einige Tierfiguren standen. Es roch nach Hund. Aus der offenen Küche wehte der Geruch von Thymian. So sanft wie der Regen perlte Klaviermusik durch die Räume. »Einen Augenblick«, bat Burfeind und hob den Stößel, »ich bringe das Ding nur in die Küche.«

Als er zurückkehrte, reichte er Lorinser ein gefaltetes Handtuch.

»Ich geh gar nicht mehr vor die Tür. Nur mal eben für Gemüse in den Garten. Ich weiß auch nicht, was ich Ihnen über den Böse sagen soll. Wir kennen den so gut wie gar nicht. Man hört ja nur, was über den geredet wird.«

Lorinser trocknete sich Nacken und Gesicht. »Aber Sie wissen, was am Deich geschah.«

»Wir wissen nur, was uns Johannes Hollenberg erzählt hat. Bei ihm kaufen wir unsere Milch. Wollen Sie nicht Platz nehmen?« Er deutete auf einen kleinen Esstisch, um den nur zwei gedrechselte Stühle standen. »Ich mache Ihnen gerne auch einen Tee. Kaffee kommt bei uns ja nicht in die Kanne.«

»Nein danke«, sagte Lorinser und reichte in Gedanken an die vielen Tassen Kaffee mit Paula das Handtuch zurück. Er strich sich mit beiden Händen durch das nasse Haar, während seine Blicke durch den Raum streiften. Die Schmalseite des Raumes wurde von einem Kamin beherrscht. Eine elegante, südländische Marmorarbeit, die im Kontrast zu den robusten Balken des Fachwerks und der Deckenkonstruktion stand. Davor eine Sitzecke Typ englischer Landhausstil. Auf den Lerchendielen Teppiche. Stehlampen. An den Wänden ein paar alte Gemälde, die einigen Wert zu haben schienen, ein Bücherschrank, aus dem Klopstock, Raabe und Goethe in nachgedunkelter Schwermut grüßten. Armut schien bei der Einrichtung kein Ratgeber gewesen zu sein.

»Hier ist es sehr ruhig«, sagte Lorinser. »Besonders nachts, kann ich mir vorstellen.«

»Oft haben wir auch Remmidemmi. Im Sommer. Touristen mit ihren Bikes oder Jugendliche, die an der Naturstation ihre bierseligen Grölfeste feiern. Im Winter, da haben Sie Recht, da ist es hier schon ziemlich ruhig.«

»Wie war's denn in der Nacht von Sonntag auf Montag?«

»Wir haben uns natürlich auch schon gefragt, ob wir was Ungewöhnliches gehört haben. Mal ein Motorrad, mal ein Auto. Man steht ja nicht dauernd am Fenster und guckt, was sich da draußen tut. Ich würde sagen, es war nicht viel anders als sonst, obwohl … Hemlock schlug einmal ganz wild an und war gar nicht zu beruhigen. Unser Hund«, fügte er hinzu, als er Lorinsers fragenden Blick bemerkte.

»Ist das ungewöhnlich?«

»In der Weise schon.«

»Wann war das?«

»Wir sind uns nicht einig. Mein Lebensgefährte und ich, meine ich. Er ist ziemlich sicher, dass es gegen drei war. Ich meine, es war eher früher. Wir hörten ein Motorrad. Nicht laut. Könnte ganz gut am Deich gewesen sein.«

»Was macht Sie so sicher, dass es ein Motorrad gewesen ist?«

»Autos hört man doch kaum noch, so leise, wie die sind.«

»Könnte es auch ein Ferrari gewesen sein?«

»Auf keinen Fall. Den Sound kenne ich. Im Ort gibt's jemanden, der einen fährt. Nein, Ferrari schließe ich aus.«

»Porsche?«

»Das haben wir auch überlegt, das heißt, Frank war überzeugt, dass es ein Porsche gewesen ist. Aber da wussten wir schon, dass es um Böse ging, der ja einen besaß.«

Besaß.

»Hatten Sie mit ihm zu tun?«

Burfeind senkte den Blick. Angenehm schien ihm die Frage nicht zu sein. Er streichelte den Kopf des Hundes, der zwischen seinen Beinen lag. »Er war sogar mal hier, um sich Bilder anzusehen.« Er seufzte theatralisch und berichtete, dass er zusammen mit seinem Lebensgefährten eine erfolgreiche Galerie für erotische Kunst betreibe. »Ein kleines Ladengeschäft in Osnabrück, aber hauptsächlich als Präsenz im Internet. Böse hat eines unserer Bilder bei einem Kunden in Stemshorn gesehen und wollte auch eines haben.«

Lorinser erinnerte sich an das aufreizende Bild mit der Schlange im Büro des Rennstallbetreibers. »Kröger?«

»Ja, Olli Kröger. Er hat bei uns einige Objekte gekauft. Und ist übrigens auch der Besitzer des Ferrari.«

Unter anderem, dachte Lorinser. »Wie oft war Böse bei Ihnen?«

»Zwei, drei Mal.«

»Schon länger her?«

Burfeind schüttelte den Kopf. In seiner Stimme lag Trotz. »Letzte Woche erst. Donnerstag. Frank hat ihn eingeladen. Er hat sich wieder mal einige Motive angesehen. Zum Essen ist er auch geblieben, aber …« Er rieb, resigniert die Schultern hebend, Daumen und Zeigefinger gegeneinander. »Na ja, er hatte es angeblich eilig und konnte sich wieder mal nicht zum Abschluss durchringen.«

»Die Beziehung zu ihm war rein geschäftlich?«

Hund und Burfeind hoben gleichzeitig die Köpfe. Der Hund schien etwas zu wittern.

»Wir lernen unsere Kunden in der Regel über Empfehlungen kennen, bei privaten Anlässen, Parties et cetera. Da ist nichts rein geschäftlich.«

»Würden Sie sagen, die Beziehung ist freundschaftlich?«

»Beziehung!« Burfeind stieß heftig den Atem aus. »Wenn Sie eine erotische oder gar sexuelle meinen, liegen Sie falsch. Die gab es nicht, und die hätte es auch nicht gegeben. Der ist anders gepolt. Wie gesagt, ich habe ihn auch nicht eingeladen. Frank fand ihn ganz nett. Aber nicht so, wie Sie unterstellen. Wir leben hier *out of the rim*, wenn Sie verstehen, was ich meine. Frank kommt damit nicht so gut zurecht und hoffte, über Böse mehr Kontakte ins Dorf zu bekommen. Das ist alles.«

Ausgerechnet über den immer in Geldnöten steckenden Böse, dessen Ruf nicht nur wegen seiner amourösen Attacken auf das Selbstverständnis der männlichen Einwohner einer mit mehreren Echos war? Lorinser zweifelte. Auch deshalb, weil ihm die Gesänge über die außergewöhnliche Attraktivität des Verschwundenen noch in den Ohren klangen. Die sichtbare Nervosität Dieter Burfeinds, dessen trotzige, bisweilen unkontrollierte Stimme ließen auch ein anderes Szenarium denkbar erscheinen. Eines, in dem *er* die Rolle des Aufgebrachten und Eifersüchtigen gespielt hatte. *Out of the rim* konnte so verstanden auch mit »am Rande des Erträglichen« übersetzt werden. Mit der Möglichkeit eines Kurzschlusses, der eine emotionale Explosion auslöst. Über genügend Muskeln, um einen Kerl wie Böse an den Hals des bronzenen Großvaters zu hängen, verfügte der Zweimetermensch sicherlich.

»Vorhin sagten Sie, Sie wüssten über Böses Ruf Bescheid.«

»Die negativen Geschichten hört man immer zuerst, wie ich aus eigener Erfahrung bestätigen kann. Es braucht ja auch nicht viel, um in einer solchen Gemeinde unten durch zu sein.«

»Dennoch hielten Sie den Jungen für einen geeigneten Türöffner in die Gesellschaft?«

»Nicht ich.«

»Ihr Lebensgefährte.«

»Ja. Aber er hat inzwischen auch seine Lektion gelernt. Dass seit Jahrhunderten gewachsene Vorurteile sich nicht auflösen lassen. Nicht so schnell jedenfalls. Wir leben auf einer Insel, und da werden wir auch sterben. Für die meisten sind wir doch Abartige, die rund um die Uhr mit 'nem Steifen hinter knackigen Ärschen herlaufen.«

»Wenn Ihre Flamme noch nicht erloschen ist, werden die Sie auch nicht ganz kalt werden lassen, denke ich. Oder Ihren Partner.«

»Die Sexualität ist nun mal der stärkste Trieb des Menschen, gleichgültig, wie man insoweit orientiert ist. Worauf wollen Sie eigentlich hinaus?«

»Ich will wissen, wo Thorsten Böse steckt.«

»Bei uns jedenfalls nicht.«

»Und er hatte auch keine sexuelle Beziehung zu Ihrem Partner?«

Burfeind schüttelte entschieden den Kopf.

»Befürchteten Sie, dass zwischen Ihrem Lebensgefährten und Böse eine hätten entstehen können?«

Burfeind lachte bitter auf. »Warum sagen Sie nicht, dass Sie ein blutiges Eifersuchtsdrama vermuten? Ist ja so einfach, nicht? Mein Partner verknallt sich in den Böse, ich drehe durch und räume, weil ich obendrein auch nicht die Folgen abschätzen kann, mit ihm gleichzeitig meine Verlustängste aus der Welt.«

»Klingt überzeugend.«

»Sie glauben wohl, wir hätten mit der Sache zu tun?«

»Haben Sie?«

»Ganz bestimmt nicht!« Burfeinds Gesicht zerfiel in eine Landschaft der Verzweiflung. Die Augenpartie schien sich gegen eine Schmerzwelle zu wehren. Der Mund, eben noch die Quelle seiner giftig hinausgeschleuderten Worte, verzerrte sich und entblößte starke, teefleckige Zähne. Beide Hände griffen nach der Tischkante und hielten sich dort wie an einem Rettungsring fest.

»Es klingt deshalb überzeugend«, sagte Lorinser leise, »weil Sie im Gegensatz zu uns den Tod Böses als gegeben voraussetzen.«

»Hollenberg hat das behauptet, nicht ich. Ich habe mit der Sache nichts zu tun, ich habe lediglich eine … Mein Gott, Sie glauben doch nicht wirklich, dass wir … dass ich … zu einer solchen Tat fähig wäre?«

Ach, immer wieder die alte Geschichte mit dem Glauben. Wer glaubt schon, dass eine Frau von dreiundsiebzig Jahren nach fünfzigjähriger Ehe ihrem schlafenden Ehegatten einen dicken Nagel in den Kopf hämmert und damit umbringt? So jung Lorinser war, so müde war er, die in den Seminaren gelernte Antwort zu geben. Dass der Glaube in die Kirche gehört und dass Kriminalistik eine Sache der Tatsachen und sonst nichts ist. Tatsache war, dass Burfeind sich aus Gründen, die mit den negativen Erfahrungen seines Schwulseins und mit dem latenten Druck der Vernehmung zu tun haben mochten, zur Schilderung eines möglichen Tathergangs hatte provozieren lassen. Was ihn dazu veranlasst hatte, musste zwar bis zum Auftauchen handfester Verdachtsmomente den Zufälligkeiten der Rhetorik zugeordnet werden, aber nicht ungehört verhallen. Lorinser warf einen Blick auf seine Armbanduhr.

Bis Paula waren es noch gute zwei Stunden. Hoffentlich hildebrandtfrei. Katta rührte bestimmt schon in den Töpfen. Nach nikotinhaltigem Rauch, der, dem Geruch nach zu urteilen, in Burfeinds guter Stube verpönt war, jieperte er auch.

Er stand auf und sah fasziniert zu, wie Burfeind aufstand und sein blasses Gesicht sich bis unter die Querbalken des Wohnzimmers schraubte. Dabei blieben die weit aufgerissenen Augen erschrocken auf ihn gerichtet. Möglicherweise fürchtete er seine Festnahme.

»Schauen Sie mal bei Goethe rein«, sagte Lorinser, »den Sie da im Schrank stehen haben. Bei dem erfahren Sie, dass er sich so ziemlich jede Schweinerei zutraute. Und wissen Sie auch, warum?«

»Sagen Sie's mir.«

»Er kannte die Menschen. Und er kannte sich.«

»Wenn das alles ist …«

»Ist es«, bestätigte Lorinser. »Aber sagen Sie mir bitte noch, wann ich Ihren Lebenspartner sprechen kann.«

»Ich hole ihn um sieben vom Bahnhof ab. Wollen Sie etwa so lange warten?«

Lorinser zog eine Visitenkarte. »Er soll mich doch bitte anrufen. Morgen während der Dienstzeit.«

»Ich werde es ihm ausrichten«, sagte Burfeind. Lorinser hatte den Eindruck, als atmete da einer erleichtert aus.

6

Paula schmiedete nicht nur Metall, sie sammelte auch kuriose Uhren. Eine von ihnen, ein fettes Plastikwildschwein, dessen winzige Elektroaugen die Dunkelheit des Schlafzimmers rot durchglühten, grunzte mit blecherner Computerstimme gleich drei Mal hintereinander »Now the time is half past three, folks!«. Die roten Augen begannen zu flackern und mit einem geradezu bösartigen Kichern, wie Lorinser fand, endete das nervtötende Spektakel. Aber es war nicht die Uhr, die ihn bereits zum zweiten Mal aus unruhigem Schlaf gerissen hatte, es war einer jener Güterzüge, die nur wenige hundert Meter entfernt mit ihrem ratternden Beat die nächtliche Stille und die Träume der Schlafenden zerschlugen.

Paulas Kopf ruhte an seinem Hals. Ihr warmer Atem wehte an seine Brust. Die linke Hand lag eingeklemmt zwischen seinen Schenkeln und ihr rechtes Knie schmiegte sich wie ein noch im Schlaf aktiver Überwachungssensor der Lust in das Dreieck seiner Scham. Dabei hatte sie ihn kühl mit einem eher verschreckten als erfreuten »Heiliger Bimbam« in ihrem kleinen Backsteinhaus empfangen, in einer Weise, als bereute sie bereits, ihn eingeladen zu haben. Zögerlich, mit den Händen hektisch den Weg weisend, hatte sie ihn in die nach verbranntem Öl riechende Werkstatt geführt, der noch fauchenden Esse die Luft abgedreht und ihm »meine Elaborate«, wie sie es nannte, mit der Verlegenheit eines Menschen präsentiert, der sehr genau weiß, dass zwischen seinen Ansprüchen und der Wirklichkeit Welten liegen. Aber es waren geradezu meisterlich geformte Figuren, kraftvoll die Posen, sorgsam herausgearbeitet die Details. Skulpturen, die trotz ihrer abstrakten Strukturen verblüffend lebendig erschienen.

»Ich bin beeindruckt.«

»Und ich muss dich leider enttäuschen.«

»Musst du?«

»Das Kranichpärchen«, sagte sie und deutete auf die auf einem Stahltisch stehenden gut eineinhalb Meter hohen Vögel, »konnte ich leider noch nicht für deine Blumentöpfe umbauen. Zu große Füße, verstehst du? Außerdem ist das Gas für den Schweißbrenner alle, und dann ist vorhin mein letztes Sägeblatt zerbrochen.«

»Um ehrlich zu sein …«

»Tut mir leid, wenn ich dich enttäuscht habe«, unterbrach sie ihn, »aber ich verspreche dir, dass ich morgen Mittag fertig bin. Ich habe dir auch einen Sonderpreis gemacht.«

Sie nahm eine weiße Karte vom Tisch und reichte sie ihm. 17.900 Euro las Lorinser. Nicht nur die Summe, die in etwa seinem Jahresgehalt entsprach, jagte das blanke Entsetzen in ihm hoch. Mehr noch brachte ihre durch nichts zu rechtfertigende Unterstellung, er habe den Kauf der Skulptur fest zugesagt, sein Blut in Wallung.

»Also«, wehrte er ab, »ich weiß nicht, wie du auf die Idee kommst …«

»… dir das gute Stück mehr oder weniger zu schenken?« Ihr Zeigefinger berührte seine Nasenspitze. »Die reine Sympathie, mein Lieber. Die reine Sympathie! Oder was denkst du?«

Erst als ihr Gesicht vor Freude erblühte, ihr Gelächter den Raum erfüllte und in ihren Riesenaugen dieses spitzbübische Glitzern erschien, begriff er, dass sie ihm eine Rolle vorgespielt und ihn schlichtweg auf die Schippe genommen hatte. Später, als der Wein wirkte und aus dem lockeren Geplauder erotisches Vorspiel geworden war, überraschte sie ihn erneut.

»Um dir eine Chance zur Flucht zu geben«, sagte sie mit einer Selbstverständlichkeit, als spräche sie über das Wetter, »muss ich dir sagen, dass ich im Bett ein wenig neben der Schienennorm der Bundesbahn liege. Ich brauche Licht. Ich mag keine Gardinen vor dem Fenster, weil mich der Gedanke, da draußen Zuschauer zu haben, wunderbar anturnt. Nenne es von mir aus die Paula-Variante des Exhibitionismus. Ich brauche das, um in Fahrt zu kommen. Aber das ist nicht alles. Ich brauche obendrein das Gefühl, dich zu beherrschen. Nein, nein«, verhinderte sie seinen

Einwand, »keine Handschellen und Ketten, weder Gummi noch Peitsche oder blöde Hühahotte-Spielchen mit Tittensärgen aus Latex oder Leder, nur deine absolute Passivität und geschlossene Augen. Ich möchte, dass du geschehen und mich machen lässt.«

»Ich hoffe, ohne chirurgische Instrumente.«

»Keine Hilfsmittel, keine Instrumente. Selbst Kondome, solltest du sie vorsichtshalber eingepackt haben, kannst du in der Tasche lassen. Insoweit bin ich ganz Mutter Natur. Und das nur für die Startphase von vielleicht zwanzig Minuten.« Sie biss sich auf die Lippen, neigte den Kopf zur Seite und blickte ihn aus schmalen Augen an. »Was sagst du? Flucht oder Standhalten?«

Flucht wäre Verrat an seinen vibrierenden Lenden gewesen. Das Standhalten entpuppte sich nicht nur als neue Erfahrung, sondern als Offenbarung. Auf dem Rücken liegend, zunächst erwartend, dann vollkommen entspannt, die Augen geschlossen, hatte er ihren warmen Körper, ihren suchenden und findenden Mund, ihre geradezu magischen Hände mit einer nie erlebten Intensität genossen. Mit dem Gefühl, sich aufzulösen, einzufließen in ein Etwas, für das er keinen Namen wusste, hatte sich seine Sehnsucht nach Erlösung in immer kürzer werdenden Intervallen bis zur Unerträglichkeit gesteigert. Bis sie ihn endlich aufnahm und in ihm das Empfinden auslöste, Teil ihres Atems, ihres Schweißes, ihrer spitzen Schreie, ihrer rhythmischen Bewegungen und ihres Körpers zu sein: Flüsse, die sich zu einem kochenden Strom der Lust und der Befreiung vereinigten.

Er fühlte sich erlöst und gut. Als er seine Blase entleert hatte, noch besser, wenngleich in seinem Kopf schon wieder die Bilder des gehenkten Böse flackerten. Katta, der es trotz mancher versteckter Schmerzensseufzer nach eigener Aussage bedeutend besser ging, hatte mit ihrem gelungenen Rinderbraten und dem fein mit Äpfeln und Zimt abgestimmten Rotkohl eine Art von Erinnerungsfestival heraufbeschworen. Vater, Mutter, Nachbarn und Freunde, eine Menge von dem Zeug, das ihnen gemeinsam war. Der Freund, der bei dem leichtsinnig inszenierten Banküberfall von einem übereifrigen Polizisten per Kopfschuss umgebracht worden war. Notwehr, hatte es geheißen, obwohl die aus der Blutlache herausgefischte Waffe sich als Spielzeugpistole entpuppt hatte und der Überfall einer jener irrsinnigen Mutproben gewesen war, die sie in ihrer Sucht nach neuen Reizen immer wieder ausgeheckt hatten. Der in seinem Kopf für alle Zeiten weggesperrte, jedoch immer wiederkehrende Albtraum.

Paulas warme Hand berührte sein Gesicht. »Du bist wach?«

»Ja, wegen der Güterzüge«, sagte er. »Und dann noch dein blödes Wildschwein.«

»Ich erlaube dir, es in die Badewanne zu schmeißen. Da ist noch dein Wasser drin.« Sie rückte näher an ihn heran, schmiegte sich an ihn und schlief wieder ein.

Lorinser hörte das ferne Rattern eines Zuges. Dennoch schloss er die Augen. Konnte ja sein, dass der Albtraum ihn während des Rests der Nacht verschonte und die Zeit bis zum Vorbeifahren der nächsten Bahn reichte, sich an das Geräusch zu gewöhnen.

Dieses Mal war es das Telefon, das seinen Schlaf beendete. Er blickte verwirrt in den dämmerigen Raum, in dem nichts war, das ihm vertraut war, und entdeckte Paula, die mit einer grauen Männerhose in den Händen am Fußende des Bettes stand.

»Es klingelt«, sagte er benommen und richtete sich auf.

»In deiner Hose«, sagte sie, lachte auf und warf ihm das Kleidungsstück entgegen. Vivaldi im Radio und vom Nachttisch her grunzte triumphierend das Wildschwein. »Now the time is nine o'clock, folks«.

Zusammen mit einem zerquetschten Bündel Papiertaschentücher zog Lorinser das Handy aus der Tasche und meldete sich mit belegter Stimme.

»Wir haben ihn«, sagte Steinbrecher. »Den Böse. Sie fanden ihn in Lembruch.«

»Tot?«

»Mause. Liegt voll in der Scheiße. In einer Güllegrube.«

»Wenn das kein Omen ist!«

»Für Hildebrandt jedenfalls ein derber Schlag mitten ins Herz ihrer Arroganz. Du hättest ihr Gesicht sehen sollen, als sie die Meldung kriegte. Kein Hals mehr, so tief hing ihr Kinn. Wenn ich du wäre, würde ich Samthandschuhe anziehen.«

»Sag nicht, sie will mit!«

»Aber klar doch. Sie muss doch jetzt retten, was zu retten ist. – Wo kann ich dich aufsammeln?«

»Ich bin in zehn Minuten am Bahnhof«, sagte Lorinser, drückte ob der hildebrandtschen Niederlage nicht ohne Genugtuung die rote Taste und schlug die Decke zurück.

Paula blickte ihn mit gerunzelter Stirn an. »Das heißt also, mit unserem Frühstück wird es nichts?«

»Das verschieben wir auf heute Abend«, sagte er, drückte Paula einen Kuss auf den Mund und versuchte sich zu erinnern, wo er seine Wäsche abgelegt hatte.

Was da am Haken des Treckerauslegers hing, sah weder nach Jimmy Dean noch nach Thorsten Böse aus. Es war eine Art grauschwarzer Sack mit pendelnden Tentakeln, von dem in dicken Placken graugrüne Gülle platschte. Er hatte nackte Füße, trug eine ehemals weiße, von einem braunen Gürtel gehaltene Jeans und ein bis zu den Brustansätzen hochgerutschtes gelbes T-Shirt. Der Kopf steckte in einer weißen Plastiktüte, die am Hals mit rotgoldenem Dekorationsband zusammengeschnürt war. »Fleisch Leb« war in roter Kursivschrift in Höhe der Augen zu lesen.

»Und nu?«

KHK Hildebrandt, die in ein weißes Taschentuch atmete, um sich vor dem Gestank zu retten, blickte ratlos auf den Schlepperfahrer. Ihr Blick wanderte fragend zu Lorinser, glitt schnell weiter zu Steinbrecher und Bossen und dann zurück zur baumelnden Leiche. In ihrem weißen Schutzanzug sah sie noch verlorener als der wie von Christo zu einer Wurst verpackte Bossen aus. Vielleicht auch deshalb, weil sie sich wie eine Verliererin fühlte.

»Erst mal auf den Boden«, rief Steinbrecher gegen das Gebuller des Schleppermotors an. Bossen, die erloschene Zigarre zwischen den wulstigen Lippen drehend, kommentierte die Anweisung mit einem Nicken. Neben ihm lag ein grüner Wasserschlauch, der sich über den grauen Beton bis zu einer Remise schlängelte, in der vor einer Wand aus Strohballen ein rot lackierter Heuwender stand. Rechts davon, zwischen den gemauerten Pfeilern des Gebäudes, war der riesige Güllewagen abgestellt, in den der Inhalt der Grube gepumpt worden wäre. Wenn der Fahrer nicht den Toten entdeckt hätte.

Lorinser gähnte verstohlen. Er beobachtete Hildebrandt, die noch immer neben sich zu stehen schien. Deren starr auf die Leiche gerichtete Augen, die mahlenden Kiefer und den verkniffenen Mund, der – wie er fand – eine Spur zu stark geschminkt war. Sie hatte ihn lediglich mit einem starren Lächeln und einer kalten Hand begrüßt und nur einen stummen Gruß genickt, ganz so, als hätte er sich eines Vergehens schuldig gemacht. Vielleicht litt sie aber auch nur unter ihrer am Vorabend geäußerten Fehleinschätzung und der Anweisung, den Fall auf Eis zu legen. Scheiß was drauf, hatte er sich mit einem innerlichen Achselzucken gesagt. Vielleicht war er deshalb so milde gestimmt, weil seine Gedanken noch immer bei Paula waren, bei ihrem Duft, ihrer warmen Haut, ihren Berührungen, die ihn trotz seiner Müdigkeit schon wieder erregten. Er hatte das Gefühl, die Landschaft und die darin wie auf einer Bühne festgefrorenen, in weißen Schutzanzügen steckenden Figuren hinter einer dicken Scheibe zu sehen. Was ihm fehlte, war eine Tasse starken, dampfenden Kaffees. Danach würde sich nicht nur die Scheibe, sondern auch der morgendliche Dunst über den Feldern in ein Nichts auflösen. Nicht jedoch der eisige Wind, der von KHK Hildebrandt her wehte, fürchtete er. Trotz des strafenden Blicks seiner Vorgesetzten zündete er sich als Kaffee-Ersatz eine Zigarette an.

Der Trecker rollte rückwärts in Richtung der Weide, drehte nach rechts und kam mit der am Seil hin- und herschwankenden Leiche neben der offenen Güllegrube zum Stehen. Der Fahrer senkte den Ausleger. Der Körper fiel unsanft auf den Beton. Ein lautes Rülpsen klang auf, als sich Magengase in der Leiche lösten und die Plastiktüte blähten. Steinbrecher trat vor und löste den Haken von der Schlinge, mit denen die Knöchel des Toten gebunden waren.

Hildebrandt bückte sich nach dem Wasserschlauch.

»Lassen Sie mal«, sagte Bossen und ging in die Knie. Mit einem Ruck drehte er den Hebel des Plastikventils. Sprühend schoss Wasser aus der Mündung, platschte knatternd auf die Plastiktüte und wusch den darauf gedruckten Schriftzug frei: »Fleisch ist Leben!«

Na ja, sagte sich Lorinser und fragte sich, wer da von den Kollegen den Wahrsager gespielt hatte. So viel auch dafür sprach, es war noch nicht heraus, ob die Plastiktüte tatsächlich das Gesicht Thorstens Böses verhüllte.

Steinbrecher fotografierte. Hildebrandt streifte Latexhandschuhe über. Auf dem asphaltierten Feldweg tauchte ein grauer Lieferwagen auf und stoppte wenig später neben dem noch immer bullernden Trecker. Bossen spülte die Gülleplacken in die Grube und drehte danach das Wasser ab. Auf dem Dach der Remise landeten die ersten Krähen und krächzten sich aufgeregt ihre Einschätzungen der Lage zu, in den schwarz glänzenden Augen die Hoffnung, von dem riesigen Leckerbissen, den die weißen Gestalten erbeutet hatten, könnte am Ende auch für sie etwas abfallen.

Lorinser hoffte, dass Hildebrandt an die Sicherung möglicher Reifenspuren gedacht hatte. Die dafür nötigen Abgussutensilien entdeckte er allerdings nicht.

Dem Lieferwagen entstieg ein älterer weißhaariger Herr, der seine Brille lüftete und gegen das Sonnenlicht hielt. Nicht ganz zufrieden mit dem Ergebnis setzte er sie wieder auf, öffnete die Seitentür und verschwand im Inneren. Als er wieder zum Vorschein kam, trug er Plastiküberschuhe und einen weißen Overall. Vom Heck des Wagens schleppte ein etwa dreißigjähriger gedrungener Glatzkopf zwei Koffer hinter ihm her.

»Na, dann wollen wir doch mal sehen«, sagte der Weißhaarige und beugte sich über die braungelb verfärbte Leiche, die besonders an den Extremitäten violett verfärbt war. Er deutete auf die Plastiktüte, aus deren Verschnürung wässeriges Blut sickerte. »Hat wohl Angst gehabt, das Zeug zu schlucken. Jedenfalls nicht angenehm, in dieser Brühe zu ersticken.« Er tippte an seine Nase. »Schweinescheiße, was?«

»Ein Zwischenlager von Kröger«, sagte der Treckerfahrer und deutete mit dem Kinn auf eine von Bäumen überragte Hecke, hinter der unter einem roten Ziegeldach die weiße Fassade eines Hauses zu erkennen war. »War früher mal eine Sickergrube für sein Haus. Ich sollte das mal wieder leer pumpen. Aber dann sah ich, dass der da aufschwamm. Und dann hab ich das Revier in Lemförde angerufen.«

»Um acht Uhr zweiundzwanzig«, sagte Bossen.

»Hat das Kind schon einen Namen?«

»Wir vermuten, dass es sich um einen gewissen Thorsten Böse handelt, Herr Doktor.«

»Wolfhardt Böses Ziehsohn?«

»Genau der«, sagte Hildebrandt mit verkratzter Stimme, während sie das Taschentuch im Ärmel ihrer blauen Jacke verschwinden ließ. »Hauptkommissar Bossen kennt ihn und könnte ihn identifizieren, wenn Sie die Plastiktüte entfernt haben.«

»Schere«, knurrte der Arzt und hielt seinem Assistenten die flache Hand hin. Mit einem raschen Schnitt durchtrennte er das Dekorationsband und wich zurück, als sich ein Schwall geronnenes Blut über den Hals auf den Betonuntergrund ergoss. »Das sieht nicht nach Ersticken aus«, murmelte er, griff mit beiden Händen zu und zog mit einem Ruck die Plastiktüte vom Kopf des Toten.

»Ach du Scheiße«, sagte der Treckerfahrer und begann zu würgen. Hildebrandt biss sich auf die Lippen. Bossen schloss die Augen. Steinbrecher drückte auf den Auslöser der Kamera. Lorinser spürte nichts weiter als ein unbestimmtes Bedauern über die

Verschiebung des Bildes, dass in seinem Kopf aus Jimmy Dean einen leblosen Haufen Fleisch gemacht hatte. Zweifel an dessen Identität hatte er nicht.

Das Gesicht war dunkelblau-gelblich angelaufen. Die weißen Lippen wie zu einem Schrei aufgerissen, das Gebiss jedoch bot den Anschein fröhlichen Gelächters. Das linke Auge war geschlossen, das rechte war aus der Höhle getreten und starrte milchig verfärbt auf den Beton. Über der rechten Augenbraue war ein tiefer Krater. Aus den von hellblondem Haar umgebenen Brüchen drang graugelbe, mit Blut vermischte Gehirnmasse und rann in Richtung des Ohres. Um den nur wenig verfärbten Hals liefen zwei breite blauviolette Streifen. Der Arzt erhob sich, streifte die Latexhandschuhe ab und sah dabei Bossen an.

»Ich stelle den Tod der Person fest«, sagte er. »Damit war's das erst mal für mich.« Ein fragender Blick in Richtung Bossen. »Und für Sie?«

»Ich habe keinen Zweifel«, sagte Bossen in einem Ton, als verkündete er Apokalyptisches von der Kanzel. »Das ist Thorsten Böse.«

»Der arme Hund«, sagte Herbert Dischen, der Treckerfahrer.

Kriminalrat Timmermans saß im grauen Zwirn und weinroter Krawatte präsidial am Kopfende des Besprechungstisches und hämmerte mit dem Bleistift auf die leere Seite eines Spiralblocks. Zu seiner Rechten KHK Hildebrandt im königlich blauen Kostüm mit vergoldeten Knöpfen und einem Gesicht, das trotz der altrosa lackierten Lippen und der ins Nichts gerichteten Blicke nach Magenschmerzen aussah. Vielleicht dachte sie an das mit Lorinser geführte Telefongespräch, an ihre Anweisung, die Ermittlungen im Fall Böse einzustellen. Vielleicht war sie auch in Sorge, ihre strategisch falsche Entscheidung könnte auf sie zurückfallen und an dem Goldglanz ihrer Kompetenz kratzen.

Nach dem Abtransport der Leiche, als auch die Spurenleute ihre Utensilien eingepackt hatten und der Tatort sich in eine von vielen stinknormalen Güllegruben zurückverwandelt hatte, war sie zu ihm gekommen und hatte so freundlich wie beiläufig bemerkt, mit dem Fund der Leiche sei eine neue Situation eingetreten, die nicht nur *neu* zu bewerten, sondern *mit Priorität* voranzutreiben sei. »Ich zähle auf Ihre volle Unterstützung, Herr Kriminalobermeister. Auch wenn wir *gemeinsam* dem Vater des Opfers die schlechte Nachricht überbringen.«

»Selbstverständlich«, hatte er nur lächelnd geantwortet. Jetzt aber, nach dem ergebnislosen Besuch bei Böse, nach einigen vergeblichen Anrufen und während der eilends angesetzten Fallbesprechung, fühlte er im Bauch jene Leere, die entsteht, wenn man hilflos mit ansehen muss, wie einem dank des niedrigeren Ranges das Wasser abgegraben wird. Nun ja, dachte er, im Land der Wölfe gilt nun mal das Gesetz der Wölfe.

Ihre Hände spielten mit einem goldenen Kugelschreiber. Vor ihr lag in einem grünen Hefter *seine* Ermittlungsakte, die sie gegenüber Kriminalrat Timmermans bereits als *unsere* für sich in Anspruch genommen und für ihre Zusammenfassung des Falles genutzt hatte. Kein Blick für ihn, der mit verschränkten Armen am anderen Ende des Tisches saß und gegen seine Müdigkeit und den noch unverdauten Frust kämpfte.

Neben ihm, aber auf der linken Seite, der in sich zusammen gesunkene, interesselos wirkende Steinbrecher, den Kopf kraftlos auf den Händen abgestützt. Hatte wohl wieder eine alkoholisierte Rosa-Luxemburg-Nacht zelebriert oder litt noch immer unter der ersten. Wie auch immer. Inmitten des Tisches als Grenze zwischen den gegnerischen Feldern stand das obligatorische Hartholztablett. Darauf die verchromt wirkende Einheitsthermoskanne des Hauses, fünf lindgrüne Steinguttassen, ein blaues Schälchen mit braunem Würfelzucker und ein noch nicht angebrochenes Fläschchen Kondensmilch Bärenmarke 4 %. Hildebrandts Beruhigungspille gegen die Fettzelleninvasion.

Die Tür flog auf. Die riesige Gestalt Dr. Livscinskis mit dem weißen Wuschelkopf stürzte in den Raum, zog sich, ohne zu grüßen, den Stuhl rechts von Lorinser heran und ließ sich seufzend darauf fallen.

»Frühestens morgen Nachmittag«, sagte er, nach der Thermoskanne greifend. »Vorher ist mit Ergebnissen in der Sache Böse nicht zu rechnen. – Ist das Tee oder Kaffee?«

»Kaffee«, murmelte Hildebrandt.

»Ungesund, sage ich Ihnen.« Er stellte die Kanne zurück. »Sie sollten auf Tee umsteigen. Auf grünen guter Qualität. Wirkt länger, ist gesünder und bekömmlicher.« Er zog ein ledernes Zigarrenetui aus der Innentasche seines Sakkos. »Gibt es hier keinen Aschenbecher?«

Timmermans verdrehte die Augen. »Alfons, darf ich dich daran erinnern, dass auch du für das hier geltende Rauchverbot gestimmt hast?«

Livscinski winkte ab. »Ein Mensch, der nicht raucht, ist unvollkommen. Das kannst du bei Jules Sandeau nachlesen, falls du zufällig auf ihn stoßen solltest. Und mit Auguste Barthélémy sage ich: ›Die Zigarre hat oftmals meine Verse gelingen lassen.‹«

Zu Lorinsers Überraschung kapitulierte Timmermans mit einem theatralischen Seufzen. Während Dr. Livscinski seine schlanke Cohiba beschnitt und entzündete, besorgte Hildebrandt ihm aus dem an der Längswand stehenden Sideboard einen kristallenen Aschenbecher, nicht ohne vorher eines der beiden Fenster zu öffnen.

»Können wir anfangen?«

Lorinser schnupperte den aromatischen Rauch. Livscinski lehnte sich zufrieden zurück.

»Es ist ganz einfach«, sagte er, sich die feuchten Lippen leckend. »Die vom rechtsmedizinischen Institut haben ihren Rhythmus und werden, wie gesagt, frühestens morgen mit Ergebnissen aufwarten. Mein erster Eindruck, den ich allerdings nur unter Vorbehalt weitergebe, ist folgender: Die Leiche weist erstens im Bereich oberhalb des linken Stirnjochs bis hin zur Schläfe eine tief ins Gehirn gehende Verletzung auf, die offensichtlich von einem mit einem scharfen Gegenstand geführten Schlag verursacht wurde. Zweitens liegen im Hals – und da speziell im Kehlkopfbereich – extreme Strangulationsmerkmale vor, die Ursache für den Bruch zweier Nackenwirbel sein können. Der Blutstau in diesem Bereich könnte – ich sage *könnte*! – den Schluss zulassen, dass nicht die Strangulation, sondern die Schädelfraktur als Todesursache infrage kommt. Mit an Sicherheit grenzender Wahrscheinlichkeit schließt sich aus, dass der junge Mann in der Güllegrube ertrunken beziehungsweise unter Einwirkung der übergestülpten Plastiktüte erstickt ist. Meines Erachtens wurde ihm aus Gründen, über die ich nur spekulieren kann, die Tüte nach seinem Exitus übergestülpt. Möglicherweise sollte der Teppich nicht verschmutzt werden, oder so.«

»Mit anderen Worten Fremdeinwirkung?«

»Mein lieber Alfons, wer einem so was antut, ist ja kein Freund, oder?«

»Stand er unter Drogen- oder Alkoholeinfluss?«, fragte Lorinser.

»Sowohl als auch, junger Mann. Die Sorten«, sagte er grinsend, »kann ich Ihnen allerdings nicht nennen.«

»Können Sie etwas über den Todeszeitpunkt sagen?«

Livscinskis Brauen bogen sich. Er blickte Lorinser belustigt an. »Könnte ich, trau mich aber nicht, weil ich meinem Können bei einer Leiche, die einige Zeit in von Fettsäuren, Ammoniak und Stickstoff gefütterter Gülle lag, misstraue. Insoweit werden Sie die Untersuchungen abwarten müssen. – Sonst noch sachdienliche Fragen?«

Offensichtlich genoss er seinen Auftritt. Hildebrandt hob den Kopf und sah aus, als wollte sie noch eine anbringen, unterließ es aber mit einem resignierenden Seufzen. Auch Timmermans winkte ab. Steinbrecher hob noch nicht mal den Kopf, als der Arzt seinen Stuhl geräuschvoll zurückschob und den Raum mit fröhlichem Gruß verließ. Lorinser schenkte sich Kaffee ein und hätte ihn am liebsten wieder ausgespuckt, als die lauwarme und bittere Brühe sein Gesicht zerknitterte.

»Tja«, machte Timmermans in einem Ton, als wollte er eine Gerechtigkeitslücke füllen, »dann sollten wir hören, was unser Neuzugang zur Sache zu sagen hat. Hartnäckigkeit haben Sie ja zur Genüge bewiesen, wie ich mit Freude feststellen konnte, Herr Kriminalobermeister.«

Lorinser schob die Tasse zurück.

»Einen schriftlichen Bericht kann ich nicht vorlegen«, sagte er und bemerkte, wie Hildebrandts Rücken sich versteifte. »Ich hatte bisher auch keine Zeit, die Ergebnisse zusammenzufassen. Was an Material vorhanden ist, befindet sich als Original in der Akte, die Frau Hildebrandt vor der Besprechung an sich genommen hat. Die Kopie habe ich Ihnen überlassen, Herr Kriminalrat. Aber ich denke, meine Notizen zum Fall reichen aus, das bis dato ermittelte Material, das Personen bezogene Beziehungsgeflecht Böses und die sich daraus ergebenden Ermittlungsansätze darzustellen.«

»Ich denke, wir sind trotz der in der Tat noch unvollständigen Akte ganz gut im Bilde«, sagte Hildebrandt mit einem Blick auf Timmermans. »Wir sollten uns auf die Ermittlungsansätze konzentrieren, die mit dem Fundort beziehungsweise dem Besitzer desselben in Zusammenhang stehen.« Sie schlug die Akte auf. »Sie haben in Ihrem Protokoll festgehalten, der Eigner der Güllegrube sei von dem Vater des Opfers, diesem Wolfhardt Böse, der Tat beschuldigt worden …«

»Das ist richtig.«

Hildebrandt fand das Blatt, fuhr mit dem Kugelschreiber über die Seite. »Er forderte Sie auf, sich schleunigst einen Durchsuchungsbefehl für Krögers Besitz zu besorgen.«

Drohte da jemand mit seiner versteckten Artillerie?

»Ja, hat er«, sagte Lorinser, entschlossen, sich nicht in die Rolle des Handlangers drängen zu lassen. »Außerdem die Verhaftung Krögers, seine sofortige Überstellung an das Jüngste Gericht und einen Haufen mehr solcher Sachen, die einem alten Herrn im Zorn entschlüpfen.«

»Mit einem Wort, Sie haben den Hinweis nicht ernstgenommen?«

»So ernst jedenfalls, dass ich ihn ordnungsgemäß protokolliert und, wie Sie sich überzeugen können, unter Ziffer 2 in der Spurenakte abgelegt habe. Für einen Antrag auf Durchsuchung reichte er mir allerdings nicht. Damit wäre ich *hier* vermutlich wohl auch nicht auf viel Gegenliebe gestoßen.«

»Ja, da haben Sie wohl recht«, sagte Hildebrandt so sanft, als spräche sie mit ihrem Sprössling, der wider Erwarten seine Hausaufgaben ordentlich gemacht hat. »Es war übrigens nicht meine Intention, Ihre Arbeit zu hinterfragen, Herr Kriminalobermeister. Ich hebe auf die Frage ab, ob der alte Böse seine Anschuldigung lediglich aus der Luft griff oder – was für die weiteren Ermittlungen von größter Bedeutung wäre – über konkretes Wissen verfügt hat.«

Timmermans hob interessiert den Kopf. »Und wie ist Ihre Einschätzung?«

»Der Alte führt seit Jahrzehnten einen verbissenen Krieg gegen Kröger«, sagte Lorinser. »Er ist überzeugt, von seinem ehemaligen Verwalter betrogen worden zu sein. Er hat ihn entlassen, hat eine Reihe von Prozessen gegen ihn angestrengt und geführt, die so gut wie alle gescheitert sind. Ich weiß nicht, ob er unter einer besonderen Form des Altersstarrsinns leidet, aber sicher bin ich, dass er dem Mann so gut wie alles zutraut, ihn aus tiefster Seele hasst und jede Gelegenheit zur Vergeltung nutzt.«

»Was sagt Kröger dazu?«

»Wir haben ihn nicht angetroffen.«

Mit wenigen Worten schilderte Lorinser die ihm bekannte Geschichte der Familie Böse. Er umriss deren herausragende Stellung bis zur Machtergreifung der Nationalsozialisten, den Verfolgungsdruck danach, die Flucht über Frankreich nach Portugal, die Rückkehr mit den siegreichen Alliierten und das von Misstrauen und Vorbehalten geprägte Verhältnis des Alten zur Bevölkerung und seinem Verwalter Kröger.

»Ich glaube«, fuhr er fort, »seine Anschuldigung muss vor diesem Hintergrund verstanden werden. Wäre er im Besitz von Informationen, mit denen er Kröger schaden könnte, hätte er sie längst preisgegeben. Es sei denn, er wäre irgendwie in die Tat verstrickt.«

»Er ist immerhin der Letzte, der das Opfer lebend gesehen hat«, sagte Hildebrandt.

»Oder tot«, warf Streckenbach wie im Halbschlaf ein.

»Was auch möglich ist«, sagte Hildebrandt. »Aber laut Ihren Notizen, Kriminalobermeister, haben Vater und Sohn miteinander gestritten. Damit ist nicht auszuschließen, dass es zwischen ihnen zu Handgreiflichkeiten gekommen ist. Der alte Mann greift zu einem Gegenstand, schlägt im Affekt zu und ... damit wäre die Schädelverletzung plausibel.«

Lorinser schüttelte entschieden den Kopf.

»Ich halte es für ziemlich unwahrscheinlich, dass der Alte – er ist fünfundachtzig! – die Kraft hat, eine Leiche aus dem Haus zu schaffen, ins Auto zu hieven und sie dann an eine Stele zu hängen. Der Junge wiegt um die achtzig Kilo! Ich bin nicht gerade schwächlich, aber ich glaube nicht, dass ich es so ohne Weiteres schaffen würde.«

»Ihre Selbsteinschätzung in allen Ehren, aber der alte Mann muss erstens nicht alleine gehandelt und kann zweitens technische Hilfsmittel verwendet haben, nicht wahr?«

Durch die offenen Fenster drang zwar ein laues Lüftchen, aber der kühle Wind, der mit Hildebrandts kritischen Worten heranwehte, ließ die Raumtemperatur deutlich sinken.

»Das unterstellt, könnte er es natürlich geschafft haben«, sagte Lorinser ziemlich lahm und mit dem Gefühl, sich eine Blöße gegeben zu haben. Eine Blöße, die Hildebrandt gnadenlos nutzte.

»Darf ich Sie darauf hinweisen, Kriminalobermeister, dass Sie als Kriminalist zu *solchen* Unterstellungen verpflichtet sind? Dient nämlich der Wahrheitsfindung«, fügte sie unter beifälligem Nicken Timmermans bissig hinzu.

»Wenn Sie meinen ...«

»Ja, das meine ich. Bleibt die Frage des zeitlichen Ablaufs. Was haben Sie insoweit herausgefunden?«

Lorinser blickte auf seinen Zettel. Die Lagebesprechung, fand er, hatte sich unversehens zu einer Art Tribunal entwickelt, vor dem er sich zu rechtfertigen hatte. Aber auch wenn er innerlich kochte, bewahrte er die Ruhe. »Böse behauptet«, sagte er kühl, »sein Sohn sei kurz vor Mitternacht eingetroffen. Er sei ihn um Geld angegangen, habe auch zweihundertfünfzig Euro gegen einen Schuldschein erhalten und sei um Punkt null, wie er sich ausdrückte, wieder verschwunden. Er wisse den Zeitpunkt so genau, weil die Uhr in der Diele geschlagen habe. Dagegen steht jedoch die Aussage der Simmerau. Sie hat den Abend mit dem Jungen auf dem Schützenfest verbracht. Sie ist sicher, die kurz vor Mitternacht ausgestrahlte Nationalhymne im Deutschlandradio gehört zu haben, als das Opfer ihr Haus verließ. Trifft ihre Version zu, kann Thorsten erst nach Mitternacht bei seinem Vater gewesen sein, zumal er laut Simmerau noch tanken musste. Aber dieser Widerspruch erklärt sich möglicherweise dadurch, dass Böses Uhr falsch ging.«

»Es gibt noch einen«, sagte Hildebrandt. »Das Opfer verfügte über genügend eigenes Geld auf seinem Konto.«

»Aber deshalb muss die Einlassung des Alten nicht falsch sein. Thorsten hat in dieser Nacht kein Geld abgehoben.«

»Aber abgebucht«, meldete sich Steinbrecher zur Verblüffung aller aus seiner Reglosigkeit. »Die von der Raiffeisengesellschaft haben mit einem Fax bestätigt, dass Böse für zwanzig Euro getankt hat. Bezahlt hat er über den Tankautomaten mit seiner Sparkassenkarte. Laut Beleg um null Uhr achtundfünfzig. Seltsam ist nur, dass Böse so wenige Liter getankt hat.«

»Zumal er fast zehntausend Euro auf dem Konto hatte«, warf Lorinser ein. Er wandte sich an Steinbrecher. »Hast du herausgefunden, ob die Tankstelle per Kamera überwacht wird?«

»Ja. Man hat mir versprochen, uns das Band umgehend zur Verfügung zu stellen.«

»Damit sehen wir dann hoffentlich klarer«, sagte Timmermans. »Was ich mich frage, ist, wieso leiht der Böse sich trotz seines so prall gefüllten Kontos noch von seinem Vater Geld?«

Lorinser hob die Schultern.

»Keine Ahnung, Herr Kriminalrat«, sagte er. »Die Herkunft der Summe liegt auch noch im Dunkeln. Thorsten hat sie vorige Woche in zwei Tranchen bar eingezahlt. Bemerkenswert ist, dass sein Vater das Konto sofort sperren ließ, obwohl er während des ersten Gesprächs behauptete, sein Sohn hätte nicht nur kein Guthaben, sondern sei verschuldet.«

»Wird ja immer mysteriöser. Wie begründete er denn sein Vorgehen?«

»Mit seiner Sorge, die Bankkarte könnte missbraucht werden.«

»Das haben Sie ihm abgenommen?«

»Es klang überzeugend. Der Mann ist nicht nur extrem misstrauisch, sondern auch für seinen nahezu krankhaften Geiz verschrien. Als Kontobevollmächtigter fürchtete er wohl, haftbar gemacht werden zu können. Für mich ist das plausibel, zumal er von Anfang an vom Tod seines Sohnes überzeugt war.«

»Weil er ihn, wie KHK Hildebrandt vermutet, im Streit getötet hat?«

Lorinser hob vage zustimmend die rechte Hand. Aber überzeugt war er nicht. Der Zeuge Hollenberg hatte die Leiche um sechs Uhr zehn am Huntedeich entdeckt, erklärte er. Wie nach dem Auftauchen des Tankbelegs anzunehmen war, hätte der Alte den Körper zwischen eins und sechs aus dem Haus schleifen, in den sicherlich nicht leicht zu beladenen Porsche quetschen und an den Huntedeich transportieren müssen. Bis zur Stele konnte er aber nicht vorfahren, weil der Weg etwa fünfhundert Meter vorher mit einem Metallpfosten versperrt ist. Er hätte die Leiche also diese lange Strecke tragen oder hinter sich herschleifen müssen, ehe er sie mit einem mehr als sehr fraglich erscheinenden Kraftakt an die gut einen Meter achtzig hohe Stele hängen konnte. Spuren der Art seien aber nicht gefunden worden.

»Aber das ist noch nicht alles«, fügte Lorinser nach einer kurzen Pause hinzu. »Danach war er gezwungen, den Porsche irgendwo zu verstecken. Er kann also nur zu Fuß nach Hause gekommen sein. Nach einem solchen Kraftakt ist er müde, ist erschöpft. Dennoch soll er zurück zum Deich gefahren sein, wo er die Leiche von der Stele schneidet, sie zum Wagen schleppt, einlädt, um sie nach einer Fahrt von vier, fünf Kilometern in der Güllegrube Krögers zu versenken? Und das alles in höchstens zwanzig Minuten?«

»Wie kommen Sie auf die Zeitspanne?«, fragte Timmermans.

Lorinser bat um die Akte. Hildebrandt schob sie ihm zu.

»Laut Protokoll«, sagte er, als er die Vernehmungsniederschrift gefunden hatte, »hat Hollenberg Thorsten Böse um sechs Uhr zehn entdeckt. Er hat sich höchstens fünf Minuten am Tatort aufgehalten und zwanzig Minuten gebraucht, um zu telefonieren. Um sechs Uhr fünfunddreißig hat er das Verschwinden der Leiche festgestellt. Wenn berücksichtigt wird, dass er freie Sicht hatte, hätte er den Abtransport der Leiche schon einige Minuten vor dem Eintreffen erkennen müssen. Hat er aber nicht. Also bleiben die zwanzig Minuten.«

»Das könnte trotzdem gereicht haben.«

»Nicht für einen alten Mann, der die beschriebenen Hindernisse zu überwinden hat.«

»Selbst dann nicht, wenn er die Sperre mit einem Schlüssel hätte öffnen können? Als Anlieger wird er sicherlich welche haben.«

»Damit hätte er es sicherlich leichter gehabt, aber ... der Porsche seines Sohnes ist um sechs Uhr fünfundfünzig im Ortsteil Brockum gesehen worden. Besetzt mit möglicherweise zwei *lebenden* Personen. Und Wolfhardt Böse selbst habe ich etwa fünfzehn Minuten später in seinem Haus in Stemshorn vorgefunden. Er sah zwar zerknittert aus, aber ich meine deshalb, weil ich ihn aus dem Bett geklingelt habe.«

»Tja«, sagte Hildebrandt nach einigen Sekunden des Schweigens, »dann können wir die Frage einer Affekthandlung Böses mit anschließendem Versuch, die Leiche zu beseitigen, wohl als *vorläufig* ausreichend beantwortet abhaken.«

In dem Blick, mit dem sie Timmermans bedachte, lag wie bei einem lang vertrauten Ehepartner die Gewissheit der Zustimmung des anderen, fand Lorinser. Er grinste denn auch, als seine Vermutung sich bestätigte und der Herr Kriminalrat sich nach einem kunstvollen Looping seines Bleistiftes der Meinung Hildebrandts anschloss. Möglicherweise nicht nur wegen der besonderen Nähe zu ihr, sondern weil sein Blick in die Ermittlungsakte eben nur ein Blick gewesen war. Ein wenig ratlos schien er obendrein auch zu sein.

Nicht so Hildebrandt. Sie schien entschlossen, dem tristen Tal der Alltagsdelikte zu entkommen, um auf den erhabenen Höhen des neuen und bedeutsamen Falles die Führung zu übernehmen. Und sie übernahm. »Ich denke«, sagte sie, »wir sollten die Besprechung an dieser Stelle abbrechen und auf morgen vertagen. Erstens wissen wir nicht, ob überhaupt eine Straftat zugrunde zu legen ist … insoweit wird uns hoffentlich die Rechtsmedizin entsprechende Hinweise geben können. Zweitens würde es unsere Arbeit bedeutend erleichtern, wenn Sie, Herr Kriminalobermeister, Ihre *gesamten* Erkenntnisse noch heute in einem anschaulichen Bericht zusammenfassen und *vorlegen*. Können wir uns darauf einigen?«

»Wenn ich wieder über meine Akten verfügen darf?«

»Sie dürfen«, sagte Hildebrandt eisig und schob ihre Kaffeetasse mit einer heftigen Bewegung in die Mitte des Tisches.

»Vielen Dank, Frau Hauptkommissarin.«

»Keine Ursache«, sagte sie spitz. »Und noch eins: Rufen Sie Bossen an und erkundigen Sie sich, ob er den alten Herrn bereits über den Tod seines Sohnes informiert hat. Wenn nicht, sagen Sie mir Bescheid.«

Lorinser nickte.

»Na denn«, sagte Timmermans und schob, als hätte er auf das Stichwort gewartet, erleichtert den Stuhl zurück.

7

Lorinser rief die Polizeistation Lemförde an. Ja, Bossen hatte Wolfhardt Böse bereits über den Tod seines Sohnes informiert.

»Wie der Alte reagiert hat?« Bossens satte Stimme produzierte ein glucksendes Gelächter. »Gar nicht, würde ich sagen. Stand da wie sein eigenes Denkmal, blies sich den Rotz aus der Nase, und das war's.«

»Kein Kommentar?«

»Kein Zucken im Ledergesicht. Aber vorhin hat er angerufen. Fragte, wer denn für die Beerdigungskosten aufkommt. Scheint seine einzige Sorge zu sein, dass er für den Sarg in die Kasse greifen muss. Ich habe es Ihnen bereits gesagt: Der Kerl ist kalt wie ein Fisch.«

Oder geschockt wie vom Elektrofischen, sagte sich Lorinser, als er sich bei dem Lemförder Polizisten bedankt hatte und das Handy ausschaltete. Wolfhardt Böse zu besuchen, war wohl keine gute Idee. Zu befürchten war, dass der Alte, unter dem Schuttberg seiner Vorurteile begraben, weiterhin den beleidigten Maulwurf spielte. Von Kröger, in dessen Güllegrube die Leiche geschwommen hatte, waren dagegen interessante Einlassungen zu erwarten. Falls er denn zu Hause anzutreffen war.

»Von den Ärmsten ist der ganz schön weit weg«, sagte Steinbrecher, als Lorinser den Wagen im Schatten einer mächtigen Eiche parkte. Vor ihnen das Heck eines silbergrauen Mercedes. In der hallenartigen Garage ein rotes Porsche Cabriolet neben einem geschlossenen Pferdeanhänger. Das Haus aus weißen Klinkern erbaut, mit schwarzen Ziegeln eingedeckt. Granitsäulen vor dem Portal. Auf der leicht abschüssigen Grünfläche breitete von einem Sandsteinsockel ein Bronzeengel seine Flügel über einem Gänse hütenden Kinderpaar aus. In einiger Entfernung, vor einem wuchernd blühenden Rosenbusch, eine Schwanengruppe aus rostendem Stahl, die Lorinser an die Plastiken Paulas erinnerte. Rosenduft schwängerte die Luft. Lorinser drehte den Zündschlüssel. Sie hangelten sich aus der Isabella.

»Man hätte auf Chemie setzen sollen«, sagte Lorinser.

»Hab ich doch. Aber was dabei herausgekommen ist, siehste ja.«

»Du hast nicht auf Chemie gesetzt, du hast die vermeintliche Sicherheit der Beamtenlaufbahn gewählt.«

»Kenne noch einen, der so blöd war.«

»Bei mir war's der pure Idealismus. – Sollen wir uns reintrauen?«

»Vielleicht kriegen wir ja einen guten Kaffee.«

Eine Frau öffnete. Um die fünfzig, im aufgesteckten blonden Haar eine Sonnenbrille. Gebräuntes Gesicht mit aus Krähenfußnestern argwöhnisch fragenden Augen, grau wie das Meer, auf das sie vor Kurzem noch geblickt hatten. Frisch aufgetragener Lippenstift, blutrot wie ihr Trägerkleidchen. Cartier am linken Arm. Weiße Sandalen, rot lackierte Zehennägel.

»Der arme Junge«, flüsterte sie, als sie einen Blick auf Lorinsers Dienstausweis geworfen hatte. »Sie wollen das sicherlich mit meinem Mann besprechen. Kommen Sie bitte.«

Eichenparkett. Wie hingeworfen kostbare Teppiche, in denen die Schuhe wie in Moos versanken. Ein Barocksekretär mit Telefon und hochglänzenden Einrichtungszeitschriften. An den Wänden wie Soldaten in Reih und Glied ausgerichtet fremdartige Gesichter vergangener Zeiten. Eine großflächige neblige Moorlandschaft mit jagenden Reitern. Durch einen gemauerten Rundbogen gelangten sie in den Salon. Museale Düsterkeit, beherrscht von zwei gegenüberstehenden barocken Kabinettschränken voller anscheinend kostbarer Porzellanfiguren und einem Tabernakelsekretär. Dazwischen ein schwerer Mahagonitisch, auf dessen dunkler Platte auf einem Seidenschal Sterlingsilber glänzte. Über dem Kamin, dessen marmorne Eleganz die Herkunft aus einem französischen Landschloss ahnen ließ, glitzerten im Licht eines

Kristalllüsters Duellpistolen. Davor kauerten wie ruhende Hunde auf einem dicken Teppich ausladende, beigefarbene Ledersessel.

»Chemie, alles Chemie«, murmelte Steinbrecher beeindruckt. Lorinser stellte fest, dass der Hausherrinnenhintern trotz des Alters so aufreizend und üppig wie der Paulas wackelte. Als sie vor einer Eichentür stehen blieb, zögerte ihre rechte Hand einen Augenblick, ehe sie anklopfte. Erst als ein dumpfes »Ja, bitte« erklang, drückte sie die Messingklinke.

»Die Herren sind von der Polizei«, sagte sie kaum hörbar, »es geht wohl um den Jungen.«

Der schlanke Mann, der da hinter dem kirschbaumfarbenen Schreibtisch über einem Wust von Akten saß, hatte eine verblüffende Ähnlichkeit mit seinem Sohn. Die gleichen, sich unter einem Bärtchen biegenden Lippen, die gleichen hinter geschliffenen Brillengläsern herausfordernd blickenden Braunaugen, das schmale Kinn. Was ihn unterschied, waren die silbergrauen, gelichteten Haare und die von Altersflecken übersäte Knitterhaut seines Gesichtes.

»Selbstverständlich geht es um den Jungen«, sagte er kühl. »Ich denke, du kannst uns getrost alleine lassen.« Die Tür fiel ins Schloss. »Fürchterlich«, sagte er, ohne dass deutlich wurde, ob er seine Frau oder den Tod Böses meinte. Er erhob sich und deutete auf einen gläsernen Tisch, um den vier schwarze Chromstühle standen. »Wie ist dieser Bursche nur in diese Grube geraten?«

»Genau das hoffen wir mit Ihrer Hilfe herauszufinden«, sagte Lorinser, während er Platz nahm.

Kröger schüttelte auflachend den Kopf.

»Ich bezweifle, dass ich Ihnen dabei helfen kann. Aus mehreren Gründen. Erstens sind wir erst nach dem Auffinden der Leiche von einer Reise zurückgekehrt. Zweitens habe ich den jungen Böse nie persönlich kennengelernt. Und drittens sind mir auch keine Umstände bekannt, die insoweit hilfreich sein könnten.«

»Sie waren einige Tage auf Sylt?«

»Vierzehn, um genau zu sein.«

»Eine ganz schön weite Strecke«, warf Steinbrecher ein.

»Mit einer eigenen Maschine ist das keine große Sache.«

»Sehr praktisch«, sagte Steinbrecher und deutete hinaus in den Garten. »Der Flugplatz grenzt ja sozusagen an Ihr Grundstück.«

Kröger schüttelte den Kopf. »Ich habe das Gerät in Damme stationiert, und dort sind wir auch wieder gelandet.«

»Sie hatten sehr lange mit Wolfhardt Böse zu tun«, sagte Lorinser.

»Im Guten wie im Bösen, wie man so sagt.« Krögers Auflachen entblößte strahlende Zahnkunst. »Leider haben die Auswirkungen der Weltgeschichte ein gedeihliches Miteinander verhindert. Oder der ungeordnete Inhalt seines Denkorgans«, fügte er, mit beiden Händen ein Zeltdach formend, bitter hinzu.

»Er hat Ihnen sehr zugesetzt.«

»Das ist wohl wahr. Hier und im Keller stapeln sich meterweise Prozessakten, in die er trotz seines krankhaften Geizes Unsummen versenkt hat.« Er tippte sich an die Stirn. »Andere leisten sich Passionen, er unter dem Druck seines Verfolgungswahns Obsessionen. Mein Sohn hat Ihnen zu den Auswirkungen, wie ich hörte, bereits erschöpfende Auskunft gegeben.«

»Erschöpfend? Na ja.« Lorinser hob die Schultern. »Ihr Verhältnis zu Böse war nicht immer schlecht.«

»Auch das ist richtig, obwohl …«

»Ja?«

»… von einem Verhältnis im üblichen Sinne gar nicht gesprochen werden kann. Zu einem Autisten finden Sie keinen Zugang, und zu einem, der, von einer fixen Idee beherrscht, einen fanatischen Kreuzzug führt, erst recht nicht. Mir ist natürlich klar, dass Sie sich fragen, wieso der Junge auf meinem Grundstück gefunden wurde.«

»Haben Sie eine Antwort?«

»Nein. Aber ich verwette meinen Kopf, dass Böse die seine, garniert mit seinen üblichen Verschwörungstheorien, bereits geliefert hat. Hintergrund: Die Firma K-Tec, die um jeden Preis einen Prozess um das einst von Hinrich Böse erworbene Unternehmen verhindern will. Ich gehöre dem Vorstand an und bin selbstverständlich über den Vorgang informiert, den Böse über seinen Adoptivsohn im April ohne jede Aussicht auf Erfolg aus den Niederungen seines Absurdistans initiiert hat. Ich empfehle Ihnen zur Schonung meiner Nerven, sich, falls Sie den Umstand für relevant halten, mit unserem Justiziar, Herrn Angstmeyer, in Verbindung zu setzen. – Wie ist denn der Junge überhaupt zu Tode gekommen? Durch ein Verbrechen?«

»Wir haben noch keine abschließenden Erkenntnisse«, sagte Steinbrecher ausweichend.

Kröger runzelte die Stirn. Seine Augen richteten sich auf Lorinser, als könnte er dort die Bestätigung seiner Zweifel finden. »Dass Böse sich die schwere Kopfverletzung nicht selbst beigebracht hat, setzen Sie aber auch nicht voraus, nicht wahr? Oder wollen Sie den Tatbestand, wie man so schön sagt, aus ermittlungstechnischen Gründen in der Schwebe halten?«

»Weder noch«, sagte Steinbrecher. »Ich frage mich aber, woher Sie Ihre detaillierten Informationen haben.«

»Von Dischen, unserem Subunternehmer, der die Leiche entdeckt und mit seinen fantasievollen Erzählungen den Dorffunk bereits zu wilden Spekulationen aufgeheizt hat. Fragen Sie mal im Polizeirevier nach, was sich hier abspielt! Die Gerüchteküche läuft prächtig und ... auch wenn alle Menschen Brüder sind, heißt das noch lange nicht, dass sie brüderlich miteinander umgehen. Das ist Hochwasser auf Böses Mühle ... Unsere lang anhaltenden Auseinandersetzungen ... Der Bursche wird auf meinem Land gefunden, der geradezu reflexhafte Hass des Alten ... Ich habe gar keine andere Wahl, als mich wieder einmal juristisch zu wehren! Was soll ich sonst machen?«

»Uns helfen, den Fall zu klären«, sagte Lorinser, entschlossen, die Befragung nicht zu einem Plauderstündchen verkommen zu lassen.

Kröger hob hilflos die Hände und schüttelte den Kopf. »Würde ich ja von Herzen gerne, aber was kann ich tun? Den Finger in den

Wind halten und raten, wer es gewesen ist?« Er lachte bitter auf. »Sie können in aller Gelassenheit Ihre Arbeit machen, aber ich bin hilflos. Ich werde verleumdet und von diesem Irren beschuldigt, ein fürchterliches Verbrechen begangen zu haben. Wissen Sie, wie es ist, wenn Sie einen Laden betreten und die Gespräche verstummen?« Seine Hände sanken auf die Tischplatte. »Meine Frau kam vorhin heulend aus der Apotheke. Begreifen Sie eigentlich, in welche Lage wir gebracht worden sind?«

»Klingt, als vermuteten Sie eine Verschwörung.«

Kröger seufzte, als litte er an heftigen Schmerzen. Seine Mundwinkel zuckten. »Ich weiß nicht, ob es eine Verschwörung ist, aber ich weiß, dass Böse zu allem fähig ist.«

»Auch, dass er seinen Sohn umbringt, den er sozusagen als Waffe gegen Sie eingesetzt hat?«

»Erstens ist das nicht sein Sohn und zweitens …« Er winkte ab. Sein Gesicht schien zu zerfallen. Die Augen wirkten leer und müde.

»Und zweitens?«, fragte Lorinser, bemüht, das aufkeimende Mitgefühl zu unterdrücken. Emotionales Engagement kannst du dir bei deiner Freundin, deiner Frau und deinen Kindern erlauben, hatten seine Ausbilder ihm schon im ersten Seminar vermittelt, nicht bei der Aufklärung. Verlierst du die Distanz zur Sache, gehen zuerst deine Fälle, später du selbst auf Krücken.

»Zweitens«, stieß Kröger mit ermatteter, dumpfer Stimme hervor, »weiß er, dass er nicht mehr viel Zeit hat. Er geht auf die neunzig zu. Ich kann mir vorstellen, dass er jeden Preis zu zahlen bereit ist, um doch noch an sein Ziel zu gelangen. Es wäre nicht seine erste Schweinerei.«

»Eine davon war die Adoption. Sie hat Ihnen einigen Schaden zugefügt.«

»Schaden?« Kröger lachte trocken auf. »Er hat mich um den Lohn Jahrzehnte langer Arbeit gebracht.«

»Um einige Millionen, heißt es.«

»Ja. Um Millionen, um Land, um Gebäude. Er hat mich in eine äußerst peinliche Situation manövriert, mich der Lächerlichkeit preisgegeben und mich meiner Ehre beraubt. Das Gewieher der Neider klingt noch immer in meinen Ohren. Ja, er hat mir unermesslichen Schaden zugefügt.« Er blickte Lorinser herausfordernd an. »Sie fragen sich natürlich, ob mit dem Tod des Jungen der ursprüngliche Vertragsstand wieder hergestellt ist?«

»Ist er?«

Kröger zögerte. Lorinser hatte den Eindruck, einen Pokerspieler vor sich zu haben, der das Blatt seines Gegenübers abzuschätzen versucht. Der Brisanz der Frage war er sich jedenfalls bewusst. »Wenn es in dieser Welt gerecht zuginge, müsste es eigentlich so sein«, sagte er verhalten. »Meiner Einschätzung nach bin ich im Recht. Ob meine Einschätzung vor Gericht Bestand hat, wird sich erweisen.«

»Sie wollen also klagen?«

»Selbstverständlich werde ich meinen Rechtsanwalt bitten, die Aussichten einer Klage zu prüfen. Als Betrogener habe ich nicht nur das Recht, sondern auch die Pflicht, eine Klärung herbeizuführen. Dabei geht es mir letztlich nicht unbedingt um den materiellen Aspekt der Sache, es geht mir insbesondere um Genugtuung, um Wiedergutmachung und, so altmodisch es Ihnen auch erscheinen mag, um die Wiederherstellung meiner Ehre.«

»Des einen Not ist des anderen Glück, könnte man sagen.«

Kröger nickte unbeeindruckt. »Man sagt, das Leben sei ungerecht. Der Tod ist es noch mehr. Aber so sehr ich das Schicksal des Jungen bedaure, so wenig habe ich Anlass, darauf pietätvoll Rücksicht zu nehmen.«

»Ich kann mir vorstellen, dass Sie Wolfhardt Böse hassen.«

Kröger schien in sich hineinzuhorchen. Sanft schüttelte er den Kopf.

»Sie irren sich. Ich bin enttäuscht, aufgebracht und zornig gewesen. Bin es noch. Aber Hass?« Er schüttelte wieder den Kopf. »Nein. Auch ich muss damit rechnen, in absehbarer Zeit abberufen zu werden. Im Gegensatz zu Wolfhardt Böse glaube ich an die höhere Instanz, die uns an unseren Taten messen wird. Ich habe mich stets bemüht, aufrecht und den mir anerzogenen ethischen Regeln entsprechend durchs Leben zu gehen. Ich hoffe, bei den Zurückbleibenden in gutem Angedenken zu verbleiben. Bei Böse ist das leider nicht der Fall. In meinen Augen ist der Mann hochgradig verrückt. Ich bin sicher, niemand in der Gegend wird ihm eine Träne nachweinen. Die Schweinereien, die er hier inszeniert hat, sind unvergessen. Das alles sitzt zu tief, die Ohnmacht, die Wut darüber, immer wieder übers Ohr gehauen worden zu sein. Bis weit nach dem Krieg, als er im Tross der Alliierten triumphierend zurückkehrte, als es den Leuten schlecht ging, er aber alles besaß: Naturalien, Benzin, Autos und Geld im Überfluss, und obendrein seine engen Beziehungen zu den Engländern gnadenlos gegen seine Landsleute ausnutzte. Er lebte wie die Made im Speck. Damals residierte er noch auf dem Gut, das seinem jetzigen Haus gegenüberliegt. Gerierte sich wie ein König, ach, was sage ich, wie Gottvater selbst! Das riesige Herrenhaus mit allem Komfort, Gesinde, das sich für ihn die Hacken ablief. Sein erstes perfides Spiel: Er gab vor, dass es nach dem Nazischrecken Zeit zur Versöhnung sei, zeigte sich von seiner charmanten, seiner freundlichen Seite, stellte Beziehungen und Hilfen in Aussicht, lud zum Versöhnungsfest auf sein damals noch nicht verfallenes Gut. Selbstverständlich kamen sie alle. Nur die Männer natürlich. Frauen lud er nicht ein, die hat er ja nie an sich herangelassen. Die Bauern, die Geschäftsleute, die Beamten und was Rang und Namen in der Gegend hatte. Böse fuhr ganz groß auf. Schampus und Schnaps, Zigaretten, Zigarren, Fisch, Fleisch, all die Herrlichkeiten, von denen man gar nicht mehr ahnte, dass es sie gab. Mädchen. Ein ganzes Dutzend hatte er aus Bremen herbringen lassen, alle Bordsteinschwalben, die froh waren, Valuta in die Hand gedrückt zu bekommen und sich mal richtig satt essen zu können. Und Strichjungen natürlich. Für die Herren mit den besonderen Neigungen. Der Alkohol floss in Strömen und … tja, das reinste Bacchanal, das Gottvater da im Gewand des Friedensengels sorgsam inszeniert hatte. Aber eines, das nach kurzer Zeit ein verheerendes Erdbeben in der Gegend auslöste.«

Lorinser blickte ihn fragend an. Kröger lehnte sich zurück. Seine Rechte beschrieb einen Kreis und deutete auf die Fensterreihe.

»Die Stricher, die Nutten, die waren alle verseucht. Tripper, Lues und was die sonst noch an Krankheiten hatten. Böse hat sie sozusagen handverlesen nach diesem Gesichtspunkt ausgewählt und auf die Gäste angesetzt. Hier herrschte der pure Notstand unter den Leuten. Ehefrauen, Mädchen, die ganze Gegend war nach einiger Zeit infiziert, und das in einer Zeit, als Penicillin Mangelware war. Ein Desaster, sage ich Ihnen. Ich bin noch heute dankbar, nicht zu seinen Gästen gehört zu haben.«

»Woher wissen Sie, dass er vorsätzlich gehandelt hat?«

»Er hat's höhnisch eingestanden, als die Seuchenwelle hochschwappte und der große Run aufs Penicillin begann. Natürlich war in den Familien der Teufel los. Stellen Sie sich mal die Folgen vor! Fünfzig, sechzig Männer, die mit verbogenen Pinseln die Lustseuche verbreiten! Kurz danach brannte eines seiner Autos ab. Mich hätte es nicht überrascht, wenn ihm der Schädel eingeschlagen worden wäre.«

Steinbrecher kicherte verhalten in sich hinein.

»Damals«, sagte Kröger mit zornbebender Stimme, »war keinem zum Lachen zumute. Diese Bedenkenlosigkeit der Wahl der Mittel! Diese Unversöhnlichkeit! Sie hatten ja alle ihr schlechtes Gewissen, sie waren bereit, den Preis mit oder ohne Anstand zu bezahlen, aber … aber diese Demütigung zu verzeihen, war niemandem möglich, zumal es ja nicht die einzige blieb. Böse hat, wo immer er konnte, seine immense Macht rücksichtslos eingesetzt, um seine Rachegefühle zu befriedigen. Noch nicht mal seine eigene Familie war ihm heilig, noch nicht mal seine eigene Familie!«

Hypertonisch, dachte Lorinser, als das empörte, aschige Gesicht seines Gegenübers sich wie unter innerem Druck rötete. »Sie sprechen von seinem Bruder?«

»Ich spreche davon, dass dieser elende Schweinehund keine moralischen Werte anerkennt und alles und jedes seinen Zielen unterordnet, gleichgültig, welche Folgen es hat! Ob das nach wie vor kursierende Gerücht zutrifft, er habe Hinrich ermordet, weiß ich natürlich nicht«, sagte er und bestätigte seine Aussage mit einem Nicken in Richtung Steinbrecher. »Dass er jedoch mindestens die moralische Verantwortung für dessen Tod trägt, steht für mich außer Zweifel.«

»Heißt also, dass er seinen Bruder in den Tod getrieben hat?«, fragte Lorinser, der das von Bossen heraufbeschworene schaurige Bild des nur noch an seiner Haut hängenden Toten vor sich sah.

»Hinrich war keiner, der sich in den Tod hätte treiben lassen. Er liebte seine Arbeit, liebte das Leben, besaß die Schlüsselpatente im Bereich der Polymerentwicklung, verfügte über eine ganze Palette revolutionärer Produkte, nach denen die Industrie schrie. Er hätte nur mit dem kleinen Finger winken müssen, und die führenden internationalen Konzerne hätten ihn mit Geld zugeschüttet. Lächerlich anzunehmen, er sei auf Zuwendungen seines Bruders angewiesen gewesen. Noch lächerlicher, er habe vor dem Ruin gestanden und sich aus Verzweiflung das Leben genommen.« Kröger schüttelte den Kopf. »Nein, nichts dergleichen. Hinrich war fünf Stunden vor seinem Tod in meinem Haus in Stemshorn. Ich kann Ihnen versichern und belegen, dass es für ihn keinen Anlass zu der von der Polizei behaupteten Verzweiflung gab, die ihn angeblich in den Freitod getrieben hat. Ganz im Gegenteil, er hatte gute Gründe, zuversichtlich zu sein.«

»Er kann Sie getäuscht haben.«

Kröger rückte seinen Stuhl nach hinten und schlug, die rechte Hand wie zur Abwehr hebend, die Beine übereinander. »Ich habe seine Gedanken nicht gelesen«, sagte er freundlich und sarkastisch zugleich, »ich bezweifle jedoch, dass ein Mann sich wenige Stunden nach der Unterzeichnung eines Vertrages, der ihn aller finanziellen Sorgen enthebt, umbringt.«

Lorinsers Handy klingelte. »Sie haben ihm Geld gegeben?«

»Ich bin gegen die Übernahme seiner Verbindlichkeiten und unter der Bereitstellung einer hohen Summe in seine Unternehmen eingetreten. An jenem Abend haben wir den Vertrag von meinem damaligen Notar beglaubigen lassen. Das war mein Einstieg in die K-Tec.«

»Haben Sie das der Polizei mitgeteilt?«, fragte Lorinser, während er das Handy aus der Tasche zog. »Einen kleinen Augenblick«, bat er und drückte die grüne Taste.

»Halvesleben«, dröhnte die Stimme des Journalisten an sein Ohr. »Sie wollen mich sprechen?«

»Will ich«, sagte Lorinser. »Sind Sie zu Hause anzutreffen?«

»Nicht vor zwei.«

»Wenn Sie erlauben, sehen wir uns dann«, sagte Lorinser, schaltete das Gerät ab und sah Kröger fragend an. Der reagierte sichtlich gereizt.

»Selbstverständlich habe ich das! Auf sechs Seiten haben mein Notar und ich meine damalige Geschäftsbeziehung zu Hinrich Böse und speziell den besagten Abschluss protokolliert. In diesem Protokoll finden Sie meine jetzigen Angaben in allen Punkten bestätigt. Allerdings bezweifle ich, dass Sie die Akte finden werden. Uns ist es jedenfalls nicht gelungen.«

Steinbrecher ebenso wenig. Der Kollege hatte zwar in der Bestandskartei Verweise, aber die Akte selbst nicht ausgraben können.

»Welches Interesse hatten Sie an der Akte?«

»Ein elementares«, sagte Kröger bitter. »Böse hatte mich wieder mal in einen der unzähligen Prozesse um die von Hinrich hinterlassenen und von mir erworbenen Patente verstrickt. Er behauptete, ich hätte sie auf krummen Wegen ergaunert und forderte nicht nur die Rückgabe, sondern hohe Entschädigungen aus entgangenen Gewinnen. Um seine Anschuldigungen ad absurdum zu führen, legten wir unsere mit Hinrich geschlossenen Verträge vor. Böse beschuldigte mich, sie nachträglich gefälscht zu haben. Um ihm den Wind aus den Segeln zu nehmen, beantragten wir daraufhin die Hinzuziehung der Protokolle. Zu unserem Erstaunen hatte die Gegenseite keine Einwände. Der Richter ordnete die Beibringung der Akte entsprechend unserem Antrag auch an. Allerdings konnte sie trotz intensiver Suche nicht beigebracht werden. Auch das Exemplar, das der Staatsanwaltschaft üblicherweise zur Verfügung gestellt wird, ist spurlos verschwunden. – Angesichts der viel gepriesenen Bürokratie ein seltsam anmutender Umstand, nicht wahr?«

Zufall? Lorinser wog innerlich den Kopf. Bürokratie ist da, um Schlamperei und damit Zufälle auszuschließen. Und Archivare gehörten zur Gattung der Sammler, die ihren Trophäen qua Verpflichtung unverkennbare Marken aufdrückten, um ihnen jederzeit auf der Spur bleiben zu können. Dass ein Stück verloren geht, ist dennoch möglich, aber zwei in unterschiedlichen Archiven gelagerte?

»Sie glauben, Böse hatte die Hand im Spiel?«

»Seine während des Prozesses demonstrierte Gelassenheit spricht dafür. Sein Geld und seinen Einfluss weiß er auch zu nutzen, wie ich oft schmerzlich erfahren habe.«

»Mit anderen Worten, Sie haben verloren?«

Krögers hagerer Körper schien sich aufzublasen. Ein nicht nur heftiges, ein stolzes Kopfschütteln und eine Hand, die unversehens als Faust auf der Glasplatte landete. »Glücklicherweise haben wir den protokollierenden Beamten ausfindig machen können, der sich zum Entsetzen der Gegenseite auch noch erinnerte. Nichts war mehr mit Böses Gelassenheit, nur noch Geifer und Zorn brachen aus ihm hervor«, fügte Kröger zufrieden lächelnd und voller Genugtuung hinzu.

Und noch mehr Konfusion, dachte Lorinser, im Hinterkopf die Frage, ob die Lösung des Rätsels um den Tod Thorsten Böses tatsächlich in den dunklen Labyrinthen der Vergangenheit der beiden Alphatiere zu suchen war.

»Wieso hat Böse Sie mit der Verwaltung seines Besitzes betraut? Haben Sie sich um die Stellung bemüht?«

»Um Gottes willen! Ich hätte nicht im Traum daran gedacht, mich mit ihm in Verbindung zu setzen. Ich wusste ja, wie er zu meinem Vater stand, der … nun ja, nicht gerade zu den Gegnern des Dritten Reiches gehört hat. Nein, Böse kam auf mich zu. Ich nehme an, er sah in mir nichts weiter als den frischgebackenen Agrarfachmann, den er für fähig hielt, seinen verlotterten Besitz auf Vordermann zu bringen.« Krögers Gesicht nahm einen angewiderten Ausdruck an. »Das ist mir ja auch gelungen«, fügte er bitter hinzu.

»Fällt Ihnen etwas ein, das uns helfen könnte?«

Kröger schüttelte den Kopf. »Tut mir leid, aber mehr, als ich gesagt habe, kann ich Ihnen wirklich nicht bieten.« Die Worte tropften wie ein erschöpfter Seufzer von seinen Lippen. Seine Hände vollführten eine ungefähre Bewegung, ehe sie kraftlos auf die Glasplatte fielen.

»Kümmert sich jemand um Ihr Anwesen, wenn Sie verreist sind?«

»Die Flächen sind verpachtet, für das Haus haben wir eine Angestellte. Außerdem schauen meine Kinder hin und wieder nach dem Rechten. Meine Tochter war gestern hier, aber Sie kann Ihnen noch weniger als ich erzählen.« Seine Lippen verbogen sich zu einem resignierten Lächeln. »Meinen Sohn kennen Sie ja bereits. Ich nehme an, Sie werden sich auch mit meiner Tochter in Verbindung setzen wollen?«

Lorinser nickte. »Wenn Sie mir Ihre Telefonnummer und Anschrift geben könnten?«

»Selbstverständlich«, sagte Kröger, erhob sich und ging, das Becken wie einen Schneeräumer nach vorne geschoben, das linke Bein nachschleppend, an seinen Schreibtisch. Er öffnete ein Verzeichnis und schrieb die Adresse auf einen Notizblock. »Ich wünsche Ihnen und mir einen schnellen Erfolg«, sagte er, als er den Zettel überreichte.

»Wir tun unser Bestes«, sagte Lorinser und erhob sich. Steinbrecher seufzte aus unerfindlichen Gründen. Möglicherweise war er enttäuscht, keinen Kaffee bekommen zu haben. Kröger kehrte nicht mehr an den Tisch zurück, sondern öffnete schweigend die Tür und deutete lediglich ein Nicken an, als die beiden Beamten an ihm vorbei den Flur betraten. Sanft rastete hinter ihnen die Tür ins Schloss.

»Ist dir sein Gang aufgefallen?«, fragte Steinbrecher, als sie das Haus verlassen hatten.

»Du meinst, dass er sein rechtes Bein nachzieht?«

»Das nicht«, flüsterte Steinbrecher, als fürchtete er, belauscht zu werden. »Ich meine, wie breitbeinig er geht und wie er sein Becken nach vorne schiebt?«

»Hat wohl Haltungsprobleme.«

Sie stiegen ein.

»So ein Gang ist angeboren«, sagte Steinbrecher. »Was ich meine, ist, dass der ganz demonstrativ sein Geschütz zeigt. Legt euch ja nicht mit mir an! In diesem Sinne. Das ist einer, der gnadenlos jedes Hindernis unterpflügt. Verstehst du?«

»Nicht wirklich«, sagte Lorinser und schob den Schlüssel ins Zündschloss.

»Wie Menschen wirklich sind, erkennst du ganz klar an ihrem Gang. Beobachte das mal! Da gibt's die Schleicher, die Zögerlichen, die Eindeutigen und was weiß ich noch alles – und Typen wie Kröger, die rücksichtslos alles niederwalzen, was sich ihnen in den Weg stellt. Glaub mir, er ist so einer. Ich jedenfalls nehme ihm den frommen Pilger nicht ab. Irgendwas, das fühl ich, stimmt mit ihm nicht.«

»Wahrscheinlich die Konsistenz seines Knorpels«, sagte Lorinser und sandte in der Hoffnung, dass der Motor ansprang, ein Stoßgebet in Richtung Wolken.

»Und jetzt?«

»Und jetzt«, sagte Lorinser, im Ohr die mahnende Ansprache Timmermans »jetzt habe ich in dir für den Fall einer weiteren Beschwerde einen hoffentlich unbestechlichen Zeugen. Wir besuchen die ungehemmt knospende Madame Simmerau.«

Steinbrecher im Schlepptau näherte er sich dem gar nicht der Landschaft angepassten Halbhaus, im Bauch das bange Gefühl, ein offenes Raubtiergehege zu betreten. Die trüben Fischaugenfenster in der grellweißen Fassade erschienen ihm heute wie Spiegel, durch die man beobachten, aber nicht hindurchsehen konnte. Über Buchs, Rasen und Kirschlorbeer sprühten klackernde Regner Wasser. Sanft fließende Bäche suchten sich ihren Weg über das Verbundsteinpflaster. Im Schatten des Carports parkte neben einem violetten, mit Aufklebern übersäten Fiesta ein tiefschwarz lackierter Opel Kapitän aus den Tagen des Schwarz-Weiß-Fernsehens. Angesichts der eher barocken Formen, des Chroms und der Weißwandreifen drängte sich in der Tat der von Olli Kröger beschworene Eindruck einer Kathedrale auf. Lorinser ahnte, dass Moritz Simmerau, wenn es sich denn um dessen Fahrzeug handelte, eine Menge Zeit und obendrein ein Vermögen in die Restauration gesteckt hatte. Als Kronprinz besaß er wohl auch die entsprechenden Mittel.

Über der Klingel blinzelte das Objektiv einer Kamera. Entferntes Glockenspiel. Im Schlitz des Postkastens eine Pferdesportzeitschrift. Hundegebell. Ein schwarzer Schatten hinter dem rauchfarbenen Glas der Haustür, die nach einigen Sekunden nur einen Spalt weit aufgezogen wurde. Lange, blond gefärbte Haare, ein schmales, hübsches, aber auch leidendes Gesicht, aus dem unter dünnen, dunklen Brauen empörte Blauaugen auf die Besucher starrten, wohl aber den Labrador meinten, der, energisch am Halsband gehalten, ungestüm zwischen ihren nackten Beinen nach draußen drängte.

»Aber Platz jetzt, Aisha!«, erklang scharf eine männliche Stimme aus dem Inneren des Hauses. Der Hund duckte sich und verschwand. »Sie ist gar nicht böse, sie will nur spielen«, entschuldigte sich die etwa dreißigjährige Frau, die genau dem Rühr-mich-nicht-an-Bild entsprach, das Olli Kröger von Melanie Simmerau gezeichnet hatte. Ein Persönchen mit grauem Gesicht, flachem Busen unter dem blauen T-Shirt und mit Narben überzogenen Beinen, die an Brandmale erinnerten.

»Nein, meine Mutter isch noch beim Einkaufe«, sagte sie in breitem Badisch, als Lorinser Steinbrecher und sich ausgewiesen hatte. »Aber sie müsst jeden Augenblick komme. Es geht wohl um Thorsten, gell?« Ein kurzes Zögern. »Isch er … habe Sie ihn gefunde?«

»Dürfen wir hereinkommen?«

Melanie stieß mit der Hüfte die Tür auf. »Bitte«, sagte sie und trat zur Seite.

Schwarzer Granit, im Wechsel poliert und matt, zog sich schachbrettartig über den Boden der großen Halle, die von einem mächtigen Glastisch, um den hohe, dunkelbraune Korbstühle gruppiert waren, und einem weißen, schmucklosen Kunststeinkamin beherrscht wurde. An den Wänden gedruckte Kandinskis und Mirós hinter spiegelndem Glas. Über dem Tisch hing ein von schweren Ketten gehaltenes, abgebeiztes und mit Klarlack behandeltes Kutschrad, auf dem auf antik getrimmte elektrische Kerzen leuchtend weiß paradierten. Rechts ein Durchgang, der in eine offene Küche mündete. In der trockenen Luft hing der Geruch parfümierter Putzmittel. Das stilistische Chaos, mehr noch jedoch der Eindruck, die Möbel und Dekorationsstücke seien lediglich zur Ansicht ausgestellt, ließen Lorinser frösteln. Auch Steinbrecher zog den Hals zwischen die Schultern, als wollte er sich vor einem eiskalten Hauch schützen.

Melanie schloss die Haustür und führte die beiden Beamten wiegenden Schrittes an einer stählernen Treppe und einem mit Porzellan voll gestellten, mahagonifarbenen Sideboard vorbei in einen Wintergarten, von dem aus der rückwärtige, noch mit Bauschutt übersäte Garten zu sehen war.

»Setzen Sie sich doch! Möchten Sie vielleicht etwas trinken? Mein Bruder hat gerade Kaffee gemacht … oder vielleicht was Kaltes?«

Die beiden Beamten entschieden sich für Kaffee.

»Moritz?«

»Ja, ich hab's gehört«, erklang die gleiche Stimme, die den Hund zur Räson gebracht hatte. »Soll ich dir auch eine Tasse mitbringen?«

»Ja, und vergiss den Zucker nicht.« Ein jähes Auflachen nahm das Leiden aus ihrem Gesicht. »Er nimmt nur Milch und vergisst immer wieder, dass ich es süß mag«, erklärte sie mit schriller, gar nicht fröhlicher Stimme. Auch an ihren Armen, die sich um die Lehne des am Kopfende stehenden Stuhls legten, entdeckte Lorinser mehrere kreisrunde Narben, als wenn die Haut mit Zigaretten traktiert worden wäre.

»Sind Sie denn weitergekommen?«

»Kommt darauf an, von welchem Standpunkt man es betrachtet«, sagte Steinbrecher nach einem warnenden Blick Lorinsers.

»Standpunkt? Heißt das …?«

»Dass unsere Ermittlungen noch im Gange sind«, sagte Lorinser. »Wie gut kennen Sie Böse?«

Melanies Arme schlossen sich noch fester um die Armlehne. »Wie gut?« Ihr Blick wanderte in Richtung Durchgang, aus dem, den schwarzen Labrador an seiner Seite, Moritz Simmerau mit einem mit Geschirr beladenen, lichtgrünen Glastablett trat. Dunkelbraune Haare, dunkle Augen, dunkle Bartschatten, tief gebräunt. Er trug eine eng anliegende, beige Reiterhose und ein schwarzes T-Shirt, das die Bräune seiner glatten Haut noch betonte. An den Füßen Birkenstocklatschen.

»Eigentlich gar nicht so gut«, sagte Melanie zögernd. »Ich wusste nie, wie ich ihn einschätzen sollte.«

»Hat auch fast nur mit Gertie zu tun gehabt«, sagte Moritz. »Mit Mutter«, ergänzte er, als er das Tablett absetzte. »Moritz Simmerau«, fügte er hinzu und wischte die rechte Hand an der Jeans ab, ehe er sie zuerst Steinbrecher, dann Lorinser reichte. »Haben Sie schon etwas herausgefunden?«

Fester Händedruck. Geradezu schmerzhaft, fand Lorinser. Nicht die Spur eines Dialektes. In den Augen keine Frage, sondern unverbindliche Selbstsicherheit. Die Tassen klapperten auf den Untertellern, als er sie auf den Tisch stellte.

»Wir sind einen gehörigen Schritt weitergekommen«, sagte Lorinser. Er wandte sich wieder an Melanie. »Wann haben Sie Böse zuletzt gesehen?«

»Am Sonntag. Ich war mit meiner Mutter auf dem Schützenfest und habe ihn da getroffen. Wir haben was getrunken. Ich hab auch mit ihm getanzt und … Ich bin dann so um halb zwölf herum gegangen.«

»Nach Hause?«

Sie schüttelte den Kopf. »Ich hatte noch eine Verabredung. In der ›Leuenfort Schänke‹. Um zwölf.«

»Eine geplatzte«, sagte Moritz nicht ohne Häme.

»Ja, eine geplatzte«, äffte die junge Frau ihn nach. »Aber das ist einzig und alleine meine Sache.« Sie nestelte Zigaretten aus einem unter ihrem T-Shirt verborgenen Lederbeutel und zündete sie tief inhalierend an. Moritz schüttelte missbilligend den Kopf.

»Du kannst es einfach nicht lassen, was?«

»Ist doch mein Bier!«

Moritz verzog angewidert den Mund. »Aber auch meine Luft, die du verpestest!«

»Wann sind Sie nach Hause gekommen?«, fragte Lorinser, die plötzliche Spannung zwischen den Geschwistern registrierend.

»Weiß ich nicht mehr«, stieß Melanie aggressiv hervor. »Es war aber schon recht spät.«

»Wir haben schon geschlafen«, warf Moritz ein. »Meine Mutter und ich.«

Lorinser schenkte sich Kaffee ein. »Wie spät war es? Ihrem Gefühl nach?«

»Zwei, vielleicht drei«, sagte Melanie. »Vielleicht sogar später. Ich weiß es wirklich nicht mehr.

»Während der ganzen Zeit waren Sie in der Schänke?«

»Nein. Ich habe 'ne Zeit lang gewartet, noch eine Gulaschsuppe gegessen und bin dann wieder zum Schützenfest. Aber Mutti war schon weg. Mein Bruder auch. Ich bin geblieben, bis die mit dem Aufräumen anfingen. Die Frau vom Pastor war auch noch da. Ich habe sie dann mitgenommen und beim Griechen, da an der Kirche, abgesetzt.«

»Ich habe jedenfalls nicht gehört, dass du gekommen bist«, sagte Moritz. Er blickte Steinbrecher an. »Der Hund bellt nicht, wenn einer von der Familie hereinkommt. Ich glaube, das ist jetzt Gertie«, fügte er hinzu, als die Haustür aufgestoßen wurde. »Ich hole noch eine Tasse.«

Mit einem »Halli, Hallo« betrat Gertraude Simmerau die Halle, ganz in Weiß, an beiden Händen Einkaufstüten. Der Hund sprang an ihr hoch. Sie blieb abrupt stehen, als sie die beiden Beamten entdeckte. Ihr Kopf ruckte angriffslustig nach vorne. »Ach, dann habe ich doch richtig gelegen, dass das da draußen Ihr Auto ist! Was wollen Sie denn jetzt noch? Na, das ist wohl klar! Aber jetzt freue ich mich erst mal auf einen Kaffee und auf den Kuchen, den ich mitgebracht habe. Bio. Vom Bauernladen.«

Ohne eine Antwort abzuwarten, stampfte sie, den springenden Hund an der Seite mit Blicken strafend, in Richtung Küche. Moritz stand abrupt auf und folgte ihr.

»Immer diese Bevormundung«, stieß Melanie hervor und sog gierig an ihrer Zigarette. Ihr Gesicht verdüsterte sich noch mehr. Mit der Erzieherrolle ihres Bruders schien sie jedenfalls nicht einverstanden zu sein. Lorinser fragte sich, ob der Kronprinz seine Mutter auch im direkten Gespräch mit dem Vornamen anredete. Seine Eilfertigkeit deutete eher gehörigen Respekt vor ihr an, fand er.

»Kennen Sie Herrn Halvesleben, den Journalisten?«

»Wer kennt den nicht? Der macht doch die Zeitung von der Bürgerinitiative, die glücklicherweise verhindert hat, dass die hier den Dümmer zubetonieren.«

»Man kann die Dinge nicht nur aus der ökologischen Ecke betrachten«, sagte Moritz vom Durchgang her. »Ökonomisch betrachtet war das Ganze die reine Katastrophe. Der Gegend hätte die geplante und leider gescheiterte Entwicklung des Tourismus mehr als gut getan. Dann wären wenigstens die elenden Wohnwagensiedlungen am See verschwunden.«

»Lieber Wohnwagen als Hoteltürme.«

»Du mit deiner Micky-Maus-Philosophie!«

»Müsst ihr schon wieder streiten?«

»Wir streiten ja nicht«, sagte Moritz, ohne sich nach seiner Mutter umzudrehen, die mit einem Kuchentablett auf den Tisch zuging. »Mich ärgert nur, wenn Ahnungslose so tun, als hätten sie den Durchblick.«

»Wer hat denn seine Prüfung geschmissen? Du oder ich?«

»Halt doch die dumme Gosch, du blöde Kuh! Du weißt doch ganz genau …«

»… dass jetzt Schluss ist, Moritz!«, blaffte Gertraude Simmerau zornig. »Das gilt auch für dich, Fräulein!« Laut seufzend stellte sie das Tablett ab, verdrehte in Richtung der beiden Polizisten die Augen und ließ sich mit dem Rücken zum Raum auf einen der Stühle fallen. »Haben Sie denn den Verdacht, dass der Halvesleben was mit der Sache zu tun hat, Herr Lorinser?«

»Wir ermitteln in alle Richtungen.«

»Jedenfalls haben die sich am Sonntag ganz schön in die Haare gekriegt«, sagte Melanie.

»Wieso?«, fragte Lorinser.

»Da steckte mal wieder die Bersenbrück dahinter«, erklärte Gertraude Simmerau, während sie sich ein Stück Kuchen auf den Teller legte. »Die lässt ja nichts unversucht, um den Jungen unter Druck zu setzen. Die hat den Halvesleben richtiggehend gegen ihn aufgestachelt!«

»Wie kannst du das behaupten, Mutti? Du warst doch gar nicht dabei!«

»Ich weiß, worauf dieses Luder es abgesehen hat.«

»Darum ging es doch gar nicht.«

»Um was denn?«, fragte Lorinser.

Melanie schnippte die Asche von ihrer Zigarette. »Sie hat nur eine Bemerkung gemacht. Ob ich die Nächste wäre, die er sitzen lässt. Ich habe ja mit ihm getanzt. Er ist sofort explodiert und hat ihr eine runtergehauen. Und als Halvesleben dazwischenging, hat er auch gegen den gepöbelt.«

»Er hat ihn lediglich vor einer Vaterschaftsklage gewarnt!«

»Hat er nicht, Mutti, er hat sie als Nutte und ihn als ihren Zuhälter beschimpft. Halvesleben ist ganz ruhig geblieben, hat ihn am Arm gepackt und aus dem Zelt geschoben. Und draußen, hinter der Würstchenbude, da erst hat er ihm eine geschallert. Und das zu Recht, kann ich nur sagen, so wie der sich aufgeführt hat.«

»Alles Bauern«, kommentierte Moritz, seine Kuchen schaufelnde Mutter kritisch betrachtend. »Ich bin froh, wenn ich wieder in Freiburg bin.«

»Ich auch«, sagte Gertraude Simmerau mit einem tiefen Seufzer. »Jedenfalls werde ich es nicht mehr zulassen, dass ihr gleichzeitig hier seid. Diese ewige Streiterei. Wenn dir eine Laus über die Leber gelaufen ist, ist das kein Grund, deinen Bruder so anzugehen, Fräulein. Und überhaupt: Ihr müsst doch langsam zur Vernunft kommen und wenigstens ein bisschen solidarisch miteinander umgehen. Das gilt auch für dich, Moritz. Auch für dich! – Haben Sie Kinder?«

Ihr Blick richtete sich auf Steinbrecher.

»Leider nein.«

»Die können schon eine Last sein.« Sie musterte Lorinser. Ihr Gesicht wirkte müde. »Dass ich mich über Sie beschwert habe, will ich Ihnen auch noch sagen. Sie haben mich richtig wütend gemacht. Aber Schwamm drüber. Warum sind Sie eigentlich wieder hier? Ich habe Ihnen doch alles gesagt.«

Das ist die Frage, sagte sich Lorinser, der Lust verspürte, sich eine Zigarette anzuzünden, aber trotz der rauchenden Melanie darauf verzichtete. »Wir möchten den genauen Zeitpunkt der Abfahrt Böses von Ihrem Haus feststellen.«

»Das habe ich Ihnen doch klar gesagt! Es war kurz nach Mitternacht.«

»Zum gleichen Zeitpunkt soll er an anderer Stelle gewesen sein.«

»Das ist unmöglich!«, rief sie heftig und suchte den Blick ihres Sohnes.

»Das kann ich nur bestätigen«, sagte Moritz nickend. Er deutete mit dem Zeigefinger an die Decke. »Ich bin nach oben gegangen, als meine Mutter ihn nach draußen brachte. Das war ganz sicher kurz nach Mitternacht.«

»Woher wissen Sie das?«

»Im Radio liefen die Null-Uhr-Nachrichten. Ich habe nicht den geringsten Zweifel.«

»Ich bin mir auch ganz sicher«, sagte Gertraude Simmerau und schlug mit der Kuchengabel gegen ihren Teller. »Es ist höchstens zehn Minuten nach Mitternacht gewesen. Ich habe noch meinen Kaffee getrunken und dabei die Nachrichten gehört. Nicht von Anfang an, aber einen Teil. Wer ist das denn, der behauptet, dass Jamie zu dieser Zeit nicht hier gewesen ist?«

Schämie.

»Sein Vater«, sagte Lorinser, »Auch er ist sich seiner Sache sehr sicher.«

Gertraude Simmerau vollführte mit der Kuchengabel einen energischen Kreis, als könnte sie so den Einwand aus der Welt schneiden. »Ich weiß nicht, warum er das sagt, ich weiß nur, dass er sich irren muss. Bei seinem Alter und seiner Verrücktheit ist das auch kein Wunder.«

»Wir werden es herausfinden«, sagte Lorinser und erhob sich. »Für uns war's das schon. Das heißt … hat er sie um Geld gebeten?«

»Warum hätte er das tun sollen?«

»Wir wissen, dass er welches gebraucht hat.«

»Haben Sie ihn gefunden?«

»Ja«, sagte Lorinser.

Gertraude Simmeraus Augen weiteten sich. Die Kuchengabel fiel auf den Teller. »Ist er … ich meine, wie geht es ihm denn?«

Ganz schön absurd die Frage, dachte Lorinser, dem das Bild des am Haken pendelnden Toten ins Gehirn wischte. Er sah das plötzlich gespannte Gesicht der fülligen Frau, die, das war wenigstens sein Eindruck, den Atem anzuhalten schien, das Zittern ihrer schwarz-violett getünchten Lider und die zur Faust geballte Rechte über der heruntergefallenen Gabel. Äußerte sich in diesem nur mühsam beherrschten Beben die Furcht einer Liebenden? Moritz blickte gelangweilt aus dem Fenster. Melanie zerhackte mit der qualmenden Zigarettenkippe ihren noch nicht gegessenen Kuchen. Die pure Gelassenheit war sie jedenfalls auch nicht.

»Er ist tot«, sagte Lorinser.

»Um Himmels willen!«, entfuhr es Melanie, ehe sie mit beiden Händen ihr Gesicht bedeckte. Moritz schüttelte einfach nur den Kopf, als hätte sie etwas Ungehöriges getan. Das Aufstöhnen seiner Mutter veranlasste ihn, spontan nach ihrer Hand zu greifen. Aber sie wehrte sie wie ein lästiges Insekt ab, auch jetzt die souveräne Chefin, die im wahrsten Sinne des Wortes nichts anderen Händen zu überlassen bereit war. Erst recht nicht während dieses Augenblicks fehlender Kontrolle. Sie fasste sich schnell.

»Wie ist es dazu gekommen? Zu schnell gefahren? Ein Unfall?«

Sie kann also auch Hochdeutsch, stellte Lorinser fest. »Wir haben noch keine genauen Erkenntnisse«, sagte er. »Tut mir leid.«

»Aber wenn Sie ihn gefunden haben, müssen Sie doch wissen, wie er zu Tode gekommen ist!«

»Genau das wird im Augenblick untersucht«, sagte Lorinser, während er sich erhob und damit signalisierte, dass er keine weiteren Fragen hatte. Er nickte Steinbrecher zu. Frau Simmerau seufzte hörbar.

»Irgendwann stirbt jeder«, murmelte Moritz, den Blick starr auf seine Hände gerichtet. »Dagegen ist leider noch kein Kraut gewachsen.«

Steinbrecher runzelte die Stirn. »Gegen Totschlag oder Mord schon«, sagte er grimmig, während er die Hände auf den Tisch stemmte und aufstand.

8

»Also, ich weiß nicht«, sagte Steinbrecher, während er sich den Sicherheitsgurt anlegte. »Wie ’ne Frau, die ihren Heißgeliebten verloren hat, kam sie mir nicht gerade vor. Da würde ich schon eher auf die Tochter tippen. Bei der war’s ein ziemlich heftiger Einschlag. Im Übrigen hätte ich an deiner Stelle nachgehakt, mit wem sie in der Nacht verabredet war.«

»Du hast dich auch nicht gerade mit Ruhm bekleckert.«

»Ich sag das ja nicht, weil ich dich kritisieren will. Ich frag mich nur, ob das nicht vielleicht Böse gewesen sein kann. Im Sinne von *Verbotene Liebe*, verstehst du?«

»Der sie im Zelt angemacht und dann sitzengelassen hat?«

»Dem der Zeitplan durcheinandergeraten ist. Das würde erklären, wieso er Frau Mutter hat abblitzen lassen.«

»Ihre Verabredung war um zwölf.«

»Ja und?«

»Selbst wenn er betrunken war, kann er nicht damit gerechnet haben, dass Melanie so lange auf ihn wartet.«

»Hat sie aber. Wenigstens annähernd. Sie hat gesagt, Böse und ihre Mutter wären schon nicht mehr im Festzelt gewesen, als sie dort wieder aufkreuzte. Wenn die beiden kurz vor Mitternacht im Haus eingetroffen sind, muss sie so lange gewartet haben. Sie hat dort gegessen. Erinnerst du dich?«

»Gulaschsuppe, ja.«

»Richtig. Wenn es ein Muto-Verhältnis gewesen ist, könnte sich daraus ein geradezu klassisches Motiv entwickelt haben.«

»Muto?

»Mutter *und* Tochter, Mensch! Es kann doch sein, dass er es mit beiden gleichzeitig getrieben hat, so wie es mit seinem Spermahaushalt stand!«

»Ich weiß nicht …«

»Dass die Kleine ziemlich aggressiv sein kann, haben wir gerade eben erlebt. Nehmen wir an, sie ist den beiden auf die Schliche gekommen. Vielleicht ist sie total frustriert nicht zum Festzelt, sondern nach Hause gefahren und hat dort mitgekriegt, was zwischen den beiden läuft. Sie steht sowieso unter Dampf. Dann der Schock der Erkenntnis. Für so ein Mädchen bricht die Welt zusammen. Sie glüht vor Zorn, sie fährt ihm nach, stellt ihn, pfeift ihn an. Er spielt vielleicht noch den Macho. Sie verliert die Kontrolle und … bumm, knallt sie ihm irgendwas an den Schädel.«

»Hast du deshalb den Text in Richtung Mord vom Stapel gelassen?«

»Ich wollte wissen, wie sie darauf reagiert. Und sie war ja auch die Einzige, die Wirkung gezeigt hat. Ihr Bruder … Eiskalt, sage ich dir. Das ist so einer, der nur losheult, wenn ihm jemand an den Opel fährt. Und Frau Mutter …« Steinbrecher winkte ab. »Es gibt Schauspieler, die immer einen Tick neben der Rolle liegen, falsche Gestik, falsche Stimme. Das Mädchen ist echt. Sie weiß, was Schmerz ist. Sind dir die vielen Narben aufgefallen?«

Lorinser nickte. Und ob sie ihm aufgefallen waren. Sie erinnerten ihn an Babs, die eigentlich Barbara hieß, den Star seiner Klasse. Steile Karriere, reiche Heirat und nach wenigen Monaten der Sturz in die Hölle der Selbstverletzungen. Zuerst hatte sie sich nur die Haare herausgerissen, später mit allen möglichen Instrumenten ihren Körper verwundet, bis sie schließlich in der Psychiatrie gelandet war.

»Könnte mit Borderline zu tun haben«, sagte er, während er das Auto in Richtung Dümmerdeich lenkte. »So wie sie drauf ist.«

»Oder sie ist mal fürchterlich misshandelt worden. Wir hatten mal so einen Fall. Vier Jugendliche haben ein junges Ding vergewaltigt und sie anschließend mit ihren glühenden Kippen gequält. Die ist fertig für's ganze Leben. Wenn Melanie was Ähnliches erlebt hat … wenn sie dann so was mitmacht …das ist … sie hat ja eingestanden, dass sie erst um drei oder noch später nach Hause gekommen ist.«

Die Sonne stach Lorinser in die Augen. Er klappte die Blende herunter und versuchte die Bilder zu sortieren, die Steinbrecher heraufbeschworen hatte. Es widerstrebte ihm, Melanie in der Rolle einer Leichen schleppenden Totschlägerin zu sehen. Es konnte natürlich sein, dass sie Böse da draußen an der Güllegrube getroffen hatte. Möglich, dass sie schon in Hüde zu ihm in den Porsche gestiegen war. Dass sie zusammen getankt und danach nach Lembruch gefahren waren. Um das Problem zu bereden, das dann irgendwann in heftigen Streit und dem blutigen Drama endete. Über die Kraft, den Toten in die Güllegrube zu zerren, verfügte sie sicherlich. Was ihn an dem Bild störte, war die um Böses Kopf verschnürte Plastiktüte. Warum hätte sie ihm die überstülpen und so sorgsam verschnüren sollen?

»Ja«, sagte Steinbrecher, »den Grund, warum sie ihm die Tüte übergestülpt hat, kann ich leider auch nicht nennen. Aber in solchen Situationen passieren die verrücktesten Sachen.«

»Um null Uhr achtundfünfzig, das belegt die Kartenzahlung, hat Böse noch gelebt.«

»Ja und?«

»Wenn Melanie, wie sie behauptet, irgendwann gegen drei nach Hause gekommen ist, hätte sie lediglich zwei Stunden Zeit gehabt, den Kerl umzubringen, ihn an die Stele zu hängen, ihn wieder abzunehmen und ihn in der Güllegrube zu versenken. Und, vergiss das nicht, den Porsche zu verstecken. Sie hätte, sehr wahrscheinlich mit blutverschmierter Kleidung und per Pedes, zu ihrem Wagen zurückkehren und dann nach Hause fahren müssen. Zeitmäßig ist das nicht nur sehr eng, sondern deutet auch auf gute Planung. Kannst du dir vorstellen, dass sie so kaltblütig ist? Nachdem sie Böse außer sich vor Zorn umgebracht hat?«

»Das Umbringen dauert nur ein paar Sekunden und der Rest … Ich brauche jetzt erst mal eine Zigarette. Willst du auch eine?«

»Ich bitte herzlich!«

Steinbrecher zündete zwei an und reichte eine weiter. Er inhalierte und lehnte sich zurück. »Vorstellen kann ich mir alles«, sagte er schließlich nachdenklich, den Blick über die flache Landschaft wandern lassend. »Nach dem Schrecken kommt ja oft die Ernüchterung. Plötzlich begreifst du, dass du ein schlimmes Verbrechen begangen hast, dass man dich für Jahre einsperren wird, dass dein ganzes Leben den Bach hinunterrauschen kann. Dann funktionieren die Instinkte wieder. Du handelst einfach, weil du handeln musst. Aber Logik bekommt das Ganze sowieso erst, wenn sich herausstellen sollte, dass die Kleine uns was vorgeflunkert hat.«

»Das sagt uns was?«

»Wir prüfen nach, ob Melanie Frau Pfarrerin tatsächlich nach Hause gefahren hat.«

»Die Frau des Pfarrers, Kollege, die Frau!«

»Bei der ich mich sowieso frage, wieso die sich so lange auf dem Schützenfest rumgetrieben hat.«

»Vielleicht, weil sie eine Frau ist?«

Steinbrecher lachte leise auf und streckte die rechte Hand aus dem Seitenfenster, um sie im Fahrtwind abzukühlen. »Ich begreife die Weiber sowieso nicht. Werde ich wohl auch nicht mehr. Mal abgesehen davon, ob ich das bei dem ganzen Elend überhaupt noch will.«

»Ich glaub, du brauchst ein bisschen aufmunternde Musik.«

»Besser wäre ein wirklich cleverer Anwalt, der meiner gierigen Ex endlich mal zeigt, wo es langgeht.«

»Warum nicht beides?«, fragte Lorinser und drückte die Rückspultaste des Kassettenrekorders.

Halvesleben lehnte die Sense an die Garagenwand. An seinen Stiefeln klebte ein Teil des Grases, das er unter den Obstbäumen gemäht hatte. Schweiß rann in kleinen Bächen über sein Gesicht, tropfte vom Kinn auf die leicht angegraute Haarwolle seiner Brust. Er nahm sein T-Shirt von der Fensterbank und drückte sein Gesicht hinein.

»Es gibt Leute, die laufen bei solchen Vorfällen sofort zum Staatsanwalt«, erklang seine Stimme dumpf durch die weiße

Baumwolle. »Nur kommt dabei in den seltensten Fällen etwas heraus. Ich habe Böse eine runtergehauen. Ganz diskret im Sichtschutz des Zeltes, um ihn nicht öffentlich zu demütigen. Schrecken, so was wie Ernüchterung, eine lahme Entschuldigung, und das war es dann auch.«

»Er hat sich wirklich entschuldigt?«

Halvesleben nickte Steinbrecher zu. »Ja, stellen Sie sich vor. Er hat. Nicht bei mir. Mich hat er vollkommen ignoriert, als wäre die Strafe direkt aus dem Himmel gekommen. Er hat sich bei Frau Bersenbrück entschuldigt. Ziemlich unverbindlich, aber immerhin. Vielleicht hat ihn meine Ohrfeige an die Regeln erinnert, die ihm im Heim eingebläut worden sind. Keine Ahnung.« Halvesleben legte sich das T-Shirt über die Schultern. »Aber eines weiß ich«, fügte er grimmig hinzu. »Sollte er sich selbst umgebracht haben, dann nicht wegen meiner Maulschelle. Wenn nicht, sind Sie bei der Tätersuche bei mir an der falschen Adresse.«

»Wir haben Sie nicht beschuldigt«, sagte Lorinser.

»Sie fragen doch nicht umsonst, außerdem sind Sie im Doppelpack gekommen.«

»Doppelpack?«

»Zu zweit. Und wenn ich meinem Freund Vauen glauben kann, der eine Reihe gut recherchierter Kriminalromane veröffentlicht hat, dann kommen zwei Polizisten immer dann, wenn sie ihren Job alleine nicht bewältigen können, wollen oder sollen. Eine Vorführung vielleicht? Eine Festnahme? Angst, ich könnte Ihnen durch die Lappen gehen?«

Klang noch nicht mal aggressiv, was Halvesleben von sich gab, klang nach zurückhaltender Ironie und keineswegs von Angst gefüttert. Ein bisschen auch selbstgerecht, nörgelnd und verdrossen, als hielte er es für stark überzogen, ihn wegen der Lappalie einer Böse verabreichten Ohrfeige überhaupt zu belästigen.

»Im Augenblick frage ich mich nur, woher Sie vom Tod Böses wissen«, sagte Lorinser und bemerkte im Eingang des Wohnhauses eine junge, dunkelhaarige Frau, die, auf Krücken gestützt, die beiden Stufen zu überwinden versuchte.

»Ich mache eine Zeitung, Herr Kriminalobermeister. Soviel ich weiß, wird sie auch in Ihrer Dienststelle gerne gelesen. Nichtssagend, unbedeutend, ein kleines Forum der Eitelkeit, aber immer auf der Kippe, weil engagiert und vom Anzeigengeschäft abhängig. Ich stehe auf der Presseliste Ihrer Inspektion. Weil das so ist, erhielt ich heute Mittag den Polizeibericht. Unfälle, Raub, Hühnerdiebstähle, ein Trickbetrug und das bislang ungeklärte Ableben Thorsten Böses mitsamt dem spurlosen Verschwinden seines heiß geliebten Porsche. Steht morgen dick und fett auf Seite eins. Und weil ich sozusagen Zeuge der ersten Stunde bin, konnte ich nicht nur einige authentische Glanzlichter setzen, sondern Ihnen auch Fahndungshilfe leisten.«

»Womit bewiesen ist, dass selbst Negatives positive Seiten haben kann.«

»Wir leben davon. Immer die spannende Frage im Hinterkopf, ob es auch diesmal für die Rechnungen reicht.« Er entdeckte die junge Frau. »Mensch, Inka!«, rief er ihr erschrocken zu. »Für die Krücken ist es doch noch zu früh! Zum Teufel, bleib, wo du bist!«

Er lief los. Überraschend schnell für seine Masse, erreichte er die Frau, sprach entnervt auf sie ein, hob sie schließlich hoch und trug sie ins Haus.

»Ganz schön kräftig, der Bursche«, sagte Steinbrecher beeindruckt. »Ich denke, wenn er richtig zugelangt hätte, wäre Böse schon auf dem Festplatz erledigt gewesen.«

»Er behauptet, zur wahrscheinlichen Tatzeit zu Hause gewesen sein.«

»Wenn das mal stimmt.«

»Seine Frau wird das sicherlich bestätigen.«

»Oder auch nicht. Ich denke an ihre Krücken. Wenn sie die noch nicht benutzen darf, muss das eine ziemlich frische Geschichte sein.«

»Ja und?«

»Vielleicht lag sie in der Tatnacht gerade im Krankenhaus.« Steinbrecher deutete auf seine Füße. »Ich hab jedenfalls ganze zehn Tage auf der Chirurgischen verbringen dürfen. Erst dann durfte ich den Fuß leicht belasten. Das Metallzeug wurde erst sechs Monate später herausoperiert.«

»Morsche Knochen heilen schlecht.«

Steinbrecher verzog den Mund, als hätte er Essig getrunken. »Schon wieder so'n Spruch! Aber egal, ich werde den Punkt jedenfalls ansprechen. Schon, weil Böse nicht weit von hier gehangen hat und die beiden sich durchaus noch mal begegnet sein können.« Er ballte die Rechte und schlug eine Gerade. »Von wegen Entschuldigung und nicht gedemütigt. Das nehme ich ihm nicht ab. Böse muss vor Wut gekocht haben. Kann ja in der Nacht hergefahren sein. Alkohol. Rachegedanken. Halvesleben reagiert, wie er schon vorher reagiert hat. Er langt ihm eine. Rumms, das empörte Köpfchen fliegt gegen eine Wand und …«

»Sein kann alles.«

»Ja, und deshalb hat der große Blonde mit den kräftigen Händen plötzlich ein Problem. Er hat 'ne Leiche und muss sie loswerden. Die Stele verwirft er wieder. Also, warum sie nicht in einer Güllegrube verschwinden lassen, he?«

»Als ordentlicher Bürger ruft er die Polizei an, verweist auf den Restalkohol in seinem Blut und gibt zu Protokoll, angegriffen worden zu sein und von seinem Notwehrrecht Gebrauch gemacht zu haben.«

»Und wenn nicht?«

»Kommt er genau so infrage wie Melanie Simmerau, Krögers Entourage, der Alte und jener Unbekannte, gegen den wir offiziell ermitteln. Außerdem kann es durchaus Selbstmord oder ein Unfall gewesen sein.«

Steinbrecher verdrehte die Augen und rang in theatralischer Weise die Hände. »Mann, ich weiß, dass ich spekuliere! Ich halte ihn ja auch nicht für einen abgebrühten Mörder, ich sag nur, dass es so gewesen sein *kann*! Ist ja auch möglich, dass er sich vor die

Bersenbrück gestellt hat. Vielleicht hat er was mit ihr gehabt. Ruft er die Polizei an, muss er damit rechnen, dass seine Frau Wind davon bekommt. Er schafft also die Leiche an den Deich und täuscht Selbstmord vor. Aber dann ist ihm die Idee zu heikel, er schneidet die Leiche ab und … Muskeln genug hat er jedenfalls.«

»Das ist richtig, aber …« Lorinser deutete auf Halvesleben, der, in einem frischen blauen Hemd und in einen Apfel beißend, von der Hinterseite des Hauses aus auf sie zukam.

»Wieso *aber*?«, zischelte Steinbrecher, ohne seinen Hinweis zu beachten. »Tatsache ist, dass Böse einige Hundert Meter weiter gehangen hat. Ein Porsche ist laut deinem Bericht in der Nacht auch gehört worden. Also?«

»Ein Motor, der zu einem Porsche gehört haben *kann*.«

»Das schließt die Möglichkeit immerhin ein!«

Klingt logisch, verlockend logisch, dachte Lorinser, während er das immer noch verschwitzte, jetzt jedoch düstere Gesicht des Journalisten betrachtete, der mit zögernden Schritten herankam.

»Die pure Unvernunft«, stieß Halvesleben hervor. »Dabei weiß sie verdammt genau, wie schlimm es für sie wird, wenn sie noch mal unters Messer muss. Aber störrisch war sie schon immer.«

»Wann ist das denn passiert?«, fragte Steinbrecher freundlich.

Halvesleben runzelte die Stirn und deutete mit dem angebissenen Apfel in den schattigen Obstgarten. »Letzte Woche. Montag. Sie hat da hinten ihr Kräuterbeet. Dicht am Graben. Rutschte hinein, und schon hatten wir die Bescherung. Zum Glück war ich in der Nähe und konnte sie sofort ins Krankenhaus bringen.«

»Ins Diepholzer?«

»Nein, ich habe sie nach Damme gefahren. Ist für uns näher. Vor allem waren die dort bereit, sofort zu operieren.«

»Nicht leicht, so was«, sagte Steinbrecher, bemüht, einen unverfänglichen Ton anzuschlagen. »Wie lange musste Ihre Frau dableiben?«

»Meine Frau und Müssen schließen sich aus, das können Sie getrost glauben. Ich habe sie am Freitag abgeholt.« Halveslebens Augen verengten sich. »Sie klopfen wohl auf den Busch, was?«

»Reines Mitgefühl«, sagte Steinbrecher. »Ich war letztes Jahr in der gleichen Lage. Seit wann kennen Sie eigentlich Frau Bersenbrück?«

Halvesleben warf den Apfel in die Luft und fing ihn wieder auf. Er schüttelte den Kopf, sah Lorinser, dann Steinbrecher an und lachte geradezu mitleidig auf. »Was Sie wirklich wissen wollen, ist doch wohl, ob ich mit dem Mädchen ins Bett gestiegen bin, nicht wahr?«

»Sind Sie?«

»Ich liebe meine Frau, Herr Kommissar. Aufrichtig und tief. Und das seit fünfzehn Jahren. Ununterbrochen und ohne je in die Versuchung eines Seitensprungs geraten zu sein, wenn Sie ahnen, was ich meine.«

»Ich ahne«, sagte Steinbrecher mit deutlicher Skepsis in der Stimme. Kein Wunder bei den bösen Erfahrungen, die er mit seiner Ex gemacht hat, dachte Lorinser, während er sich eine Zigarette anzündete. Den ungläubigen Ausdruck im Gesicht seines Kollegen deutete er dennoch als Eingeständnis, das Pulver, wenigstens für den Augenblick, verschossen zu haben. Aber er irrte sich. Steinbrecher trat einen Schritt vor und blickte Halvesleben herausfordernd an.

»Sind Sie Böse nach dem Streit auf dem Schützenfest noch einmal begegnet?«

Halvesleben hob die Brauen, ohne tatsächlich überrascht zu sein. Sein Körper versteifte sich. Ganz Abwehr wirkte er plötzlich wie eine belagerte Festung. »Nein, bin ich nicht.«

»Sind Sie ganz sicher?«

»So sicher, wie Sie ahnungslos sind«, sagte der Journalist in einem Ton, in dem all die Bitterkeit mitschwang, die sich während der letzten Jahre in ihm angesammelt hatte. »Ich wiederhole mich zwar, aber bei mir sind Sie an der falschen Adresse. Das glauben Sie selbstverständlich nicht. Also gehen Sie schon! Tun Sie, was

Sie nicht lassen können. Meine Frau finden Sie hinter dem Haus auf der Terrasse.«

Steinbrecher war von der Heftigkeit der Antwort sichtlich überrascht. Einige Sekunden lang hielt er dem zornigen Blick des Journalisten stand, ließ ihn dann über den Hof schweifen, als könnte er dort den Ausweg aus der peinlichen Situation finden. Er hob die Hände, sah Lorinser an, der die Szene wie aus einem umgedrehten Fernrohr wahrnahm. Was soll ich denn machen?, schienen die in die Sonne blinzelnden Augen zu fragen. Lorinser hatte keine Antwort, aber er begriff, dass sein Kollege trotz der langen Dienstzeit keinesfalls der abgebrühte Bulle war, den er in der Regel mimte.

Er nickte vage.

»Schon der Ordnung wegen«, sagte Steinbrecher, als hätte er ein Signal empfangen. »Wie komme ich auf die Terrasse?«

Halvesleben deutete stumm auf den Obstgarten. Steinbrecher setzte sich in Bewegung. Sein Gesicht war so düster wie der Schatten unter den Bäumen. Stampfender Schritt, die Schultern hochgezogen, der Kopf gesenkt, als fauchte ihm ein Sturm entgegen. Aber der tobt wohl in ihm selbst, vermutete Lorinser. Instabil ist er sowieso, und sein Selbstvertrauen ist im Keller. Obendrein hat er während der letzten Zeit einige üble Nackenschläge verdauen müssen. Unter anderem die demütigende Anweisung Hildebrandts, ihm, Lorinser, dem bedeutend jüngeren und obendrein rangniedrigeren Kollegen, zu assistieren. So was konnte schon an die Nieren gehen.

So wie das Gefühl der Ohnmacht, mit dem Halvesleben kämpfte. Seine Hände ballten und öffneten sich. Die Nasenwurzel endete in einer tiefen Falte. Die Kiefer mahlten. Sein Blick, den die Empörung über den Verdacht verdüsterte, irrte an Lorinser vorbei in den klaren Himmel, durch den ein Pulk kreischender Möwen segelte. Lorinser erwartete Protest. Aber der Journalist schwieg, als hätten sich seine Klagen in der Enge seiner Kehle verfangen.

»Ich habe das Maklerschild neben der Einfahrt gesehen«, sagte Lorinser in das bedrückende Schweigen hinein. »Wenn ich mich richtig erinnere, wollten Sie nicht verkaufen.«

»Das Leben richtet sich nicht immer nach dem Wollen aus.«

»Ja, da ist was dran.«

»Sie tun nur Ihre Pflicht, nicht?«

»Ich versuche, meine Arbeit so gut wie möglich zu machen. Nicht immer zur Zufriedenheit der Häuptlinge.«

»Ich vermute, Sie haben sich Ihren Job selbst ausgesucht.«

»Habe ich. Aber nicht die Fälle. Und erst recht nicht die Menschen, die in ihnen vorkommen.«

»Richtig: Menschen! Menschen, die sich, ob zufällig oder wegen einer ungünstigen Konstellation, aus heiterem Himmel schwersten Verdächtigungen ausgesetzt sehen, obwohl sie nichts, aber auch gar nichts mit der Geschichte zu tun haben! Die aber Angst haben, im Netz hängenzubleiben, weil der Anschein so wunderbar plausibel ist. Später, wenn es zu spät ist, heißt es dann lapidar Justizirrtum. Wäre ja nicht der erste, nicht wahr?«

Lorinser ließ den Zigarettenstummel fallen und zertrat ihn. Mit gespielter Gleichgültigkeit betrachtete er das noch immer verkniffene Gesicht seines Gegenübers, sah die schmalen Augenschlitze, die tiefe Falte zwischen den Augenbrauen und das Zucken der Lippen. Ihm war, als wehte ihm der heiße Hauch einer zwar beherrschten, aber auch beherrschenden Angst entgegen.

»Das ist wohl so«, sagte er leise.

Halvesleben stöhnte laut auf und schüttelte verständnislos den Kopf. »Mehr fällt Ihnen dazu nicht ein?«

»O doch. Ich könnte Ihnen einen langen Vortrag über unsere an Beweisen orientierte Ermittlungsarbeit halten. Ich bezweifle aber, ob das hilft, Ihnen Ihre Bedenken und Ängste zu nehmen. Tatsache ist allerdings auch, dass die Gefängnisse voller Leute sind, die trotz eindeutiger Schuld Ihre Unschuld behaupten. Und noch etwas, Herr Halvesleben: Sie spielen in diesem Fall eine Rolle. Es ist nun mal unsere Aufgabe, herauszufinden, welche das ist.«

Halvesleben blickte über den Polizisten hinweg in den wolkenlosen Flugraum der Möwen, als könnte er dort die heilende Medizin gegen sein mit Angst munitioniertes Misstrauen finden. Fand er aber nicht, wie sein spöttisches Lachen bewies. »Als Sie vorhin das Verkaufsschild erwähnten«, stieß er heftig hervor, »war mir Ihre Absicht sofort klar. Wieso macht er das? Wieso ausgerechnet jetzt? Hat er doch Dreck am Stecken? Bereitet er seine Flucht vor? Ich habe mich in diesem Augenblick mit Ihren Augen betrachtet. So gesehen, haben Sie ja nicht mal Unrecht. Die Nähe zum Deich, die Ohrfeige, ein fragwürdiges Alibi ... Und Ehefrauen werden doch nicht ihren Mann in die Bredouille reiten, nicht wahr? Und dann der scheinbar plötzliche Sinneswandel hinsichtlich des Verkaufs ... Perfekt, einfach perfekt!« Er griff sich an die Stirn. »Diese Logik! Und Sie stehen da, Sie wissen, dass Sie nichts, aber auch gar nichts mit dem Tode des Burschen zu tun haben, aber dennoch Gefahr laufen, dafür an den Kanthaken genommen zu werden.«

»In welcher Welt leben Sie eigentlich?«

»Wie wäre es mit einer, in der die Häuser unbequemer Leute in Flammen aufgehen?«

»Das ist nicht Ihr Ernst, oder?«

Halvesleben biss sich auf die Lippen. Er suchte den Blick des Beamten, als wollte er dessen Vertrauenswürdigkeit prüfen. Er hob die rechte Hand, ließ sie wieder sinken. Seine Stimme war wie ein hoffnungsloses Seufzen. »Fällt schwer, so was zu glauben, nicht?«

»Nicht, wenn es sich beweisen ließe.«

»Mit den nötigen Summen im Rücken ist es ein Leichtes, Spuren zu manipulieren oder zu unterdrücken.«

»Ich bitte Sie!«

»Auch, wenn achthundert Millionen im Spiel sind?«

»Wollen Sie mich auf den Arm nehmen?«

»Das liegt mir fern«, sagte Halvesleben. »Ursprünglich waren es sogar zwei Milliarden, mit denen unsere Seite des Sees zubetoniert werden sollte.«

»Das Projekt ist, wie ich hörte, verhindert worden.«

»Ja, dank des Mannes, dem es zu verdanken ist, dass die Bevölkerung aufwachte und sich gegen die drohende Katastrophe wehrte. Und der, als ihm sein Haus über dem Kopf angezündet wurde, schmählichst im Stich gelassen wurde. Ein Trauerspiel«, fügte Halvesleben bitter hinzu. »Nur ein Zufall verhinderte, dass er und seine Familie in den Flammen umkamen. Dass genau das in der Absicht der Täter lag, steht für mich fest.«

»Wollen Sie etwa behaupten, die Polizei habe …«

»Im Sinne der Täter ermittelt?« Halvesleben hob die Schultern und lächelte. »Da waren Profis am Werk. Acht Brandherde, Herr Kriminalobermeister, perfekt darauf abgestimmt, um Punkt Mitternacht zu zünden. Die Feuerwehr, obwohl sie innerhalb von Minuten eintraf, hatte nicht die Spur einer Chance. Fragen Sie Ihren bärbeißigen Kollegen, was er damals in der Asche gefunden hat. Vielleicht kann er Ihnen auch sagen, warum die Ermittlungen sich trotz der eindeutigen Spuren ausschließlich gegen den Hausbesitzer gerichtet haben.«

Eine Ringeltaube landete auf dem Schuppendach, trippelte einige Zentimeter und flog erschreckt wieder auf, als sie die beiden Männer unter sich im Hof entdeckte. Lorinser forschte im Gesicht des Journalisten. Er hatte den Eindruck, als wenn sich die Falten, die von den Mundwinkeln zur Nase strebten, vertieft hätten. Die Augen, von der Sonne geblendet, versteckten sich hinter geschwollenen Lidern. Von der herausfordernden Munterkeit, die das Gesicht während des ersten Gesprächs geprägt hatte, war nichts mehr zu erkennen. Aber Sorge wob ihre Schatten auf der gebräunten Haut. Die Sorge, ein ähnliches Schicksal wie das beschriebene zu erleben?

»Das Haus gehört Ihrem Freund, dem Schriftsteller, nicht wahr?«

»Bengt Vauen, ja. Jetzt sitzt eine Dame aus Süddeutschland darin.«

»Etwa Gertraude Simmerau?«

»Genau. Übrigens die Mutter des Mädchen, dem Böse im Festzelt mit seinen Faxen imponieren wollte.«

»Wieso kam es zur Zwangsversteigerung?«

»Als es versteigert wurde, war das noch kein teuer sanierter Schuhkarton. Es war ein schnuckliges Landhaus mit Charme. Aber so sind halt die Geschmäcker wohlbestallter Damen.« Ein dünnes Lächeln. »Vauen hat den Brandanschlag einfach nicht verkraftet. Er hat zunächst irgendwo bei Bückeburg gelebt und von dort aus eher widerwillig den Wiederaufbau betrieben. Die Versicherungsgelder mussten ja zweckbestimmt verwendet werden. Ist aber nicht wieder eingezogen. Hat es unglücklich an einen Raben vermietet, der entweder gar nicht oder nach Laune zahlte. Vauen geriet in eine finanzielle Schieflage, die Bank zickte und … nun ja, er selbst rutschte auch mental immer tiefer in den Keller. Depressionen. Schreibblockade. Keine Drehbücher, keine Honorare mehr vom Fernsehen. Seine Verlage machten wohl auch dicht, nachdem er nicht mehr lieferte. Sie wissen ja, wenn man unten ist, kommen die härtesten Schläge … Unser Kontakt wurde auch immer weniger, brach schließlich ab. Vor einigen Wochen hörte ich, dass er irgendwo in Süddeutschland sein soll. Aber vielleicht hat er sich inzwischen auch umgebracht, ich weiß es nicht. Ich weiß nur, dass ich auf einem ähnlichen Weg bin. Deshalb verkaufen wir.«

»Werden Sie bedroht?«

»Konkret?« Halvesleben schüttelte den Kopf. »Nein, nicht wirklich. Vielleicht von der eigenen Paranoia«, stieß er bitter hervor. »Ich bin halt ein gebranntes Kind«, sagte er so leise, als fürchtete er, abgehört zu werden. »Gebrannte Kinder haben perforierte Häute, verstehen Sie? Da werden Sachen, die man sonst nicht wahrnimmt, zu Schatten an der Wand. Wir haben ja kaum noch soziale Kontakte, sind mehr oder weniger auf uns selbst reduziert. Wir leben auf einer Insel, von der sich das Meer jeden Tag ein weiteres Stück und, fürchte ich, irgendwann uns selbst holt. Ich hab hier meinen Job verloren, einen guten Job, weil ich es gewagt habe, mich in der Bürgerinitiative gegen den Beton zu engagieren. Ich wurde und werde deshalb von den Lokalgrößen boykottiert. Man geht uns aus dem Weg, als wenn wir die Pest am Leib hätten. So ist das auf von Haien umgebenen Inseln … Ich habe mich in die eigene Zeitung gerettet, aber … Jetzt noch die Geschichte mit dem unglückseligen Böse …« Er trat einen Kieselstein gegen die Schuppenwand. »Nein, es geht wirklich nicht weiter. Zum Glück sperrt sich meine Frau auch nicht mehr dagegen.«

Das klang wie Kapitulation und war wohl auch eine. Die Frage war nur, ob Böses Tod die entscheidende Rolle spielte. Steinbrecher kam heran, das Gesicht noch düsterer als vor seinem Abgang.

»Eine üble Sache«, quetschte er in Richtung Halvesleben hervor. »Ihre Frau sollte ihrem Fuß wirklich Ruhe gönnen.«

Es klang wie das Eingeständnis einer Niederlage.

»Sie tun ja nur Ihre Pflicht«, sagte Halvesleben und winkte ab.

Steinbrecher mühte ein Lächeln auf seine Lippen. Er wirkte wie ein ertappter Hütchenspieler, der sich aus der Affäre zu ziehen versucht.

»Das war's«, sagte Lorinser und reichte Halvesleben die Hand. »Vielleicht erzählen Sie mir bei Gelegenheit mal die Geschichte von den Haien, die um Ihre Insel kreisen. Interessiert mich.«

»Tatsächlich?«

»Tatsächlich«, bestätigte Lorinser.

Nach der Abfahrt hatte Steinbrecher schmallippig von dem *einsichtsreichen* Gespräch mit der *überaus beeindruckenden* Inka Halvesleben berichtet. Im Großen und Ganzen habe sie die Angaben ihres Mannes bestätigt, Widersprüche habe er keine feststellen können. »Aber«, hatte er geradezu leidenschaftlich hinzugefügt, »sie leidet. Und sie leidet, weil ihr blauäugiger Göttergatte sie beide mit seiner Sturköpfigkeit in der Gemeinde ins Abseits manövriert hat. Sie würde von Herzen gerne bleiben, aber er hält es hier nicht mehr aus. Und sie steht zu ihm! Ohne Wenn und Aber! Ein Alibi haben sie für die Nacht übrigens auch.«

»Ach ja?«

»Ihre Schwester. Sie war bis Montagmittag zu Besuch, um ihr zur Hand zu gehen. Die Adresse habe ich aufgeschrieben.«

»Tja, dann haben wir einen weniger auf dem Grabbeltisch der Verdächtigen.«

»Irgendwie freut mich das. Für seine Frau«, fügte Steinbrecher kaum hörbar hinzu, als hätte er nicht wenige Minuten vorher sein so überaus logisches Verdachtsgebäude gegen Halvesleben errichtet.

Lorinser lenkte den Wagen in Höhe der Musikakademie an den Straßenrand, um einen Trecker passieren zu lassen. Bevor er wieder anfuhr, warf er seinem Kollegen einen fragenden Blick zu. Aber Steinbrecher blickte in sich versunken in die Landschaft und schien mehr mit sich als mit dem Fall beschäftigt zu sein.

»Erinnerst du dich an den Brand des Hauses von diesem Schriftsteller, von diesem Vauen?«

»Natürlich erinnere ich mich«, sagte Steinbrecher nach einigen Sekunden, während er das Seitenfenster bis auf einen handbreiten Schlitz hochkurbelte, um nicht länger dem Fahrtwind ausgesetzt zu sein. »Wie kommst du jetzt darauf?«

»Halvesleben deutete an, die Ermittlungen seien in der Sache nicht ganz sauber gelaufen.«

»Blödsinn!«

»Einzig und alleine in Richtung des Schriftstellers. Verdacht der heißen Sanierung und so weiter.«

»Zunächst mal, da hat er recht. Aber das hatte sich Vauen zum größten Teil selbst zuzuschreiben.«

»Wie das?«

»Wenn du es genau wissen willst, musst du Kollege Berndes fragen. Der hat die Erstvernehmung gemacht und aus dem kruden Zeug, dass Vauen von sich gegeben hat, eine Selbstbezichtigung herausgehört. Ich kann nur sagen, dass es später ein ziemliches Gehacke um die Aussage gab. Aber dass es nicht alleine gegen Vauen ging, geht schon daraus hervor, dass die Staatsanwaltschaft die Ermittlungen gegen ihn nach kurzer Zeit eingestellt hat. Trotzdem gab es einige Ungereimtheiten.«

»Zum Beispiel?«

»Na ja … dieser unglaubliche Vandalismus. Da ist nichts heil geblieben. Alles durchwühlt und zerschlagen, aber in einer Weise, die wenig Methode und viel Wahnsinn hatte oder davon ablenken sollte, dass Methodik dahinter stand. Ja, und vor der Tür lagen zwei Patronen. So über Kreuz gelegt, weißt du? Wie 'ne Warnung, so in dem Sinne, wenn du nicht brav bist, gehen wir die ganze harte Tour. Vauen jedenfalls war überzeugt, dass es genau so gemeint war.«

»Ein Versuch, ihn mit seiner Bürgerinitiative zu stoppen?«

Steinbrecher nickte. »Es ging immerhin um eine Menge Schotter. Die wollten ja ein ganzes Dorf mit Hotels, Marina und 'ne Shoppingzone bauen.«

»Letztendlich um achthundert Millionen, sagt Halvesleben. Wer in der Gegend ist finanziell so potent, dass er das stemmen kann?«

»Hier ist mehr Geld, als du denkst. Guck dir nur den Kröger an, was der im Laufe der Zeit zusammengerafft hat.«

»Der steckte hinter dem Projekt?«

»Habe ich das gesagt?«

»Du hast seinen Namen genannt.«

»Als Beispiel, Mensch! Die Investoren kamen aus dem Ausland. Eine österreichische Firma, glaube ich, oder eine aus der Schweiz. Wenn ich richtig liege, war da eine Sekte im Hintergrund, so was wie Scientology. Die wollten und wollen hier wohl ihr Hauptquartier einrichten.« Steinbrecher schlug sich mit der flachen Hand gegen die Stirn, als sei ihm ein grandioser Einfall gekommen. Aus großen Augen sah er Lorinser an. »Kann es sein, dass Halvesleben dir den Tipp gegeben hat, diese Sekte habe den jungen Böse wegen seines zu erwartenden Erbes in den Fängen gehabt?«

»Ganz und gar nicht.«

»Sondern?«

Lorinser schaltete in den dritten Gang zurück, um einen Lkw zu überholen. »Nicht nur seine Frau leidet, wie du festgestellt hast. Halvesleben noch viel mehr. Aber nicht, weil er isoliert ist. Der Grund dafür ist Angst, Kollege. Blanke, gemeine Angst. Deshalb verkaufen sie ihr Haus. Ich habe den Verdacht, dass die Ursachen dieselben sind, die Vauen nach dem Brand seines Hauses veranlasst haben, aus der Gegend zu verschwinden. Verstehst du?«

»Sollte ich wohl«, sagte Steinbrecher und blickte wieder aus dem Seitenfenster. »Nur will ich es nicht, um ehrlich zu sein. Ich hab nämlich die Schnauze voll. Bis hier oben«, fügte er hinzu und legte die rechte Handkante an die Augenbrauen.

»Du denkst an dein Wohnmobil, was?«

»Da haste Recht. Aber ich denke auch daran, ob ich mir das noch werde leisten können. Du weißt ja, in welche Scheiße mich meine Scheidung gebracht hat.«

»Ja«, sagte Lorinser und zog sein Handy aus der Brusttasche, um Paula anzurufen. Aber sie meldete sich nicht.

9

Ein fürchterliches Stechen, dessen Quelle irgendwo hinter den Augen lag, riss Lorinser aus seiner Betäubung. Er hörte durcheinander quirlende Stimmen, untermalt von jaulenden und piependen Geräuschen elektronischer Apparate, spürte eine kalte Hand an seinem Hals und versuchte, die Lider zu öffnen. Als er es endlich schaffte, sah er blitzende Lichter und darin verschwommen eine über ihn gebeugte Gestalt, die wie betrunken hin- und herschwankte. Erst Sekunden später begriff er, dass nicht die Gestalt schwankte, sondern sein Kopf sich unkontrolliert hin- und herbewegte.

»Was'n los«, brachte er lallend hervor.

»Ganz ruhig«, sagte eine Stimme, die verdächtig nach KHK Hildebrandt klang.

Lorinser versuchte trotzdem, sich zur Seite zu drehen, um sich mit dem rechten Arm aufzurichten. Aber die Hand, die kurz vorher noch seinen Hals betastet hatte, drückte ihn sanft zurück.

»Sie dürfen sich jetzt nicht bewegen, Kristian. Der Arzt muss Sie erst angucken.«

Arzt? Und seit wann nannte sie ihn *Kristian*? Brechreiz blähte seinen Magen und würgte in seiner Kehle. Er schluckte. »Mir ist so verdammt schlecht«, stieß er hervor und drehte den Kopf, um die Kollegin nicht mit dem Schwall zu treffen.

»Wahrscheinlich Gehirnerschütterung«, sagte eine dunkle, erschöpft klingende Stimme. »Ist er gefallen?«

»Das auch«, erklärte Steinbrecher bissig. »Vorher hat er den schweren Hocker auf den Schädel gekriegt. – Dieses elende Mistpack!«

Von dem Hocker wusste Lorinser nichts, aber an den heftigen Schlag, der ihn von den Beinen gerissen hatte, erinnerte er sich genau. Und an das verzweifelte, hassverzerrte Gesicht des geflohenen Riesenbabys, das er zwischen zwei jaulenden Spielautomaten eingeklemmt hatte, um ihm Handschellen anzulegen.

Das Licht einer kleinen Lampe stach ihm ins linke Auge.

»Wie fühlen Sie sich?«

»Wie im Gefrierfach«, stöhnte Lorinser. »Mit dem Kopf im Backofen.«

»Dieses Mistpack!«, knurrte Steinbrecher wieder.

»Spüren Sie Ihre Füße, die Zehen?«

»Ich glaub schon.«

Die Lampe erlosch, hinterließ rotblaue Kreise, die sich wie seine angsterfüllten Gedanken zuckend ineinander verwoben. *Hat der verdammte Hund mir das Genick zertrümmert? Bin ich etwa gelähmt?* Schwindel ergriff ihn. Er spürte panische Angst, die aus der Gegend des Solarplexus wie ein glühender Lavastrom in den Kopf floss und dort explodierte.

»Bewegen Sie bitte die Beine.«

Er versuchte es. Einmal, zweimal, hatte das Gefühl, dass sich da unten gar nichts regte, bis er das glucksende Lachen hörte.

»Ich habe bewegen, nicht tanzen gesagt, mein Junge«, sagte die erschöpfte Stimme.

»Es ist also alles in Ordnung?«

»Das wird sich im Krankenhaus herausstellen. Ich gebe Ihnen jetzt erst mal was gegen die Schmerzen. Ich denke, das können Sie ganz gut gebrauchen.«

»Da haben Sie recht«, sagte Lorinser und richtete sich trotz der abwehrenden Hände Hildebrandts auf.

Als er aufwachte, hatte er noch immer einen schweren Kopf, aber auch den Eindruck, das Schlimmste überstanden zu haben. Der Stützkragen, den man ihm vorsorglich angelegt hatte, war zwar alles andere als bequem, aber auch eine Art Zeichen, dass er noch einmal mit halbwegs heiler Haut davon gekommen war. Keine inneren Blutungen, die leichte Gehirnerschütterung so gut wie nicht zu spüren, und den stechenden, vom Hinterkopf ausgehenden Schmerz hatten die Medikamente eliminiert. Was ihn wirklich belastete, war der alte Mann im gegenüberliegenden Bett, der, mit Kabeln und Schläuchen verdrahtet, mit weit aufgerissenem Mund erbarmungswürdig röchelte.

Er schlug die Decke zurück, ließ die Beine über den Bettrand gleiten und suchte nach seiner Armbanduhr. Er fand sie in der Schublade des Beistellschrankes. Elf Uhr vierzehn. Als er die Stirn runzelte, blühte der Schmerz an der Schläfe wieder auf. Katta fiel ihm ein. Er hatte sie vor dem Einsatz, der auf der Suche nach dem Riesenbaby durch ein halbes Dutzend Kneipen führte, angerufen und ihr gesagt, dass es später werden würde. Der Dienst, verstehst du? Mach dir nur keine Gedanken, hatte sie gesagt. Mir geht's vor deinem Fernseher ganz gut. Paula, die er auf dem Handy erreicht hatte, war recht einsilbig gewesen und hatte ihn spitz daran erinnert, dass sie nicht verheiratet seien. Was auch immer ihr dabei in den Sinn gekommen sein mochte.

Er erhob sich. Seine Beine, noch ein bisschen wie Gummi, hielten stand, auch als er vor dem Badezimmerspiegel stand und sich prüfend musterte. Muss an den Medikamenten liegen, mit der sie deinen Widerstand gegen die Einweisung niedergespritzt haben, dachte er, während ihm das schemenhafte Bild des Oberarztes durch den Kopf ging, der schief lächelnd sein Bedauern darüber ausgedrückt hatte, ihn aus Platzgründen *vorläufig* in das Zimmer zu dem sterbenden alten Mann legen zu müssen. Dumpf erinnerte er sich an die Prozedur in dem für seine Begriffe überheizten Untersuchungsraum, an das kleine Licht, das in seinen Augen blitzte, die tastenden Hände an seinem Kopf und die Röntgenaufnahmen, die bestätigt hatten, dass sein Schädel ganz schön widerstandsfähig war. Keine Risse, keine Brüche, nur eine Platzwunde, die im Takt seines Herzens Schmerz pumpte. Auf jeden Fall bist du ganz schön verbogen, dachte er, als er die blau angelaufene Beule über dem Wangenknochen betrachtete. Die linke Schläfe, seiner Erinnerung nach die erste Einschlagstelle des Hockers, war von einem dicken Verband verdeckt. Hoffentlich, dachte er, um seine blonde Haarpracht besorgt, haben sie dir an der Stelle keine Glatze rasiert. In diesem Augenblick klopfte es an der Tür.

Es war Steinbrecher, gefolgt von einer düster dreinblickenden Hildebrandt in Jeans und rotem Bolerojäckchen, die einen in Zellophan eingewickelten Blumenstrauß in den Händen hielt und überrascht stehen blieb, als sie Lorinser in seinem Nachthemd vor dem Waschbecken entdeckte.

»Gott sei Dank«, sagte sie erleichtert. »Sie haben uns einen ganz schönen Schrecken eingejagt.«

Klingt nach Gefühl, dachte er, das überaus hübsche Gesicht Hildebrandts nach Spuren innerer Beteiligung absuchend, ist aber wohl nichts weiter als kollegiale Pflicht. Kommt ja nicht jeden Tag vor, dass einer aus der Truppe sozusagen den Heldentod probt. Aber eine nette Geste, dieser Besuch. Und der Blumenstrauß, rote, blaue und gelbe Blumen mit weißem Schleierkraut, war ganz nach seinem Geschmack.

»Lag nicht in meiner Absicht, das können Sie mir glauben.«

»Dieses hinterhältige Aas!«, knurrte der verlegen wirkende Steinbrecher.

Hildebrandt warf ihm einen irritierten Blick zu, begriff aber, dass nicht sie, sondern der hockerschwingende Täter gemeint war. Sie reichte Lorinser den Blumenstrauß. »Mit den besten Genesungswünschen von uns allen.«

»So krank fühle ich mich gar nicht. Aber besten Dank.«

»Hört sich ja an, als wollten Sie schon wieder über Tische und Bänke springen.«

»Nicht wirklich.« Er deutete mit dem Kinn auf das Fenster. »Ich wäre nur viel lieber da draußen. Was mir aber wirklich abgeht, ist eine ordentliche Zigarette.«

»Damit kann ich Ihnen nun wirklich nicht dienen. Und erlaubt ist es bestimmt auch nicht.«

»Kannste denn schon richtig gehen?«, fragte Steinbrecher, dessen breites Gesicht noch zerknitterter als sonst aussah.

»Siehst du das nicht?«

»Stehen ist nicht gehen. Und ich sag das, weil am Ende des Flurs ein Raucherraum ist.«

»Wir brauchen erst mal eine Vase«, sagte Hildebrandt energisch. Sie nahm Lorinser die Blumen ab, ging einige Schritte und blickte sich suchend im Zimmer um. Sie zuckte zusammen, als sie den röchelnden Mann entdeckte. »Mein Gott«, entfuhr es ihr, und in ihren Augen war das gleiche mitleidige Entsetzen, das auch Lorinser beim Anblick des Kranken ergriffen hatte. Sie kehrte zurück und sah ihn etwas hilflos, aber durchaus kritisch an. »Mit dem Kleidchen werden Sie doch wohl nicht auf Wanderschaft gehen wollen, oder?«

»Ob mit oder ohne, ich werde auf keinen Fall so lange hier bleiben, bis der Strauß verwelkt ist.«

»Sie sollten vernünftig sein und die Entscheidung den Ärzten überlassen, mein Lieber.«

Hildebrandt sah ihm in die Augen, ohne auch nur eine Sekunde den Blick abzuwenden, während Steinbrecher zustimmend zu ihren Worten nickte.

»Das werden wir ja sehen«, sagte er, entschlossen, den Aufenthalt im Krankenhaus so kurz wie möglich zu halten, während ihm einfiel, dass Hildebrandt ihn, als er angeschlagen auf dem Spielhallenboden lag, mit dem Vornamen angesprochen hatte. Und jetzt: *mein Lieber*! Gehörte sie etwa zu den Frauen mit ausgeprägtem Mutterinstinkt, die ihr Herz erst dann entdecken, wenn man mehr oder weniger hilflos am Boden liegt?

Innerlich sozusagen die Achseln zuckend, öffnete er einen der beiden Schränke, in denen er seine Kleider zu finden hoffte. Im zweiten fand er sie. Er nahm sie, entschuldigte sich und ging ins Bad, um sich endlich zu erleichtern. Nach einer schnellen Wäsche kleidete er sich an.

Den Raucherraum gab es zwar noch, aber er war verschlossen. Ein griesgrämiger Hüftgelenkpatient klopfte mit seiner Krücke empört gegen den an der Scheibe klebenden Zettel, auf dem mit

Hinweis auf die Freifläche vor dem Hauptportal Rücksichtnahme gegenüber den nicht rauchenden Patienten eingefordert wurde.

»Und wer«, blaffte er, »nimmt Rücksicht auf meinen Seelenfrieden?«

Eine gute Frage, fand Lorinser, die jedoch unbeantwortet im langen Flur der Station hängenblieb. Zurück blieb die Frage, ob es nicht an der Zeit sei, die weiße Fahne zu hissen und endgültig auf den blauen Dunst zu verzichten. Mit dem Ersparten, überlegte er, kannst du dann die Isabella auf Vordermann bringen. Isabella! Zum Teufel, wo hatte er die abgestellt?

Als er draußen vor dem Eingang neben der Zahlenskulptur eines gewissen Hans Albert Walter den lange vermissten Rauch in die Lungen pumpte, hatte er die Frage und den guten Vorsatz bereits vergessen. Trotz der kritischen Blicke der Kollegin Hildebrandt, die auf dem Weg nach unten eher beiläufig die Festnahme nicht nur »dieses Früchtchens«, sondern auch seines hockerschwingenden Komplizen verkündet hatte.

»Ein zwanzigjähriger Peruaner, dessen Touristenvisum schon letztes Jahr abgelaufen ist und der vorgibt, kein Deutsch zu verstehen. Ziemlich unglaubwürdig, meine ich, wenn man bedenkt, dass er sich mit unserem Riesenbaby über komplizierte Tatstrategien verständigt haben muss. Zugedröhnt war er auch. Wir fanden in seiner Jacke eine angebrochene Tube Industriekleber und diverse Plastiktüten, die wohl zum Schnüffeln des Zeugs dienten.«

»Das Koks des Prekariats«, sagte Lorinser. »Das Gehirn wird von den Dämpfen geradezu zerhackt. Kein Wunder, dass der Bursche keine Hemmungen hatte.«

»Ich war zu weit weg, um eingreifen zu können«, sagte Steinbrecher zerknirscht. »Du warst aber auch zu schnell«, fügte er mit einem leisen Vorwurf in der Stimme hinzu.

»Und ich war auf Tuchfühlung und habe trotzdem nicht kapiert, dass die beiden zusammengehören. Mach dir also nicht in die Hose.«

»Das Problem ist, dass wir im Grunde keine richtige Handhabe haben«, sagte Hildebrandt. »Der eine, gegen den wir genügend Beweise haben, schützt den anderen mit seinem Schweigen und kann obendrein wegen seines Alters nicht verurteilt werden. Der andere, wenn es denn überhaupt zu einer Hauptverhandlung kommt, kriegt wahrscheinlich für die gegen Sie begangene Körperverletzung nicht mehr als den Freiflug in seine Heimat.« Sie hob bedauernd die Schultern und blickte Lorinser an. »Auf Ihre Genugtuung, fürchte ich, werden Sie verzichten müssen.«

»Na ja«, sagte er, »so rachsüchtig bin ich gar nicht. Und falls ich nicht drüber hinwegkomme, bleibt mir ja noch, ihn zur Rettung meiner Ehre auf Säbel oder Barhocker zu fordern. Falls ich bis dahin entlassen bin und er nicht schon ausgewiesen worden ist.« Er sog so heftig an der Zigarette, dass das Papier zerknitterte. »Was gibt es denn Neues im Fall Böse? Ist der Bericht der Rechtsmediziner eingegangen?«

In Hildebrandts Gesicht schwang plötzlich etwas Düsteres mit. Die Frage schien ihr nicht zu gefallen. Vielleicht, dachte er, kommt ihr dein Ausfall nur zu Recht, weil sie keine Rücksicht mehr auf dich nehmen muss.

»Der Dienst lässt Sie wohl auch in Ihren Träumen nicht los, wie?«

»Der Dienst?« Als ihm einfiel, dass Kopfschütteln mit schnellem Schmerz bestraft wurde, war es schon zu spät. Aus seinem linken Auge schossen Tränen. »Nein«, quetschte er sich stöhnend ab, »ich möchte nur endlich wissen, ob der Fall tatsächlich einer ist.«

»Von der Idee der Selbsttötung können wir uns jedenfalls mit an Sicherheit grenzender Wahrscheinlichkeit verabschieden«, sagte Hildebrandt geschraubt. »Was ihn getötet hat, ist ein brachial geführter Schlag im oberen linken Schläfenbereich. Die Kollegen lokalisierten im Gehirn neben zahlreichen Keramiksplittern einen etwa vier Zentimeter großen, bemalten Pferdekopf aus Porzellan.«

»Einen Pferdekopf?«

»Ja. Allem Anschein nach gehört er zu einer etwa dreißig Zentimeter großen Figur, die im Bereich des Halses unter der Wucht des Schlages abgebrochen ist. Die dort vorgefundenen Hautabschürfungen und die Nackenwirbelfrakturen sind nach dem Exitus entstanden. Wahrscheinlich bei dem von dem Zeugen Hollenberg wahrgenommenen Umstand, die Leiche an der Gedenkstele aufzuhängen. Der Todeszeitpunkt liegt laut Bericht zwischen null Uhr und null Uhr dreißig.«

»Das kann nicht richtig sein!«

»Wie kommen Sie darauf?«

»Das Tanken«, erwiderte Steinbrecher. »Böse hat kurz vor eins oben auf der Bundesstraße seinen Porsche betankt.«

»Laut Bankkartenabbuchung um genau zwei Minuten vor eins«, sagte Lorinser. »Demnach muss er also danach ums Leben gekommen sein.«

Hildebrandt warf einen Blick auf ihre Armbanduhr. »Das müssen und werden wir prüfen«, sagte sie. »Aber ich denke, als Festlegung wollen die Kollegen die Zeitangabe wohl auch nicht betrachtet wissen. Und ob die mögliche Abweichung eine Bedeutung hat, werden wir sicherlich bald herausbekommen.«

»Hoffentlich auch, ob der Rest der Porzellanfigur ebenfalls in der Güllegrube abgelegt wurde.«

»Bestimmt«, sagte Hildebrandt und streckte Lorinser die Rechte entgegen. »Ich muss mich leider sputen. Der Dienst. Kommen Sie mir ganz schnell wieder auf die Beine und … vielleicht nutzen Sie die Chance, vom blauen Dunst loszukommen.«

»Wünsche ich dir auch«, sagte Steinbrecher. »Ich meine, dass du schnell wieder in Ordnung bist«, fügte er mit einem Augenzwinkern hinzu.

»Vielen Dank für den Besuch«, sagte Lorinser und schob sich die fast aufgerauchte Zigarette zwischen die Lippen. Er blickte ihnen nach, bis sie hinter dem Gebäude in Richtung des Parkplatzes verschwunden waren, im Kopf das Bild des Pferdetorsos, der auf dem Grund der Krögerschen Güllegrube lag.

Das Leben hat bittere Kapitel, von denen die meisten am besten mit einem Achselzucken abgetan werden. Dazu gehörte seine Verletzung, die sich trotz der kurz vor der Entlassung aus dem Krankenhaus eingenommenen Schmerztablette mit ihrem intervallmäßig auftretenden dumpfen Pochen immer wieder bemerkbar machte. Ebenso der Arzt, ein bärtiger Vierziger mit randloser Brille und dem gütigen Blick eines Betonbunkers, der sich trotz allen Wehrens nicht hatte erweichen lassen, ihn dienstfähig zu schreiben. Nicht dazu gehörte der gelbe Zettel, der ihn wegen der Notwendigkeit der *weiteren medizinischen Beobachtung* für mindestens zwei weitere Tage kaltstellte. Noch weniger die aufreizend muntere Anrufbeantworterstimme Paulas, die ihm sagte, dass sie leider nicht zu erreichen sei, sich aber später *ganz bestimmt* melden werde. Tröstlich war nur, dass Lorinser sich auf dem Weg nach Hause im Taxi an den Parkplatz vor dem Freibad erinnerte, auf dem er vor dem nächtlichen Einsatz die Isabella abgestellt hatte.

Im Innenraum, aufgeheizt von der unbarmherzigen Sonne, stieg ihm der Geruch des über vierzig Jahre währenden Autoschicksals in einer Mischung aus Plastik, Benzin und Schweiß in die Nase. Seine Hände zuckten vom glühenden Lenkrad zurück, als er sich hinter das Steuer klemmte. Eilig kurbelte er beide Seitenfenster herunter, um ein wenig kühlenden Zug zu schaffen. Aber die Luft stand. Das Gekreische der offensichtlich meist jungen Badegäste hinter der Hecke schnitt sich in seine Gehörgänge, noch mehr das ätzende Geknatter eines frisierten Motorrollers, der von einem flach über dem Lenker liegenden Jugendlichen in Richtung Amtsgericht gedroschen wurde. Die aufreizend leicht bekleideten Körper zweier freundschaftlich ineinander verhakter Teenager wischten zusammen mit einem weißen Pudel wie schnell laufende Filmbilder am Auto vorbei, erloschen, kaum, dass er sie wahrgenommen hatte.

Obwohl seine Umgebung voller Leben war, hatte er das Gefühl, abgenabelt zu sein und einsam und verlassen in einer engen Kapsel weit draußen am Rande des Weltraums ziellos herumzutorkeln. Er drehte den Zündschlüssel. Ein kurzes Mahlen, dann das unheilverkündende Klicken des Anlassermagneten. Die Batterieleuchte flackerte.

Auch das noch!, dachte er und griff unter das Armaturenbrett, um die Motorhaube zu entriegeln. Unter seinem Sitz fand er den schweren Schraubenschlüssel, stieß die Tür auf, stieg aus und öffnete wenig später die Motorhaube. Der Geruch von Öl und Benzin stieg ihm in die Nase, als er sich über den Motor beugte, die Hand zwischen Auspuffkrümmern und Kühler schob und den vorhandenen Beulen am Gehäuse des Anlassers eine weitere hinzufügte. Schweißnass, ein Stoßgebet in Richtung des Anlassergottes sendend, ließ er sich wenig später in den Sitz fallen und drehte den Schlüssel erneut.

Der Motor sprang an.

»Sehr schön, der Wagen, aber ist das nicht eher etwas für Damen?«

Lorinser, froh, die Technik noch einmal mit primitiver Gewalt auf Vordermann gebracht zu haben, entdeckte im Ausschnitt des Beifahrerfensters einen untersetzten Herrn, der ihn freundlich anlächelte. »Mag sein«, sagte er knurrend, »aber was macht Sie so sicher, dass ich keine bin?«

Das Lächeln erlosch. Die freundlichen Augen begannen unsicher und erstaunt zugleich zu flackern, während die hochgezogenen Brauen einen Faltenteppich auf die Stirn zauberten. »Sie scheinen mir ja ein rechter Schlingel zu sein, obwohl …« Sein Blick richtete sich auf Lorinsers Schoß. »Na ja, heutzutage weiß man ja nie, wirklich … na ja, wenn Sie sich dabei wohlfühlen …«

Er drehte irritiert ab und ging, sich nach einigen Metern noch einmal zweifelnd umblickend, davon. Lorinser trat das Kupplungspedal bis auf das Bodenblech durch und schaltete in den Rückwärtsgang. Das Knirschen des Getriebes projizierte das Bild eines berstenden Schädels vor seine Augen. Zertrümmert von einem hochwertigen Porzellanpferd, dessen Kopf durch Gewebe und Knochen tief ins Gehirn eingedrungen und durch die Wucht des Schlages abgebrochen war. Wie auch immer, es blieb eigentlich nur noch die Aufgabe, den Rest der Figur und natürlich deren Besitzer zu finden.

Vielleicht würde Kommissar Zufall es ans Tageslicht bringen – oder auch nicht. Die Mär, jeder Täter mache irgendwann einen entscheidenden Fehler, gehörte für Lorinser seit Langem in den Bereich der televisionären Fiktion. Außerdem war das jetzt nicht sein Bier, jetzt hatte KHK Hildebrandt dank des Barhockers den Finger am Drücker. So einfach ist das.

Nicht ganz so einfach war es, die dumm gelaufene Geschichte zu verdauen. Ein Glück zwar, dass der bekiffte Peruaner ihn mit dem Barhocker nicht umgebracht hatte, aber so kurz vor dem Ziel ausgeschaltet zu werden, war schon ein verdammt herber Schlag. Und dass Paula sich bedeckt hielt, war auch nicht gerade Balsam für seine angekratzte Seele. Hatte sie die für ihn so wundervolle Nacht etwa als herbe Enttäuschung erlebt?

Seine Gedanken wurden vom Klingeln des Handys unterbrochen. Er fischte das Gerät aus der Hosentasche und meldete sich.

»Sievers«, sagte eine jugendlich muntere Stimme. »Mein Lebensgefährte teilte mir mit, dass Sie mich zu sprechen wünschen.«

»Ihr Lebensgefährte …?«

»Dieter Burfeind. Wir haben diesen Erotikbilderhandel. Sie haben vor einigen Tagen mit ihm in unserem Haus gesprochen. Über Thorsten Böse.«

»Ja, richtig«, sagte Lorinser und sah das Bild des hageren Mannes vor sich, der den weiblichen Part der eheähnlichen Gemeinschaft in der Nachbarschaft von Halvesleben gab. »Ihren Anruf habe ich allerdings schon früher erwartet.«

»Tut mir leid, ich hatte unaufschiebbare Termine.«

»Aber jetzt sind Sie verfügbar?«

»Bin bereits auf dem Weg zu Ihnen ins Präsidium, ich wollte mich nur vergewissern, dass Sie auch da sind.«

»Da bin ich schon, aber nicht in der Inspektion.« Lorinser bremste in der Einfahrt zur Bahnhofstraße ab. Sievers in seinem Büro zu empfangen, schloss sich aus. Aber nichts sprach dagegen, ihn sozusagen privat unter konspirativen Umständen zu treffen. »Kennen Sie das Café Stöver in der Fußgängerzone?«

»Ja, kenne ich.«

»Gut, Herr Sievers, dann treffen wir uns dort. Wann können Sie da sein?«

»In zehn Minuten etwa. Die Frage ist nur, wie ich Sie erkenne.«

»Halten Sie Ausschau nach einem verbeulten Dreißiger mit einem Verband am Schädel.«

Was da von der Harley Davidson stieg, war die um zwanzig Zentimeter gekürzte Ausgabe Jack Nicholsons aus »Easy Rider« und entsprach ganz und gar nicht dem Bild des asketischen Müsliriegelliebhabers, den Lorinser erwartet hatte. Die breite Stirn des etwa vierzigjährigen Mannes war nicht nur mit einem roten Band umschlungen, sie war mit einem sich küssenden Totenkopfpärchen tätowiert, die Augen von einer metallenen Sonnenbrille verhüllt. Am linken Ohrläppchen hing an einem gebogenen silbernen Nagel eine schwarze Plastikkirsche, die aus winzigen LEDs blitzende Lichtsignale aussandte. Schwarze Lederweste auf nackter, gebräunter Haut. Kurze, ausgefranste Jeans, schwere Lederstiefel, deren mit Lederfett überdüngte Schäfte wie eine Ziehharmonika gefaltet waren.

»Ja, ich weiß«, sagte Frank Sievers herausfordernd, kaum dass er dem Polizisten gegenüber auf den Stuhl geplumpst war. »Ich weiß haargenau, was Sie denken. Aber das ist mir scheißegal. Betrachten Sie mich als zeitgenössisches Kunstwerk. Oder gucken Sie einfach in eine andere Richtung, wenn Ihnen mein Outfit nicht passt. Wir leben schließlich im Versuch einer hoffentlich irgendwann lebenswerten pluralen Gesellschaft, oder?«

»Sie hatten wohl 'ne schlechte Nacht, was?«

»Wundert Sie das angesichts Ihrer gegen uns an den Haaren herbeigezogenen Anschuldigung, wir hätten jemanden umgebracht?«

»Was mich wundert, sind Ihre durch nichts zu rechtfertigenden Unterstellungen, mein Lieber. Mir ist es scheißegal, wie Sie sich kostümieren, nicht scheißegal ist mir, dass Sie mich anpinkeln. Einigen wir uns auf einen Stil, der dem der von Ihnen ersehnten lebenswerten Gesellschaft entspricht?«

»Ganz in meinem Sinne«, sagte Sievers unbeeindruckt und zog eine Packung Gitanes aus der Westentasche. Er reckte sein breites Kinn und deutete mit der blauen Packung auf den Kopfverband. »Ein Liebesbeweis ist das nicht, oder?«

»Nein, die Spuren eines Hockers.«

Sievers' Brauen bogen sich. Er hielt Lorinser die zerknautschte Packung hin. »Entschuldigung«, sagte er versöhnlicher. »Haben Sie Bock auf was Ehrliches?«

»Ich denke gerade darüber nach, mich davon zu verabschieden.«

»Tut zu weh«, sagte Sievers und schob sich eine Zigarette zwischen die dünnen Lippen. Mit einem Zippo, auf dessen Vorderseite das Harley-Davidson-Emblem graviert war, zündete er sie an. Lorinser sah sich in den leicht blitzenden Gläsern der Sonnenbrille als doppeltes Spiegelbild. Der Verband erweckte den Anschein, als klebte ein großes Preisschild an seiner Schläfe.

»Schön, dass Sie gekommen sind«, sagte er und entdeckte die Kellnerin im Eingang des kleinen Cafés. Er winkte. Sie kam heran. »Ich hätte gerne einen doppelten Espresso«, sagte er. »Und Sie?«

»Das Gleiche, aber mit 'nem Schuss Sahne bitte. Keinen Zucker«, fügte Sievers nach einem weiteren Zug an der Zigarette hinzu. »Es sei denn, Sie hätten braunen. Aus Rohr, meine ich.«

»Tut mir leid, damit kann ich nicht dienen«, sagte das Mädchen.

»Ich werde es überleben.« Sievers lächelte. Die Gitane wanderte in den linken Mundwinkel. »Sie haben meinen Partner ganz schön geröstet«, empörte er sich. »Zittert den ganzen Tag von wegen Verhaftung, und nachts quälen ihn Albträume.«

»Ich habe ihn nicht geröstet, ich habe ihm einige Fragen gestellt. Und wenn ihn Albträume plagen, hat er möglicherweise ein schlechtes Gewissen.«

»Quatsch! Man geht doch automatisch in die Knie, wenn plötzlich ein leibhaftiger Polizist mit solch einem Verdacht vor der Tür steht!«

»Erstens habe ich ihn nicht verdächtigt, und zweitens löst eine Befragung keine Albträume aus. Wenigstens nicht in der Regel.«

»Bei ihm schon. Weil er die berühmte Ausnahme ist. Er hat über den Einfluss des Schlangensymbols in der Kunst promoviert, verstehen Sie?«

»Nein.«

Sievers' Lippen bogen sich verächtlich, seine Brauen schossen über den vergoldeten Rand seiner Brille. »Kunstsinn. Kultur. Sensibilität, Herr Lorinser! Und dass er für den Alltag nicht besonders gut geschaffen ist. In gewisser Weise schwebt er permanent über den Wolken, ohne besonders gut fliegen zu können, wenn Sie verstehen, was ich damit vermitteln will. Ich frage mich nur, wie Sie auf die absurde Idee kommen, wir könnten etwas mit dem Verschwinden Thorstens zu tun haben? Nur weil er mal bei uns zu Besuch war?«

Lorinser spürte Unmut in sich aufsteigen. Gegen sich selbst. Es gefiel ihm ganz und gar nicht, von Sievers in die Defensive gedrängt zu werden. »Mal?«, blaffte er. »Er war doch wohl mehrmals bei Ihnen.«

»Drei Mal, ja. Ganz unverbindlich. Hatte Interesse an unseren Bildern. An denen für Heteros, meine ich. Wir daran, dass er für uns Kontakte knüpft. Mehr war da nicht.«

»Wirklich?«

»Wirklich. Obwohl ich zugebe, dass seine Attraktivität mich schon reizte. Theoretisch. Ist ja ein hübsches Kerlchen, aber leider echt an Frauen orientiert. Und das *hardcore*, würde ich mal sagen. Ihre Theorie, er hätte einen Keil zwischen uns getrieben, so in Richtung tuntige Eifersucht, können Sie vergessen. Wir haben 'ne solide Beziehung. Seit Jahren.«

»Schön für Sie«, sagte Lorinser mit dem sicheren Gefühl, nicht nur einen gut abgesprochenen Text zu hören, sondern seine dienstliche Zeit nicht legitimiert zu verschwenden. Die Rede im Präsenz deutete darauf hin, dass Frank Sievers trotz der dröhnenden Buschtrommeln noch nichts vom Tod des jungen Mannes gehört hatte. »Wann und unter welchen Umständen haben Sie Thorsten kennengelernt?«

»Was weiß ich«, sagte Sievers und lehnte sich zurück, um der Kellnerin Platz zu machen. »Irgendwann im Frühjahr. Wir waren bei Olli Kröger zur Eröffnung seiner Werkstatt eingeladen. Da ergab sich der Kontakt so *en passant.*« Die Kellnerin stellte die Tassen ab. »Ich glaube, Paulinchen hat uns bekannt gemacht. Seine Schwester. Ich nehme an, er hat sie nach der Herkunft des Bildes gefragt, das Olli bei uns für sein Büro gekauft hat. Ich habe ihn dann zu uns eingeladen. Er ist gekommen. Wir haben zusammen gegessen. Er hat sich einige Sachen angeguckt. Das ist die ganze Geschichte.«

Oder die, die du preiszugeben bereit bist, dachte Lorinser voller Grimm. »Wann haben Sie ihn zuletzt gesehen?«

Sievers schob sich die Brille ins Haar, beugte sich schnüffelnd über den Espresso, als vermutete er darin Gift. Nach dem Sahnekännchen greifend, blickte er den Polizisten aus zusammengekniffenen, weil geblendeten Braunaugen herausfordernd an. »Letzte Woche. Donnerstag. Er kam um sieben und ging gegen elf. Ohne was zu kaufen, wenn Sie das auch interessiert. Inzwischen wissen wir, dass er dazu nicht in der Lage ist, solange sein Vater unter den Lebenden weilt.«

»Kennen Sie ihn? Seinen Vater?«

Sievers lachte trocken auf und schüttelte den Kopf. »Der ist wirklich nicht unser Kaliber! Und was heißt schon *kennen*? Kennen setzte das Vorhandensein von Kommunikation voraus. Gab und gibt es nicht. Ich sehe ihn nur hin und wieder, wenn er in aller Herrgottsfrühe mit seinem aggressiven Köter am Deich den Preußenschritt übt. Ein verschlossener Typ, der nicht links und rechts guckt und sich offensichtlich für den lieben Gott hält. Und mit uns will er erst recht nichts zu tun haben, denke ich. Wie die meisten im Dorf, die Geschäftsleute mal ausgenommen, die ganz gerne unser Geld nehmen, ansonsten aber die unfehlbaren Bürger spielen. Aber so ist das nun mal, wenn man nicht bereit ist, sich hinter einer allseits akzeptierten Fassade zu verstecken. Dass Thorsten mit dem schwulen Pack zu tun hat, ist für die natürlich Wasser auf ihre Mühlen. Und für den Alten erst recht.«

»Sie tun sich ganz schön leid, was?«

»Ich sag nur, wie es ist.«

»Na gut. Sprechen wir von den wichtigen Dingen: Was ist für Sie Herrgottsfrühe?«

»Wenn der Wecker uns um sechs aus dem Schlaf jagt.«

»Und dann stellen Sie sich ans Fenster und gucken, was da draußen abgeht, oder wie?«

»Wir haben, wie Sie vielleicht bemerkt haben, einen Hund. Und weil wir mit ihm vors Haus gehen, ist es sozusagen unumgänglich, einen Blick in die Landschaft zu werfen.«

»Und sehen dann Böse auf dem Deich herumspazieren?«

»Nein, meistens ist der Alte schon auf dem Rückweg zu seinem Auto.«

»Das dann wo geparkt ist?«

»Rechts vor der Sperre, die den Weg zum Deich versperrt. Gegenüber der Holzbrücke.«

Hollenberg, erinnerte sich Lorinser, hatte die Leiche nach eigenen Angaben um sechs Uhr zehn entdeckt, aber nicht erwähnt, dass ihm Böse begegnet war. War es möglich, dass er es verschwiegen hatte? Um sich keinen Ärger mit dem Alten einzuhandeln? »Wann genau, würden Sie sagen, lassen Sie Ihren Hund in den Garten? Sofort nach dem Klingeln des Weckers?«

»Ein, zwei, höchstens fünf Minuten später. Hemlock tänzelt dann schon winselnd an der Tür herum.«

»Und am Montag? Können Sie sich erinnern, ob Sie Böse da auch gesehen haben?«

Sievers setzte die Tasse ab. Einige Sekunden lang hielt er Lorinsers fragendem Blick stand, hob dann kaum merklich die Schultern und schüttelte den Kopf. »Ich nehme an, dass es so war, aber sicher bin ich mir nicht. Wenn etwas zur Gewohnheit wird, nimmt man es ja kaum noch richtig wahr. *Bewusst*, meine ich. Aber ich will nichts Falsches erzählen.«

»Ist es denn richtig, dass Wolfhardt Böse einen klaren Rhythmus hat, jeden Morgen zur gleichen Zeit dort ist?«

»Auch das kann ich nicht behaupten. Ich stehe ja nicht jeden Morgen da und passe auf, ob er unterwegs ist. Auf jeden Fall habe ich ihn dort schon oft gesehen. Aber immer nur an Werktagen. Sonntags bleibt unser Wecker in Ruhestellung, und wir schlafen, solange wir können.«

»Wie war die Sicht am Montag? Gut?«

»Sehr gut sogar, wenn auch verhangen.«

»Haben Sie andere Menschen gesehen? Autos, andere Fahrzeuge?«

»Hannes war da, unser Milchbauer. Zumindest sein John Deere. Ob er draufsaß, könnte ich allerdings auch nicht beschwören. Ab und zu ist ja auch seine Frau mit dem Ding unterwegs.«

»Hannes ist Johannes Hollenberg?«

»Richtig«, sagte Sievers und schob die Sonnenbrille wieder vor seine Augen.

»Er tauchte um sechs auf?«

»Ein bisschen später, würde ich sagen. Zehn Minuten, eine Viertelstunde, in dem Rahmen etwa.«

»Wo hat er den Trecker abgestellt?«

»Da gibt es nur die eine Möglichkeit. Von uns aus gesehen rechts vor der Schranke auf dem Aschestreifen.«

»Kann es sein, dass der Trecker den Wagen Böses verdeckt hat?«

Wieder dieses nur angedeutete Kopfschütteln. »Nee«, sagte Sievers entschieden, »von unserem Stirnfenster können wir den gesamten Parkstreifen sehen. Nein, ich bin mir ziemlich sicher, dass der Volvo da nicht abgestellt war.« Er griff sich an die schweißglänzende Nase. »Jetzt, da Sie das fragen, bin ich mir auch ziemlich sicher, dass der Alte nicht aufgetaucht ist. Er kommt ja nie ohne seinen Wagen. Warten Sie, ich rufe mal eben zu Hause an. Kann ja sein, dass mein Lebensgefährte mehr darüber weiß. Natürlich nur, wenn Sie nichts dagegen haben. Haben Sie?«

»Sie können mich ja mithören lassen, wenn Ihr Gerät das hergibt«, sagte Lorinser und gönnte sich den ersten Schluck seines Espresso. Zufrieden mit seiner Gesprächsführung war er immer noch nicht.

Sievers rief an, stellte seine Fragen. Die sich etwas dünn aus dem Lautsprecher windende Stimme seines Lebensgefährten war kaum zu verstehen. Ja, er sei recht sicher, an diesem Montagmorgen weder den Alten noch dessen Wagen gesehen zu haben. Bestätigen könne er lediglich, dass Johannes Hollenberg mit seinem Trecker und später ein Streifenwagen und der Kommissar aufgetaucht seien. »Du weißt schon, der Kommissar, der bei uns war, der mit der Isetta.«

Lorinser presste die Lippen zusammen.

»Sie fahren tatsächlich eine *Isetta*?«, fragte Sievers ungläubig und mit einem breiter werdenden Grinsen auf den Lippen. »Diesen verkleideten Steinzeitküchenstuhl von BMW, den man vorne wie eine Büchse aufklappt?«

»Ihr Freund scheint einen mehr als dicken Knick in der Optik zu haben«, sagte Lorinser leicht angestochen. Dass Sievers ihn spöttisch betrachtete, machte es auch nicht gerade besser. »Es ist 'ne Isabella. Von Borgward, falls Ihnen der Name was sagt.«

»Mir schon, aber Diddi hat's nicht so mit Technik. Für ihn ist alles, was tot ist und sich bewegen lässt, ein nur schwer zu ertragendes Übel. Erinnern Sie sich, was ich Ihnen über das Thema seiner Promotion gesagt habe?«

»Selbstverständlich«, knurrte Lorinser, verärgert darüber, schon wieder in der Defensive zu sein, und noch mehr darüber, dass ihn die banale Verwechslung so sehr aufbrachte. »Aber das entschuldigt doch nicht seine offensichtlichen Wahrnehmungsprobleme!«

»Ich versuche ja nur zu erklären, dass er wirklich in einer anderen Welt lebt. Und in der kommen die Sachen, die für Sie Alltag sind, einfach nicht vor. Verstehen Sie, was ich meine?«

Lorinser ahnte den fragenden Blick hinter den dunklen Gläsern der Sonnenbrille. Der spöttisch verbogene Mund seines Gegenübers vermittelte ihm den Eindruck, längst durchschaut zu sein. Er fragte sich besorgt, ob der Schlag des Peruaners nicht nur seine Physis, sondern auch seine Psyche in Unordnung gebracht hatte. »Ich ahne es«, mühte er sich innerlich kapitulierend ab und bat mit der Gewissheit, nicht nur mental in einer Sackgasse gelandet zu sein, die zwischen den Tischen herumspazierende Kellnerin um die Rechnung.

10

Er erinnerte sich nicht daran, ob Paula ein Haustier besaß, aber er war sicher, dass er nach dem zweiten Klingeln eine Bewegung hinter dem Fenster gesehen hatte. Und der Rauch der Esse hing auch wie dünner, stechender Nebel in der Luft. Ein Zeichen, dass sie vor Kurzem in der Werkstatt gearbeitet hatte. Ihr Golf parkte auch an der Straße. Schmerzhaft durchzuckte ihn der Gedanke, dass sie sich vor ihm versteckte. Und das konnte nur heißen, er musste für sie eine herbe Enttäuschung gewesen sein. Warum sonst sollte sie sich verleugnen?

Über dem Waschbetonkasten, aus dem der Gestank der Mülltonnen strömte, flimmerte die Hitze. In der Ligusterhecke lärmten Spatzen. Vom Bahnhof her, angekündigt von dem dumpfen Rauschen eines noch entfernten Zuges, erklang eine Lautsprecherdurchsage. »Gleis zwei«, kristallisierte sich aus dem Wust der verzerrten Worte heraus. Der Rest wurde von einem aufheulenden Motorrad übertönt.

»Paula, Paula«, flüsterte er vor sich hin, als er zum dritten Mal auf den blanken Messingknopf der Klingel drückte. Er hörte den durch die Tür gedämpften Anschlag der Glocke, spürte die Kopfwunde, seine schweren Beine, aber mehr noch den dumpfen Schmerz, der vom Solarplexus her seinen Kehlkopf attackierte. Keine Bewegung. Auch nach dem vierten Klingeln nicht. Lorinser drehte sich um.

»Sie ist weggefahren«, sagte eine derbe Stimme.

Lorinser blickte auf. Im Fenster des Nebengebäude ragte der Oberkörper einer weißhaarigen Frau heraus und lächelte auf ihn herab.

Lorinser deutete auf den Golf, der hinter der Hecke parkte. »Der gehört doch ihr, nicht? Womit ist sie dann gefahren?«

»Sie ist zu dem Mann mit dem großen Auto gestiegen. In den silbernen Mercedes.«

Lorinser spürte den Stich und jappste nach Luft. »Wissen Sie, wer das war?«

Die Dame schüttelte den Kopf. Mitleidig, wie Lorinser fand.

»Vielen Dank«, mühte er sich ab und hob, im Kopf eine wahre Orgie widerstreitender Gefühle, zum Abschied die rechte Hand. Mit zitternden Händen schloss er seinen Wagen auf und ließ sich auf den heißen Sitz fallen. Vor seinen Augen flimmerten Kreise, und er dachte an den Geschmack des Weines der vorletzten Nacht. Er sah Paulas von dunklen Haaren umrahmtes Gesicht, die außergewöhnlich großen Augen, vermeinte ihr klirrendes, eruptives Lachen zu hören. Hatte sie ihr Handy etwa wegen dem Kerl mit dem Mercedes zum Schweigen gebracht?

War sie *so eine*?

Schmerz, als er den Kopf schüttelte. Nein!, wehrte er den Stachel der Eifersucht ab, nein, nein, nein! *So* ist sie nicht! Nicht Paula! – Wirklich nicht?

Er startete den Motor, blieb aber noch einige Minuten unschlüssig sitzen, ehe er schließlich abfuhr. Dann entschloss er sich, nach Hause zu fahren. Als er im dämmerigen Eingangsflur stand und seinen Briefkasten öffnete, klingelte sein Telefon.

»Ich bin's«, sagte seine Schwester. »Ich habe gerade deinen Wagen unten im Hof gehört und … ja, wie soll ich das sagen? Ich meine, ich habe jemanden da, verstehst du? Ich glaube, es wäre jetzt nicht besonders gut, wenn du in die Wohnung kämst …«

»Was heißt das, du hast jemanden da?«

»Bitte, Kristian!«

»Liegst du etwa mit einem Kerl in *meinem* Bett?«

»Nein, es ist kein Kerl und ich liege auch nicht in *deinem* Bett, ich … kannst du nicht wenigstens *einmal* in deinem Leben einfach was ohne zu fragen hinnehmen und tun, was ich für richtig halte? Bitte, Krissy!«

»Wo ist das Problem, wenn es *kein* Kerl ist?«

»Das Problem ist, dass du jetzt wirklich nicht hier sein solltest.«

»Hast du Ärger?«

»Nein«, jammerte sie, »ich habe keinen Ärger, ich habe ... ich erzähle es dir später, ja, in einer Stunde, ja?«

»Hat es mit deinen Verletzungen zu tun?«

»Ja.«

»Und du bist dir sicher, dass ich nicht doch heraufkommen soll?«

»Ja.«

»Du stehst auch nicht unter Druck?«

»Nein, Krissy, stehe ich nicht. Wir reden ... vielleicht wird es ja wieder gut, verstehst du?«

»Hoffentlich bereust du es nicht.«

»Nein!«

»Und noch eins: Wenn es kein Mann ist ...«

»Ja, dann muss es eine Frau sein, nicht? Ja, ja, eine Frau, ist das so schlimm?«

»Okay, okay«, sagte er verstört. »Ich bin dann in einer Stunde wieder da. In genau einer Stunde, Katta.«

»Ja gut, in einer Stunde. Danke, ganz dicken Dank!«

Als er wieder im Hof war und auf die Isabella zuging, sah er Katta oben hinter dem Fenster. Sie winkte ihm zu. Klein, zerbrechlich und mit dunklen Schwellungen am linken Auge, aber offensichtlich froh, ihn weggehen zu sehen. Kein Tag, um Lotto zu spielen, hätte seine Mutter wohl orakelt.

Zum Trinken auch nicht, sagte er sich, als das zweite Bier durch seine Kehle floss und er die plötzliche Müdigkeit in seinen Gliedern spürte. Benommen erinnerte er sich daran, dass der Arzt ihm für die nächsten Tage ein striktes Alkoholverbot diktiert hatte. Aber was ist schon ein ärztliches Verbot, wenn man gegen seinen Willen vom Dienst ausgeschlossen ist? Selbst der in Schönschrift und auf Umweltpapier verfasste Brief seiner Freundin Jutta, mit dem sie ihm den als »Umorientierung« bezeichneten Laufpass gegeben hatte, war leichter zu verdauen als diese breiige Leere, die er während des Lesens fühlte, obwohl die Eiseskälte, in der sie ihre

Motive »gegen unsere Beziehung« aufgelistet hatte, ihm trotz aller Erleichterung einen Stich versetzte. »Ich hoffe, dass Du recht bald die für Dich richtige Partnerin finden wirst. Liebe Grüße, Jutta«, hatte sie mit grüner Tinte den Schlusspunkt gesetzt. Welch ein Tag! Zum Glückspiel lud er wirklich nicht ein.

Mit halbem Ohr lauschte er der dreiköpfigen Anglerfraktion, die am Stehtisch hinter ihm über einer Batterie von Bierdosen über den Sinn und Unsinn vom Lebendködern beim Teichfischen diskutierte. Er blickte auf die Uhr über dem Eingang des Juweliers. Noch zwanzig Minuten, bis er seine Wohnung wieder betreten durfte. Teufel auch, dachte er, es ist *eine Frau*, die Katta so hergerichtet hat! Eine, der die Fäuste ganz schön locker sitzen und der wahrscheinlich das blitzblanke BMW-Cabrio gehört, das er im Schatten der Hofeinfahrt gesehen hatte.

Ein Rollstuhlfahrer bremste vor der Holzbude und bestellte bei der gelangweilten Bedienung eine Currywurst, aber extrascharf und mit Toast anstelle des Brötchens. Einige wenige Passanten verloren sich in der Leere der Fußgängerzone. Kein Lächeln auf den Gesichtern. Das hatte Jutta richtig gesehen. Und auch, dass der wirtschaftliche Aufschwung hier noch nicht angekommen war. Das ist Katta mit dem Signal zur Rückkehr, vermutete Lorinser, als sein Telefon läutete. Aber es war Steinbrecher mit der besorgt, jedoch wie Hohn klingenden Frage nach dem »werten« Befinden.

»Was glaubst du denn? Dass ich in Erwartung der Braut um ein Freudenfeuer tanze?«

»Klingt ja nicht gerade nach Männerglück, mein Lieber. Aber vielleicht richtet es dich auf, wenn du hörst, dass wir in der Sache einen gehörigen Schritt weitergekommen sind. Sieht wenigstens so aus«, schränkte er nach einer kurzen Pause ein.

Wir? *Ihr*, verdammt noch mal, schoss es Lorinser mit einem Anflug von Neid durch den Kopf. Dennoch war er dankbar, dass sein Kollege ihn auf dem Laufenden hielt. »Das heißt was?«

»Na ja, Kröger hat uns offensichtlich seine ganz spezielle Version der Wahrheit beigebogen. Der Übernahmevertrag, den er laut eigener Einlassung wenige Stunden vor dessen Tod mit Hinrich Böse abschloss, ist vierzehn Tage später von genau demselben angefochten worden.«

»Direkt aus dem Jenseits, oder wie?«

»Könnte man meinen, ja, aber es ist viel einfacher. Hinrich Böse starb erst ein Jahr später. Eine Woche nachdem die Kommission der Europäischen Wirtschaftsgemeinschaft den Vertrag in zwei wichtigen Punkten als rechtswidrig beurteilt und insoweit für nichtig erklärt hatte.«

»Woher hast du das denn?«

»Ich hab gegoogelt. Ich habe ›Böse‹ plus ›K-Tec‹ plus ›Elastomere‹ eingegeben und landete in der EuroVoc-Datenbank der Europäischen Kommission, in der anscheinend alle von ihr erlassenen Entscheidungen gespeichert sind. Die betreffende ist vom 27. Juli 1978 und wurde aufgrund einer Beschwerde Heinrich Böses aus dem Jahr davor gefasst. Stolze neunzehn eng bedruckte Seiten, die hier vor mir liegen.« Steinbrecher atmete hörbar durch. »Aber es gibt noch 'ne Überraschung. Ich habe mit diesem Angstmeyer telefoniert, dem Justiziar der K-Tec. Er bestätigte nicht nur das Vorhandensein des Urteils, sondern räumte auch ein, dass er mit dem jungen Böse verhandelt hat. Aber nicht nur er. Auch Kröger selbst. Erinnerst du dich, wie der sich dazu einließ?«

Lorinser nickte. Kröger hatte kategorisch verneint, mit Thorsten Böse gesprochen, mehr noch, er hatte behauptet, den jungen Mann niemals kennengelernt zu haben. »Sauber«, sagte er und hielt die Flamme seines Feuerzeugs an die Zigarette. »Vorausgesetzt, Kröger hat tatsächlich gelogen. Was ich mich frage, ist, was ihn bewogen haben kann, ein solches Risiko einzugehen? Ihm muss doch die Brisanz einer solchen Aussage klar gewesen sein.«

»Nicht, wenn der Stress ihn gepiesackt hat. In der Vertragssache und im Hinblick auf Hinrich Böses Tod sagte er jedenfalls nicht die Wahrheit. Und du weißt ja, wer einmal lügt …«

»Mensch, das ist dreißig Jahre her! Er ist fast siebzig! Du kannst doch nicht verlangen, dass der sich noch exakt an jedes Datum erinnert!«

»An jedes nicht, soweit es die alte Geschichte angeht, aber wenn er mit dem Opfer verhandelt hat, ist das höchstens einige Wochen her. Oder siehst du das anders?«

»Nein. Wenn das zutrifft, hat er ein Problem. Hast du denn die Aussage des Justiziars, dieses Angstmeyer, festgeklopft?« Lorinser vermeinte ein leises Seufzen zu hören. »Also nicht?«

»Habe ich versucht. Ich habe ihn noch einmal angerufen, um ihn hier zu vernehmen, aber er war nicht mehr in der Firma. Zu Hause ist er noch nicht angekommen. Seine Frau konnte mir auch nicht sagen, wo ich ihn erreichen kann. Aber ich habe sowohl bei seiner Sekretärin als auch privat meine Telefonnummer hinterlassen.«

»Und wenn er sich mit Kröger in Verbindung gesetzt hat?«

Steinbrecher atmete heftig aus. »Was soll ich denn machen? Soll ich mich wie ein Wachhund vor seine Haustür setzen und warten, dass er *vielleicht* rausschleicht?«

»Solche Leute schleichen nicht. Und du hast keinen Ehrgeiz. – Was sagt denn die Hildebrandt dazu?«

»Nichts.«

»Wie nichts?«

»Ich habe sie noch nicht informiert.«

»Das wird ihr aber gar nicht gefallen, lieber Kollege.«

»Dass mir das säuselnd am Arsch vorbeigeht, solltest du inzwischen wissen.«

Na ja, na ja, dachte Lorinser und fragte sich wieder, aus welchen Gründen Kröger seine Bekanntschaft zu Thorsten Böse verschwiegen haben mochte. Weil er sie fürchten musste?

»Böse starb in der Nacht von Sonntag auf Montag«, sagte er nachdenklich. »Falls Kröger mit seinem Tod in Verbindung gebracht werden kann, muss er spätestens Sonntagabend aus dem Urlaub zurückgekehrt sein und nicht erst Montagmorgen, wie er uns erzählt hat. Das heißt, er und seine Frau. Wenn sie in

Sylt abgeflogen und in Damme gelandet sind, muss es auf beiden Flugplätzen Daten geben. Wird Krögers Alibi bestätigt, können wir alles andere vergessen. Richtig?«

Steinbrecher schwieg einige Sekunden. »Das ist wohl wahr«, sagte er schließlich. »Ich setze mich mit den Kollegen in Verbindung und kläre das ab. – Was treibst du eigentlich? Hört sich an, als wenn du in einer Kneipe sitzt.«

»Ich trinke in der Fußgängerzone im Schatten einer Würstchenbude lauwarmes Flaschenbier und warte darauf, dass meine Schwester mir die Rückkehr in meine Wohnung erlaubt.«

»Deine Schwester, ja? Und sie lässt dich nicht in die Wohnung?«

»So ist es.«

»Wer's glaubt, wird selig«, sagte Steinbrecher zweifelnd. »Aber egal. Ich mache hier noch fertig, und dann haue ich auch ab. Vielleicht sehen wir uns ja morgen.«

»Ja, wenn der Gott in Weiß mir den Dienst erlaubt«, sagte Lorinser und bedankte sich für das Gespräch.

Seine Schwester hatte selbstverständlich nicht angerufen, aber wenigstens die Kaffeetassen in die Spüle geräumt. Verärgert öffnete Lorinser das Fenster, um den abgestandenen Rauch abziehen zu lassen. Auf dem Weg ins Wohnzimmer entdeckte er auf dem Küchentisch einen gelben Zettel mit der eilig hingekritzelten Mitteilung Kattas, sie sei für eine Weile unterwegs und werde sich bald bei ihm melden. Lorinser deutete das als längeren Abschied, zumal sie um ihren Namen ein bauchiges Kitschherzchen gemalt hatte, aus dem drei noch bauchigere Tränen tropften.

Er ließ sich erschöpft in den einzigen Sessel fallen und presste die Hände vor das Gesicht. Wenigstens anrufen hätte sie können, dachte er enttäuscht. Seinen Körper spürte er wie einen schweren, aufgedunsenen Sack, den Kopf wie eine Tonne, in der ein verstecktes Uhrwerk tickte. Liegt wohl am zu hastig getrunkenen Bier, vermutete er, und an der verdammten Hitze, die die kleine Wohnung in ein Treibhaus verwandelte. Oder an Paula, die noch immer nicht zu Hause gewesen war oder sich dort vor ihm versteckte. Seine Gedanken umkreisten den silberfarbenen Mercedes, in den sie nach Angaben der Nachbarin gestiegen war, verfingen sich in den in seinem Kopf kreisenden Widerhall der Computerstimme, die ihm zuletzt vor der Einfahrt in den Hof mitgeteilt hatte, dass der Teilnehmer, der eine Teilnehmerin war, vorübergehend nicht erreichbar sei.

Dauert aber verdammt lange, dieses Vorübergehend!

Nur, was hat das zu bedeuten? Etwa, dass sie dir aus dem Weg geht? Weil sie mit diesem verdammten Mercedeskerl um die Häuser zieht? »Wir sind nicht verheiratet«, hatte sie ihm um die Ohren gehauen, als wenn er versucht hätte, sie in eheliche Haft zu nehmen. Nein, sind wir nicht, zum Teufel, aber wir hatten diese wunderbare Nacht, diesen Rausch der Nähe, dieses unglaubliche Gefühl des Einsseins …

Wir?

Er legte sich auf die rechte Seite, nahm die Beine hoch und winkelte sie an. Wie ein Kind den Kopf an die Brust seiner Mutter, so barg er die unverletzte Gesichtsseite in das vor der Armlehne liegende Kissen, im Bauch dieses elende Gefühl, hilflos den Launen anderer ausgesetzt und zu Unrecht bestraft worden zu sein. Als Kind hatte er es »Totstellen« genannt, hatte sich in den Kokon eines hartnäckigen Schweigens zurückgezogen, was seine Eltern jedoch als »Trotz« bezeichnet hatten. Tatsächlich war es seine Art des Protests gegen ihre strafende Willkür gewesen, aber auch ein Abtauchen in die aufregende Welt seines Traumreiches der absoluten Freiheit, in der die Süße des Selbstmitleids sich glücklicherweise irgendwann dann doch in heilende Medizin verwandelt hatte.

Er atmete die schwüle Luft tief und rhythmisch aus und ein, um seine hin und her springenden Gedanken unter Kontrolle zu bringen. Es gelang ihm ebenso wenig, wie die Ruhe wieder zu finden, die seine Kollegen im Essener Revier dazu gebracht hatte, ihn mit dem für ihn wenig schmeichelhaften Spitznamen »T 34« auszuzeichnen. Denn nach seiner Selbsteinschätzung hatte er so gut wie nichts mit einem sturen russischen Weltkriegspanzer gemein. Aber vielleicht, dachte er, bist du es, dessen Blick getrübt ist.

Sein kann ja auch, kasteite er sich im nächsten Augenblick, dass du für Paula nichts weiter als ein lebender Dildo warst, ein nur für die Gelegenheit stimmiger Ersatz. Und für dich, was ist sie für dich?

Aus dem Kissen stieg ihm der Geruch eines fremden, herben Parfums in die Nase. Ist wohl die Duftmarke dieser schlägerschwingenden Cabriotante, sinnierte er, von der Katta sich trotz der noch schwellenden Wunden wieder hatte einlullen lassen. Ohne eine Telefonnummer oder eine Adresse zu hinterlassen. War ihre Ehe deshalb in die Brüche gegangen, weil sie sich zu Frauen hingezogen fühlte? Heiliger Himmel! Wenn das mit deiner Sorglosigkeit nur gut geht, Mädchen, wenn das nur gut geht! Na schön, du wirst es schon wissen, und erwachsen bist du auch, obwohl … Er lachte leise auf. Nein, Erwachsenwerden, das würde bei ihr wohl noch eine Weile dauern, so hin und her gerissen wie sie war. Hoffentlich wird sie es nicht bereuen, sich auf diese *tia bruta* eingelassen zu haben, dachte er und versuchte, aus dem Wust seiner wirr kreisenden Gedanken dieses eine Bild herauszufiltern, auf dem das polizeiliche Kennzeichen des BMW-Cabrios zu erkennen war. Was sich herausschälte, war der in seiner Vorstellung bizarr verformte Porzellankopf, den die Rechtsmediziner aus Böses Gehirn herausgeschnitten hatten, und die wieder auftauchende naheliegende Frage, ob der Rest der Figur ebenfalls in Krögers Güllegrube entsorgt worden war.

Er gab sich einen Ruck und öffnete die Augen. Mit einem Seufzen erhob er sich und machte sich auf die Suche nach dem Telefon. Er fand es schließlich unter dem von Katta zerwühlten Kopfkissen im Schlafzimmer. Er wählte Steinbrechers Nummer. »Ich habe noch einmal über den Verbleib des Pferdekopfes nachgedacht«, sagte er, als Steinbrecher sich meldete. »Ich frage mich, ob der Täter den Rest der Pferdefigur auch in der Güllegrube versenkt hat. Könnte sein, nicht?«

»Die Idee hattest du schon im Krankenhaus.«

»Und? Habt ihr was draus gemacht?«

»Noch nicht.«

»Könnte aber entscheidend sein.«

»Weißt du, was da auf uns zukommt?«

»Jede Menge Schweinescheiße, ja.«

»Wenn das Zeug nicht schon längst abgepumpt wurde.«

»Das könnte Krögers Subunternehmer beantworten. Dischen heißt er, wenn ich mich nicht täusche. Herbert Dischen. Lembruch. Steht ganz sicher im Telefonbuch.«

»Weißt du, dass du ganz schön nervst?«

»Wenn du es sagst ... Ich würde ja selbst anrufen, aber ich habe leider noch kein Telefonbuch, krankgeschrieben bin ich auch, außerdem kann ich mir vorstellen, dass auch der Täter auf die Idee kommen könnte, dass ihm die Figur gefährlich werden kann.«

Steinbrecher atmete heftig aus. »Na gut, ich ruf den Dischen an«, sagte er wenig begeistert. »Sonst noch was?«

»Nur, dass du mir bitte noch Bescheid gibst.«

»Dein Diensteifer bringt dich eines Tages noch um.«

»Danke für deine Fürsorge«, sagte Lorinser, drückte die rote Taste und legte das Telefon auf die Sessellehne. Das glockenhelle Dit-ti-tie, Dit-ti-tie einer Amsel schnitt in den dämmerigen Raum und erinnerte ihn an die Hühnerschenkel, die Katta am Vortag für das Abendessen hergerichtet hatte. Er stand auf, spürte im rechten Kniegelenk Schmerzen und humpelte im Schongang in die Küche, wo er im Kühlschrank in einer mit Folie abgedeckten Schüssel zwei Schenkel fand. Als er eines aufgegessen und eine halbe Dose Bier dazu getrunken hatte, klingelte das Telefon.

»Und«, fragte er, in der Annahme, es sei Steinbrecher, »hat der Bursche den Rüssel schon reingehängt?«

Er hörte ein überraschtes Jappen und wenige Augenblicke später Paulas empört-belustigte Stimme. »Was soll das denn? Höre ich da etwa die schrillen Töne der Eifersucht?«

»Um Himmels willen!«, entfuhr es Lorinser. »Entschuldige bitte, ich dachte, es sei mein Kollege. Er hat versprochen, mich zurückzurufen.«

»Für mich klingt das eher nach Voyeurismus. Die telefonische Variante. Höchst interessant.«

»Ich muss dich enttäuschen. In Wahrheit geht es um ordinäre Schweinegülle. Trotzdem hoffe ich, dass du mir noch einmal verzeihen kannst.«

»Nur, wenn du mir versprichst, dass du mir aufmachst.«

»Wie bitte?«

Lorinser trat ans Fenster und blickte in den Hof. Paula winkte ihm fröhlich zu. Ihr klirrendes Lachen erreichte ihn sozusagen *live* aus dem Hof und Sekundenbruchteile später als verzerrter Widerhall aus dem Lautsprecher des Telefons.

»Wie du siehst, stehe ich vor deiner verschlossenen Haustür und einem Klingelbrett, auf dem es ziemlich türkisch zugeht. Wenn du mich einlässt, schmiede ich dir ein Namensschild. Aus feinstem, garantiert rostendem Stahl.«

»Ich komme«, sagte er, warf ihr eine Kusshand zu und schaltete das Telefon aus. Kaum hatte er es auf die Arbeitsplatte gelegt, klingelte es wieder.

»Ja?«

Es war Steinbrecher, der ihm mitteilte, dass Dischen die Krögersche Güllegrube bereits leer gepumpt und den kopflosen Körper des Porzellanpferdes nicht gefunden hatte.

Lorinser bedankte sich und verließ die Küche, um Paula aufzumachen.

11

Heldenempfang geht anders, dachte Lorinser, als er am Montagmorgen das Büro betrat und bei der Rückmeldung eine Hildebrandt vorfand, die ihn überrascht wie einen unerwünschten Eindringling betrachtete. Erst als sie das schlichte Pflaster entdeckte, das der Arzt eine halbe Stunde vorher anstelle des bombastischen Mullverbands auf die Wunde geklebt hatte, blitzte ein gewisses Interesse in ihren Augen auf.

»Ist ja nicht zu fassen«, sagte sie und streckte ihm die Hand entgegen. »Sie scheinen das Heilverhalten eines Hundes zu haben. Wie machen Sie das nur?«

Im Krankhaus hatte er vom kontrollierenden Arzt nahezu identische Worte gehört und sie mit einem launigen Bellen beantwortet. Von Hildebrandt ins Tierreich versetzt zu werden, ging ihm jedoch zu seiner eigenen Überraschung ordentlich gegen den Strich.

»Wie ich das mache?« Er hob die Schultern und war einen Augenblick lang versucht, Paulas logischere Erklärung anzubringen, die schon nach der turbulenten Freitagnacht behauptet hatte, dass Sex nicht nur verkauft, sondern auch heilt. »Keine Ahnung«, sagte er stattdessen. »Möglicherweise habe ich bei der Vergabe der Gene einen Glückstreffer gelandet.«

»Was machen die Schmerzen?«

»Die haben sich verabschiedet. Und topfit bin ich auch.« Er verschwieg, dass er zum Kaffee zwei Schmerztabletten genommen hatte.

»Das freut mich«, sagte sie und deutete mit dem Kinn auf sein blaugelb unterlaufenes Auge. »Um keine Leute zu erschrecken, würde ich das Veilchen aber kaschieren. Wenn Sie wollen, schau ich mal nach, ob ich was für Sie habe.«

Er zögerte einen Augenblick, aber schließlich siegte seine Eitelkeit. Also nahm er auf dem Stuhl vor ihrem Schreibtisch Platz.

Hildebrandt stellte ihre Handtasche auf den Schreibtisch, kramte darin herum, bis sie die Tuben fand, die sie für geeignet hielt. Mit einem Wattebausch trug sie das Make-up sorgsam auf. Sie glättete, puderte und hielt ihm schließlich einen runden Schminkspiegel vor die Nase. »Ich glaube, jetzt können wir Sie wieder in die Zivilisation entlassen«, sagte sie ohne jeden Enthusiasmus.

»Wirklich perfekt.«

»Ich denke nur an den Ruf unseres Hauses«, gab sie sarkastisch zurück.

»Trotzdem vielen Dank.«

»Nicht zu vergessen die Kinder, die Sie mit Ihrem Anblick um ihr Seelenheil gebracht hätten.«

»Sehr gütig, Frau Hauptkommissarin.«

Der Hauch eines Lächelns erhellte für Sekunden ihr Gesicht. Aber Freude, fand Lorinser, ist das nicht. Die Kollegin, die sich mit einem Schminktuch die Hände säuberte, wirkte abwesend und schien an einem geheimen Kummer zu nagen. Oder von Schmerzen geplagt zu werden, dachte er, als er neben dem Telefon ein Wasserglas und dahinter eine Packung Aspirin entdeckte.

»Ich werde mich dann wieder an die Arbeit machen«, sagte er und stand auf. »Hat sich inzwischen etwas getan, das ich wissen sollte?«

Hildebrandt ließ sich in ihren Bürostuhl fallen. Mit beiden Händen fuhr sie sich über das Gesicht. Ihre Schultern sanken herab, als trüge sie eine nicht mehr zu haltende Last. »Steinbrecher fand in den Einlassungen Krögers einen zunächst vielversprechenden Widerspruch«, sagte sie wie abwesend, während sie die Schminkutensilien in ihre Handtasche räumte. »Aber der hielt dann doch nicht, weil ein Zeuge seine Aussage relativierte. Krögers Angaben hinsichtlich seiner Rückkehr aus dem Urlaub sind von den entsprechenden Stellen bestätigt worden, womit diese Spur wohl ins Leere läuft.« Sie hob resignierend die Schultern. »An der Geschichte werden wir wohl noch eine Weile zu nagen haben. Am besten, Sie setzen sich mit Steinbrecher ins Benehmen. Er ist ja auf dem Laufenden.« Hildebrandts offenkundiges Desinteresse irritierte Lorinser. Wo ist nur ihre Energie, ihr Ehrgeiz geblieben, dachte er, während er ihr blasses, weil ungeschminktes Gesicht betrachtete, in dem sich kein Muskel regte. In ihrem ziellosen Blick meinte er die Aufforderung zum Verschwinden zu erkennen. Deshalb verbiss er sich die Fragen, die ihm zum Fall auf der Zunge lagen. Er stand auf und nickte.

»Ist er denn im Haus?«

»Vor zwanzig Minuten war er es noch, aber Sie wissen ja, wo sein Büro ist.«

»Na gut«, sagte Lorinser und erhob sich. »Dann gehe ich mal zu ihm.«

»Ja, machen Sie das«, sagte sie. »Dabei fällt mir ein, dass der endgültige rechtsmedizinische Befund eingetroffen ist. Einen Augenblick.« Sie öffnete eine grüne Mappe, entnahm ihr einige zusammengeheftete Bögen und reichte sie ihm. »Ich habe ihn zwar nur überflogen, aber festgestellt, dass hinsichtlich des Todeszeitpunkts Korrekturen vorgenommen worden sind. Gehen Sie das noch mal gründlich durch, ja?«

Er versprach es. Und nachdem er sich noch einmal für das Make-up bedankt hatte, verließ er den Raum.

»Was sie hat?« Steinbrecher formte mit den Zeigefingern ein Kreuz. »Was Menschen so haben, wenn ihnen die Mutter weggestorben ist. Gestern. Bei Kaffee und Kuchen inmitten der versammelten Familie. Gehirnschlag. Aus.« Er hob die Schultern. »Sie hätte zu Hause bleiben sollen, anstatt sich hier herumzuquälen.«

Lorinser betastete unwillkürlich die Make-up-kaschierte Stelle unter seinem linken Auge. »Mir hat sie kein Wort gesagt.«

»Ich hab's auch nur per Zufall erfahren«, sagte Steinbrecher und zuckte zum zweiten Mal die Schultern. »Unten auf der Wache, als die Blauen sich darüber unterhielten. Ich habe eine halbe Stunde herumgehangen, ehe ich mich zu ihr wagte.« Er hob die Hände. »Ich kam mir wie ein Eindringling vor, der sich erdreistet, ungefragt in ihrem Schmerz herumzuwühlen. Und dann redete sie, als wenn *ich* Trost gebraucht hätte. *Ich*, verstehst du?«

»Ja, das verstehe ich.«

Steinbrecher runzelte die Stirn.

»Sie weiß wohl, wie hilflos man sich in einer solchen Situation fühlt«, fügte Lorinser hinzu, die Bilder jenes frostigen Wintertags vor Augen, als er mit noch frostigerer Seele am Grab seines von der Polizei erschossenen Freundes gestanden und die sich monoton wiederholende Litanei der Kondolierenden gehört hatte, in seinen Ohren den Seufzersingsang der noch einmal gnädig Davongekommenen.

»Ist wohl wahr, das mit der Hilflosigkeit«, sagte Steinbrecher mit rauer Stimme. »Zum Glück habe ich niemanden, dem ich Tränen nachweinen muss. Ich bin der Letzte, den der Teufel noch holen kann. Na ja, wir können es nicht ändern, und wenn wir es könnten, ich würde es nicht tun. – Was macht denn dein verbeultes Köpfchen?«

»Sagt mir, dass ich rüber und kondolieren muss. Jetzt, da du mich informiert hast, habe ich wohl keine Wahl.«

»Du kannst ja so tun, als wenn du es noch nicht weißt.«

Lorinser tippte sich mit dem rechten Zeigefinger auf die Brust. »Das bringe ich nicht. Ich bin gleich wieder da.«

Hildebrandt stand mit hängenden Schultern am Fenster, als er ihr Büro betrat. Er sah die schnelle Bewegung, als sie ihr Gesicht mit einem Papiertaschentuch trocknete, ehe sie sich ihm zuwandte. An ihr war nichts mehr von der sonstigen geradezu herausfordernden Selbstsicherheit. Im Gegenteil, Lorinser hatte den Eindruck, eine Frau vor sich zu haben, die zutiefst verzweifelt und kaum noch in der Lage war, ihre Haltung zu bewahren. Stumm und um Fassung bemüht, die Lippen fest aufeinandergepresst, blickte sie ihn aus feucht glänzenden Augen fragend an.

»Ich möchte Ihnen mein Beileid aussprechen«, sagte er mit dem Gefühl, die falschen Worte zur falschen Zeit am falschen Ort zu sagen. »Ich weiß, wie Ihnen zumute ist.«

Hildebrandt hob, tief einatmend, kaum merklich die Brauen. Ihre Brust hob und senkte sich im Takt ihres Atems. »Danke«, brachte sie tonlos hervor, ging auf ihn zu und reichte ihm die Hand.

Er konnte nicht anders, er zog sie an sich und barg ihren Kopf an seiner Brust.

Sie leistete zu seiner Überraschung keinen Widerstand.

Obwohl sie nicht mehr darüber sprachen, hing Hildebrandts Trauer wie ein düsterer Schatten über ihnen. Sie sprachen gedämpfter, die üblichen Flachsereien wollten ihnen nicht über die Lippen, und selbst ihre Bewegungen schienen verhaltener zu sein. Dieser Tod war nicht der fremde eines Thorsten Böse, der als Delikt professionell analysiert und abgehandelt wurde. Er war der große Bruder, der sie zwang, ganz persönlich Stellung zu beziehen und sich ihrer Endlichkeit bewusst zu werden. *Hast du schon mal darüber nachgedacht, wie es mit dir in hundert Jahren bestellt sein wird?* Die Frage seines Vaters aus dem Dunkel vor dem Fenster. Sein bellendes, verzweifeltes Lachen. *Dass du, dass ich, dass deine Mutter, deine Schwester, alle, die jetzt leben , nicht mehr da sein werden? Einfach nicht mehr da? Kannst du dir das vorstellen?* Nein, konnte er immer noch nicht. Wenigstens nicht konkret. Solange man lebt, lebt man in seinem eigenen Bewusstsein in der Ewigkeit. Und die Ewigkeit, das weiß man doch, hat kein Ende. Trotz aller Erfahrungen mit dem Tod, der immer nur als der der *anderen* erfahren wird. Der des Freundes, mit dem du im Übermut überschäumender Fantasie einen Bankraub *spielst* und der mit einer Plastikpistole in der Hand fröhlich lachend ob des gelungenen Streiches von einem angstbebenden Polizisten aus dem blühenden Leben geschossen wird. Der qualvolle des ausgezehrten Vaters. Der dieser Mutter, die eine Hildebrandt geboren hat und die, wie du, in hundert Jahren möglicherweise nur dürftige Spuren hinterlassen haben wird. Auf Gedenksteinen, in den Köpfen der Hinterbliebenen oder – wie im Falle von Thorsten Böse – in dann längst verstaubten Akten.

Noch waren sie frisch, die Spuren. Aber sie gaben leider viel zu wenig her, um den Fall erfolgreich abschließen zu können. Frau Pfarrerin, die tatsächlich Kindergärtnerin war, hatte bestätigt, von Melanie Simmerau vom Schützenfest mitgenommen und vor der evangelischen Kirche an der Doktorstraße um etwa drei Uhr abgesetzt worden zu sein. Ihrer Aussage nach sei »das Mädchen in keinem besonders guten Zustand« gewesen. Zu viel Alkohol und ein Kummer, der wohl mit der Familie zu tun habe, in welcher der Bruder alles und sie, die Tochter, »der letzte Dreck« sei. Ausgesprochen habe sie sich nicht, aber durchblicken lassen, endlich so weit zu sein, sich von der Familie lösen und sich ihr eigenes Leben einrichten zu wollen. Ja, sie könne bestätigen, dass Melanie im Festzelt mit Thorsten Böse getanzt habe, allerdings sei ihr nicht bekannt, ob es zwischen den beiden eine Beziehung gab. Gezeichnet Ursula Amend. Handschriftlicher Kommentar Steinbrechers: »Zu klären ist, ob die M. S. die Leuenfortschänke zum Zweck des Zusammentreffens mit dem Böse aufgesucht hat.«

Die Spur zu Kröger war versandet, stellte Lorinser fest, als er das Protokoll seines Kollegen überflog. Die Maschine, eine Twin Otter, war um acht Uhr zweiunddreißig in Sylt gestartet und um neun Uhr siebenundzwanzig auf dem Flugplatz Damme niedergegangen. Dass Hinrich Böse ein Jahr später, als von Kröger behauptet, ums Leben gekommen war, spielte vor dem Hintergrund des aktuellen Falles jedenfalls keine Rolle.

»Wie eindeutig war denn die erste Aussage des Justiziars der K-Tec, dieses Angstmeyer?«

Steinbrecher hob den Kopf. »Wie gesagt, er hat von Verhandlungen zwischen Kröger und Böse gesprochen. Als ich ihn dann vernahm, wollte er nichts mehr davon wissen, das heißt, er zog sich darauf zurück, das Treffen zwischen den beiden *vermutet* zu haben. Aber das spielt ja nach Lage der Dinge auch keine Geige mehr.«

»Aber gesagt hat er's?«

»Verdammt, ja! Wieso hackst du darauf herum?«

»Ich hacke nicht, ich frage mich, ob er die Wahrheit gesagt hat. Immerhin ist er der für alle Rechtsfragen verantwortliche Jurist des Hauses. Ein Meister des exakten Wortes, Kollege. Solche Leute vermuten nicht, wenigstens nicht gegenüber einem in einer Todessache ermittelnden Beamten, und erst recht nicht, wenn es um den eigenen Chef geht. Wegen ihres Stuhls, der bei Fehlverhalten wackeln könnte, verstehst du?«

»Dass er sich nach meinem Anruf mit Kröger kurz geschlossen hat, setze ich voraus, und auch, dass die Verwässerung seiner Einlassung darauf zurückzuführen ist. Ist doch klar, dass die beiden sich insoweit abgestimmt haben.«

Lorinser richtete die Spitze seines Bleistifts auf Steinbrechers Brust. »Die Frage lautet: Warum? Warum machen die das? Vorausgesetzt, wir liegen richtig: Warum legt Kröger Wert darauf, nicht mit Böse in Verbindung gebracht zu werden?«

»Ganz einfach, weil er uns was anderes erzählt hat.«

»Warum, Franz? Was hat er zu befürchten?«

Steinbrecher verdrehte die Augen. »Ich weiß es nicht, ebenso wenig, wer unseren Kosmos geschaffen hat. Und ob er was befürchtet … Ich darf dich daran erinnern, dass er auf Sylt war, als Böse gestorben ist. Du hast die Beweise vor dir liegen.«

Lorinser rieb sich die Nase. Sein Blick wanderte in Richtung Fenster, durch das der Lärm eines anfahrenden Lastwagens drang. Über dem verstaubten Kaktus auf der Fensterbank kreisten einige Fliegen. »Was hier vor mir liegt«, sagte er nachdenklich, »ist lediglich der Beweis dafür, dass Krögers *Maschine* am Montagmorgen in Sylt gestartet und eine knappe Stunde später in Damme gelandet ist. Ob er darin saß, ist damit nicht belegt. Fliegt der Knabe das Ding eigentlich selbst?«

»Ja, ist wohl ein sogenannter leidenschaftlicher Flieger, aber er beschäftigt auch einen Piloten. Das heißt, die K-Tec, der das Flugzeug nominell gehört.«

»Hast du mit dem Piloten gesprochen?«

»Hätte ich gerne, ging aber nicht, weil er bis morgen mit einer Firmendelegation unterwegs ist. Auf dem Balkan, Kroatien, Mazedonien, wo die wohl Filialen oder Produktionsstätten haben.«

»Was ist mit Krögers Frau?«

»Mann, Kristian!«, fuhr Steinbrecher auf. »Ich hatte nur einen einzigen verdammten Tag, um mich um die Geschichte zu kümmern! Auch die Tochter habe ich noch nicht vernommen, weil sie nicht zu erreichen war. Mit Krögers Sohn hast du dich befasst. Ich weiß auch nicht, ob wir uns in Richtung Kröger verhaken. Der Mann ist mehr als versorgt, selbst wenn er einer Patentrechtsklage entgegensehen müsste, könnte er sich angesichts unserer blitzschnellen Justiz beruhigt zurücklehnen. Bis es da zu einer Entscheidung kommt, liegt er, liege *ich* längst unter der Erde, und *du*, du kaufst dann deinen Erdbeerjoghurt von den Bezügen deiner Pension. Also, immer der Reihe nach, ja?«

»Wir sind ein Team, oder?«

»Ja, natürlich sind wir ein Team. Hudeln müssen wir deswegen trotzdem nicht. Schon schlimm genug, dass ich meine Zigaretten vergessen habe.«

»Es gibt Leute, die schnorren sich auf diese Weise Häuser zusammen.«

»Willst du achtkantig aus dem Fenster fliegen?«

»Übernimm dich nicht.« Lorinser schob seine Zigarettenpackung über den Tisch.

»Und du, du solltest mich nicht unterschätzen«, sagte Steinbrecher. »Noch gehöre ich nicht zum alten Eisen. – Möchtest du auch eine?«

»Ich versuche, meinen Konsum ein bisschen herunterzufahren.«

Steinbrecher gab ihm die Packung zurück. »Ich war eine ganze Weile davon weg«, sagte er, »habe über acht Jahre absolut rauchfrei gelebt, aber dann, mit einem Schlag, ging es wieder los. Damals, als die Berliner Mauer fiel, hatten wir auf der Autobahn einen ziemlich bösen Unfall. Glatte Fahrbahn, Abflug in die Leitplanke und durch den Verkehr zurück auf die andere Seite. Ich war noch nicht ganz raus aus dem Blech, als es mich wieder überkam. Ich habe den Lastwagenfahrer, der angehalten und uns geholfen hat, geradezu angefleht, mir eine Zigarette zu geben. Tja, und damit war ich wieder voll in der Sucht. Nach einer so langen Zeit sollte man glauben, es geschafft zu haben.« Er tippte mit dem rechten Zeigefinger an die Stirn. »Ist aber nicht so. Die Spuren sind da oben für alle Zeiten eingebrannt. Für alle Zeiten«, wiederholte er und zündete sich die Zigarette an. »Und eines Tages, im Stress, kommt der Scheiß wieder hoch.«

»Mir ist was ganz anderes hochgekommen.«

»Offensichtlich nicht von deinem Unterleib, so unerlöst, wie du dich benimmst.«

»Ich bin nicht unerlöst, ich hatte nur reichlich Zeit zum Nachdenken.«

In der Tat, der Zwangsurlaub, dem ein äußerst entspannendes Wochenende mit Paula gefolgt war, hatte ihm nicht nur die Zeit gegeben, den Fall immer wieder durchzudenken, auch sein innerer Abstand dazu war größer geworden. Das Gefühl, sich und damit seinen neuen Kollegen etwas beweisen zu müssen, war ihm auf wundersame Weise abhandengekommen. Ob durch die Schlagwirkung des Hockers, war noch die Frage. »Der Porsche«, sagte er. »Ich frage mich, wer den Wagen am Montagmorgen durch Brockum fuhr. Böse war zu diesem Zeitpunkt schon einige Stunden tot.«

»Es gibt nur zwei Wahrscheinlichkeiten, denke ich. Entweder irrt der Zeuge …«

»Der eine Zeugin ist.«

»… oder der Wagen wurde aus naheliegenden Gründen beiseitegeschafft. Die Frage, die sich stellt, ist, was die Dame tatsächlich gesehen hat. Wie wir wissen, sind Zeugen mit Vorsicht zu genießen, zumal unsere emotional stark engagiert war und bestimmt noch ist. Für wie glaubwürdig schätzt du sie denn ein, die … diese …?«

»Carola Bersenbrück«, sagte Lorinser. »Ich habe keinen Anlass, ihre Aussage in Zweifel zu ziehen. Sie hat oft in dem Auto gesessen. Vielleicht ist sie darin sogar geschwängert worden, obwohl ich mir das wegen der Enge schlecht vorstellen kann. Das Nummernschild war ihr geläufig, sie hat es klar erkannt. DH-TB, Böses Initial. Ebenso die schwarzen Seitenstreifen. Außerdem gab sie Details wie nasses Laub auf Dach und Heckscheibe an. Was mich irritiert, ist, dass sie Böse am Steuer erkannt haben will. Seine Hand, seinen Ring.«

»Durch 'ne nasse, Laub bedeckte Scheibe?«

»Eben.«

»Vielleicht hat sie ja Röntgenaugen«, schlug Steinbrecher vor.

»Auch damit kann sie keinen toten Böse am Steuer seines Wagens sehen. Der hing zu diesem Zeitpunkt bereits an der Stele.«

»Dann kann sie sich nur im Datum geirrt haben.«

»Einen Tag früher? Nein, das ist wenig überzeugend. Ich denke, ihre Aussage ist insoweit ihrer logischen Annahme geschuldet, nur Böse selbst könne den Wagen gesteuert haben. Dass der nicht mehr lebte, konnte sie nicht wissen, also schloss sie, worauf sie nach Lage der Dinge schließen musste. Bleibt die Frage, wo der Wagen ist.«

»Kann natürlich sein, dass er längst demontiert ist und in einem weißrussischen Ersatzteillager auf Käufer wartet.«

»Das hieße, Böses Ende hat an der Tankstelle begonnen. Eine zufällige Begegnung der hochkriminellen Art?«

Steinbrecher kniff die Augen zusammen. Seine Unterlippe schob sich nach vorne, als prüfte er schlürfend die Qualität eines Weines. »Zufällig schon, aber vielleicht mit einer ihm bekannten Person.«

»Und das Porzellanpferd? So was schleppt man doch nicht in der Brieftasche mit sich herum.«

»Ich habe ja nicht unterstellt, dass die Tat neben der Tanksäule geschehen ist. Er kann zu der Person nach Hause eingeladen worden sein. Dort ist er dann zu Tode gekommen. Im Streit oder wie auch immer. Ich weiß natürlich, dass das alles Spekulation ist.« Steinbrecher seufzte und drückte mit einer Bewegung, in der Ratlosigkeit zu erkennen war, seine Zigarette aus. »Richtig betrachtet«, setzte er hinzu, »sind wir noch keinen Schritt weiter gekommen. Nach meinem Gefühl handelt es sich um keine geplante Tat. Streit, hochkochende Emotionen, bis die Fetzen beziehungsweise die Figuren fliegen. Nur bei der Beseitigung der Leiche, da haben die sich Gedanken gemacht. Erst hängen sie sie an die Stele, wahrscheinlich, um einen Selbstmord vorzutäuschen. Dann verwerfen sie die Idee als zu durchsichtig und versenken sie in der Güllegrube. In der Hoffnung, dass sie nicht so schnell entdeckt wird.«

Lorinser verzog skeptisch den Mund. »Wir wissen nicht, ob wir es mit mehreren Tätern zu tun haben. Es sei denn, wir unterstellen, dass ein Täter einen solchen Kraftakt nicht alleine bewältigen kann. Das können wir nicht.«

»Das ist wohl wahr«, sagte Steinbrecher und malte einen Kreis auf seinen Notizblock. »Im Grunde stehen wir ziemlich dumm da.«

Da ist was dran, sagte sich Lorinser, dessen Gedanken wie Bälle herumhüpften und der vergeblich nach einer Antwort auf die Frage suchte, aus welchen Gründen Böse lediglich für zwanzig Euro getankt hatte. Am Geldmangel konnte es angesichts seines wohl gefüllten Kontos nicht gelegen haben, und erst recht nicht, wenn zutraf, dass sein Vater ihm 250 Euro geliehen hatte. Es gab eine ganze Reihe ungelöster Fragen. Woher, zum Beispiel, kamen die zehntausend Euro, die Böse auf sein Konto eingezahlt hatte? Hatte die K-Tec die Summe als Zeichen des Entgegenkommens gezahlt? Hatte Kröger Böse tatsächlich getroffen und ihm die Summe als Bonbon gegeben, um den für ihn lästigen Fall von seiner Agenda zu streichen? Wo war Thorsten Böse um Mitternacht gewesen? Zu Hause, wie sein Vater beschworen hatte, oder doch in dem mit viel Aufwand hergerichteten Bürocontainer der Simmerau?

»An beiden Orten kann der Junge jedenfalls nicht gleichzeitig gewesen sein«, sagte Steinbrecher und malte einen zweiten Kreis.

»Deutschlandlied gegen Uhrschlag.«

»Mutter und Sohn in fester Eintracht gegen einen gar nicht so tüddeligen Greis. Wenn es nach mir ginge, würde ich beide mit einem Durchsuchungsbefehl in der Hand besuchen.«

»Und du glaubst, den kriegen wir durch?«

»Vergiss es«, sagte Steinbrecher und schüttelte den Kopf. »Da muss bei denen schon Leichengeruch aus den Fenstern wehen, ehe du einen Richter zur Unterschrift bewegen kannst. Die einzige Chance ist, sie vorzuladen und zu vernehmen. Aber ich habe meine Zweifel, ob sich die Mühe lohnt, so festgelegt, wie die sich haben. Außerdem: Bringt es uns weiter, wenn sich herausstellt, dass die Uhr des Alten nachgeht?«

»Es ist schon wichtig zu wissen, wo das Opfer zuletzt war.«

»An der Tankstelle, Kollege, zwei Minuten vor eins.«

»Hast du das mit der Videoüberwachung überprüft? Haben die überhaupt eine installiert?«

»Haben sie. Aber auch einen an der Waffel«, sagte Steinbrecher aufgebracht. »Ich habe das Band am Montag angefordert. Dringlich. Aber diese Arschgeige von Pächter hat es erst am Donnerstag abgeschickt, als ich ihm Dampf gemacht habe. Aber wohin schickt er's? Natürlich nicht zu uns, sondern an die Firmenzentrale. Freitag habe ich dann nachgehakt. Essig. Die Kassette war selbstverständlich noch nicht eingetroffen. Samstag arbeiten die nicht. Das heißt, wenn wir großes Glück haben, trifft das Ding morgen bei uns ein. Der Heini kam gar nicht auf die Idee, mal eine neue Kassette einzuschieben, obwohl er dazu verpflichtet ist! Wir können also damit rechnen, dass es zig Mal überspielt wurde. Ob die entsprechenden Sequenzen von unserer Technik herauszufiltern sind, wage ich zu bezweifeln.«

»Tja, die Woche fängt richtig gut an.«

»Wenn du meinst, Kollege.«

»Sage nicht ich, sagte der Mann, der am Montagmorgen gehenkt werden sollte.«

»Du mit deinen Sprüchen«, murmelte Steinbrecher und deutete mit seinem Kugelschreiber auf Lorinsers Zigaretten. »Lass uns lieber noch eine rauchen.«

Lorinser schnibbte ihm nach kurzem Zögern die Packung zu. »Behalte sie. Ich versuche, noch ein bisschen ohne auszukommen.«

»Du willst wirklich aufhören?«

»Ich will wissen, wie es sich anfühlt.«

»Wie es sich anfühlt?« Steinbrecher machte eine wegwerfende Handbewegung. »Zum Kotzen«, sagte er. »Plötzlich kannst du dich selbst nicht mehr leiden, weil du dich verfolgt fühlst. Von dir selbst. Du hast das Gefühl, einen Aufpasser hinter dir zu haben. Und dann kommt der Punkt, an dem du in jedem Raucher einen Heiden siehst, den du missionieren willst. Echt scheiße, glaub mir.«

»Wir werden sehen. – Kümmerst du dich um die Spur Kröger?«

»Mach ich. Aber nur, weil du mich bestochen hast. Und du? Wohin führt dich dein Teamgeist?«

»Ich will noch mal mit der Bersenbrück in Sachen Porsche sprechen.«

»Du könntest Frau Kröger heimsuchen, falls die sich nicht wieder auf Sylt in der Sonne aalt und dir ohne Vorladung ein Interview gewährt.«

Lorinser nickte. »Ja, warum nicht? Ich rufe sie an. Aber erst schau ich mal, ob ich einen Kaffee auftreiben kann. Vielleicht fällt mir ja beim Trinken die Lösung des Falles ein.«

»Lass es mich aber wissen, damit ich den Mist einpacken kann«, sagte Steinbrecher und ließ seine Hand auf die vor ihm liegende Akte fallen. »Und herzlichen Dank. Für die Zigaretten, meine ich.«

»Keine Ursache«, sagte Lorinser und verließ mit dem Gefühl, wieder in Gnade aufgenommen zu sein, das verräucherte Büro.

»Nein, Mutti, das sind wirklich keine Merkmale eines Lustmörders, das ist der ganz normale Johannestrieb eines in die Jahre gekommenen Mannes«, sagte Lorinser verzweifelt in das Mikrofon des Telefons, als seine Mutter zum dritten Mal von ihrem Ausflug an den Baldeney See und dem pensionierten Lehrer aus Hattingen erzählte, der eigentlich sehr nett, aber mit seinen dauernden Anrufen auch lästig wie eine Klette sei und ihr »brünstig wie ein junger Bock« seit Tagen nachstelle, aber »diese verdächtig starken und auch noch zusammengewachsenen Augenbrauen« habe, »du weißt schon, wie der Blaubart aus dem französischen Film, der gestern Abend im Fernsehen lief, und der dann glücklicherweise auf dem Schafott landete.«

»Ich bin in echter Sorge«, fügte sie mit ihrer doch schon ein wenig altersbrüchig klingenden Stimme hinzu, »auch wegen Katta, Kris, und ich frage dich, ob es nicht doch besser ist, wegen diesem Menschen vorsichtshalber die Polizei einzuschalten? – Wie geht es dir denn da oben auf dem flachen Land, mein Kind?«

»Alles bestens, Mutti«, wiederholte Lorinser ebenfalls zum dritten Mal. »Und Katta geht es auch gut. Sie ist ja nicht mehr bei mir, aber wir haben telefoniert, und das mit der Polizei, das ist wirklich Unsinn. Der Mann, den du kennengelernt hast, will dir doch nur klarmachen, dass er dich gern hat.«

»Aber die Augenbrauen, Kris, *die zusammengewachsenen Brauen*!«

Lorinser blickte flehend zur Decke. Nur zu gerne hätte er sich eine Zigarette angezündet, aber die hatte er dummerweise auf Steinbrechers Schreibtisch liegen lassen. »Ich bitte dich!«, sagte er ungeduldig. »Ein pensionierter Lehrer! Triff dich mit ihm auf einen Kaffee, rede mit ihm, lern ihn kennen, oder, wenn du nicht anders kannst, mach ihm klar, dass du nichts mit ihm zu tun haben willst.«

»Treffen tu ich ihn ja. Heute Nachmittag. Um drei.«

»Dann ist ja alles gut.«

»Das werden wir sehen. Wenn ich es überlebe, rufe ich dich an. Aber wenn ich mich nicht melde …«

Kopfschüttelnd legte Lorinser auf und starrte eine Weile auf den gerahmten Baselitz-Druck, der am Fuß der Wand lehnte und darauf wartete, aufgehängt zu werden. Er sah die Farben, aber nicht die Form. Es sah das schmale, trotz ihres Alters noch frische Gesicht seiner Mutter, ihre blaugrauen Augen, die hohe, glatte Stirn und den freundlichen Mund, dem meistens liebevolle, hin und wieder energische, aber niemals ängstliche Worte entschlüpft waren. Was sie jetzt abgeliefert hatte, klang allerdings verdächtig nach einem Lehrstück preparanoider Herkunft. War sie auf dem Weg, den Blick für die Realität zu verlieren? Starrte auch sie inzwischen mit leerem Blick aus dem Fenster? Herr im Himmel, zusammengewachsene Augenbrauen! *Aus welchem Giftbrunnen hat sie das denn?* Zusammengewachsene Brauen wuchsen ihm auch, wenngleich sie bei ihm an der Nasenwurzel aus dünnem Flaum bestanden, kaum zu erkennen und bestimmt nicht als ein von der Natur mitgegebenes Zeichen mörderischer Veranlagung zu bewerten waren. Wieso meldete Katta sich nicht bei *ihr*?

Ihr Versprechen, ihn anzurufen, hatte sie zwei Tage schleifen lassen. Erst am Samstag, und das kurz vor Mitternacht, hatte sie ihm die in seinen Augen skurrile Geschichte ihrer Love Story mit der für Lorinser noch immer namenlosen BMW-Frau mit verlegen-trotzigem Sperrfeuer hingemotzt und seinen Einwand, brutale körperliche Gewalt gehöre ja wohl nicht dazu, mit dem Hinweis auf in der Natur der Sache liegende »Findungsstörungen« entschuldigt. *Aber jetzt, jetzt ist alles in gutem Fahrwasser, du darfst dir wirklich keine Sorgen machen, wirklich nicht!* Dummerweise war ihre Telefonnummer nicht auf dem Display erschienen und noch dümmer, dass er sie nicht danach gefragt hatte. Sie aufzufordern, sich häufiger mit ihrer Mutter in Verbindung zu setzen, musste daher bis zu ihrem nächsten Anruf warten. Wenn sie nicht plötzlich wieder mit Platzwunden vor deiner Tür sitzt, dachte er und schlug den vor ihm liegenden, mit einer Klammer gehefteten Bericht der Rechtsmedizin erneut auf.

Hildebrandt hatte zwar nur flüchtig, aber richtig gelesen: Der Todeszeitpunkt war von den Experten aufgrund der Zersetzung des Mageninhaltes und der Einwirkung chemischer Güllesubstanzen auf den Körper unter Berücksichtigung einer zeitlichen Variable von dreißig Minuten für die Zeit um Mitternacht bestimmt worden. Die mit der Tankquittung begründete Annahme, Böse habe noch um null Uhr achtundfünfzig gelebt, war damit zwar nicht widerlegt, aber doch deutlich infrage gestellt.

Lorinser wählte die auf dem Bericht gedruckte Nummer des rechtsmedizinischen Instituts. Es dauerte zwei Schaltungen, bis sich der Berichtsverantwortliche, Dr. Kerl, mit grollender, aber freundlicher Stimme meldete.

Ja, er sei über den Fall im Bilde, erstens könne er ihn mit einem Klick aus dem Computer abrufen, und zweitens finde man schließlich nicht jeden Tag einen Pferdekopf im Gehirn eines Toten. Wo dem *lieben* Kollegen denn der Schuh drücke?

»Ihre Festlegung, Herr Doktor. Sie grenzen den Todeszeitpunkt zwischen dreiundzwanzig Uhr dreißig und halb eins ein, Tendenz Richtung null Uhr. Uns liegt ein widersprechendes Indiz vor, eine Tankquittung, nach der das Opfer noch um null Uhr achtundfünfzig gelebt haben muss. Kann es sein …«

»Ja, kann«, schnitt Dr. Kerl seine Frage ab, »und zwar deshalb, weil das, was Sie Festlegung nennen, keine ist. Ich würde mal sagen, wenn Ihr Indiz kein Indiz, sondern ein Beweis ist, dann sollten die achtzehn oder vielleicht zwanzig Minuten Differenz nach oben keinen Expertenstreit auslösen. Erweist er sich als richtig, geht die Runde an Sie, wenn nicht, gilt das geschriebene Wort. Können wir uns darauf einigen?«

Konnte Lorinser. Aber mit dem Gefühl, den Ball mal wieder ins Aus gedroschen zu haben. Die unbefriedigende Antwort steigerte sein Verlangen nach einer Zigarette und stellte ihn vor die Gewissensfrage, nachzugeben oder standzuhalten. Da sein Fleisch schwach war, ging er in Steinbrechers Büro und lieh sich von dem telefonierenden und trotzdem feixenden Kollegen eine seiner eigenen Zigaretten. Und weil er sich wegen seines schwachen Fleisches doch ein bisschen schämte, verzögerte er das Anzünden um ganze zehn missmutig und sehnsüchtig durchlebte Minuten. Die waren denn auch Strafe genug für sein Einknicken, fand er.

Wer, zum Teufel, hat dich umgebracht?

Er schob den rechtsmedizinischen Bericht unter den Locher, als sein Handy ertönte. »Anonymer Anrufer« stand auf dem Display. Er drückte die grüne Taste und meldete sich.

Es war Halvesleben, der ihm mit seiner so herrlich klar artikulierenden Stimme gut gelaunt einen wunderschönen Guten Morgen wünschte. »Ob Sie's glauben oder nicht, Lorinser, hin und wieder erreicht selbst mein Blättchen die trocken gefallenen Gehirne der Leute. Ich habe hier einen mit zittriger Hand geschriebenen Leserbrief, dessen Verfasser möglicherweise letzte Woche Montag Böses Porsche in der Nähe Brockums auf einem Feldweg im Oppenweher Moor gesichtet hat. Aber die Beschreibung ist meiner Meinung nach eindeutig, zumal er ein Kennzeichen aufgeschrieben hat. Es lautet DH-TB 765 mit der Einschränkung, dass es auch eine andere Kombination aus den gleichen Ziffern sein kann. Sie können das sicherlich abgleichen?«

»Hat er auch eine Zeit angegeben?«

»Nein.«

»Aber hoffentlich Namen und Adresse?«

»Ein Albert Rolf Messmann aus Dauhorst.«

»Wo ist denn das?«

»Wenn Sie von Lemförde nach Brockum und dann in Richtung Wagenfeld fahren, ist es die erste Abzweigung rechts, die in den Thielmannshorst und auf das Oppenweher Moor zu führt. Können Sie eigentlich nicht verfehlen.«

Lorinser klickte sich mit der Maus in die Spurenakte. Zwei weitere Klicks und er hatte das Kennzeichen. DH-TB 675, las er und spürte ein Kribbeln in der Magengegend. So schlecht fing die Woche also doch nicht an. »Ein kleiner Zahlendreher«, sagte er zufrieden. »Nicht 765, sondern 675. – Hat der Zeuge auch seine Telefonnummer angegeben?«

Hatte er nicht, aber Halvesleben schien das Telefonbuch neben sich liegen zu haben. Es dauerte nur wenige Augenblicke, bis er sie gefunden hatte und durchgab. »Was mache ich mit dem Brief? Soll ich ihn rüberfaxen?«

»Ach was«, sagte Lorinser und schrieb das Wort »Porsche« in Großbuchstaben auf seinen Notizblock. »Warum die Technik bemühen. Ich bin sowieso gleich unterwegs und komme bei Ihnen vorbei. Falls Sie nichts dagegen haben.«

Hatte der Journalist nicht.

Die reine Freude strahlte Halvesleben nicht gerade aus, als er Lorinser in seinem engen, vom Jaulen eines Computers und Kaffeeduft erfüllten Büro voller Ikea-Spanplatte den Leserbrief aushändigte. Das mochte an der ungewohnten Kleidung des Journalisten liegen, der sich – möglicherweise wegen des auf der Schreibtischkante sitzenden grauhaarigen Herrn mit dem verwitterten Gesicht des Typs »väterlicher Freund« – trotz der sommerlichen Temperaturen in Erwartung eines Notartermins in einen dunkelblauen Geschäftsanzug mit weißem Hemd und korrekt geknoteter Krawatte gequält hatte und sich darin sichtlich unwohl fühlte.

»Tut mir leid, wenn ich störe«, sagte Lorinser und nickte dem braun gebrannten Herrn zu, der ihn mit verschränkten Armen und der wohlwollenden Gelassenheit eines im Nirwana angekommenen Buddhas musterte. Im Gegensatz zu Halvesleben trug er verwaschene Jeans, ein blaues Poloshirt mit offenem Kragen und an den nackten Füßen hellbraune Ledermokassins. Neben ihm lag ein leichtes Sommerjackett.

»*Mich* stören Sie nicht«, sagte der etwa Fünfzigjährige mit sanfter Stimme. »Ganz im Gegenteil, mir wäre es lieb, wenn ich Sie später einen Augenblick sprechen könnte. Sozusagen von Kollege zu Kollege. Ich heiße übrigens Fleestedt.«

»Herr Fleestedt war Kriminalbeamter«, warf Halvesleben ein. »In Stade und Hamburg. Jetzt ermittelt er, wenn ich ihn richtig verstanden habe, sozusagen privat nach dem Aufenthalt eines Freundes. Erinnern Sie sich, was ich Ihnen über den verschwundenen Schriftsteller aus Stemshorn gesagt habe?«

Lorinser nickte. Halvesleben hatte während der letzten Befragung von diesem Fleestedt gesprochen, dem befreundeten Lieferanten der Romanideen des Schriftstellers, dessen abgefackeltes Haus von der Simmerau ersteigert und in ein Gebilde mit dem Charme eines Bürocontainers verschandelt worden war. »Bengt Vauen, nicht?«

»Ein Pseudonym, hinter dem er seine Identität versteckte«, sagte Fleestedt, ohne dabei die Lippen zu bewegen. »Er stand nicht gerne im Rampenlicht.«

»Ganz und gar nicht«, sagte Halvesleben und griff nach einem daumendicken Taschenbuch. Er schob es über den Schreibtisch und deutete mit dem Zeigefinger auf den Buchrücken. Darauf war das Porträt eines skeptisch blickenden Brillenträgers abgedruckt, den Lorinser auf etwa dreißig Jahre schätzte. »Das ist sein einziges Buch, auf dem ein Foto von ihm zu finden ist.«

»Hatte er was zu verbergen?«

»Sich«, sagte Fleestedt ohne jede weitere Erklärung und glitt vom Schreibtisch. Er nahm das Buch zur Hand, studierte das Foto. »Leider haben wir keine aktuellen Aufnahmen«, fügte er hinzu. »Herr Halvesleben konnte auch kein brauchbares auftreiben. Aber es geht nicht nur um das Foto, es geht darum, einen Ansatz zu finden, eine Spur, die zu ihm führt. Meine Hoffnung sind Sie. Wie ich hörte, ist Bengt unter dem Verdacht der Brandstiftung vernommen worden. Ich kann mir vorstellen, dass in der entsprechenden Akte brauchbare Hinweise zu finden sind. Als Verdächtiger wird er obendrein erkennungsdienstlich behandelt, also auch fotografiert worden sein. Ich wäre Ihnen sehr dankbar, wenn Sie mir in der Sache unbürokratisch helfen könnten.«

»Unbürokratisch?« Lorinser kniff die Augen zusammen. »Das klingt nach einem unmoralischen Angebot«, sagte er, »Ich frage mich, was Sie davon abhält, sich ganz offiziell mit meiner Dienststelle in Verbindung zu setzen. Die Inspektion, und damit die richtigen Ansprechpartner, erreichen Sie zu Fuß in fünf Minuten.«

Fleestedt ließ das Buch zurück auf die Schreibtischplatte fallen und lachte leise auf. »Wissen Sie«, sagte er in geradezu mitleidigem Ton, »ich gehöre nicht zu den Leuten, die glauben, Zitronenfalter heißen so, weil sie Zitronen falten. Herr Halvesleben war so freundlich, mich an Ihren Kollegen Steinbrecher zu verweisen, der seinerzeit in der Brandsache ermittelt hat. Ich habe mich vorhin mit ihm in Verbindung gesetzt. Er empfahl mir den Dienstweg, also eine schriftliche Eingabe an Ihren Leitenden oder an den im Ministerium zuständigen Beamten. Ich rief Ihren Herrn Timmermans an. Leider konnte ich auch ihn nicht überzeugen, mich zu empfangen, geschweige, mir Einblick in die Akte zu gewähren. Mein Problem ist die Zeit. Die, die ich nicht habe. Ich will und *muss* Bengt Vauen finden. Je schneller, desto besser. Und zwar deshalb, weil ich ihn vielleicht davon abhalten kann, sich aus Verzweiflung selbst in Schutt und Asche zu legen.«

Lorinser hob die Brauen. »In Schutt und Asche, ja?«

»Richtig«, sagte Fleestedt in einem Ton, der keinen Zweifel an der Ernsthaftigkeit seiner Aussage zuließ. Er hob beide Hände über den Kopf und kippte ein imaginäres Gefäß über sich aus, ratschte danach ein ebenso imaginäres Feuerzeug an und hielt es an seine Brust.

»Und warum?«

»Weil er glaubt, ein Zeichen setzen zu müssen.«

Lorinser starrte den um einige Zentimeter kleineren Mann ungläubig und fasziniert zugleich an. Er hatte das sichere Gefühl, Opfer eines Scherzes zu sein. *Weil er glaubt, ein Zeichen setzen zu müssen!* Das hörte sich nach einer Romanhandlung an. Einer geschmacklosen. Er wandte den Kopf, betrachtete Halveslebens schwitzendes Gesicht, in dem er keine Bestätigung seiner Zweifel fand, suchte wieder den Blick des Ex-Polizisten, um darin die verräterischen Anzeichen einer Verlade zu entdecken. Was er entdeckte, waren hellwache Augen, die nicht zu erkennen gaben, was in dem Kopf, der sie steuerte, vor sich ging.

»Haben Sie das auch meinem Kollegen und meinem Chef gesagt?«

»Habe ich.«

»Und?«

»Ich war selbst einmal Polizist«, sagte Fleestedt. »Ich weiß also, wie oft einem Spinner ihre Albträume in die Ohren blasen und dass man irgendwann das wirre Zeug einfach nicht mehr hören will und vielleicht auch nicht mehr hören kann. *Ich jedoch* habe es mir nie erlaubt, diese Leute abzuwimmeln. Und wissen Sie, warum?«

Natürlich wusste er, warum. »Wieso überlassen Sie die Sache nicht der Polizei?«

»Weil kein Delikt vorliegt, Lorinser. Wo kein Delikt, da keine Anzeige, und wo keine Anzeige, da auch kein Tätigwerden. Nachhilfe in Sachen Bürokratie muss ich Ihnen hoffentlich nicht geben, oder?«

Nein, musst du nicht, dachte Lorinser und wunderte sich, dass die ansonsten schnell aufspringende Schublade, Abteilung hellwaches Misstrauen, jetzt geschlossen blieb. »Ist er krank?« Er hatte das Bild eines orientierungslos herumirrenden Mannes vor Augen. »Ich meine, ist er hilflos, verwirrt?«

»Nein, nein, das ist er nicht!«, wehrte Fleestedt kopfschüttelnd ab. »Wenigstens nicht im klinischen Sinne«, fügte er hinzu und tippte sich an die Stirn. »Möglich, dass da oben was durchgebrannt ist. Ich wage das nicht zu beurteilen. Was ich weiß, ist, dass er sich offenbar in einer ausweglosen Situation sieht und …« Er brach ab, tastete nach der Innentasche seines neben ihm liegenden Jacketts und zog zwei gefaltete Papierbogen hervor. »Lesen Sie selbst«, bat er. »Der Brief ist an den Vorstand seines Finanzamts gerichtet.«

Lorinser runzelte die Stirn. Finanzamt? Er hatte eine Menge Fragen auf den Lippen, ersparte sie sich jedoch. Er nahm den Brief und entfaltete ihn.

»Sehr geehrte Damen und Herren«, las er, »mein Sohn teilte mir soeben mit, dass Sie mit Ihrem Schreiben vom 13.4.d.J. die Zwangsvollstreckung der von Ihnen willkürlich geschätzten und festgesetzten Steuerschuld von 14.500 Euro nebst 1.744,71 Euro Zwangsgeldern und Gebühren angekündigt haben, die nur noch abzuwenden sei, wenn der Gesamtbetrag innerhalb einer Woche gezahlt werde. Ich habe Ihnen mehrmals begründet erklärt, dass Ihre Forderung 1. unberechtigt ist, weil ich in jenem Jahr kein steuerpflichtiges Einkommen erzielte und 2. über keine Mittel verfüge, aus denen ich auch nur einen Bruchteil der Summe begleichen könnte. Ich habe Ihnen darüber hinaus mehrmals mitgeteilt, dass ich krank und unfähig bin, meinen oder überhaupt einen Beruf auszuüben. Ich verzichte bewusst auf staatliche Unterstützung und überlebe durch Verkäufe meines noch vorhandenen restlichen Besitzes. Die Begleichung Ihrer lediglich aus der Nichtabgabe meiner Steuererklärung resultierenden Forderung ist mir jedoch einfach unmöglich.

Da ich angesichts Ihrer Ignoranz keine Hoffnung mehr auf eine Lösung des Falles habe und meinem Sohn weitere Besuche Ihrer Eintreiber ersparen will, habe ich mich entschlossen, die Summe auf die einzige Art und Weise zu erwirtschaften, die mir im Augenblick realistisch erscheint: Ich werde mich, nachdem ich die Medien und relevante amtliche und politische Gremien und Persönlichkeiten ausführlich über Ihre unbegründeten Maßnahmen informiert habe, aus Protest gegen Ihre Willkür öffentlich verbrennen. Die entstehenden Bilder und Nachrichten versuche ich gegen Honorar an die Medien zu veräußern. Sollte das gelingen, gebe ich meinem Nachlassverwalter auf, Ihnen die geforderte, aber unberechtigte Steuerschuld aus diesem Zufluss zu überweisen.

Mit freundlichen Grüßen,

Bengt Vauen.«

Lorinser ließ den Brief sinken und blickte auf. In Fleestedts Gesicht zuckte kein Muskel, in den Augen blitzte auch jetzt kein versteckter Schalk. Halvesleben, der den Eindruck machte, als sei ihm der Inhalt des Schreibens bekannt, rieb die verschwitzten Hände gegeneinander, als wollte er sie in Unschuld waschen. Kein heimlicher Blickwechsel zwischen den beiden.

»Das ist ein Witz, oder?«

»Vauen macht keine Witze«, sagte Halvesleben mit zitternder Stimme. »Ich kenne ihn. Ich kenne ihn gut genug. Wenn er das ankündigt, macht er das auch.«

»Wegen dieser Scheißsumme?«

»Es geht doch nicht um das beschissene Geld!«, warf Fleestedt heftig ein. »Es geht um sein Gefühl der Ohnmacht gegenüber dieser Bürokratie, deren Regeln keine Ausnahmen zulassen und deren Prinzip die maschinengesteuerte und in seinen Augen gnadenlose Exekution ist. Er sieht sich dieser Macht hoffnungslos ausgeliefert, sieht sich wehr- und hilflos, begreifen Sie das nicht?«

»Aber er ist es nicht. Es gibt Instanzen …«

»Ja«, sagte Fleestedt, »für Sie, für mich, aber offensichtlich nicht für ihn. Er sieht die Lage so, wie sie sich ihm darstellt. Warum das so ist, kann ich Ihnen nicht erklären. Was ich Ihnen erklären kann, ist, dass ich nicht zulassen will, dass er seine Absicht in die Tat umsetzt. Er braucht Hilfe, weil er sich, wie es aussieht, aus eigener Kraft nicht aus der Scheiße ziehen kann. – Und mit Ihren Instanzen seien Sie mal ganz schön vorsichtig. Sie schwitzen sich Ihren Arsch doch auch schon wund, weil Ihnen die *Vorstellung* die Schließmuskeln ruiniert, mir abseits der Dienstvorschriften Hilfe zu leisten und dafür von den Instanzen zur Rechenschaft gezogen zu werden. Und noch etwas, Herr Kriminalobermeister: Haben Sie eine Ahnung, wie viele Menschen sich Monat für Monat aus tiefster Verzweiflung umbringen? Haben Sie überhaupt eine Vorstellung davon, was Verzweiflung ist und was sie *auslösen* kann?«

Von ganz tief unten, sozusagen aus dem Brackwasser seines Gehirns, puzzelte sich das längst begrabene Fernsehbild eines Mönches heraus, der – erinnerte sich Lorinser – sich irgendwo in Vietnam aus Protest gegen den mörderischen Krieg mit Benzin übergossen und angezündet hatte. Er sah die auflodernden Flammen, die sich schwärzende Haut, die sich bewegenden Arme, den hin und her schwankenden Körper, das in der Hitze zerplatzende Gesicht und spürte erneut das stumme Entsetzen jenes Augenblicks, als dieser Mensch von den Flammen verzehrt wurde. Sinnlos, wie er gedacht hatte. Aber das schreckliche Bild war wie ein Fanal um die Welt gegangen und hatte sich, wie bei ihm, unauslöschlich in die Hirne gebrannt. Er warf einen Blick auf Vauens Roman, auf dessen Porträt, sah das noch jungenhafte Gesicht mit den dunklen, hinter großen Brillengläsern versteckten Augen und fragte sich, wie lange diese Brille, das leicht gewellte in die Stirn fallende Haar, die skeptisch blickenden Augen und dieses Gesicht der Gluthitze standhalten würden. Und er fragte sich, welche Schrecken ein Mensch durchleben musste, um sich aus Verzweiflung freiwillig einem derart grausamen Tod auszuliefern.

»Schon gut, schon gut«, sagte er schließlich und zog sein Handy aus der Tasche. Er wählte Steinbrechers Nummer. Und während er darauf wartete, dass der Kollege sich meldete, legte er sich die Worte zurecht, mit denen er Fleestedt klarmachen würde, dass er nicht zu denen gehörte, die nur ihre verdammte Karriere im Blick hatten und vor der Bürokratie und den Instanzen den Schwanz einzogen. Das, fand er, war er diesem arroganten Ex-Bullen, aber noch mehr sich selbst schuldig.

12

Richtig, für einen Neuling in den geheiligten Hallen der Inspektion nahm er sich eine Menge heraus. Wenigstens in den Augen Steinbrechers, der sich am Telefon mächtig aufgeregt und die gleichen Sprüche wie gegen Fleestedt losgelassen hatte. Dass auch er, der Frischling Lorinser, sich an den Dienstweg halten solle, weil der – und nur *der* – für derartige Anfragen nun einmal für alle Zeiten dafür vorgeschrieben sei. Wohin denn das führen solle, wenn jedes x-beliebige Arschloch ihn mit irgendwelchen Dringlichkeiten aus dem Stuhl jagen und von seinen Aufgaben ablenken könne. »Und«, hatte er ihn aus dem Schützengraben seiner Unerlöstheit angeblafft, »du weißt doch verdammt noch mal genau so gut wie ich, was du mir mit deinem noch verdammteren Nachhaken in Sachen Kröger an überflüssiger Arbeit eingebrockt hast. Und jetzt noch diese Scheißakte ausgraben, die längst passé ist und wahrscheinlich in der Tonne gelandet ist! Woher kennst du diesen penetranten Wichser überhaupt? Kein Schwein weiß, wer das ist! Und wieso bildet der Irre sich ein, dich vorschicken zu können, nur, um mir an den Karren pissen zu können?«

Lorinser hatte es ihm geduldig erklärt und als Echo eine ganze Salve von ungläubigen Lachern geerntet, unterbrochen von wütend herausgeblasenen Verbalinjurien, die jeden Sprachforscher in Entzücken versetzt hätten. Die ihm aber auch Erleichterung verschafften, sodass Steinbrecher letztlich seelisch befreit wie nach einer Sitzung beim Therapeuten nachgab und sich bereit erklärte, nicht nur die verdammte Akte zu suchen, sondern auch Fleestedt zu empfangen, um sie mit ihm durchzusehen.

Konnte man mehr vom Leben erwarten? Das Wetter war eine Pracht. Der Fahrtwind strich angenehm kühl in die Isabella, deren Motor perfekt wie ein Uhrwerk lief. Im Fundus seines Handschuhfachs hatte er eine noch nie gespielte Kassette von Johnny and the Hurricanes gefunden, eine scheinbar aus der Zeit der alten Pharaonen stammende Band, die jedoch eine höchst belebende Musik aus den Anfängen der elektronischen Verzerrung lieferte. Ihr »Red River Rock« rockte, und die Straße nach Dauhorst, dem winzigen Ort hinter Brockum, in dem der Urheber der zittrig gemalten Zuschrift lebte, war so leer, als schiene der Mond und nicht die Sonne.

Aber der Verfasser des Briefes, Albert Rolf Messmann, schien zu dem Typus Mann zu gehören, der seinen Mund nur zu den Mahlzeiten aufbekommt. Die Augen starr auf einen Punkt neben Lorinsers Schulter gerichtet, die Rasenschere wie eine schussbereite Pistole angeschlagen, hörte er sich inmitten seines verwunschenen Vorgartens Lorinsers Geschichte an, ohne erkennen zu geben, ob er sie verstanden hatte. Erst als Lorinser ihm den mit zittriger Hand geschriebenen Leserbrief zeigte, blitzte so etwas wie Erkennen in den trüben Augen des alten Mannes auf.

»Ja, das war der Montag, um sieben Uhr etwa, ja, und es war genau der Porsche, der in der Zeitung stand. Der Rüpel hat mich fast überfahren, so rücksichtslos, wie der da langgerast ist.«

»Wohin könnte der Wagen gefahren sein, Herr Messmann?«

»Wohin?« Messmann hob die Schultern. »Viel gibt es da nicht. Weiter hoch, da sind Bauernhöfe und vereinzelte Anwesen, die von Auswärtigen aufgekauft worden sind, weil die da ihre Pferde laufen lassen können. Auf Düversbruch und den Fürlinger Bruch zu. Nein, wo der Tote hingefahren sein könnte, das kann ich Ihnen beim besten Willen nicht sagen.«

»Wie kommen Sie dann darauf, dass Böse den Wagen fuhr?«

»Wie ich darauf komme?« Messmann fasste sich an die Stirn, starrte vor sich hin, wieder den grüblerischen Zug um die Augen. »Ja, wenn das doch sein Wagen war?«

»War nur eine Person an Bord?«

Messmann presste die Lippen aufeinander und schwieg. »Ich glaube schon, dass es so war«, quetschte er sich schließlich ab.

»Sind Ihnen an diesem Montagmorgen noch andere Menschen in der Nähe des Moorwegs aufgefallen? Vielleicht Bauern, Wanderer, Autos oder Radfahrer oder Spaziergänger?«

»Ich hab nur den Silowagen von der Behla Mühle gesehen, dem Kraftfutterwerk in Vechta.«

Lorinser notierte die Angaben und verabschiedete sich. Ein Durchbruch war die Beobachtung Messmanns zwar nicht, aber sie bestätigte die Aussage der jungen Bersenbrück, die den Porsche kurz vorher im nahen Brockum gesehen hatte. Wer auch immer den Wagen gesteuert hatte, er hatte es offensichtlich in der Absicht getan, ihn verschwinden zu lassen. Und ein Moor, sagte sich Lorinser, ist dafür sicherlich nicht der schlechteste Platz.

Als er wieder in der Isabella saß und die Johnny-and-the-Hurricanes-Kassette zurückspulte, um sich den fetzig gespielten »Red River Rock« noch mal anzuhören, hatte er angesichts der flachen Landschaft wieder einmal den Eindruck, sich im Wilden Westen zu befinden. Nur dass anstelle des Marshalls ein mit überhöhter Geschwindigkeit fahrender Toyota sich auf der Main Street breitmachte.

Als die Musik einsetzte, klingelte sein Telefon.

Es war Steinbrecher, der ihm aufgeregt mitteilte, dass der Sack jetzt zu sei. Für Kröger, diesen »scheinheiligen Heiligen«. »Der Kerl hat uns faustdicke Lügen aufgetischt!«, bellte er mit triumphaler Munterkeit. »Seine Einlassung, er sei am Montagmorgen aus dem Urlaub gekommen, ist falsch. Richtig ist, dass er bereits am Sonntag in Damme gelandet ist. Exakt um neunzehn Uhr neunundvierzig. Und zwar alleine, Kristian. Die Maschine ist wenig später wieder gestartet und nach Sylt zurückgeflogen. Es war seine Frau, die am Montagmorgen zurückgekehrt ist. Verstehst du den Dreh?«

»Das bringt ihn jedenfalls in arge Erklärungsnöte.«

»Erklärungsnöte?« Steinbrecher lachte triumphierend auf. »Damit ist er alle! Aber es kommt noch besser: Kröger hat nach Aussage des Platzwartes in großer Eile das Gelände verlassen und ist auf dem Parkplatz in einen dort auf ihn wartenden gelben Sportwagen gestiegen. In einen *gelben Sportwagen*, begreifst du?«

»Und der hatte schwarze Streifen an den Seiten?«

»Das ist die Frage«, dämpfte Steinbrecher seinen Enthusiasmus. »Ich habe den Platzwart selbstverständlich danach gefragt, aber darauf wollte er sich nicht festlegen. Angeblich hatte er wegen einer Hecke oder einigen Sträuchern keine freie Sicht. Aber dass es ein gelber Sportwagen war, da war er sich sicher. Und auch, dass Kröger auf dem Beifahrersitz Platz genommen hat. Es kann also durchaus sein, dass Böse am Steuer saß.«

»Nicht, wenn Böse um acht Uhr auf dem Schützenfest war.«

»Mann, Kristian, dafür gibt es keinen eindeutigen Beweis. Nichts spricht dagegen, dass er zwischendurch mal eben nach Damme gefahren ist.«

»Aber reichlich Hinweise, Franz. Bossen, Halvesleben und nicht zuletzt die Simmeraufrauen haben sich recht eindeutig dazu eingelassen. Das kannst du nicht einfach vom Tisch wischen.«

»Verflucht noch mal, ich wische nichts vom Tisch!«, schrie Steinbrecher aufgebracht. »Ob es nun Böse war, der ihn abgeholt hat oder nicht, spielt doch nur eine Nebenrolle! Tatsache ist, dass die Leiche in Krögers Güllegrube schwamm und er selbst uns in einem nun wirklich entscheidenden Punkt getäuscht hat. Außerdem hat er schon in der Sache mit dem Hinrich Böse gelogen! Macht das einer, der nichts zu verbergen hat?«

Lorinser horchte in sich hinein. Aber da war nicht viel. Nur ein hohles Echo, das wie ein Pingpongball an seinen Hirnwänden hin- und herprallte. »Für mich ist das kein schlagender Beweis«, sagte er betont ruhig. »Und überbewerten würde ich das auch nicht. Es kann, muss aber nicht sein. Was sagt denn Hildebrandt dazu?«

»Was glaubst du denn?«

»Sag nicht, sie hat den Haftbefehl beantragt?«

»Genau das, werter Kollege! Weil er angesichts der Fakten *zwingend* ist, das solltest du endlich begreifen. Manche Sachen sind halt anders, als du sie dir zurechtlegst. Außerdem solltest du endlich mal von deinem hohen Ross runterkommen. Das sag übrigens nicht nur ich … Wegen der dünnen Luft da oben, die dir schneller als du glaubst den Atem nehmen kann, wenn du verstehst, was ich dir damit sagen will.«

Was sollte das denn? Quatschten die hinter seinem Rücken über ihn?

»Ja, ich verstehe«, sagte Lorinser verblüfft, obwohl er gar nichts verstand. Nur die in seinen Augen kindische Häme, hinter der Steinbrecher seinen Optimismus versteckte, war beim besten Willen nicht geeignet, seine starken Zweifel zu erschüttern. Dessen Zuversicht hatte seiner Meinung nach viel mit Eifer, Glauben und wenig mit Tatsachen zu tun. Und mit zwingenden schon gar nicht. Die Vorstellung, Kröger, der seine Probleme zeit seines Lebens gerichtlich gelöst hatte, sei wegen eines wahrscheinlich gar nicht durchführbaren Patentrechtstreits vollkommen außer Kontrolle geraten, passte nach seinem Gefühl nicht ins Bild. Aber vielleicht fährst du ja auf der falschen Spur, sagte er sich. Vielleicht hat ja die reichlich genervte Erfahrung recht, die ihm zum Abschluss des Telefonats rüde und vorwurfsvoll empfahl, sich mal wieder »im Stall« sehen zu lassen. »Damit du auch ein bisschen was von der Arbeit abkriegst, die wir hier machen müssen«, fügte Steinbrecher noch gallebitter hinzu, ehe er das Gespräch abrupt beendete.

Das sind ja seltsame Töne, stellte Lorinser voller Unbehagen fest. Nicht nur, dass Steinbrecher ihn wie einen tumben Frischling behandelt hatte, dessen schon aus dem Kragen quellender Ehrgeiz einen gehörigen Dämpfer verdient, er hatte ihm die letzten Worte geradezu feindselig entgegengeschleudert. Was war in den Kollegen gefahren? Hatte sich seine Frau wieder eine Schweinerei einfallen lassen, die ihn auf die Palme gejagt hatte oder … oder war er es einfach leid, sich von dem bedeutend jüngeren Kollegen auf der Nase herumtanzen zu lassen? Schlug da das beleidigte Mimosen-Imperium zurück?

Scheiß drauf, dachte er, obwohl ihm die Geschichte an die Nieren ging. Als unkollegial eingeschätzt, und schlimmer noch, behandelt zu werden, gefiel ihm gar nicht. Noch weniger, als karrieregeiler Ehrgeizling mit dem Hang zum Besserwisser abgestempelt zu werden. Nicht zu fassen! Es ist höchste Zeit, mit dem Kollegen ein offenes Wort zu sprechen, sagte er sich.

Mit einem heftigen Daumendruck ließ er die Musikkassette aus dem Schacht des Rekorders springen. Die Lust auf Johnny and the Hurricanes und ihrem wirklich fantastisch gespielten »Red River Rock« war ihm gründlich vergangen.

Kröger?

Nachdenklich startete er den Motor, im Kopf das Wildwasser seiner von Zweifeln und düsteren Fragen getriebenen Gedanken. Voller Trotz bog er nicht nach rechts in Richtung Brockum und Diepholz ab, sondern nach links. In Richtung Moor.

Jetzt, um halb zwei nachmittags, stand die Sonne zwar noch hoch am Himmel, aber ihre Strahlen fielen ziemlich schräg durch die Birken auf den nur von Treckerspuren aufgewühlten Weg. Ein im Geäst versteckter Eichelhäher meldete mit aufgeregtem Gekecker den Eindringling, der seine Isabella nach etwa einhundert Metern gestoppt und rückwärts mit dem Gefühl, noch einmal davon gekommen zu sein, auf dem »Touristenparkplatz« abgestellt hatte, um die von Grassoden und Löchern übersäte Strecke ins Moor zu Fuß zu erkunden.

Wie es der Porsche über den holperigen Weg geschafft haben sollte, war für Lorinser ein Rätsel. Wie ein Schlitten musste er über die zwischen den Fahrspuren aufragende Grasnarbe geglitten sein. Ein Wunder, dass die heißen Auspuffrohre und vor allem der glühende Turbolader keinen Brand entfacht hatten. Aber vielleicht, dachte Lorinser, war es an diesem frühen Montagmorgen noch zu nass gewesen. Reifenspuren fand er jedenfalls nicht.

Trotzdem war es schön, diesen Weg zu gehen, die würzig-harzige, nach Erde und frischen Pilzen riechende Luft zu atmen, das

Knacken und Knarren der Bäume zu hören und das Gezwitscher der Vögel mit dem beruhigenden Gefühl zu genießen, fernab vom hektischen Geschehen und vor allem nicht in der neuerdings feindseligen Inspektion zu sein. Solltest du öfter mal machen, sagte er sich. Ganz früh morgens, wenn der Tau noch in den Gräsern glitzert und der Dunst aus der Erde steigt. Zusammen mit Paula. Besser jedenfalls, als sich den eiligst zusammengemixten Kaffee übers Hemd zu gießen und sich obendrein die Lungen mit dem elenden Zigarettenqualm zu verkleistern.

Er hörte Stimmen. Der Klang schleifender Ketten und von klirrendem Metall durchschnitt die würzig-warme Luft. Ein Schatten huschte über den Baumkronen hinweg – ein Bussard, der lautlos im Dunkel des Waldes entschwebte. Sekunden später tauchten wie aus dem Nichts von links zwei in den Spuren nebeneinander strampelnde, etwa vierzigjährige Radfahrerinnen auf, deren graue Jogginganzüge vom Schweiß dunkel verfärbt waren. Nein, sagten sie ihm atemlos, sie seien zwar nicht aus der Gegend, aber an »von Menschenhand Gebautem« wären sie während der letzten Minuten garantiert nicht vorbeigekommen. Weiter hinein gäbe es zwar einen »offenen Streifen«, aber auch dort wären nur einige wenige Bäume zu sehen. Höchstens noch drei Minuten bis dahin, behaupteten sie.

Tatsächlich benötigte Lorinser ganze zehn, bis er endlich die von Ebereschen, Eichen und Birken gesäumte und von einer Senke durchzogene, höchstens fünfzig Meter breite Brache erreichte. Jetzt verstand er, warum die Frauen »offener Streifen« gesagt hatten. Lorinser rieb sich das Kinn. Die Lichtung schien Endpunkt des Weges zu sein.

Endstation auch für Böses Porsche?

Er schüttelte den Kopf. Nein, hier sah nichts nach Moor aus, wenigstens nicht nach einem, in dem ein Auto versinken würde. Er verließ den Weg und ging auf die Brache zu. Seine Schuhe hinterließen zwar Spuren, aber der Boden war hart genug, um ihn zu tragen. Er sprang hoch. Als er wieder landete, gruben sich seine

Schuhe zwar tiefer in die mit Moos bewachsene Erde, aber von Versinken konnte keine Rede sein.

Kein Grab, dachte er, wenigstens keines für einen Porsche. Lorinser kehrte auf den Weg zurück. Nein, sagte er sich, nahezu ausgeschlossen, ein Fahrzeug wie den Porsche hier herzufahren. Die Isabella hatte ja schon nach wenigen Metern gebockt. Und Messmann hatte ja auch nicht definitiv behauptet, der Wagen sei in den Weg abgebogen, sondern hatte das lediglich als Möglichkeit eingeräumt. Wo aber, zum Teufel, kann das verdammte Auto stecken?

Nur zu gerne hätte Lorinser über den Fall, über Kröger gesprochen. Mit Steinbrecher? Vergiss es, sagte er sich. Der wähnt sich im siebten Himmel des Triumphes und wartet wohl ungeduldig wie ein an der Leine zerrender Jagdhund auf den Haftbefehl … Mit Hildebrandt? Sie hat genug mit sich und dem Tod ihrer Mutter zu tun …. Nein, wenn es jemanden gab, der Vernünftiges über Kröger sagen und ihn einschätzen konnte, dann war es Dorfsheriff Bossen. Die Gegend rund um das Moor kannte er auch gut genug, um etwas darüber sagen zu können.

Lorinser rief ihn an.

»Das Oppenweher Moor, Lorinser? Also, wer da ein Auto verstecken will, der muss es schon an einen Hubschrauber hängen. Von wem ist denn der sagenhafte Tipp?«

Lorinser erklärte es ihm.

»Ja, den kenne ich ganz gut, den Albert Rolf. Sehr ordentlich, der Mann. Hat nebenbei als freier Mitarbeiter für das Kreisblatt über Festivitäten geschrieben, bis sein Kopf nicht mehr so richtig mitspielte. Aber wenn er sagt, dass er das Auto gesehen hat, dann ist da wohl was dran. Aber dass der Wagen im Moor stecken soll, das kann ich mir beim besten Willen nicht vorstellen. Da gibt es nur einen Weg, und den können Sie vergessen, wenigstens dann, wenn Sie es mit einem Pkw versuchen.«

»Was ist mit Gebäuden?«

»Direkt im Moor? Nein, nein, da gibt es nichts. Wenn der Wagen da war, dann entweder vorübergehend auf dem Parkplatz, oder er wurde irgendwo in der Nähe untergestellt. Da gäbe es natürlich einige Möglichkeiten.«

»Könnten Sie mir die auflisten? Grundbesitzer, Pächter und so weiter?«

Bossens Schweigen ließ sich beim besten Willen nicht als Begeisterungssturm deuten. Lorinser erwartete denn auch, eine glatte Abfuhr zu hören. Zu seiner Überraschung war der übergewichtige Kollege aus Lemförde jedoch einverstanden, die Daten, die diesseits zur Grenze nach Nordrhein-Westfalen vorlagen, bei »den Figuren im Rathaus« abzufragen. »Eilig haben Sie es bestimmt auch noch? – Also gut, ich gucke, was ich tun kann. Das Zeug schicke ich Ihnen schnellstmöglich per Fax in die Inspektion.«

»Das ist sehr nett von Ihnen, Herr Bossen. Haben Sie denn eine Ahnung, ob Kröger im oder um das Moor Grundstücke, ein Haus oder vielleicht Stallgebäude besitzt oder benutzt?«

»Chemie-Kröger?« Ein kurzes Schnaufen, dann die überraschende Frage: »Wollen Sie damit sagen, Sie haben ihn ernsthaft auf der Rechnung?«

Lorinser teilte ihm das Ergebnis der neuesten Ermittlungen mit.

»Also wirklich«, stieß Bossen hervor, als er sein dröhnendes Lachen wieder unter Kontrolle hatte. »Ich hab mich ja mal breitschlagen lassen, an die Jungfrauengeburt zu glauben, aber dass Kröger den Kerl um die Ecke gebracht haben soll … Warum sollte er? Der Mann kriegt keine volle Einkaufstüte mehr hoch, Lorinser! Der würde auch keinen Schnösel wie Böse auf zehn Meter an sich heranlassen. Also, wenn ich Sie wäre, würde ich den Fuß erst mal vom Gas nehmen.«

»Der ist da leider nicht drauf.«

Bossen schmatzte überrascht. »Nicht drauf? Wollen Sie damit etwa sagen …?«

»Ja«, sagte Lorinser. »Der Haftbefehl wird bereits vollstreckt. Sie wissen ja, wenn der Apparat erst einmal in Bewegung ist …«

»Meine Güte, Lorinser! Ist die Sache etwa auf Ihrem Mist gewachsen?«

»In gewisser Weise schon«, gestand Lorinser mit dem Gefühl, dass sich seine Zweifel mit jedem Wort Bossens weiter aufblähten. »Den Haftbefehl habe allerdings nicht ich beantragt. Aber ich sehe den Fall so ähnlich wie Sie.«

»Und fühlen sich jetzt wie ausgekotzt, was?«

Lorinser hob die Schultern. Unter seinen Schuhen pulverte Staub auf. Links von ihm tauchte der Parkplatz und im lichten Geäst der Sträucher das matte Blech seiner Isabella auf. »Na ja«, sagte er, »in Jubelstimmung bin ich nicht gerade.«

»Tja, das Gefühl kenne ich«, dröhnte Bossens satte Stimme voller Mitgefühl an sein Ohr. »Auf jeden Fall können Sie nix mehr machen, jetzt haben die über Ihnen das Sagen. Wenn das Ding aber aus der Kurve fliegt, *dann* können Sie sich ins Fäustchen lachen. Wenigstens können die sich nicht die Schuhe an Ihrem Arsch blanktreten, verstehen Sie?«

Aus dem Lehrbuch der exakten Wissenschaften war das zwar nicht, aber durchaus tröstlich, fand Lorinser, überrascht, dass der in langen Dienstjahren ergraute Dorfbulle Mitgefühl offenbarte. Und ausgerechnet für ihn. Na ja, dachte er und versprach, sich den väterlichen Ratschlag in den Kalender zu schreiben, dankte und kürzte den Weg zu seinem Auto durch die Büsche ab. Als er hinter dem Steuer saß, war es vierzehn Uhr einundzwanzig. Höchste Zeit, sich zu entscheiden, ob er seiner Gier nach einer Zigarette nachgeben oder weiterhin standhalten sollte. Er ließ die Packung in der Tasche und beschloss, zurück in den Stall zu fahren.

Steinbrechers Körpersprache machte zwar den Eindruck, als hätte er soeben das Geschäft seines Lebens abgeschlossen, aber wie eine von Planeten umkreiste Sonne schien er sich angesichts des störrisch im Flur stehenden Kröger nicht zu fühlen. Als der mit Anzug, Fliege auf weißem Hemd und hellbraunen

Sommerschuhen bekleidete Unternehmer auch noch mit einer Körperdrehung das Aufschließen der Handschellen verweigerte und darauf bestand, sie sich erst dann abnehmen zu lassen, »wenn mein Rechtsbeistand davon Kenntnis genommen hat«, erlosch das Licht im Gesicht des Kollegen vollends. Ratlos blickte er Kröger, dann die beiden uniformierten Begleiter, Lorinser und schließlich KHK Hildebrandt an, die abwartend und mit verschränkten Armen am Türrahmen ihres Büros lehnte. Sie schien seine Not nicht zu erkennen, oder nicht erkennen zu wollen. Jedenfalls griff sie nicht ein.

Ihr kühles Interesse galt dem sommerlich gekleideten Kröger, auf dessen versteinertem Gesicht die tiefbraunen Altersflecken auf dem Aschgrau der Haut wie dürres Laub auf einem Gewässer schwammen. Seine hellen Augen funkelten, während der linke, angewinkelte Arm sich Kraft pumpend auf- und niederbewegte und den an sie gefesselten rechten wie das Triebgestänge einer Dampflok in die gleiche Bewegung zwang. Er machte einen kämpferischen Eindruck, entschlossen, sich nicht von der Stelle zu rühren und erst recht nicht das Aufschließen der Handfesseln zuzulassen. Hildebrandt erwartete offensichtlich, dass Steinbrecher das Problem löste.

Lorinser, der zwischen Treppenaufgang und den beiden eingreifbereiten Uniformierten auf die Freigabe des Ganges wartete, mochte sich nicht festlegen. Nur eines war ihm klar: Obwohl Steinbrecher innerlich kochte und den Kopf wie zum Angriff senkte, litt er angesichts der ungewöhnlichen Situation wie ein geprügelter Hund. Seine mit dem Handschellenschlüssel in der Luft herumstakende Hand sank kraftlos herab. Sein Mund öffnete und schloss sich. Das Hecheln seines Atems wehte durch den überhitzten Flur.

»Na gut, das ist dann Ihre Sache«, würgte er schließlich heiser hervor. »Ich habe nichts weiter als meine Pflicht getan. Nur meine Pflicht!«, fügte er bellend nach einer kurzen Pause hinzu. Seine Worte klangen wie das hämische Echo seiner Hilflosigkeit.

Kröger, empört zwar, aber alles in allem von erstaunlicher Gelassenheit, ignorierte den Versuch der Rechtfertigung, indem er Steinbrecher den Rücken zuwandte. Er fixierte KHK Hildebrandt durch die scharfen Gläser seiner Brille und schien instinktiv zu wissen, dass die junge Beamtin die größere Rolle in seinem Drama spielte. Sein breites Kinn stach auf sie zu.

»Meine Festnahme mag ja formal rechtens sein«, sagte er scharf und hielt der reglosen Hauptkommissarin anklagend die gefesselten Hände entgegen. »Aber die Art und Weise, wie sie vorgenommen wurde, ist besonders deshalb äußerst skandalös, weil ich diesem Herrn« – er deutete mit der Schulter hinter sich – »meine umfassende Kooperation angeboten habe. Dass er dennoch darauf bestand, mich wie einen gefährlichen Kriminellen gefesselt abzuführen, kann und werde ich nicht hinnehmen. Ich verlange, vorbehaltlich weiterer Schritte, mich bei seinem Vorgesetzten beschweren zu können.«

In Hildebrandts Gesicht zuckte kein Muskel. »Ich bin die Vorgesetzte«, sagte sie betont langsam und zauberte ein Lächeln auf ihr noch immer von Tränen und Trauer gezeichnetes Gesicht. »Ich verstehe Ihren Unmut, Herr Kröger, aber ich muss Sie darauf hinweisen, dass unsere Beamten nicht eigenmächtig, sondern im Einklang mit bindenden Vorschriften und aufgrund einer richterlichen Anordnung gehandelt haben. Selbstverständlich respektiere ich, dass Sie mit dem Aufschließen der Handfessel bis zum Eintreffen Ihres Anwalts warten wollen … Aber der Flur ist, und ich hoffe, Sie werden das verstehen, zum Warten der denkbar ungeeignetste Ort.« Sie wies mit der rechten Hand in ihr Büro. »Ich bitte Sie, einzutreten. Sollten Sie jedoch meiner Anweisung keine Folge leisten, werde ich Ihre vorläufige Unterbringung in der Zelle anordnen. Ich hoffe, Sie zwingen mich nicht dazu.«

Beeindruckt schien Kröger nicht zu sein. Dass ihn die Festnahme in den Grundfesten seines Selbstverständnisses getroffen hatte, zeigte sich an seinem zusammengesunkenen und kraftlos wirkenden Körper. Die Ankündigung, in eine Zelle gesperrt zu werden, ließ seinen Adamsapfel auf- und niedertanzen. Das war nicht der Mann, den Lorinser kennengelernt hatte. Er wirkte kleiner und zerbrechlicher, als er ihn in Erinnerung hatte. Noch immer empört, wirkte Kröger wie eine vor der Kapitulation stehende Schablone seiner selbst. Er zwang seine Schulter zur Ruhe, schien seine Kraft zu sammeln, ehe er sich unvermittelt umdrehte und die ihn eingriffsbereit umstehenden Männer der Reihe nach musterte. Sein Blick blieb an Lorinser haften, verengte sich, während die Lippen sich zu einem verächtlichen Lächeln kräuselten. Sich abwendend, richtete er die gefesselten Hände wie eine Pistole gegen Steinbrecher.

»Auch wenn Sie es noch nicht glauben, werter Herr Hauptkommissar, ich werde … daafür sooorgnn, daass … haaiiiiwöö-iii …« Die Stimme erlosch. Ein scharfes Zischen trieb blasigen Speichel über Krögers blau verfärbte Lippen. Sein linkes Bein gab nach, als hätte ihn ein unerwarteter Schlag an der Kniekehle getroffen. Mit vergeblich nach Halt suchenden Händen knickte sein Körper in Hüfthöhe ein, taumelte und brach, den Kopf grotesk auf die sich noch immer bewegende linke Schulter gesenkt, in sich zusammen. Als er aufschlug, löste sich seine Brille und torkelte auf Steinbrecher zu, der, den Handschellenschlüssel in die Luft schleudernd, entsetzt zur Seite wich und gegen einen der Uniformierten prallte.

»Den Arzt!«, rief Hildebrandt Augenblicke später wie aus der Trance erwachend und stürzte auf ihren Schreibtisch zu. Lorinser schob sich zwischen den Uniformierten vorbei auf den Liegenden zu, im Kopf die mahnenden Worte Olli Krögers: »Seien Sie gnädig. Der alte Herr ist fast siebzig und nicht bei bester Gesundheit.«

Wie man sieht, dachte er und versuchte, sich an die Notfallmaßnahmen zu erinnern, die jetzt gefragt waren. Lorinser hatte nicht die Zeit, weiter darüber nachzudenken. Er kniete neben Kröger nieder, fuhr ihm mit dem Zeigefinger in den offenen Mund, erwischte die Zunge und fragte sich, ob es reichte, sie in den linken Rachenraum zu drücken. Er machte es einfach, erlaubte sich, an der Halsschlagader nach dem Puls zu fühlen, war aber nicht sicher, ob es einen gab. Dann bettete er Krögers Kopf auf dessen angewinkelten linken Arm und bellte in den Flur, jemand solle doch verflucht noch mal ein Kissen oder eine Decke oder irgendeinen Scheiß besorgen, mit dem man den Bewusstlosen stabilisieren könne. Drei Beinpaare setzten sich gleichzeitig in Bewegung, während Hildebrandt laut, aber ohne jede Hektik zum zweiten Mal im Tone eines Stadionsprechers am Telefon bestätigte, dass der Notfall gerade eben im ersten Geschoss der Diepholzer Polizeiinspektion stattgefunden habe. »Machen Sie schnell«, fügte sie einen Ton lauter und ungeduldiger hinzu, ehe sie den Hörer auf das Bett des Apparates knallte. Das Geräusch mischte sich mit den Schritten Steinbrechers, der schwer atmend mit einem Sitzkissen herangelaufen kam und es Lorinser, der Krögers rechtes Bein über das linke winkelte, mit einem gepresst herausgedrücktem »O Scheiße, Scheiße« reichte.

Hildebrandt kniete nieder und fühlte Krögers Puls. Nach einigen Sekunden nickte sie. »Da ist er noch«, sagte sie, »aber sehr, sehr schwach.«

Die Ruhe nach dem Sturm. Im Flur lagen noch die Reste des Notarzteinsatzes. Verpackungen, Mulltupfer, die weiß-rote Fliege Krögers, der nach dem Eintreffen des Rettungsteams nicht mehr »zur Haft Vorgeführter«, sondern nur noch »Patient« geheißen hatte und auf dem Weg ins Krankenhaus war. Die Splitter seiner Brille, die unter dem Tritt eines Sanitäters zu einem zerquetschten Knäuel vergoldeter Drähte verkommen war und nun, in eine mit einem weißen Namensschildchen beklebte Plastiktüte verpackt, auf einem braunen Din-A4-Umschlag auf dem Schreibtisch lag. Steinbrecher hatte die Angehörigen über den Herzanfall benachrichtigt. In der Tür, Krögers zurückgelassenen Schuh in den Händen drehend, wartete der Hausmeister darauf, »entsprechende Anweisung wegen des Fundstücks« zu erhalten. Krögers Fliege hatte er wohl noch nicht als solches erkannt.

Mit einer Bewegung, die mehr als Verdruss, die Erschöpfung andeutete, nahm Hildebrandt den Schuh entgegen und platzierte ihn mit einem geseufzten »Danke« neben den Brillenbeutel. Der Hausmeister ging hinaus und schloss die Tür. Steinbrecher hob wieder mal die Schultern und schüttelte gleichzeitig den Kopf, als wollte er damit seine Unschuld an dem Desaster demonstrieren. Aber er schwieg. Ob wegen der eigenen, unrühmlichen Rolle bekümmert oder gar schuldbewusst, blieb Lorinser verborgen. Eine Rolle spielte es sowieso nicht, weil Hildebrandt bereits jedes schuldhafte Verhalten hinsichtlich der »Vorgehensweise« kategorisch ausgeschlossen hatte. Sie hatte zwar die Frage nach der »Verhältnismäßigkeit der Mittel« und damit dem Einsatz der Handschellen gestellt, aber auch »insoweit keinerlei Anlass« zur Kritik gesehen. »Es obliegt dem Beamten vor Ort, die ihm angemessen erscheinende Maßnahme zu ergreifen.« Letztendlich aber ging es bei der recht einseitigen Erörterung lediglich um Formalien und die Sorge, ob Kröger mit seiner angekündigten Beschwerde »durchkommen« werde. Kein Wort davon, ob der Haftbefehl und die noch immer andauernde Spurensicherung durch die Kriminaltechnik im Haus des Beschuldigten und seinem Fahrzeug grundsätzlich gerechtfertigt seien.

Als Lorinser seine Bedenken anmeldete, richtete Hildebrandt sich so heftig auf, dass ihr Bürostuhl mit einem Knall gegen das an der Wand stehende Aktenbord prallte.

»Himmelherrgott!«, fuhr sie ihn so aufgebracht an, als hätte er ihr unversehens in die Wade gebissen. »Wir haben jetzt wirklich nicht die Zeit, und *erst recht keinen Anlass*, die Haftgründe erneut zu erörtern.«

»Obwohl sie in einem entscheidenden Punkt widerlegt und in der Hauptsache zweifelhaft sind?«

Hildebrandt starrte ihn verständnislos an. »Wollen Sie etwa unterstellen«, sagte sie kaum hörbar, »wir, der Staatsanwalt, der Richter, *wir alle* hätten bei der Prüfung der Gründe mangelnde Sorgfalt walten lassen, Herr Kriminalobermeister?«

Lorinser hatte das gleiche Gefühl wie in der Spielhalle, als der Peruaner ihm den Hocker gegen den Kopf geschlagen hatte. Nur, dass er sich jetzt außerdem noch auf eisglattem Boden unter Beschuss sah. »Es geht nicht um formal korrektes Vorgehen«, sagte er trotz seiner Befürchtung, Hildebrandt werde noch einmal explodieren. »Es geht darum, ob der Haftbefehl insgesamt gerechtfertigt ist. Ich habe, wie ich meine, begründete Zweifel.«

»Nur begründete?«

Lorinser fuhr zu Steinbrecher herum. »Was soll das denn heißen?«

Steinbrecher hob abwehrend die Hände. »Nichts, nichts«, sagte er hastig und winkte ab. »Es war nur eine Frage.«

Nur eine Frage?

»Eine berechtigte, wie ich finde«, sagte Hildebrandt. »Sie scheinen aus Prinzip zu anderen Ergebnissen als Ihre Kollegen zu gelangen.«

Teufel auch, dachte Lorinser, glaubte die angepiekste Dame etwa, er ginge mit der Wünschelrute auf Spurensuche? »Ich spreche von Tatsachen«, sagte er mit zornbebender Stimme, »die nichts, aber auch gar nichts mit meinem persönlichen Empfinden zu tun haben!«

»Das freut mich«, schnitt sie ihm das Wort ab. »Dennoch sind sie im *Augenblick* nicht *relevant* Herr Kriminalobermeister!« Worte so scharf und bedrohlich wie die über seinem Kopf zitternde Klinge einer Axt. »Damit will ich sagen, dass an den bestehenden Umständen jetzt nichts zu ändern ist. Freuen würde mich allerdings, wenn Sie in Zukunft einen weniger rustikalen Umgang mit Ihrem Kollegen Steinbrecher pflegten, der, und das kann ich Ihnen ausdrücklich versichern, noch nie in die Versuchung gekommen ist, Beweise unter den Tisch fallen zu lassen.«

Heiliger Himmel! Steinbrecher hatte sich also bei Hildebrandt ausgeweint. Aber nicht nur das, er hatte ihn gleichzeitig denunziert, und das mit einem glatten Verdrehen der Tatsachen! Lorinser wandte den Kopf und warf einen Blick auf seinen gespannt und mit hängenden Schultern neben ihm sitzenden Kollegen, der trotz der Hitze über seinem obligatorischen Jeanshemd sein dunkelblaues Boss-Jackett und zur weißen Baumwollhose diese schweren Businessschuhe trug, die er stolz als Schnäppchen aus irgendeinem Outlet präsentiert hatte. Was war nur in ihn gefahren?

»Sind das deine Worte, Franz?«

Steinbrecher hob die rechte Hand. »Genau so hast du es doch ausgedrückt!«

Lorinser hätte das klärende Gespräch von Herzen gerne unter vier Augen geführt, aber angesichts des Anpfiffs konnte er nicht länger an sich halten. »*Gesagt* habe ich, dass du die ermittelten Erkenntnisse nicht einfach vom Tisch wischen kannst! Das bezog sich ausschließlich auf die von mehreren Zeugen bestätigte Tatsache, dass Böse Sonntagabend um zwanzig Uhr im Schützenzelt gewesen ist und Kröger ihn deshalb weder vom Flugplatz in Damme abgeholt noch dort getroffen haben kann.«

»Jedenfalls sind die Aussagen nicht zwingend, weil mit ihnen die durchgängige Anwesenheit des Opfers im Festzelt noch lange nicht belegt ist. Außerdem: Kröger ist in einen gelben Sportwagen gestiegen. Vergiss das nicht.«

»Mein Gott, Franz! Bossen, Halvesleben, Melanie, Gertraude Simmerau, Frau Bersenbrück«, zählte Lorinser mit den Fingern der rechten Hand ab. »Fünf Zeugen bestätigen unabhängig voneinander, dass Böse sich zu diesem Zeitpunkt in Lemförde aufhielt! Und das soll nicht zwingend sein?«

»Es sagt nichts darüber aus, ob der Porsche nicht doch am Flugplatz war!«

»Sind Sie fertig, meine Herren?«, fragte Hildebrandt eisig und schob ihren Stuhl an den Schreibtisch zurück.

»Nein, das bin ich nicht«, sagte Lorinser, bemüht, seinen Zorn unter der Bauchdecke zu halten. »So lange nicht, wie Ihr Anwurf im Raum steht, ich hätte Steinbrecher beschuldigt, Beweise unter den Tisch fallen zu lassen.«

Hildebrandt hob die Brauen, nahm wieder Platz, betrachtete Lorinser, sah Steinbrecher an und hob die rechte Hand. Ihr war es offensichtlich zu viel. »Herr Steinbrecher?«, fragte sie seufzend.

Schulterzucken, ein leises Schnaufen, das von einem kraftlosen Anheben des Kinns begleitet war, ansonsten Schweigen.

»Also gut«, sagte Hildebrandt und hatte plötzlich wieder das müde, von Trauer gezeichnete Gesicht. Sie deutete auf das geöffnete Fenster. »Dann, Herr Kriminalobermeister, entlassen wir sie also aus dem Raum – die Anmerkung, die Sie als Beschuldigung verstanden haben.« Ein vages Nicken und eine abrupte Handbewegung. »Vergessen wir über der fruchtlosen Diskussion aber nicht, dass wir die Verantwortung für unseren Gefangenen haben. Mit seinem Flugzeug könnte er uns im Falle einer überraschenden Erholung ganz schnell eine lange Nase drehen, nicht wahr? Sie, Lorinser, kennen sich ja im Städtischen inzwischen gut aus. Finden Sie also heraus, ob Kröger dort weiter behandelt werden muss oder ins Haftkrankenhaus überführt werden kann. Danach werden wir über das weitere Vorgehen entscheiden. Können Sie damit leben?«

Hört sich verdächtig nach »geh mir endlich aus den Augen« an, dachte Lorinser, als er sich zu einem vagen »Na ja« gleichzeitig mit Steinbrecher erhob und vor ihm wortlos zur Tür ging. Hildebrandts letzte Worte hatten zwar versöhnlicher geklungen, aber frei gesprochen, da war er sicher, hatte sie ihn nicht.

Auf dem Gang angekommen, hielt Steinbrecher einen Augenblick inne. Er wirkte wie ein gehetztes Tier, das die hinter ihm herjagenden Hunde wittert und verzweifelt nach einem Fluchtweg sucht. Seine Schultern zuckten wie zuvor in Hildebrandts Büro. Und auch jetzt mied er Lorinsers Blick, wandte ihm abrupt den Rücken zu und stampfte, als hätte er einen schweren Sack auf dem Rücken, ohne ein erlösendes Wort auf sein Büro zu.

Lorinser schüttelte verständnislos den Kopf. »Zum Teufel, Franz!«, rief er ihm nach. »Kannst du mir verraten, was in dich gefahren ist?«

Steinbrecher, schon die Klinke in der Hand, blieb stehen. Langsam drehte er sich um und blickte Lorinser aus düsteren Augen traurig an. Aus seiner Kehle meckerte ein dumpfes, verächtliches Lachen. Aber er brachte kein Wort hervor. Sichtlich wütend schubste er mit dem rechten Knie die Tür auf.

»Danke«, sagte Lorinser und zeigte ihm den gestreckten, rechten Mittelfinger. Dann schlug er die linke Hand in die rechte Armbeuge. »Du kannst dir gar nicht vorstellen, wie begeistert ich bin. Von deiner Kollegialität. Herzlichen Dank, Kollege!«

»Ach, verpiss dich«, bellte Steinbrecher und schlug die Tür hinter sich zu, um sie Sekunden später wieder aufzureißen. Sein Gesicht war hochrot. In seinen Augen glitzerte der Zorn. Aber seine Stimme war überraschend sanft, als er ihn in sein Büro bat.

»Ich verstehe deine Biestigkeit nicht«, sagte Lorinser, als er sich neben dem Schreibtisch auf den Armesünderstuhl fallen ließ und nach seinen Zigaretten suchte. »Ich beurteile einige Dinge anders als du, aber das darf doch nicht dazu führen, dass du dich persönlich angepinkelt fühlst.«

»Bist du wirklich so naiv zu glauben, das sei der Grund?«

»Mir fällt beim besten Willen kein anderer ein.«

Steinbrecher lehnte mit verschränkten Armen an der Wand, sichtlich bemüht, Ruhe zu bewahren. Er atmete tief durch und schüttelte in stiller Verzweiflung den Kopf.

»Und was ist mit Krögers Tochter?«

»Was soll mit ihr sein?«, fragte Lorinser und blickte Steinbrecher verständnislos an.

»Mensch, Kristian, du vögelst dich mit ihr wund und versuchst gleichzeitig, ihren Alten aus der Schusslinie zu bringen! Weißt du, was die mit dir machen?« Mit einer Handbewegung schnitt er dem fassungslosen Lorinser das Wort ab. »Nur ein verdammtes Wort von mir und du bist im Arsch. Und ich«, fügte er bitter hinzu, »ich gehe gleich mit baden. Weil ich so verflucht *unkollegial* bin und meine Schnauze gehalten habe, verfluchte Scheiße!«

Lorinser war wie vom Donner gerührt. Er spürte, wie sich sein ätzender Mageninhalt in Richtung Schlund bewegte. »Paula?«, würgte er hervor. »Du sprichst von Paula?«

»Bespringst du noch andere?«

»Im Augenblick nicht, aber … Sie ist *seine Tochter*?«

»Komm mir ja nicht damit, dass du es nicht gewusst hast!«

»Aber genau so ist es!«

Steinbrecher starrte ihn ungläubig an. »Du kennst jede Falte ihrer Möse, aber ihren Namen, den kennst du nicht?«

»Wenn ich es dir sage!«

Steinbrecher ließ sich auf seinen Drehstuhl fallen und schüttelte in einem fort den Kopf. »Glaubst du etwa, dass dir das einer abnimmt?«

»Es ist die Wahrheit, Franz.«

Steinbrecher schüttelte noch immer den Kopf. »Aber wo sie wohnt, das weißt du schon?«

»Klar.«

»Und du hast nie auf ihr Klingelschild geguckt?«

»Weil sie keins hat, verdammt noch mal!«

»Und gesagt hat sie ihn dir auch nicht?«

»Nein!«

Steinbrecher starrte ihn wie eine Erscheinung an. »Und das soll ich dir glauben?«

Lorinser zeigte ihm die offenen Hände, im Kopf nichts weiter als dichten Nebel. Nur eines war ihm plötzlich klar: Der silberne Mercedes, in den Paula nach Aussage ihrer Nachbarin gestiegen war, war der ihres Vaters. Sie war mit ihm unterwegs gewesen. Und: Es gab Fragen, die ließen sich nicht beantworten. Nicht vor dem Schreibtisch eines sicherlich wohlmeinenden Kollegen, dessen peinlich berührter Blick einem sagt, dass er sich einem Lügner gegenüber wähnt.

»Ich kann dich nicht zwingen, Franz«, sagte Lorinser. »Entweder vertraust du mir oder du vertraust mir nicht. Aber vielleicht schaltest du mal deinen Verstand ein, der dir dann sagen wird, dass ich Kröger durchaus nicht geschützt habe. Ich habe lediglich auf entlastende Tatsachen verwiesen.«

»Hast du nach unserer Vernehmung noch mal mit ihm gesprochen?«

»Nein.«

»Mit seiner Tochter? Über den Fall, meine ich?«

»Was soll der Quatsch!«

»Das ist kein Quatsch. Sie ist hochoffiziell vorgeladen, und es ist Hildebrandt, die das gemacht hat und die sie vernehmen wird.«

»Ja und?«

Steinbrecher seufzte. »Wenn Hildebrandt ihr abquetscht, dass du es mit ihr treibst, dann gibt es eine hochnotpeinliche Untersuchung, dann, verdammt noch mal, stecken wir beide bis zum Hals in der Scheiße!«

»Du glaubst mir also nicht?«

»Ich weiß nicht, was ich glauben soll, ich weiß es nicht, Kristian! Ich weiß nur, dass mir der Arsch auf Grundeis geht. Wenn rauskommt, dass ich dich gedeckt habe, jagen die mich genauso wie dich vom Hof. Das will ich nicht, ich will dich aber auch nicht hängen lassen. Deshalb baue ich dir 'ne Brücke so breit wie 'ne Autobahn. Du musst sie aber nutzen, verstehst du? N-u-t-z-e-n! Scheiß was drauf, ob ich dir glaube oder nicht, scheiß einfach drauf, ja?«

Da war es wieder, das auf Flucht gepolte Menschentier Steinbrecher mit seinen haarscharf neben der Spur justierten Instinkten. Bis zum Kragen angefüllt mit seiner permanent gärenden, weil nie analysierten Untergangsangst: Der Mann, der seine stets feuchten Hände rang, anstatt sie kampfesbereit zu Fäusten zu ballen. Wie hatte es Steinbrechers rabiate Frau auf den Stufen des Gerichts hinausgeschrien? Ein Rohrkrepierer, der nur deshalb Slipper trägt, weil er zum Binden der Schnürsenkel unfähig ist …

Sicherlicht nicht, dachte Lorinser und stand auf, die Zigaretten noch immer in der Hand. Die Solidarität Steinbrechers tat ihm gut, aber er hatte das sichere Gefühl, die Brücke, mochte sie auch breit wie eine Autobahn sein, würde, wenn er sie betrat, zu neuen, größeren Problemen führen. Aber das war was für die Zukunft. Für den Augenblick hatte es keine Bedeutung.

»Ich hab's tatsächlich erst von dir erfahren«, sagte er, verwundert darüber, wie gelassen er sich fühlte. »Aber vielleicht hast du Recht, vielleicht sollte ich wirklich einen Scheiß drauf geben. Ob du mir glaubst oder nicht, meine ich.«

Steinbrecher stöhnte genervt auf. »Darauf kommt es doch jetzt wirklich nicht an! Wichtig ist, dass die Geschichte unter dem Deckel bleibt. Ruf sie an, deine Paula, sprich mit ihr, mach ihr klar, um was es geht, und dass sie bei der Hildebrandt nicht den gleichen Fehler wie bei mir macht.«

»Ich weiß noch nicht mal, ob sie mit sich sprechen lässt.«

»Wie? Seid ihr etwa schon wieder auseinander?«

»Wird sich zeigen«, sagte Lorinser und öffnete die Tür. Er lachte, obwohl ihm gar nicht zum Lachen zumute war. »Ich denke, sie wird ganz schön sauer sein. Weil ich zu der Truppe gehöre, die ihren Vater verhaftet hat. Juristin ist sie auch noch. J-u-r-i-s-t-i-n, Franz! Du weißt ja, diese Typen nehmen alles übel, und sie haben jahrelang studiert, um Ärsche wie uns nach allen Regeln der Kunst fertigzumachen. Besonders dann, wenn sie irgendwo ein Haar in der Suppe finden.«

Steinbrechers Gesicht zerfiel. Fassungslos starrte er Lorinser an, unfähig, Worte zu finden. Unvermittelt zog er die Schreibtischschublade auf, tastete darin herum, als suchte er seine Dienstwaffe für den finalen Abgang. Lorinser schluckte. Als die Hand wieder zum Vorschein kam, sah er jedoch zu seiner Erleichterung in ihr nur ein Päckchen Taschentücher.

»Nur die Ruhe, Franz, es wird schon werden«, sagte er. Aber mehr zu seiner als zu Steinbrechers Beruhigung.

»Dein Wort in Gottes Ohr«, murmelte Steinbrecher und zog eines der Tücher aus der Packung, um sich die Nase zu schnäuzen.

13

Bossens Fax lag auf seinem Schreibtisch. Lorinser warf einen Blick darauf. Zwölf Namen. Zwölf Anwohner rund um das Moor. Ein kurzer, handschriftlicher Kommentar des Lemförder Polizisten. »Alles alteingesessene Bürger, Kollege, solide wie Granit. Der unten aufgeführte Reit- und Fahrverein wurde 1988 gegründet und umfasst 89 Mitglieder. Der Vorsitzende heißt Volkhart Holtkötter, Presbyter der evangelischen Kirche, Pferdeliebhaber und Züchter von belgischen Rammlern. Wenn du mehr über die Leute wissen willst, musst du ihn in Dielingen anrufen. Ob das Sinn macht, weiß ich nicht. Tut mir leid, nichts Besseres anbieten zu können. Bossen.«

Du. Solidarität auf Papier gebannt. Das war doch mal was!

Zwölf Namen, zwölf alteingesessene Bürger: Landwirte, eine Floristin, Angestellte, ein Gastwirt, der Reit- und Fahrverein, was auch immer sich dahinter verbarg. Wahrscheinlich wilde Kerle, die mit langen Peitschen Gespanne über die Felder trieben. Auf jeden Fall neunundachtzig Personen. Wenn man die Familien hinzurechnete, kamen sicherlich über zweihundertfünfzig zusammen, und damit ein Mount Everest an Ermittlungsarbeit, die sich über Wochen, wenn nicht Monate erstrecken würde. Von wegen Heldenkampf gegen das Verbrechen!

Das Blatt landete wieder in der Ablage, in der auch der Ausdruck der Telekom lag, in der die abgegangenen und empfangenen Anrufe auf Böses Handy fein säuberlich für den verstrichenen Monat verzeichnet waren. Porsche-Zentrum Osnabrück, Diskotheken, junge Frauen, die Kreissparkasse und so weiter und so fort aus der Banalität des Alltags. Während des Sonntags vor seinem Ableben war er zweimal vom Festnetzanschluss der Simmerau angerufen worden. Einmal um fünfzehn Uhr zweiunddreißig, dann wieder um sechzehn Uhr neun. Zehn Minuten später, wie Steinbrecher herausgefunden hatte, hatte Böse eine Pizza in Lemförde bestellt. Ein letzter Anruf vom Münztelefon des Festwirtes um ein Uhr sechs. Wer der Anrufer war, hatte sich trotz Befragung des Wirtes und des Schankpersonals nicht feststellen lassen. Angenommen hatte Böse das Gespräch nicht.

Lorinser griff nach dem Telefon, rief Paula erst vergeblich auf der Festnetznummer und danach auf ihrem Handy an. Sie drückte ihn vier Mal aus der Leitung. Erst beim fünften Mal nahm sie ab und bewies ihm mit ihrem geharnischten »du fehlst mir gerade noch!«, dass man einem auch per Telefon die kalte Schulter zeigen kann. In ihrer Stimme war aber überwiegend Sorge, als sie ihm erzählte, dass sie zusammen mit ihrer Mutter bei ihrem noch immer bewusstlosem Vater sei, den man inzwischen allerdings von der Notaufnahme in den Aufwachraum verlegt habe. Das heißt, sie sei jetzt im Flur, weil das Telefon dauernd geklingelt habe. Und: »Nein, er ist noch nicht bei Bewusstsein, genauso wenig wie ihr bescheuerten Bullen es gewesen sein konntet, als ihr ihn unter Verwendung fadenscheiniger Gründe festgenommen habt!« Ein heftiges Einatmen. »Du hast doch auch mit dem Fall zu tun, oder nicht?«

Worte wie Giftpfeile.

»Ja, habe ich«, sagte er. »Aber bis vor wenigen Minuten hatte ich nicht die Spur einer Ahnung, dass wir es mit deinem Vater zu tun haben.«

»Und wenn du es gewusst hättest?«

»Das weiß ich nicht, Paula. Ich will dich sehen.«

»Ich weiß nicht, ob ich dich jetzt ertragen kann.«

»Das klingt aber gar nicht gut.«

Sie schwieg.

»Bitte, Paula!«

»Ich habe mit den Anwälten zu bereden, wie wir den Mist, den ihr angerichtet habt, möglichst noch heute aus der Welt schaffen. Noch haben wir eine Chance, den zuständigen Richter anzutreffen.«

»Es ist wichtig, Liebes!«

»Wichtig, wichtig!«, höhnte sie, um nach einigen Sekunden des abrupten Schweigens seufzend einzulenken: »Na gut. Vielleicht hast du ja Recht. Ich sage nur meiner Mutter Bescheid und warte dann unten in der Cafeteria auf dich.«

»Was erwartest du von mir? Dass ich dir um den Hals falle?«

»Wie wär's mit Ruhe bewahren?«

Paula nahm eines der blauen Zuckersäckchen und zerriss es so heftig, dass die weißen Kristalle über die Tischplatte prasselten. In ihren Augen flackerte das Feuer ihres noch kontrollierten Zorns. Das Kinn vorgereckt, den Mund wie bei einem trotzigen Kind zu einem »Schüppchen« gebogen, fegte sie mit einer heftigen Handbewegung den verschütteten Zucker über den Rand der Tischplatte. Sie maß Lorinser mit einem Blick, in dem klar zu erkennen war, wie wenig es sie scherte, ob er oder irgendwer für die Verhaftung ihres Vaters verantwortlich war. Mitgefangen, mitgehangen.

»Ihr geht wie die Sheriffs im Wilden Westen vor, die erst schießen und dann Fragen stellen, und du sagst mir, ich soll die Ruhe bewahren?«

Lorinser hob die Hände und ließ sie wieder sinken. Er wich Paulas verächtlichem und bohrendem Blick aus, blickte an ihr vorbei in die überfüllte Cafeteria, als könnte er dort das erlösende Wort finden, mit dem er sie von seiner Unschuld an dem Desaster überzeugen konnte. Aber: Wenn er versuchte, seine Weste reinzuwaschen, war er gezwungen, die seiner Kollegen zu beschmutzen. Und er würde sich dem berechtigten Vorwurf aussetzen, auf Kosten der Kollegen nicht nur aus dem Nähkästchen geplaudert zu haben. Vor Paula stände er dann gut da, aber vor der Truppe? Würde sie ihn nicht zu Recht des Verrats bezichtigen?

»Du kannst auch Geschirr zerdeppern«, sagte er zerquält, »nur bringt uns das keinen Millimeter weiter. Der Richter hat sich die Haftgründe doch nicht aus dem Ärmel geschüttelt!«

»Der Richter, der Richter! Der Richter exekutierte nur den Mist, den ihr in eurem Übereifer produziert habt!«

»Da ist was dran«, sagte er betont ruhig, um sie nicht noch mehr zu reizen. »Dein Vater hat aber leider in einem entscheidenden Punkt die Unwahrheit gesagt. Er ist nicht am Montagmorgen, er ist bereits am Sonntagabend aus dem Urlaub zurückgekehrt! Du selbst hast ihn, wie du mir in Lemförde erzählt hast, an diesem Tag besucht. Er hat zudem mit einiger Wahrscheinlichkeit entgegen seiner Einlassung mit Böse wegen der Patentrechtsverletzungen verhandelt und, daran gibt es nichts zu rütteln, die Leiche wurde auf seinem Grundstück gefunden! Das alles zusammen …«

»… ist angesichts seiner von euch offensichtlich nicht in Betracht gezogenen Persönlichkeit und seines Hintergrunds nichts weiter als der schlagende Beweis für eure blinde Erfolgsgeilheit«, unterbrach sie ihn in einem Ton, in dem neben Empörung mitleidige Verachtung ätzte. »Ist euch, wenigstens in Ansätzen, je die Idee gekommen, eure sogenannten *Fakten* ernsthaft zu hinterfragen? Dass er zum Beispiel andere Gründe als die ihm unterstellten für seine Rückkehr am Sonntag gehabt haben könnte?«

»Und warum hat er sie, verdammt noch mal, nicht sofort vorgebracht?«

Paula senkte den Blick, presste die Lippen aufeinander und strich sich durch ihr lockiges, rotblondes Haar, das sie nach hinten gekämmt und mit einem blauen Seidenband gebändigt hatte. Sie zerknüllte das leere Zuckersäckchen, warf es angewidert in den gelben Restebehälter und klopfte sich die Kristalle von der Bluse. »Brauchst du den Zucker?«, fragte sie und deutete auf seine Untertasse, auf der zwei Säckchen lagen.

»Du weichst mir aus«, sagte Lorinser und reichte sie ihr.

»Ich weich dir nicht aus«, sagte Paula bedrückt. Sie rührte den Zucker in ihren Kaffee. »Ich habe nur zwei Probleme. Das erste ist, dass, wenn ich meinem Vater helfe, ich ihn gleichzeitig in seinem privaten Bereich in größte Schwierigkeiten bringe. Er hat, obwohl er den Haftbefehl ganz leicht ad absurdum hätte führen könne, seinen Mund gehalten, um seine Familie zu schützen. Ob er sich später dazu durchgerungen hätte, weiß ich nicht. Er hat es jedenfalls unterlassen und wird dafür seine Gründe gehabt haben. Gründe, die ich respektieren muss. Aber das ist nicht alles. Das zweite Problem bist du. Der Polizist, der mit dem Fall befasst ist und der verpflichtet wäre, das, was ich ihm sage, in seine verdammten Akten zu schreiben, in die dann jeder Einsicht nehmen kann.«

»Was willst du damit sagen?«

»Dass er unschuldig ist, nur das!«

»Was sich beweisen ließe, wenn wir herausfinden, wem der gelbe Sportwagen gehört, mit dem er vom Dammer Flugplatz abgeholt worden ist, nicht wahr?«

Sie ließ den Kaffeelöffel fallen und starrte ihn, wie er fand, entsetzt an. Er spürte ihren Schrecken, ihre Angst. Ein Gefühl der Wärme und des Mitleids durchströmte ihn. Er beugte sich über den Tisch, fasste nach ihren Händen und drückte sie.

»Paula«, sagte er mit sanfter Stimme, »ich bin hier hergeschickt worden, um herauszufinden, ob dein Vater haftfähig ist. Er wird, sobald die Ärzte das Okay geben, in ein Gefängniskrankenhaus verlegt werden. Ich denke, das solltest du ihm ersparen. Den Sportwagen werden wir über kurz und lang sowieso finden. Das ist nur eine Frage der Zeit. – Er gehört einer Frau, stimmt's?«

Obwohl sie noch immer schwieg, wusste Lorinser, dass er ins Schwarze getroffen hatte. Es handelte sich um ein Versatzstück der Banalität, aufgeführt von der ahnungslosen Ehefrau, dem alternden Ehemann und seiner letztendlich doch nicht so sorgsam versteckten Geliebten.

»Deine Mutter ist natürlich ahnungslos?«

Paula nickte. »Die beiden sind seit Ewigkeiten verheiratet«, sagte sie. »Wenn sie es erfährt, dann bringt sie sich um. Und wenn sie sich umbringt …«

»Sie wird es nicht erfahren, Paula.«

»Wie willst du das denn garantieren? Deine Kollegen werden schäumen, weil sie ihre Krallen aus der schon sicher geglaubten Beute ziehen müssen.«

»Wir werden die Geschichte vertraulich behandeln.«

»In einem Dorf? Wie willst du das denn schaffen?«

»Ob Dorf oder nicht, das spielt doch keine Rolle.«

»Und ob es eine Rolle spielt. Hier bleiben die Leichen nicht nur länger in den Kellern, hier wissen fast alle darüber Bescheid. Von den Zugezogenen mal abgesehen.«

»Hast du eine Alternative?«

»Keine, die so einfach ist.«

»Also?«

Sie entzog ihm die Hände, rieb sie, griff dann nach seinen und drückte sie so fest, als suchte sie Halt. »Sie heißt Karla. Karla Harpstedt«, sagte sie schließlich nach langem Zögern. Und dann nannte sie ihm die Adresse.

So sieht man also aus, wenn der schon sicher geglaubte dicke Fisch vom Haken gesprungen ist, dachte Lorinser, als Hildebrandt den Hörer mit einer Vorsicht auflegte, als befände sich in seinem Inneren hochexplosiver Sprengstoff. Ihr Gesicht war noch immer blass, aber unter der Haut schien es zu glühen. Scham oder Zorn, das war nicht genau auszumachen. Ihre ungeschminkten Lippen waren spröde, die Augen trübe. Die dunklen Schatten darunter waren größer geworden, zerfließende Tintenkleckse der Enttäuschung. Im Raum hing noch immer der dezente Geruch des Parfüms, mit dem sich Krögers Geliebte in ihrem gelben MG-Cabrio kurz vor dem Eintritt in die Inspektion auf die Vernehmung vorbereitet und vielleicht seelisch gestärkt hatte. Eine imposante Brünette von vierzig Jahren, den fülligen Körper in teure Designerklamotten gehüllt, verschämt, aber nicht schüchtern. Ihre Worte lagen fein säuberlich unterschrieben in der grünen Mappe neben dem Rechner. Worte, gegen die weder das Misstrauen Hildebrandts noch das nörgelnde Erschrecken des Staatsanwalts etwas hatten ausrichten können. Worte, wie Hildebrandt schließlich eingestand, »wie ein Schuss mitten ins schlagende Herz«. Richtig daran war, dass Kröger damit von jedem Verdacht befreit worden war.

Hildebrandt hob den Kopf, rieb sich die geröteten Augen und verzog, als sie Lorinser zunickte, den Mund zu einem kläglichen Lächeln. Der Schuss hatte sie wohl mitten ins Herz getroffen. »Spielen Sie Lotto, Kriminalobermeister?«

»Nein«, sagte er verwundert.

»Spielen Sie überhaupt?«

»Nicht um Geld«, sagte er.

»Sollten Sie aber. Bei dem Schwein, das Sie haben. Wenn Sie erlauben, bringe ich den Einsatz. Sie liefern die Zahlen. Ich wette, es sind die richtigen.«

Auch eine Art, einem die Professionalität abzusprechen, dachte Lorinser. »Und dann?«

»Sie meinen, wenn der Mann den Geldkoffer abgeliefert hat?« Ihr Rücken straffte sich. »Ich wäre für eine lange Reise. Ganz hoch in den Norden, ganz tief in den Süden. Ohne Plan, ohne Ziel, bleiben und gehen, wie es einem so einfällt. Frei von Zwängen sein, machen, was *sein kann*, begreifen Sie?«

Und wie gut er begriff. Ihre Träume von grenzenloser Freiheit, aus der Schmach der Niederlage geboren. Aber überrascht war er doch, dass sie ausgerechnet jetzt, wenige Augenblicke nachdem sie dem Staatsanwalt zerknirscht eingestanden hatte, den »Karren an die Wand gefahren« zu haben, ihm, dem suspekten Frischling aus den Tiefen des Ruhrgebiets, sozusagen ihr Herz öffnete.

»Ich fürchte, so schön Reisen sein können, irgendwann verlieren sie ihren Reiz«, sagte er, schon, um der Kollegin sein Mitgefühl zu vermitteln. »Spätestens dann, wenn sie zur Gewohnheit geworden sind.«

»Nicht, wenn man die entsprechende Begleitung hat. Einen Glückspilz zum Beispiel.«

Glatteis, dachte er, obwohl er dieses Kribbeln der Verführung spürte. Er sagte: »Gefährlich, diese Glückpilze. Das sind die hochgiftigen Gewächse mit den langen, weißen Stielen und dem grellroten, weiß gepunkteten Lamellenschirmen. Fliegenpilze. Ziemlich tückisch. Der Rausch dauert nur wenige Stunden, und wenn er vorbei ist, kotzt man sich die Seele aus dem Leib.«

»Unausweichlich, ohne Ausnahme, meinen Sie?«

Zum Teufel, wie weit will sie denn noch gehen? »Vielleicht gibt es Ausnahmen«, sagte er. »Ich weiß es nicht.«

»Es ist vermutlich eine Frage des ersten Schrittes. Wie eine Brücke zu betreten, deren Ende man nicht sieht, und von der man nicht weiß, ob sie ans andere Ufer oder in den Abgrund führt. Man ist zu feige, sich der Wahrheit zu stellen. Es könnte ja ein Absturz sein, oder?«

Ja, er verstand. Nicht nur ihre Hemmungen, aus sich herauszugehen, sondern ihren von den Ereignissen hervorgerufenen psychischen Zustand. Hildebrandt, vom plötzlichen Tod ihrer Mutter sowieso bis in die Tiefe ihrer Seele erschüttert, litt sichtlich unter dem Wissen, für die Folgen, die der Haftbefehl gegen Kröger verursacht hatte, mit verantwortlich zu sein. Sein Zusammenbruch, die Schuldgefühle, ihn ausgelöst zu haben, und nicht zuletzt das Bewusstsein, falsche Entscheidungen getroffen zu haben, hatten sie offensichtlich zutiefst verunsichert und dieses bizarre Spielchen ausgelöst, das in seinen Augen nichts weiter als das Schreien einer Verletzten nach Trost sein konnte. Vollkommen durch den Wind, die Frau. Dennoch fühlte er sich in die Enge getrieben. Verzweifelt versuchte er, eine Antwort zu finden, die sie weder verletzte noch ihr eine Beziehung in Aussicht stellte, die, er war sicher, nur unheilvolle Komplikationen heraufbeschwören und in einer Katastrophe enden konnte. Mal abgesehen davon, dass sein Kopf voller Paula war.

»Ja, das kenne ich. Nur dass Brücken immer das andere Ufer erreichen. Wenn nicht, sind es keine«, sagte er, weil ihm nichts Besseres einfiel, und weil er hoffte, sich so aus der Affäre ziehen zu können. »Das herauszufinden, heißt, eine Entscheidung zu treffen. Eine andere Möglichkeit sehe ich nicht.«

Sie hob die Brauen, sah ihn einig Sekunden lang erstaunt an, als hätte sie sich verhört. Aber dann nickte sie. Anscheinend war sie zu einem ähnlichen Schluss wie er gekommen. Dass es besser sei, das brisante Thema zu begraben. Wenigstens für den Augenblick, da es galt, mit den Wunden fertig zu werden, die der Tod ihrer Mutter und der Fall Kröger geschlagen hatten.

Sie schob ihm den grünen Hefter zu, in dem die Dokumentation ihrer Niederlage eingeklemmt war, und langte nach ihrer Handtasche. »Fest steht, wir stehen jetzt ziemlich belämmert dar. Nein, nicht wir, ich«, korrigierte sie sich überraschend selbstkritisch und warf einen Blick auf ihre Armbanduhr. Ein Seufzen. »Schon wieder so spät …« Ein weiteres Seufzen. »Ich hoffe inständig, dass wir diesen leidigen Fall bald vom Tisch haben. Aber danach sieht es ja leider nicht aus, nicht wahr?«

Sie stand auf und hängte sich die Handtasche über die Schulter.

»Ich bin eigentlich recht optimistisch«, sagte Lorinser und erhob sich ebenfalls. »Wir haben eine vielversprechende Zeugenaussage, nach der Böses Porsche im Oppenweher Moor versteckt wurde.«

»Versenkt, meinen Sie?«

»Nein, das geht wohl nicht, ohne ihn von einem Flugzeug abzuwerfen. Sagt Hauptkommissar Bossen. Wenn der Wagen sich dort befindet, dann wahrscheinlich in einem der landwirtschaftlichen Gebäude.«

»Wahrscheinlich?« Hildebrandt winkte ab. »Mit Wahrscheinlich kriegen wir nicht mal das Nachdenken des Richters über eine Durchsuchungsaktion. Nicht nach dem heutigen Debakel. Oder wollen Sie nachts in die Scheunen schleichen und riskieren, als Einbrecher geschnappt zu werden?«

»Mir schwebt vor, den Täter unter Druck zu setzen, ihn zu provozieren, um ihn aus der Deckung zu locken.«

Hildebrandt runzelte die Stirn.

»Ihm über die Presse, das Radio, das Fernsehen mitteilen, dass wir dem Versteck des Wagens auf der Spur sind«, sagte Lorinser, während er in dem mutlosen Gesicht seiner Kollegin nach Anzeichen einer Reaktion forschte. »Möglicherweise wird er versuchen, wenn er die Botschaft erhält, das Auto aus der Schusslinie zu bringen. Wir müssten lediglich ein Netz um das Gebiet spannen, in dem er sich verfängt.«

»Wenn er sich denn verfängt«, sagte Hildebrandt wenig begeistert, ließ sich jedoch zur Überraschung Lorinsers auf ihren Bürostuhl fallen, als richtete sie sich auf eine längere Unterredung ein. »Die Idee ist gut, aber haben wir denn nur noch diesen einen Schuss? Was ist mit den Anwohnern rund ums Moor? Haben Sie die unter die Lupe genommen?«

»Alles in allem sind das an die hundert Personen. Das kostet Monate.«

»Was ist mit der Videoaufzeichnung der Tankstelle? Liegt die inzwischen vor? Ist sie ausgewertet? Gibt sie was her?«

Lorinser schüttelte den Kopf. »Kommt morgen. Wahrscheinlich unbrauchbar, weil zigfach überspielt. Meiner Meinung nach sollten wir die Medien einschalten.«

»Meine Güte«, stöhnte Hildebrandt. »Mir bricht der kalte Schweiß aus, wenn ich mir vorstelle, dass wir ein Riesenmanöver mit einem Haufen Personal starten und damit gegen die Wand fahren. Ob die Staatsanwaltschaft mitspielt, wage ich nach Lage der Dinge zu bezweifeln. Der Leitende kommt erst Mittwoch von seiner Tagung zurück, ich müsste die Sache also wieder alleine verantworten und … Was, wenn unser Mann, wenn es denn einer ist, weder Zeitung liest, noch Radio hört oder fernsieht? Wenn ihn die Botschaft gar nicht erreicht? Was dann?«

»Und was, wenn es funktioniert?«

»Mein Gott, Kristian!«

Zweifel, die wie Fettaugen auf der giftigen Brühe der Angst vor der Verantwortung und einem weiteren Desaster schwammen, dachte Lorinser. »Vorhin wollten Sie noch Lotto spielen«, sagte er. »Weil Sie überzeugt waren, ich träfe die richtigen Zahlen.«

Sie warf den Kopf in den Nacken, lachte auf und erhob sich so abrupt, wie sie sich kurz vorher gesetzt hatte. Sie hakte den linken

Daumen unter den Taschengurt und ging zur Tür. Kurz davor blieb sie stehen, starrte ihn an und versteifte ihren Rücken. Lastendes Schweigen. Ihre rechte Hand tastete nach der Türklinke, die linke umklammerte Halt suchend den Gurt ihrer Handtasche. In den Augen die Sorge, den falschen Entschluss zu treffen, die bange Frage, ob sie nicht ihren Bedenken, sondern seinen Instinkten trauen durfte.

»Wir sind schon aus personellen Gründen nicht in der Lage, eine solche wahrscheinlich über Tage gehende Operation durchzuführen«, sagte sie. »Ein Riesenaufwand, der eine Menge Geld kosten wird, ohne dass wir die Gewähr des Erfolges haben …« Sie schüttelte den Kopf. »So verlockend Ihre Idee ist«, sagte sie, ohne Lorinsers Antwort abzuwarten, »ich bin sicher, *ich* werde damit nicht durchkommen, nicht nach der heutigen Blamage, zumal der Fall keinerlei Merkmale der Gefahr für die Öffentlichkeit und damit der Dringlichkeit aufweist.«

»Immerhin geht es um den Tod eines jungen Mannes, um …«

»Das Eine hat nichts mit dem Anderen zu tun«, schnitt Hildebrandt ihm das Wort ab und trat in den Gang, ohne ihm eine gute Nacht zu wünschen.

Diese Scheißangst, dachte Lorinser mit einem Anflug von Verbitterung. Er warf einen Blick auf seine Armbanduhr. Acht. Höchste Zeit, seine Mutter anzurufen.

14

Der Tag fing ganz gut an. Sonnig und mit einem Anruf Paulas, der ihm bewies, dass sie ihren Kollektivschuldfantasien doch nicht erlegen war. Ja, ihrem Vater gehe es schon wieder ganz gut, aber jetzt gehe es um ihre ahnungslose und vollkommen aus den Fugen geratene Mutter. Die sei leider entschlossen, der Vorladung zur Vernehmung unbedingt zu folgen, obwohl es dafür keine Veranlassung mehr gebe. »Ich fürchte, sie wird durch irgendeine Schusseligkeit bei der Vernehmung von Vaters Seitensprung erfahren. Du weißt, was dann geschehen kann …«

»Ich bringe das in Ordnung«, versprach er ihr und brachte die Geschichte nach seinem Eintreffen in der Inspektion mit einem kurzen Telefonanruf aus der Welt. Er setzte sich telefonisch mit der Belamühle in Vechta in Verbindung. Der Fahrer des Futtermitteltransporters erinnerte sich zwar an den »gelben Wagen mit den superbreiten Reifen« auf dem Moordamm, aber »wo der dann abgeblieben ist, das kann ich Ihnen auch nicht sagen.«

Das war es dann schon mit dem guten Tag gewesen. Der Himmel leuchtete zwar immer noch sommerlich, aber Hildebrandt tauchte auf, das Gesicht so fahl, als hätte man ihr über Nacht einige Liter Blut abgezapft. In den Augen blanker Zorn. Wortlos hielt sie ihm das Kreisblatt entgegen und tippte mit dem linken Zeigefinger auf die Schlagzeile im unteren Drittel der Titelseite: »Porsche des Mordopfers im Oppenweher Moor versteckt?« Angewidert, als hätte sie ihn als Schänder der heiligen Unschuld erwischt, warf sie ihm die Zeitung auf den Schreibtisch und fragte empört nach einer Erklärung für die ihrer Meinung nach offensichtliche Weitergabe interner Ermittlungen. Dass Halvesleben ohne das Zutun Lorinsers seinen Wissensvorsprung genutzt hatte, nicht nur das eigene, sondern auch das Kreisblatt mit der Geschichte zu bedienen, nahm sie zwar mit einem hörbaren Seufzer der Erleichterung zur Kenntnis, aber beruhigt war sie noch nicht. Leider Gottes sei das interessante theoretische Planspiel vom Vorabend durch den Artikel zur Realität geworden. Allerdings mit verkehrten Vorzeichen.

»Nicht nur der Täter, auch wir stehen jetzt unter Druck«, stellte sie mit einem Blick auf die Zeitung fest. »Nur dass wir weder die Zeit noch das Personal haben, das Verbringen des Wagens verhindern zu können.«

Verbringen! Lorinser lächelte unwillkürlich, als er das Wort aus dem Setzkasten der polizeilichen Bürokratie hörte.

»Und wenn der Wagen unauffindbar bleibt«, fügte Hildebrandt sinnend hinzu, »dann sehen wir ziemlich alt aus, nicht wahr?«

»Zum Glück kann man einen Porsche nicht in die Aktentasche stecken. Unverkennbare Geräusche macht er auch. Das zu überwachende Gebiet ist auch nicht sehr groß. Zwei, drei Straßen, die beobachtet werden müssten. Und wenn es nachts geschieht, muss er die Scheinwerfer einschalten. Mit einigen Überstunden hätten wir eine Chance.«

»Und wenn er die gleichen Überlegungen anstellt? Wenn er es nicht nachts macht? Wenn er abwartet, es morgen oder übermorgen oder am Wochenende macht?«

»Er hat eine höllische Angst, gefasst zu werden. Und er weiß, dass er nur dann davonkommt, wenn er schnell handelt.«

»Er kann den Wagen bereits beiseitegeschafft haben.« Hildebrandt warf einen Blick auf ihre Armbanduhr. »Halb elf. Die Zeitung ist seit Stunden ausgeliefert! Genügend Zeit hätte er also gehabt.«

»Wenn ich er wäre, würde ich die Nacht abwarten.«

»Sie sind nicht er.«

»Aber ich bin bereit, mir auch die kommenden Nächte um die Ohren zu schlagen. Ich wette, Steinbrecher wird auch nicht Nein sagen. Vielleicht können wir ja auch Kollegen anderer Dezernate für die Aktion gewinnen.«

Sie stand auf und nahm die Zeitung vom Schreibtisch. »Außerdem muss ich die Sache dem Leitenden vortragen«, fügte sie seufzend hinzu, ehe sie das kleine Büro mit einem Nicken, aber ohne Gruß verließ, einen Lorinser zurücklassend, der ob der ängstlichen Bedenken nur noch den Kopf schütteln konnte.

Von wegen Glückspilz! Lorinser hatte nicht nur das Gefühl, sein »Schwein« noch nicht mal auf die Probe stellen zu dürfen, sondern auf einer einsamen Eisscholle verlassen im Meer zu treiben. Missmutig nahm er sich wieder einmal Bossens Namensliste vor, in der Hoffnung, irgendeinen Punkt zu finden, der den Motor seiner Inspiration in Gang setzen würde. Aber die Punkte blieben Punkte. Was sich in Gang setzte, waren die Bilder öden Hausierens von Haus zu Haus, von Anwohner zu Anwohner, begleitet von der verzweifelten Hoffnung, an einer dieser Türen jenes Fitzelchen an Information zu erhaschen, das zum Täter und zur Auflösung des Falles führte. Hildebrandts Mutlosigkeit hatte sich wie Mehltau auf seine Seele gelegt. Allerdings verstand er, dass sie sich beim Leitenden absichern wollte.

Zum ersten Mal seit seinem Dienstantritt in Diepholz fragte er sich, ob seine Vorstellungen von seinem Beruf nicht doch zu idealistisch waren und unweigerlich über kurz und lang im Rachen des bürokratischen Mahlwerks verenden würden. Weniger prosaisch gedacht: ob er trotz glänzenden Bestehens des Eignungstests den richtigen Zug bestiegen hatte. Eine Antwort wagte er nicht. Noch nicht.

Lustlos wählte Lorinser die einzige Telefonnummer, die Bossen mit der Anwohnerliste geliefert hatte. Es war die des Vorsitzenden des Reit- und Fahrvereins.

Holtkötters Fistelstimme troff vor Misstrauen. »Ist das wieder so'n Trick, um an unsere Adressen zu kommen? Woher soll ich wissen, dass Sie überhaupt Polizist sind?«

»Ich komme zu Ihnen. Dann können Sie sich in aller Ruhe von der Echtheit meines Dienstausweises überzeugen«, schlug Lorinser vor und empfand es als Lichtblick, als Holtkötter, ein Kerl, offenbar so kantig wie seine Einwände, nach langem Zögern seinen Besuch akzeptierte.

Kaum hatte Lorinser aufgelegt, als die Tür aufgestoßen wurde. Steinbrecher, in den zittrigen Händen eine Tasse mit seinem gefürchteten Kräutertee, unter dem Arm ein Kuvert, schob sich wie ein Todesbote ganz in Schwarz gekleidet vorsichtig in den Raum.

»Echt zum Kotzen«, brach es aus ihm hervor, während er mit dem linken Fuß die Tür zustieß. Ein neuer Fall sei angezeigt worden, platzte es aus ihm heraus. Da laufe ein Dracula durch die Gegend, der offenbar zur Befriedigung seiner Tötungsfantasien einer ahnungslosen Kellnerin in den Hals gebissen habe. »Gestern Abend, und, das musst du dir reinziehen, hat er ihr gesagt, er müsse unbedingt herausfinden, wie sie schmecke. Und ausgerechnet auf dem Parkplatz vor dem Amtsgericht. Nicht zu fassen, so was!« Mit der Tasse auf Lorinsers ins Gelbliche verfärbte Augenpartie deutend: »Was macht dein Kopf?«

»Außen macht er sich ganz gut«, sagte Lorinser unterkühlt. Die forschfröhliche Art, mit der Steinbrecher sein unseliges Verhalten vom Vortag zu überspielen versuchte, verstand er zwar als Versuch einer Entschuldigung. Aber die Wunde, die das Misstrauen des Kollegen geschlagen hatte, war noch zu frisch, als dass er zur Tagesordnung hätte übergehen können.

Steinbrecher setzte die Tasse ab. »Das sind die Bilder von der Tankstelle«, sagte er, öffnete das Kuvert und warf einen Stapel Fotos auf den Tisch. »Die Hohlköpfe haben zwar daran gedacht, die Bänder zu wechseln, aber die Bilder sind nicht zu gebrauchen, weil die nie daran gedacht haben, die Kameralinse zu reinigen! Und das, obwohl die an drei Fingern abzählen können, wann sie von irgendeinem überdrehten Junkie hopps genommen werden! Schau dir den Scheiß an«, fügte er hinzu und ließ sich auf den Stuhl fallen. »Mehr war bis jetzt nicht herauszuholen.«

Die anscheinend irgendwo unter dem Dach der Tankstelle angebrachte Kamera hatte Bilder geliefert, die wie schlechte Kopien von Kopien aussahen. Der Porsche mit seinen schwarzen Seitenstreifen und die Tanksäulen auf dem tristen Betonviereck der Raiffeisen-

Tankstelle waren noch gut zu erkennen, aber die Gestalt, die, vom Fahrzeug bis zum Oberkörper verdeckt, den Tank befüllte, war nicht mehr als ein Schemen. Eine schmalschultrige Figur mit lediglich angedeutetem, weil leicht zur Straße abgewendetem Gesicht unter einer tiefschwarz gezeichneten Haarhaube.

»Ist das wirklich alles?«

»Die versuchen es weiter, aber mach dir da mal keine zu großen Hoffnungen. Wo keine Substanz ist, können die auch mit ihren Programmen nichts machen. Für mich sind die Bilder ein glatter Schuss in den Ofen.«

Gelinde ausgedrückt, dachte Lorinser und hatte das Gefühl, etwas übersehen zu haben. Er nahm die Lupe aus der Schreibtischschublade, betrachtete die Abzüge Millimeter für Millimeter. Das Innere des Sportwagens war auch in der Vergrößerung nichts weiter als ein dunkler Klecks. Lediglich das Lenkrad zeichnete sich in Konturen ab. Mehr zu ahnen als zu sehen. Aber wohl nur deshalb, weil man genau wusste, dass es an der Stelle sein musste. Das Gesicht jedenfalls ließ sich in der Auflösung nicht identifizieren. Wahrlich kein guter Tag, dachte er.

»Tja, so ist das Leben«, sagte er und schob die Bilder enttäuscht zusammen. »Wenigstens haben wir die Gewissheit, dass Böse an der Tankstelle keinen Begleiter hatte. Zumindest keinen sichtbaren«, fügte er unzufrieden hinzu.

Er stand auf, nahm seine über der Stuhllehne hängende Jacke, steckte seine Zigaretten ein und warf sie sich über die Schulter.

»Hast du draußen zu tun?«, murmelte Steinbrecher und sah Lorinser fragend an.

»Ja«, sagte Lorinser knapp. Er ahnte, dass der Kollege sich ihm gerne angeschlossen hätte. Aber auch, dass er ihn jetzt nicht ertragen konnte. Er brauchte Zeit, um Abstand zu gewinnen. Er brauchte frische Luft. Vielleicht half sie ihm, den Kopf wieder frei zu bekommen.

Steinbrecher hob resignierend die Schultern, griff stumm nach seiner Tasse und wandte sich zur Tür.

»Ich sag dir Bescheid, sobald was Besseres da ist«, nuschelte er vergrätzt, als sie den Flur betraten. Er war sichtlich aufgebracht und wirkte auf Lorinser wie ein in der Seele getroffener Schuljunge, dessen zur Versöhnung ausgestreckte Hand ausgeschlagen worden ist.

»Ja, mach das«, sagte Lorinser ohne jede Genugtuung, im Kopf aber noch immer die Frage, was ihn an den Bildern gestört hatte.

Sieh mal einer an, dachte Lorinser, als er unweit des Moorparkplatzes den Hinweis auf den Reit- und Fahrverein entdeckte. Genau an dieser Stelle hatte Messmann seine unangenehme Begegnung mit Böses Porsche gehabt. Hier irgendwo war der Wagen verschwunden! Vielleicht in der hinter wuchernden Büschen versteckten Einfahrt zum Gelände des Reit- und Fahrvereins?

Er lenkte den Wagen in einen betonierten Hof, auf einen verklinkerten Flachbau zu, dessen schmale Lichteinlässe, die grauen Rolltore und vor allem die aus dem roten Welldach ragenden Luftschächte auf eine ehemalige Schweinemastanlage schließen ließen. Links, auf Berglage zu, hoben sich hinter Obstbäumen wie Riesenpilze smaragdgrüne Maissilos in den dunkler werdenden Himmel. Am Ende des Stallgebäudes war der Hof mit einem hölzernen Stangenzaun und einem weißen Holztor eingegrenzt. Dahinter eine sattgrüne, von Maisfeldern umschlossene und von Wagenrädern durchpflügte Weide, auf der vier Pferde grasten.

Lorinser parkte die Isabella neben einem verstaubten Toyota Geländewagen und stieg aus. Aus Richtung der Silos dröhnte ein Trecker. Dort, halb versteckt hinter einem Wall von wild wuchernden Buschrosen, befand sich ein offener Schuppen, in dem Stroh bis unter das Dach gestapelt war. Daneben stand wie ein salutierender Soldat unter einem Wellblechdach eine verbeulte Tanksäule. Die von Insekten durchschwirrte Luft roch nach Dieselabgasen und Pferdedung. – Steckte hier irgendwo der Porsche?

»Mais, Mais, nichts weiter als verdammter Mais«, erklang die Eunuchenstimme Holtkötters. Er stand im Eingang zur Halle und musterte die Isabella aus misstrauisch zusammengekniffenen Augen. »Und jede Menge degenerierter Schweine, die den Dünger für das Mistzeug liefern und sozusagen ihre eigene Scheiße schlucken, weil sie ihnen anschließend in den Trog geworfen wird. Haben Sie die verfluchten Landschaftsmörder gesehen?«

Holtkötter, das weißhaarige Abbild eines gealterten Cowboys in brauner Lederhose, kariertem Hemd und polierten Westernstiefeln aus imitiertem Schlangenleder, stand mit verschränkten Armen hinter dem Geländewagen und deutete auf die gigantischen Windräder, die hinter Lorinser mit träge drehenden Flügeln die Luft pflügten.

Lorinser nickte ihm zu.

»Alles nur Lüge«, fistelte Holtkötter nörgelnd. »Richtig bilanziert, zahlen wir Bürger drauf. Weil die mit der Herstellung mehr Energie verbrauchen, als sie aus den verfluchten Dingern herausholen können. Nur wagt es keiner, gegen die verquaste Gutmenschenlogik der Politgangster aufzumucken. – Sie haben gesagt, dass Sie mir Ihren Dienstausweis vorlegen!«

Lorinser tat ihm den Gefallen. Pedantisch prüfte Holtkötter das Dokument, nicht ohne darauf hinzuweisen, dass er es »hundsgemein« fände, wenn die neunundachtzig Namen seiner Mitgliederliste, von denen drei »wegen Tod« und elf »wegen Beitragsschuldigkeit« sowieso nicht mehr zählten, »in irgendeinem dieser kriminellen Adressenpools landeten, deren Drücker jetzt schon mit Kameraautos durch die Gegend fahren, um einem das letzte Fitzelchen der Souveränität zu nehmen. Das ganze Land geht vor die Hunde«, fügte er bitter hinzu und drohte in Richtung Maissilos, ehe er sich abrupt umdrehte und in die nach kaltem Rauch, Lederfett und schalem Bier riechende Halle trat.

Der vordere Bereich war wie eine Gaststätte eingerichtet. Im hinteren, lediglich von einem an Holzpfosten befestigten Tau getrennt, befanden sich vier schwere Kutschen, von denen der strenge Ledergeruch herüberwehte. Von der auf einer Stahlkonstruktion ruhenden Decke hingen Neonleuchten. An den Wänden gerahmte Fotos, Urkunden und Wappen. Über dem Tresen ein Bord, auf dem an die zwanzig Pokale im Dämmerlicht silbrig blitzten.

Kein Porsche.

Holtkötter führte Lorinser in ein kleines, mit Eichenmöbeln und einem Kirschbaumschreibtisch voll gestelltes Büro. Dabei teilte er mit, dass, als er mit einigen Enthusiasten den Verein gegründet habe, es noch wie unter *richtigen* Menschen zugegangen sei. Damals habe es noch Werte und echte Kameradschaft gegeben, da habe man noch zusammengehalten und in die Hände gespuckt, um den Laden nach vorne zu bringen. Aber heute? Er stieß seine Worte mit einem Eifer heraus, als stände der Weltuntergang und damit die letzte Möglichkeit zur tätigen Reue bevor. »Gucken Sie sich doch das junge Unkraut an! Die und arbeiten? Nee, nee, wo die sich drauf verlassen, das ist Vater Staat, das ist Hartz vier! Die richten mit ihrer Weicheierei alles zu Grunde, das sage ich Ihnen!«

»Sie wollten mir eine Liste Ihrer Mitglieder geben«, erinnerte ihn Lorinser, während seine Blicke über die von Hochglanzfotos gepflasterten Wände glitten. Kutschen, Männer und immer wieder Holtkötter, der breit grinsend entweder Gläser oder Pokale in die Kamera hielt. An der Wand hinter dem Schreibtisch hing ein besonders großes, das ihn, ein überdimensioniertes Hufeisen über den weiß leuchtenden Kopf stemmend, inmitten seiner Mitstreiter vor den in der Halle aufgefahrenen Kutschen zeigte. Hinter ihm, halb verdeckt, lächelte Bersenbrück, der Vater des von Böse geschwängerten Mädchens, in die Kamera. Auf dem Silber des Hufeisens spiegelten sich zwei Neonleuchten. Ein Blitz war also offensichtlich nicht verwendet worden.

Lorinser runzelte die Stirn. Fototag, dachte er in Erinnerung an den Reinfall mit der Videoaufzeichnung der Tankstelle. Holtkötter reichte ihm die aus vier Blättern bestehende Liste.

»Sieht ja fast so aus, als wenn Sie uns was ans Zeug flicken wollen! Wonach suchen Sie eigentlich?«

»Nach einem gelben Porsche«, sagte Lorinser, den Blick noch immer auf dem Foto. »Und nach dem Fahrer, der ihn letzte Woche Montag gegen sieben Uhr morgens hier langgefahren hat.«

»Es geht also um den unseligen Böse? Der steht aber nicht auf unserer Liste. Der wäre da auch nicht draufgekommen. Mit dem hatten wir Gott sei Dank auch nichts zu tun.«

»Gott sei Dank?«

»Toten soll man ja ihren Frieden lassen, aber …« Holtkötter hob beide Hände und schüttelte den Kopf. »Nein, nein, das hätte einen Aufstand gegeben, wenn ich den aufgenommen hätte. Aber das hat der auch nie versucht.«

Der. Lorinser faltete die Liste und deutete auf das Foto. »Dann wäre Carola Bersenbrücks Vater auf die Barrikaden gestiegen, nicht wahr?«

»Nicht nur der, das sage ich Ihnen! Dann wäre hier Revolution gewesen, und ich, das schwöre ich Ihnen nackend in die Hand, ich hätte sie angeführt. So ein Kerl ist einfach nicht gemeinschaftsfähig, mal davon abgesehen, dass man sich so ein Weichei nun wirklich nicht auf dem Kutschbock vorstellen kann.«

»Ist Bersenbrück aktiv?«

»Der ist einer unserer Besten, der bildet aus. Das ist einer vom alten Schrot und Korn.« Holtkötters Augen verengten sich. »Sie glauben doch nicht etwa, dass unser Rainer …«

»Mit Böses Tod zu tun haben könnte?«

»Nie und nimmer, das sage ich Ihnen! Für den lege ich meine Hand ins Feuer, und ich bin absolut sicher, dass ich sie mir nicht verbrennen werde. Nein, nein, das ist einfach absurd! Absurd, sage ich Ihnen!«

Lorinser schob die Liste in die Seitentasche seiner Jacke. »Waren Sie letzte Woche Montag hier? Frühmorgens, gegen sieben Uhr, meine ich?«

»Wie hätten Sie's denn gerne? Mit Böses Porsche unterm Arsch?«

»Wie auch immer.«

»Nein, war ich nicht.«

»Wer versorgt die Tiere?«

»Die versorgen sich weitestgehend selbst, solange sie auf der Weide stehen. Ansonsten das Selbstausbeutungspotenzial unseres Vereins. Ohne Idealismus kriegen Sie einen solchen Laden nicht geschmissen. Die meisten Gespanne sind sowieso in privatem Besitz und werden von ihren Eignern in ihren eigenen oder angemieteten Ställen in Schuss gehalten. Hier«, er deutete in den Vereinsraum, »haben wir ja nur wenige Exemplare. Fünf, um genau zu sein.«

»Können Sie feststellen, wer letzte Woche Montag Dienst tat?«

»Dieselben Mädchen, die jetzt da sind«, sagte Holtkötter ungnädig und deutete in den Vereinsraum. »Ingelore und Martina. Da rein, in den Hof und dann so lange rechts, bis Sie den Misthaufen sehen und das Gegacker der beiden hören.« Er faltete die Hände, als wollte er Lorinser aus dem Büro beten. »Und falls Sie mich noch sprechen wollen«, fistelte er ungnädig, »finden Sie mich hier.«

Lorinser dankte und verließ das Gebäude. Der Stall befand sich im letzten Drittel der Halle in unmittelbarer Nähe der Pferdekoppel. Ein breiter Gang, links und rechts jeweils zwölf Pferdeboxen. Fast alle geöffnet und leer. Und als Abstellplatz für einen Porsche vollkommen ungeeignet. Eine Schwalbe schoss über ihn hinweg. Kein Mädchengegacker. Das Schnauben eines Pferdes war zu hören. Metall schrammte über den Zementboden. Das Geräusch kam aus der dritten Box auf der linken Seite.

»Ingelore oder Martina?«, fragte er, als er das selbstvergessen Stroh zusammenschiebende Mädchen entdeckte. Ihrem Körper nach war sie mindestens achtzehn, dem Gesicht nach zwölf Jahre alt. Verschreckt war sie wie eine Achtjährige, die den Bösen Mann vor sich sieht. Sie wich einen Schritt zurück und starrte ihn aus dunkelbraunen Augen entgeistert durch die brünetten Fransen ihres wirren Ponys an.

»Martina«, gestand sie verlegen auflachend, als Lorinser sich vorgestellt hatte. »Mann, hab ich einen Schrecken gekriegt!«

»Tut mir leid«, entschuldigte er sich. »Ich habe auch nur eine Frage. Es geht um den Montag letzter Woche. Herr Holtkötter sagte mir, du hättest hier gearbeitet. Zusammen mit deiner Freundin.«

»Ich war die ganze Woche hier, aber nicht mit meiner Freundin, mit meiner Schwester. Mit der da«, sagte sie und deutete in den Gang, aus dem das Geräusch sich nähernder Schritt erklang. »Haben wir was angestellt?«

»Das wisst ihr bestimmt besser als ich«, sagte Lorinser und drehte sich um. Was da in Reithose, Gummistiefeln und roter Bluse neugierig herüberblickte, war das Spiegelbild ihrer Schwester. Nur, dass ihr Haar flachsblond, glatt nach hinten gekämmt und von einem Pferdeschwanz gebändigt war.

»Wisst ihr noch, um welche Zeit ihr Montag gekommen seid?«

»Wie heute. Viertel vor neun «, sagte die noch immer im Gang abwartend verharrende Ingelore.

Tja, das ist es dann wohl, dachte Lorinser.

»Exakt Viertel vor neun?«

»So ungefähr. Weil meine Mutter um neun auf der Arbeit sein muss. Sie bringt und holt uns. Um Viertel nach zwei. Dann müssen wir am Tor stehen.«

Nein, es sei niemand auf dem Hof gewesen, als sie gekommen waren. Nicht an diesem Montag. Einen Schlüssel brauche man nicht. Man müsse nur durch die Eisenstangen des Tors greifen und einen Riegel zurückziehen, dann könne man es öffnen. Es sei alles wie immer gewesen. Die Stalltiere versorgen, misten, Streu eingeben, dann reiten, weil das der Lohn für die Arbeit sei. Mittags sei Herr Holtkötter gekommen, aber nach kurzer Zeit wieder abgefahren. Nur wenn ein Turnier bevorsteht, sei ganz schön was los. »Ansonsten ...« Martina verbog angewidert die Lippen und hob die Schultern.

»Jemand hat Stroh gebracht«, sagte Ingelore.

»Wer?«

»Ein Bauer. Ich weiß nicht, wer das genau war.«

»Wann?«

»Das habe ich erst mitgekriegt, als es schon da war. Wir waren ja hier im Stall.«

»Von einem gelben Porsche habt ihr auch nichts gehört oder gesehen?«

Sie schüttelten gleichzeitig die Köpfe.

»Vielen Dank jedenfalls«, sagte Lorinser und verließ den Stall. Die Sonne stand zwar noch am Himmel, aber über den jetzt schneller drehenden Windmühlen schoben sich düstere Wolken heran. Vor dem Gatter des Weidezauns stand ein gutes Dutzend Pferde dicht beieinander, als warteten sie darauf, in den Stall geführt zu werden. Staub und Stroh wirbelten über den Hof.

Er zog die Mitgliederliste aus der Tasche und faltete sie auseinander. Es handelte sich um eine durchnummerierte Tabelle, die Namen alphabetisch geordnet. Im Kopf Kürzel wie akt./pass., Beruf, Str., Ort, Tlfnr. und BtrGez./ngez., Anm. Offensichtlich mit einem ausgenudelten Nadeldrucker ausgegeben und schwer zu lesen. Er nahm sich vor, sich im Büro damit zu befassen, und steckte die Liste wieder ein.

Sieht verdammt nicht gut aus, sagte sich Lorinser. Weder mit dem Wetter noch mit dem Fall. Der Porsche, so er denn überhaupt in der Gegend war, konnte in irgendeinem Schuppen, aber genauso gut in einem der riesigen Maisfelder oder in einem Gebüsch stecken. Oder während der vergangenen Woche längst aus der Schusslinie geschafft worden sein. Wenn nicht, reichte es, ihn mitsamt der ja nur möglicherweise vorhandenen Spuren in Schutt und Asche zu legen. Und dann ist wohl Ende Gelände, um es in der Diktion Steinbrechers auszudrücken, dachte er, während er mit einer Laune, die mindestens so düster wie die im Westen aufziehenden Wolken waren, auf die Isabella zuging.

Den Abschied von Holtkötter ersparte er sich, weil sein Tagesbedarf an verquastem Predigermoralin und imitierten Schlangenlederstiefeln mehr als gedeckt war.

Na ja, wie ein strahlender Ritter auf den Spuren der Wahrheit fühlte er sich ganz und gar nicht. Eher wie ein Hausierer, der zwar keine Tür ausgelassen, aber auch keinen Knopf verkauft hat. Ob Hightechbauer oder Rentnerin, im Kern hatten sie das Gleiche gesagt: Der Fall sei ihnen zwar bekannt und von dem gelben Porsche habe man in der Zeitung gelesen, aber gesehen, nein, gesehen habe man ihn nicht. In den sich im Misstrauen gleichenden Gesichtern die stille Empörung zu Unrecht unter Verdacht Genommener: Wir sind hart arbeitende, anständige Menschen, Sie glauben doch nicht etwa, dass … Menschen so verschlossen wie die lehmige Erde, die sie mit ihren Hochleistungsmaschinen beackerten.

Fürwahr, ein harter Tag.

Und so rabenschwarz wie der plötzlich verfinsterte Himmel, aus dem zornige Blitze zuckten und noch zornigerer Donner grollte. Der Gott der Gerechtigkeit schien ob der desolaten Entwicklung des Falles einen Koller gekriegt zu haben. Wasserfallartig fiel der Regen auf das Land, trommelte dröhnend auf das Dach der Isabella und stanzte faustgroße Krater in die über die Straße schäumende Flut. Lorinser hatte das Gefühl, im Inneren einer mit schweren Knüppeln bearbeiteten Trommel unter der Wasserlinie zu sitzen. Vor ihm die beschlagene Windschutzscheibe, über die der Wischer vergeblich die Flut planierte. In Kopf und Bauch der verzweifelte Wunsch, endlich einen Platz zwischen den windgepeitschten Bäumen zu finden, auf dem er das im Schritttempo lahmende und nur schwer zu navigierende Auto abstellen konnte. Was kam, war ein dunkler Schatten, der bedrohlich aus der grauen Wand aus Wasser und Dunst schoss. Tanzende Lichtfinger, begleitet von einem dröhnenden Rauschen, schoben sich auf die Isabella zu. Ein Wasserschwall, von den schweren Reifen des Lastwagens aufgeworfen, klatschte gegen die Seitenfront des eher schwimmenden als fahrenden Autos, gischtete über die Windschutzscheibe und nahm ihm für Sekunden nicht nur vollends die Sicht, sondern, wegen des Schrecks, auch den Atem.

Das Telefon läutete und begann, als das Vibrieren einsetzte, seinen Drehtanz auf der Ablage. Lorinser war versucht, danach zu greifen, behielt aber aus Angst, die Kontrolle über den Wagen zu verlieren, die Hände am Steuer. Er starrte weiter in die graue Wand des Unwetters und versuchte, das Auto in der Spur zu halten. Endlich entdeckte er eine Einfahrt, steuerte den Wagen hinein und bremste erleichtert ausatmend vor einem grauen Garagentor. Mit zitternden Händen zündete er sich eine Zigarette an, inhalierte tief und lehnte sich zurück. Er fühlte sich wie einer, der noch nicht ganz davongekommen ist. Nicht nur, weil die Blitze bedrohlich nahe zuckten, sondern auch, weil das durch die mürben Scheibendichtungen eindringende Wasser nach weiteren kostspieligen Investitionen in das alte Blech schrie. Dennoch fragte er sich, wieso die Überwachungsfotos der Tankstelle den hellblonden Böse mit *schwarzen* Haaren zeigten.

Lag das an der schlampigen Wartung der veralteten VHS-Anlage? Dass sie ihre Bilder schwarz-weiß lieferte? An den Lichtverhältnissen? Hatte ein Schatten die Tatsachen verfälscht? Hatte Böse sich eine eng anliegende Mütze aufgesetzt? Oder, schoss es Lorinser heiß durch den Kopf, haben wir es bei der Person gar nicht mit dem *Opfer*, haben wir es mit dem *Täter* zu tun?

Er angelte nach dem Telefon. »Anonymer Anrufer« stand auf dem Display. Katta? Vielleicht. Aber das war jetzt egal. Er rief Steinbrecher an. »Wie«, schrie er gegen den Donner und das Getrommel des Regens an, »kriegen wir heraus, ob die Person auf den Fotos Böse ist?«

»Wieso müssen wir das herauskriegen? Das wissen wir doch!«

»Wirklich, Franz? Wissen oder glauben wir es?«

»Wieso brüllst du mich so an?«

»Ich brüll dich nicht an! Ich sitze mit einem nassen Arsch in einem verfluchten Gewitter und werde demnächst entweder von einem Blitz erschlagen oder, was noch schlimmer ist, in den Fluten ersaufen.«

»Also hier tröpfelt's nur.«

»Mann, das ist doch scheißegal! Ich habe dir eine Frage gestellt! Gibt es irgendwelche Möglichkeiten, sicherzustellen, dass wir es auf den Fotos mit Böse zu tun haben? Mit einem Abgleich der Gesichtsform, der Ohren, der Brauen, der Kinnform und was es da sonst noch gibt. Ist das zu machen, ich meine, mit unseren Mitteln?«

»Darf ich fragen, wie du plötzlich darauf kommst?«

»Weil ich mit einem John-Wayne-Abziehbild zu tun hatte. Mit Westernstiefeln aus imitiertem Schlangenleder und Haaren wie Schnee, die auch auf seinen Fotos weiß waren. Böse hat auch helle, aber auf den Fotos sind sie schwarz, begreifste?«

»Das kann mit der Technik zu tun haben und mit dem Dreck, den sie jetzt Feinstaub nennen, der sich im Laufe der Zeit wie Schmiere auf die Linse gesetzt hat.«

»Und wenn nicht? Wenn es der Täter ist?«

Steinbrecher schien die Luft anzuhalten. Nicht so das Gewitter. Direkt über dem Haus zuckte ein weißgelb-violetter Blitz. Lorinser zog unwillkürlich den Kopf ein. Und als der Donner Bruchteile von Sekunden folgte, hatte er das Gefühl, aus dem Sitz gehoben zu werden. Dachziegel schlugen auf den überfluteten Hof.

»Bist du noch dran?«, fragte Lorinser mit einem Blick auf das Haus. Aber erkennen konnte er nichts. Nicht, was sich auf dem Dach abgespielt hatte. Vorsichtshalber legte er den Rückwärtsgang ein.

»Ja, bin ich«, bellte Steinbrecher, als müsste er Schleim aus der Kehle husten. »Und das kriegen wir hin. Wir legen die Folien der Gesichtskonturen einfach übereinander und fertig. Das ist'ne leichte Übung. – Hört sich ja an, als wärste im Krieg.«

»Im Blitzkrieg, wenn schon«, sagte Lorinser und sog an der Zigarette.

»Diese scheiß Kriege«, sagte Steinbrecher. »Meistens sind es nichts weiter als Missverständnisse. Weil man nicht redet. Nicht miteinander, immer übereinander, immer aneinander vorbei, als wenn man ’n Rohr vorm Maul hätte. Vorne rein, hinten raus. Und kein Schwein versteht, was man da hineinbläst. Oder versteht es falsch, oder glaubt, dass man einem an die Karre will. Aber das will man gar nicht. Ich nicht, verstehste?«

»Ja.«

»Ich will keinen Krieg. Nicht mit dir.«

»Den haste ja auch nicht. Nicht wirklich.«

»Wir sollten mal vernünftig drüber reden.«

»Ja«, sagte Lorinser, während eine ganze Reihe von Blitzen den schwarzgrauen Himmel zerhackte, »das sollten wir. Rufst du mich an?«

»Ich ruf dich an«, sagte Steinbrecher. Seine Stimme klang, als wäre ihm ein ganzer Sack voller Steine vom Herzen gefallen.

Er hatte angerufen. Nur eine halbe Stunde später. Die Zeit hatte Lorinser genutzt, sich Holtkötters Liste anzusehen, die mit A wie Aalmeyer, Heinrich begann und mit Urgayev, Valerie endete. Drei Firmennamen. Alle aus der Gegend: Lemförder Polyurethantechnik GbR, W. Heger, Garten & Landschaftsbau, MS-Consult, Ihr Partner in Finanzdienstleistungen. Bei keiner ein Hinweis auf die Inhaber. Aber das Gewitter hatte sich glücklicherweise überraschend schnell in Richtung Osten verzogen und einem sanften, von einer fahlen Sonne durchleuchteten Landregen Platz gemacht, dessen dünne Fäden glasig in den von der Straße aufsteigenden Dunst fielen. Triumph in Steinbrechers Stimme. Vielleicht auch Bewunderung. »Volltreffer«, hatte er gejubelt. »Mitten aufs Blatt. Wer immer das ist, Böse kann es nicht sein. Gratuliere, Kollege!«

Gratuliert hatte auch Hildebrandt. Sozusagen zwischen Tür und Angel, weil sie einen unaufschiebbaren Termin wahrzunehmen hatte. Obendrein recht freudlos und auf eine neue, resignative Art. Kein Wort der Anerkennung, kein Lob. In den Augen die Schatten der Erkenntnis, dass gegen das Glück der Glückspilze kein Zauberpulver gestreut werden kann. Dabei fühlte Lorinser sich gar nicht glücklich. Hätte er seinen Zustand beschreiben müssen, wäre das Wort »Ernüchterung« gefallen. Ernüchterung darüber, wegen einer nicht sorgfältig genug geprüften und falschen Spur auf den Holzweg geschliddert zu sein. Tröstlich nur, dass Hildebrandt ihn nicht erneut zum Lottospielen aufgefordert hatte.

»Nun gut«, hatte sie ohne sichtliche Anteilnahme gesagt und dabei ihren Baumarktkugelschreiber über den vor ihr liegenden Vergleichsfolien kreisen lassen, »wir wissen jetzt, dass wir es nicht mit Böse, sondern mit einem Unbekannten, mit dem mutmaßlichen Täter zu tun haben. Vielleicht mit einem Mittäter, vorausgesetzt, wir haben es mit mehreren zu tun. Die Frage, um wen es sich handelt, können wir mit diesem diffusen Material offensichtlich nicht beantworten. Oder lässt sich da noch etwas machen?«

»Ende der Fahnenstange«, hatte Steinbrecher gesagt. »Die Kamera hat wegen der verschmutzten Optik einfach nicht mehr aufzeichnen können. Hinzu kommt das ausgenudelte VHS-Band … Nee, wo nichts ist, kann auch nichts herausgeholt werden.«

»Das heißt, im Grunde stehen wir genau da, wo wir gestanden haben?«

»Identifizieren können wir die Person im Augenblick jedenfalls nicht.«

Sie hatte sich an Lorinser gewandt. »Sind Sie weitergekommen?«

»Nicht wirklich«, hatte Lorinser gesagt und mit wenigen Worten seinen ergebnislosen Besuch bei Holtkötter und den Anliegern geschildert.

»Gibt die Liste etwas her?«

»Neunundachtzig Namen. Darunter einige örtliche Firmen, bei denen nicht klar ist, wer dahintersteht. Aber ich kümmere mich darum.«

»Sie hätten bereits vor Ort diesen Holtkötter um Auskunft bitten können«, sagte Hildebrandt spitz.

»Wir kämen weiter, wenn wir das Gebiet überwachten. Heute. Morgen. Von mir aus nur die neuralgischen Punkte. Der Täter steht wahrscheinlich unter Druck. Er weiß, dass er den Porsche aus der Schusslinie bringen muss.«

»Das sind Spekulationen, mit denen wir nicht durchkommen, Kristian! Ich weiß, warum ich das sage!«

»Heißt das, Sie haben darüber mit dem Staatsanwalt gesprochen?«

»Ja«, hatte sie gesagt, ohne eine Erklärung abzugeben. Sie war aufgestanden, hatte sich ihre Handtasche über die Schulter gehängt und sich mit der Bitte, »dran zu bleiben« auf den Weg zu ihrem unaufschiebbaren Termin verabschiedet.

»Komm«, hatte Steinbrecher gesagt und ihm die Rechte in die Rippen gestoßen, »ich lad dich auf 'ne flüssige Pizza ein. Hast du Lust?«

Hatte Lorinser nicht. Dennoch sagte er nach dem erfolglosen Anruf bei Holtkötter zu, um seinen Friedenswillen zu demonstrieren.

»Noch mal was von diesem arroganten Wichser, diesem Fleestedt gehört?«

»Nein.«

»Und Krögers Tochter? Seid ihr noch zusammen?«

»Mehr denn je«, sagte Lorinser und bröselte eine ordentliche Portion von dem roten Libanesen in den Tabak. »Ich glaub, sie ist das Beste, was mir hier oben passiert ist.«

»Den Rest siehst du zu schwarz.«

»Wenn ich Farbe sehe, dann rote.«

»Vielleicht, weil du dir ganz schön was zusammenkiffst?«

»Heute brauche ich das.«

»Stimmt es, dass das Zeug gut für's Bett ist?«

»Wenn du keine ordentliche Braut hast, hilft auch der beste Stoff nicht«, sagte Lorinser und rollte das Gemisch in zwei zusammengeklebte Papierblättchen. »Wie sieht's mit deiner Ex aus?«

»Vergiss es«, sagte Steinbrecher angewidert. »Jetzt hat sie feuerrote Haare wie die Tusse aus ›Lola rennt‹, nur mit ’nem grünen Streifen drin. Und einen Kerl, der ist dreißig Jahre jünger als sie, dürr wie ein mumifizierter Aal und mit ’nem allzeit bereiten Dauerständer.« Er schob den Teller mit der nur angebissenen Pizza zur Seite und nahm einen Schluck Grauburgunder. »Ist ja das Einzige, was bei ihr zählt«, knurrte er zornig. »Und die Gier nach Kohle.«

Lorinser hielt ihm den Tabak hin. »Willst du?«

»Nee, lass mal, letztes Mal wurde mir richtig kalt davon.«

»Mir wird kalt, wenn ich sehe, wie wir aus Angst vor der Courage die Chancen vertun.«

»Hildebrandt muss wegen Kröger richtig was auf den Sack gekriegt haben.«

»Das ist aber kein Grund, einen Mörder laufen zu lassen.«

»Sie hat Angst, dass sie sich mit der Überwachung auch ins andere Knie schießt. Timmermans muss mit ihr ganz schön Schlitten gefahren sein.«

Lorinser zündete sich den Joint an. »Ja, ich weiß«, sagte er und sog den Rauch in die Lungen. »Immer die gleiche Arie. Wenn nicht Timmermans, dann der Staatsanwalt, und wenn der nicht, dann der Richter – irgendeinen findet man immer, hinter dem man sich verstecken kann. Schon mal was von System bedingter Feigheit gehört?«

»Ich lebe sie jeden Tag.«

»Und wie fühlst du dich dabei?«

»Irgendwann fühlst du gar nichts mehr. Du machst deinen Job, du guckst, ob du deine Kohle gekriegt hast, und du machst dir Gedanken, was du verpasst hast, ja, und so langsam denkst du darüber nach, wie es ist, wenn sie dich in die Kiste gelegt haben.«

»Pass nur gut auf, dass du nicht in einer Weltuntergangssekte landest.«

»Du bist noch zu jung, um das zu begreifen, du glaubst noch, unsterblich zu sein.«

»Ich glaub daran, dass man mindestens ein Viertel Promille Mut haben muss.«

»Mensch, die Hildebrandt begräbt gerade ihre Mutter!«

»Und den Fall, den begräbt sie auch, verflucht noch mal!«

»Mann, so schlecht stehen wir doch gar nicht da!«

»Was du nicht sagst!«

»Darf ich Ihnen noch etwas bringen?«

Lorinser blickte auf. »Ja«, sagte er der dunkelhaarigen Kellnerin, »bringen Sie mir einen doppelten Espresso. Trinkst du einen Tequila mit, Franz?«

»Nur unter Schmerzen«, sagte Steinbrecher und verzog den Mund zu einem traurigen Grinsen.

»Also einen doppelten Espresso und zwei Tequila«, sagte Lorinser, und als die Kellnerin gegangen war: »Wieso stehen wir gar nicht so schlecht da?«

»Na ja«, sagte Steinbrecher, »wir wissen jetzt, das Böse irgendwann zwischen Mitternacht und ein Uhr umgebracht worden ist. Wenn wir die übereinstimmenden Aussagen seines Vaters, der Simmeraus und das Gutachten Dr. Schneidmichaufs berücksichtigen, wird der Zeitraum noch enger.«

»Lass uns das mal aufschreiben«, sagte Lorinser und zog sein Notizbuch und einen Kugelschreiber aus der Jackentasche. Er malte eine große Null auf die linke Kopfseite des Blattes. »Erste Variante: Böse ist also kurz nach Mitternacht von den Simmeraus aus abgefahren, wobei zu fragen ist, was ‚kurz nach Mitternacht' tatsächlich bedeutet.«

»Laut Programm werden Europa- und Nationalhymne zwischen dreiundzwanzig Uhr siebenundfünfzig und null Uhr gesendet. Die Nachrichten selbst dauern fünf Minuten. Da Moritz bereits die nachfolgenden Kulturnotizen gehört haben will, muss es also mindestens sieben nach gewesen sein.«

»Die Simmerau ist mit Böse hinausgegangen, um ihn zu verabschieden. Was kommt da an Zeit zusammen? Bei einer Frau, die gerne schwätzt, die ihn, weil er angeschickert ist, zur Vorsicht mahnt?«

»Fünf, sechs Minuten?«

»Dann wäre Böse also um dreizehn nach in Hüde abgefahren. Laut Gertraude Simmerau in Richtung Tankstelle. Da ist aber nicht er, da ist nach den Daten der Videoüberwachungsanlage um null Uhr neunundvierzig ein uns unbekannter junger Mann aufgetaucht, der für exakt zwanzig Euro tankte, um null Uhr achtundfünfzig mit der Kreditkarte des Opfers zahlte und drei Minuten später in Richtung Lemförde davonfuhr. Wenn wir die Zeit abrechnen, die Böse bis zum Tatort und der Mörder bis zur Tankstelle benötigte, verbleiben ganze sechsundzwanzig Minuten. Während dieser Spanne muss das Opfer an irgendeinem Punkt auf der Strecke zur Tankstelle mithin zum Anhalten veranlasst und getötet worden sein. Richtig?«

»Was mit der Todeszeitpunktannahme des gerichtsmedizinischen Gutachtens übereinstimmt«, sagte Steinbrecher. »Vorausgesetzt, alles andere trifft auch zu.«

»Setzen wir das einfach mal voraus«, sagte Lorinser und hämmerte mit seinem Kugelschreiber auf den Notizblock. »Böse ist also mit seinem Porsche unterwegs. Er steht unter Druck, weil er befürchten muss, dass ihm der Sprit ausgeht.«

»Seine Befürchtung tritt auch ein.«

»Ja. Und dann steht er da, verzweifelt, weil er nicht vor und zurück kann. Er ist alkoholisiert, im Stress, und wenn die Polizei auftaucht, weiß er, wird er seinen Führerschein verlieren. Er versucht, den Motor wieder in Gang zu bringen. Er schafft es nicht, steigt aus, steht hilflos da. Kaum jemand unterwegs. Die Tankstelle ist noch eine Ecke weg. Hat einer, der Porsche fährt, einen Reservekanister dabei?«

»Dann hätte er nicht tanken müssen.«

»Sehr gut, Watson«, sagte Lorinser. »Kein Sprit an Bord. Er steht ziemlich belämmert in der Nacht herum, versucht vielleicht, den Motor wieder in Gang zu bringen, aber das funktioniert nicht.«

»Wir wissen, dass nicht er, sondern ein Unbekannter an der Tankstelle auftaucht. Das heißt also, die von ihm ersehnte Hilfe ist eingetroffen. Nur hat er Pech. Es ist sein Mörder. Auszuschließen ist natürlich nicht, dass es mehrere gewesen sind.«

»Wie auch immer. Er oder sie haben also angehalten. Sie sind ausgestiegen. Böse erläutert sein Malheur. Ob sie ihm mit Sprit aushelfen können, fragt er. Oder ob sie ihn bis zur nahen Tankstelle abschleppen? Aber sie schleppen ihn nicht ab. Sie erkennen die Gelegenheit, einen feinen Porsche kassieren zu können. Ohne Absprache funktioniert so was nicht. Also beratschlagen sie, wie sie die Tat begehen. Sie bringen Böse um. Der pure Zufall will, dass sie die Porzellanfigur zur Hand haben … Sie holen sie aus dem Auto. Einer von ihnen haut sie Böse an die Schläfe. Sie zerbricht, der Kopf bleibt im Gewebe stecken. Böse fällt. Er blutet. Sie zerren die Leiche ins Gelände, durchsuchen sie, finden seine Brieftasche, die Kreditkarte, füllen, falls Böse keinen Reservekanister mit sich führte, aus ihren eigenen Beständen Sprit nach. Möglicherweise müssen sie das Benzin aus dem Tank ihres Fahrzeugs abzapfen … Reichen dafür sechzehn Minuten?«

»Wir spielen ein Spiel, oder?«

Lorinser zerdrückte seinen Joint, dessen Rauch so manche Nase im Lokal in Habachtstellung gebracht hatte. Aber selbst *der* Stoff lieferte ihm heute nichts. »Sechzehn Minuten«, sagte er nachdenklich. »Es ist Nacht. Die Tat muss zwangsläufig in unmittelbarer Nähe des Wagens, mithin auf der Straße geschehen sein. Hin und wieder rollt ein Auto vorbei. Dann die Figur, Franz. Wer schleppt so was schon mit sich herum? Kostbar ist sie auch … Geredet haben sie. Mit Böse. Mit sich, um die Tat abzustimmen. Auf ihre Gelegenheit müssen sie gewartet haben … Das Beseitigen der Leiche, das Auto in Gang setzen …« Er schüttelte den Kopf. »Die PIN-Nummer von Böses Bankkarte kennen sie seltsamerweise auch. Woher? Hat Böse sie ihnen freiwillig gegeben? Haben sie sie ihm abgepresst? Und das alles während dieser kurzen Zeit?«

»Du weißt doch, wie leichtsinnig die Leute sind. Er kann sie sich aufgeschrieben und den Zettel in der Brieftasche gehabt haben. Oder sie stand fein säuberlich auf der Karte selbst. Möglich ist alles.«

»Schön, dass du den Advocatus Diaboli machst, aber glaubwürdiger wird das Szenario dadurch nicht, zumal Böse ein Handy zur Verfügung hatte. Wieso rief er nicht seinen Vater oder die Simmeraus mit der Bitte um Hilfe an? Bei den Simmeraus hätte er noch nicht mal befürchten müssen, sie aus dem Bett zu holen.«

»Vielleicht war der Akku leer? Oder er findet einfach keine Gelegenheit oder, noch einfacher, er denkt in seinem Suff nicht daran?«

»Meine Güte!«

»Das *Ganze* ist Spekulation, Kristian!«

»Die damit weitergeht, dass einer der Täter den Porsche betankt. An den Tatort zurückkehrt, die Leiche einsammelt, sie an den Deich transportiert und an die Stele am Huntedeich sozusagen ins Schaufenster hängt. Was sonst als schnelle Entdeckung wollen sie damit erreichen? Aber nach einigen Stunden verwerfen sie ihre tolle Idee und nehmen die Leiche wieder ab, um sie schließlich unter hohem Risiko in Krögers Güllegrube zu versenken. – Das hat keine Logik, das ist makabrer Dadaismus, oder nicht?«

»Ein Friesenkrimi, würde ich sagen.«

»Friesenkrimi?«

»Du lachst dir'n Ast, obwohl es nichts zu lachen gibt.«

»Ah ja«, machte Lorinser und lachte leise. »Erinnerst du dich, was die Simmerau erzählt hat? Dass sie auf dem Heimweg Polizei sah?«

»Das müssen die Täter nicht gewusst haben.«

»Aber gerechnet haben müssen sie damit! Das Schützenfest kann ihnen kaum entgangen sein. Und noch was: Wenn der Täter es auf den Porsche abgesehen hat, wieso betankt er ihn für nur zwanzig Euro? Das, obwohl ihm Böses Kreditkarte und damit eine Menge Geld zur Verfügung stand?«

»Das kann nur heißen, er hat es gar nicht auf den Wagen abgesehen. Und auf sein Geld auch nicht.«

»Und warum haben sie ihn umgebracht?«

Steinbrechers Brauen schoben sich in die Nähe seines Haaransatzes.

»Vielleicht ging es um die Figur?«

»Die sie dann an seinem Schädel zerdeppern?«

Steinbrecher hob die Schultern und zeigte die Innenflächen seiner Hände.

»Tatsache ist, Böse ist irgendwann nach der Abfahrt von den Simmeraus und vor der Ankunft des Porsche auf der Tankstelle ums Leben gekommen.«

»Ja«, sagte Lorinser und nahm der sich über den Tisch beugenden Kellnerin mit einem »Danke« die Espressotasse ab. Das Mädchen lächelte. Und als es den Tequila serviert und sich entfernt hatte: »Ist das wirklich so? Ich meine, dass er da noch gelebt hat?«

»Sagen die Simmeraus.«

»Bestätigte auch Wolfhardt Böse. Nur dass die beiden Aussagen sich widersprechen. Das Opfer kann nicht gleichzeitig in Hüde und Stemshorn gewesen sein.«

»Nach seinem Ableben vielleicht. Falls es den großen Geist im Jenseits und die Seelenwanderung tatsächlich gibt.«

»Danke, Nick.«

»Nichts zu danken«, sagte Steinbrecher und hob sein Glas. »Die Frage ist, wer von denen hat uns die Hucke voll gelogen?«

Lorinser kniff die Augen zusammen.

»Prost«, sagte Steinbrecher.

Lorinser nahm sein Glas, nickte seinem Kollegen zu und trank. »Du denkst natürlich an den Alten?«

»Liegt das nicht auf der Hand?«, fragte Steinbrecher und schüttelte sich. »Könnte ein Streit gewesen sein. Das Adoptivkind ist betrunken, ausfällig, vielleicht sogar handgreiflich? Der Alte wehrt sich, greift nach der Porzellanfigur auf dem Sims und haut zu. Und plötzlich hat er ein Problem. Er muss die Leiche verschwinden lassen.«

»Bleibt die Frage, was ihn bewegt, sich dafür ausgerechnet die Stele auszusuchen. Sie gehört ihm. Sie steht auf seinem Land. Sein Bruder hat sich dort umgebracht. Logischer und geradezu risikofrei wäre es für ihn, die Leiche an Ort und Stelle zu lassen und die Polizei zu rufen. Ein Unfall, ich bitte dich, schlechtestensfalls Überschreitung der Notwehr … Er braucht nur seinen Anwalt anzurufen, um sich aus der Bredouille zu ziehen. Aber er ruft ihn nicht an. Nicht ihn, nicht die Polizei. Er schleppt die Leiche aus dem Haus, hievt sie in ein Auto, fährt damit an den Deich, hängt sie an die Stele, um sie einige Stunden später wieder abzuhängen und in Krögers Güllegrube zu versenken. – Herr im Himmel, warum macht er das?«

»Erstens, weil er die Geschichte als Totschlag oder Mord einschätzt, und zweitens, um eine falsche Spur zu legen. Wir sind ja auch zwei Mal darauf hereingefallen.«

»Wieso zwei Mal?«

»Krögers Verhaftung. Und dann haben wir dem Alten abgekauft, dass er seinem Sohn Geld geliehen hat, obwohl der sich mit seiner Karte am nächsten Automaten hätte eindecken können. Damit löst sich dieser Widerspruch auch auf, richtig? Und die Zeit, die Leiche zu beseitigen, die hat Böse auch gehabt. Er hatte die ganze Nacht, Kristian.«

»Auch die Kraft?«

Steinbrecher hob die Schultern. »Dass er einen Helfer hatte, belegen die Bilder von der Tankstelle. Dieses Mädchen aus Brockum … wie heißt sie noch?«

»Carola Bersenbrück.«

»Ja, die Bersenbrück. Sie hat den Porsche und wahrscheinlich genau diesen jungen Mann morgens in Brockum gesehen. Was also spricht dagegen, dass der Alte unser Mann ist?«

Der Alte? Lorinser horchte in sich hinein. Aber es kam kein eindeutiges Echo. Was kam, waren die längst verinnerlichten, aber schon arg verwaschenen Bilder dieser vom Hass getriebenen niederdeutschen Ghandikopie, der über Jahrzehnte geradezu zwanghaft und mit äußerster Zielstrebigkeit Kröger bekämpft und zu vernichten versucht hatte. War es denkbar, dass dieser Mann derart widersprüchlich gehandelt hätte?

»Ich kann es mir einfach nicht vorstellen«, sprach Lorinser mit erhobener Stimme gegen das anschwellende Gelächter vom Nebentisch an. »Denk mal an seine geradezu krankhafte Rachsucht gegen Kröger. Erst legt er dicke Spuren zu sich selbst, dann primitive in Richtung Kröger. Das passt nicht zu ihm. Erinnerst du dich, wie Kröger den Jungen nannte?«

»Werkzeug, nicht?«

»Waffe«, sagte Lorinser. »Er hat ihn Waffe genannt. Sollen wir wirklich glauben, ein Mann, der seine Pläne so langfristig plant, hätte sie aus der Hand gegeben?«

»Ich habe den Alten nie kennengelernt. Ich kann ihn also auch nicht beurteilen.«

»Aber ich«, sagte Lorinser und zog einen Querstrich über die Seite seines Notizblocks. »Meiner Ansicht nach ist er nicht der Charakter, der aus einer Gefühlsregung heraus handelt, und erst recht keiner, der die Nerven verliert. Nein, nein, es passt nicht, es passt einfach nicht.«

»Passt es nicht, oder passt es *dir* nicht?«

»Muss meine graue Masse sein, die das zusammenmischt, die Kombinationsecke, wenn du so willst. Ist natürlich nichts weiter als instinktive Mathematik.«

Steinbrecher tippte sich mit dem rechten Zeigefinger gegen die Stirn. »Jetzt hat es dich richtig gepackt, was?«

»Ich habe leider kein zweites Gehirn, mit dem ich das erste betrügen kann. Wie spät ist es eigentlich?«

Steinbrecher blickte auf seine Uhr. »Fast fünf«, sagte er und betrachtete Lorinser besorgt. »Du hast doch hoffentlich nicht vor, in dem Zustand zurück in die Tretmühle zu gehen?«

»Keine Panik«, sagte Lorinser und schob den Stuhl zurück. »Ich will nur mal eben telefonieren. Mit Sheriff Bossen. Vielleicht kriege ich ja raus, wer uns belogen hat. Böse oder die Simmeraus.«

Steinbrecher schnippte gegen das Tequilaglas. »Du auch noch einen?«

»Ja, aber ohne Zitrone. Die lenkt nur vom Wesentlichen ab.«

Er verließ den Tisch, ging hinaus auf den Parkplatz und rief im Schatten einer Markise den Hauptkommissar in Lemförde an. »Herr Bossen«, sagte er, als der Leiter der Lemförder Dienststelle sich mit seinem unnachahmlichen Knurren gemeldet hatte. »Darf ich Sie noch einmal um Hilfe bitten?«

»Bitten schon … Worum geht es denn?«

»Um die Zeigerstellung einer Uhr im Hause Böse.«

Bossen schnaufte. »Habt ihr euch nach dem Reinfall mit Kröger jetzt auf den Alten eingeschossen?«

Das klang gar nicht freundlich. In der Stimme klirrte Frost. Lorinser erklärte dennoch sein Anliegen. Dass er herausfinden wolle, ob die Uhren in den Häusern Simmerau und Böse synchron liefen.

»Und warum klingeln Sie nicht einfach und überzeugen sich selbst?«

»Ich fürchte, Böse wird seinem Hund klarmachen, dass sein Abendessen gekommen ist.«

»Wundert mich gar nicht, nachdem euer Schnellschuss gegen Kröger ihn um seinen Triumph gebracht hat. Er sitzt ganz, ganz oben auf der Palme. Aber nicht nur er«, grollte Bossen. »Ich kann nicht mehr durchs Dorf gehen, ohne von den Leuten schräg verortet zu werden. Und dann die Presseheinis, die hier jeden Stein umdrehen, um euch die Scheiße übern Kopf zu kübeln, die ihr mit eurer Erfolgsgeilheit angerührt habt! Mann, Junge«, ächzte Bossen geradezu erbarmungswürdig, »ihr könnt doch nicht alles abknallen, was sich in der Landschaft bewegt! Mit Böse werdet ihr genauso auf den Bauch fallen! Der Kerl kann ja daneben sein wie nur was, aber er geht doch nicht los und bringt seinen einzigen Erben um!«

Kröger hat also, um seine durch die Verhaftung ramponierte Ehre wieder herzustellen, wahrscheinlich mithilfe von Paula wie angekündigt zum Gegenschlag ausgeholt und die Journaille auf die Staatsanwaltschaft, den Richter und die Verantwortlichen in der Inspektion angesetzt. Hatte die KHK deshalb so zurückhaltend auf seine Vorschläge in Sachen Überwachung reagiert? War das der Grund ihres »unaufschiebbaren« Termins? Strategische Besprechung mit Timmermans und dem Staatsanwalt zur Abwehr der erwarteten Medienschelte?

Lorinser spürte, wie der Schweiß seiner Hand das Handy nässte, während er aus schmalen Augen den mühsamen Einparkversuch eines jugendlichen BMW-Fahrers beobachtete. Waren die Geschütze auch gegen ihn gerichtet? Hatte Laura auch ihn trotz der akzeptablen Wende des Falles im Visier? Der Gedanke daran gefiel ihm ganz und gar nicht. Ebenso wenig wie das Gefühl, von Bossen wegen der in der Tat verhängnisvollen Verhaftung Krögers sozusagen nach dem Motto »Mitgefangen, Mitgehangen« in Haft genommen zu werden. Er hütete sich, darauf einzugehen. Schon deshalb, weil es nicht seinem Wesen entsprach, sich reinzuwaschen, indem er Kollegen in die Pfanne haute.

»Böse steht nicht auf meiner Liste«, sagte er ziemlich lahm. »Es geht wirklich nur um die Zeitangaben. Sie werden mir zustimmen, dass sein Sohn unmöglich gleichzeitig an zwei Orten gewesen sein kann.«

»Ja, ein Zauberer war er nun wirklich nicht, obwohl er ganz schön rumzauberte. Sind Sie denn sicher, dass die Simmerau Ihnen die Wahrheit gesagt hat?«

»Ihre Aussage wird von ihrem Sohn bestätigt. Beide beziehen sich auf Sendungen des Deutschlandradios. Was sie sagen, ist einleuchtend und überzeugend. Böse berief sich lediglich auf seine Uhr, die, wenn ich mich recht erinnere, in der Diele steht.«

»Hängt«, korrigierte Bossen. »Solch ein Gründerzeitding mit Säulen und hölzernen Ornamenten oben drauf.«

»Sie kennen das Haus?«

»Ich war einige Male dort, um Böse in Sachen Einbruchschutz zu beraten. Er glaubt ja, von Verbrechern umlagert zu sein.«

»Ist da so viel zu holen?«

»Wer es auf Antiquitäten abgesehen hat, käme schon auf seine Kosten.«

»Auch bei Porzellan?«

»Sie haben ihn also doch auf der Liste, was?«

»Reine Rhetorik. Sie kennen sie doch, die berühmten Pferde, die vor den Apotheken herumkotzen und manchmal auch zur Zierde in Häusern herumstehen.«

»Ich habe das Bild der Figur in eurer Anfrage gesehen. Und ich hätte mich erinnert, glauben Sie mir.«

»Davon bin ich überzeugt.«

»Mit Ihrer Schlitzohrigkeit werden Sie es weit bringen, mein Junge. Vorausgesetzt, Sie finden immer das richtige Maß. Da kommt es drauf an. Den gesunden Mittelweg finden, verstehen Sie?«

»Ja.«

»Na gut, ich fahre hin. Was aber, wenn die Uhr tatsächlich falsch ging und Wolfhardt sie inzwischen richtig gestellt hat?«

»Daran wird er sich doch wohl erinnern, denke ich.«

»Ja, vielleicht«, sinnierte Bossen. »Ich melde mich. Unter der Nummer, die ich hier auf dem Display habe, okay?«

»Ganz herzlichen Dank«, sagte Lorinser und atmete erleichtert auf. Knurrhahn Bossen schien, obwohl er das Du vergessen hatte, doch noch einige Sympathien für ihn zu haben. Sogar im Blickfeld des wohl verdienten Feierabends. Lorinser steckte das Handy ein, überlegte es sich jedoch anders und rief Paula an, um zu erfahren, ob das auch bei ihr noch zutraf. Ihr Festnetzapparat schaltete noch nicht mal auf den Anrufbeantworter um, und ihr Handy war besetzt. Na ja, dachte er vergrätzt, vielleicht überzeugt sie ja gerade einen Großbuchstaben-Reporter, wie ungerecht die Welt besonders auf dem platten Land ist. Ihre Angst, der Seitensprung ihres Vaters könnte publik werden, schien sich jedenfalls in Luft aufgelöst zu haben. Oder, fragte er sich, war sie so naiv zu glauben, die Liaison ihres Vaters mit seiner Luxusgeliebten ließe sich per Gentlemenagreement mit der Journaille unter der Decke halten?

»Du siehst aus, als wenn dir der Leibhaftige begegnet wäre«, sagte Lorinser, als er sich auf den Stuhl fallen ließ. »Neues von deiner Geschiedenen?«

»Von Hildebrandt«, sagte Steinbrecher verstört und deutete mit dem Kinn auf sein vor ihm liegendes Handy. »Sie war beim Oberstaatsanwalt. Wegen Kröger. Wegen der Reporter, die dauernd auf der Matte stehen. Timmermans hat seine Tagung abbrechen und mit ihr zusammen antanzen müssen. Ich musste ihr versprechen, unter keinen Umständen Fragen von Journalisten zu beantworten. Unter keinen Umständen! Das gilt übrigens auch für dich, soll ich dir ausrichten.« Er atmete tief ein. »Eine echte Katastrophe«, stieß er hervor und schüttelte sich.

»Der Druck oder die Verhängung des Maulkorbs?«

»Beides«, sagte Steinbrecher beherrscht, obwohl seine miteinander ringenden Hände zeigten, dass die zu erwartenden Turbulenzen ihm an die Nieren gingen. Ihm war offensichtlich klar, dass von der übergeordneten Behörde ein Schutzschirm aufgezogen worden war, weil man der Geschichte eine gehörige Sprengkraft beimaß. Unter Umständen eine, die nur mit einem Bauernopfer entschärft werden konnte. Da Steinbrecher das schwächste Glied in der Kette war, musste er nach den Regeln der bürokratischen Logik damit rechnen, im Falle des Falles als willkommener Prügelknabe vom Feld gekickt zu werden. Seine knetenden Hände, das plötzlich graue Gesicht, besonders aber sein zusammengesackter Körper deuteten darauf, dass ihm das klar war.

»Sie kann mit Recht darauf verweisen, dass meine Ermittlungen zur Verhaftung führten«, mühte Steinbrecher sich ab. »Damit ist sie fein raus. Und du natürlich!«, bellte er, wieder einmal im Griff seiner Ängste. »Der strahlende Held, der mit seinem notorischen Gemaule zufällig aufs richtige Pferd gesetzt hat.«

»Der die richtigen Lottozahlen ankreuzte, wie?«

Steinbrecher blickte ihn verständnislos an. Offensichtlich verstand er die Anspielung auf Hildebrandts Glückspilzvermutung nicht, aber er schlug mit der flachen Hand so heftig auf die Tischplatte, dass die Gläser tanzten. »Ich meine diesen verdammten Ehrgeiz!«, brach es aus ihm hervor. »Glänzen wollen! Ein einziges Mal packt es dich, und schon geht es richtig in die Hose. Und weißt du, warum?« Er hob den Kopf. Sein Blick heftete sich auf den scheinbar unberührt da sitzenden Lorinser. »Weil ich blöd genug war, dieses verdammte Rattenspiel um den Pokal mitzumachen. Und jetzt muss ich zusehen, wie ich den Rotz von der Backe kriege.« Er zündete sich mit zitternden Fingern eine Zigarette an. Die dritte, seitdem sie die Pizzeria betreten hatten. »Ich melde mich krank«, murmelte er. »Ich sage, dass ich nicht mehr kann, dass ich ausgebrannt bin, leer, alle …«

»Du alleine entscheidest«, sagte Lorinser, »ob du das Spiel, das unsere Häuptlinge zu ihrem Schutz ausgeheckt haben, mitmachst!«

Steinbrecher winkte angewidert und verängstigt zugleich ab.

»Du kriegst doch nicht automatisch eine verdammte Maulsperre«, sagte Lorinser, »nur weil irgendein um seine Reputation bemühter Staatsanwalt die Hildebrandt anweist, dir eine Maulklemme zu verpassen! Was hast du zu verstecken? Dass du nach Lage der Dinge überzeugt sein musstest, genügend Belege für einen Haftbefehl in der Hand zu haben? Die Frage ist, wer die Beweise geprüft, wer den Antrag gestellt und ihn durchgesetzt, wer ihn abgenickt hat, begreifst du?«

»Als wenn du nicht wüsstest, wie das im wahren Leben läuft! Die schießen sich auf mich ein, weil ich der Letzte im Glied bin. Und den Letzten beißen die Hunde. So ist das!«

»Den beißen sie nur deshalb, weil er davonläuft, Franz.«

Steinbrecher zog den Kopf zwischen die Schultern und drehte das Gesicht dem Nachbartisch zu, an dem zwei Handwerker ihre Pizzen im Eiltempo verschlangen. Schweigend sog er an seiner Zigarette, hielt den Rauch lange in den Lungen, ehe er ihn in kurzen Intervallen in die warme Kneipenluft blies. »Wenn ich mich gegen sie stelle, beißen sie mich erst recht«, sagte er schließlich resigniert ab. »Nur früher.« Er sah Lorinser an. »Um ehrlich zu sein, interessiert's mich gar nicht, was dienstlich auf mich zukommt. Ich habe Kröger auf dem Gewissen! Ich habe ihn fast umgebracht! Ich kriege Zustände, wenn ich daran denke, dass er … Es wäre nur gerecht, wenn ich ordentlich was auf den Sack kriege. Ich habe schon daran gedacht, ihm einen Brief zu schreiben, um …« Er brach abrupt ab, atmete heftig aus und fügte dann mit zitternder Stimme hinzu: »Aber was sagst du einem Menschen, dem du noch nicht mal die Handschellen erspart hast? Weißt du, was man ihm sagen kann?«

»Nicht wirklich«, sagte Lorinser, verblüfft, einen Steinbrecher zu erleben, der ganz und gar nicht dem Bild entsprach, das er sich von ihm gemacht hatte. Was hier zum Vorschein kam, war nicht der im jahrzehntelangen Dienst verhornte, latent egozentrische und bisweilen weinerliche Routinier, sondern eine sensible, zur Selbstprüfung und Mitleid fähige Seele. »Ich kann mir vorstellen, dass es nicht unbedingt auf die Worte ankommt.«

Steinbrecher runzelte die Stirn.

»Auf die Geste«, sagte Lorinser. »Der Brief an sich. Den Rest kannst du sowieso nicht beeinflussen. Krögers Reaktion, meine ich.«

Steinbrecher nickte. »Was würdest du denn machen?«

Lorinser hörte sein Telefon. »Ich weiß es nicht«, sagte er und tastete nach dem Handy, während die Kellnerin den Tequila abstellte. »Ich bin noch nicht mal sicher, ob ich überhaupt was machen würde.« Er drückte die grüne Taste und meldete sich.

»Ich stehe hier in der Diele«, sagte Bossen schnaufend. »Ich steh genau vor der Uhr. Auf meiner, die auf den Punkt genau geht, ist es jetzt genau dreizehn nach fünf. Die an der Wand steht auf sieben nach fünf. Wolfhardt, der mich nicht aus dem Auge lässt, schwört Stein und Bein, dass er sie zwar aufgezogen, aber seit Wochen nicht verstellt hat. – Zufrieden?«

»Mehr als das. Ich bin begeistert!«

»Hoffentlich auch dann, wenn Sie die Rechnung für unser Essen im Jägerhof übernehmen. Aber da ist noch was: Als Thorsten abfuhr, saß jemand neben ihm. Fiel Wolfhardt ein. Weiß bekleidet. Ob Männlein oder Weiblein, hat er nicht erkennen können. Ganz schön verwirrend, was?«

»Eigentlich nicht«, sagte Lorinser, ein Michelinmännchen vor Augen. »Wir wissen, dass Thorsten die Simmerau nach Hause gefahren hat.«

»Der hat wirklich nichts von der Bettkante flitzen lassen … Sonst noch was, Euer Ehren?«

»Sie haben mir sehr geholfen.«

»Das freut mich. Freut mich außerordentlich.«

Lorinser dankte und versprach, Bossen auf dem Laufenden zu halten.

»Das Mysterium könnte geklärt sein«, sagte er, als er sein Handy ausschaltete. Er zog den Notizblock an sich heran, griff nach dem Kugelschreiber und schrieb eine Sechs neben die am Kopfende stehende Null. »Böses Uhr ging nach, Franz. Wenn das zutrifft, wenn das auch für die Tatzeit zutrifft, ist Thorsten nicht um Mitternacht, sondern frühestens sechs Minuten später von Stemshorn abgefahren. Und da er mit hoher Wahrscheinlichkeit die Simmerau an Bord hatte, kann sie unmöglich wie behauptet um Mitternacht zu Hause das Deutschlandlied gehört und mit dem Opfer einen letzten Kaffee getrunken haben. Richtig?«

»Richtig«, sagte Steinbrecher skeptisch. »Wenn sie denn im Auto saß. Nur: Wie beweisen wir das?«

»Sie selbst bestätigte, im Porsche nach Hause chauffiert worden zu sein.«

»Aber wann?«

»Das kann uns möglicherweise Carola sagen.«

»Carola?«

»Bersenbrück«, sagte Lorinser. »Sie hat die beiden abziehen sehen.«

»Und wenn der listige Böse uns angeschmiert und die Uhr nach der Tat verstellt hat?«

»Und wenn nicht?«

»Dann steht immer noch die dreifach genähte Darstellung der Familie Simmerau dagegen.«

»Zweifach«, sagte Lorinser. »Magerquark Tochter hat das ja nicht bestätigt, weil sie zu dieser Zeit in der ›Leuenfort Schänke‹ vergeblich auf ihren Galan wartete.«

»Wir wissen allerdings nicht, wer das ist.«

Lorinser schnippte die gegen seinen Wunsch servierte Zitronenscheibe vom Tequilaglas und hob es an die Lippen.

»Hindert uns jemand, Melanie zu fragen?«

»Selbstverständlich *unverzüglich*?«

»Nachdem du bezahlt und mir ein paar Pfefferminzpastillen gegeben hast. Von wegen Presse und Trunkenheit im Dienst, verstehst du?«

»Dein verdammter Ehrgeiz bringt dich irgendwann unter die Erde«, knurrte Steinbrecher und schob ihm die Pfefferminzdose zu. »Mich sowieso«, fügte er knurrend hinzu, ehe er Lorinser zuprostete und nach der Kellnerin rief.

15

Sie fanden sie hinter dem Haus. Sie kauerte in einem weißen Plastikstuhl vor dem großen Terrassenfenster, auf dessen Rahmen noch die Schutzfolie klebte. Neben ihr standen grüne Stiegen, in denen offensichtlich die Pflanzen geliefert worden waren, die nun wie strammstehende Soldaten auf der inzwischen vom Bauschutt befreiten und planierten Gartenfläche in Reih und Glied posierten. Lorinser erkannte Kirschlorbeer, Buchs und, zum Nachbarn hin, eine Reihe Rotdorn, der wohl zu einem stacheligen Sichtschutz heranwachsen sollte. Trotz der feuchtschwülen Hitze hatte Melanie Simmerau ihren Oberkörper in eine flauschige Wolldecke gehüllt, die wie eine Eskimosturmhaube nur ihr düsteres Gesicht und die dunklen Schatten ihrer starr auf den Carport gerichteten Augen preisgab. Neben ihr, auf den frisch verlegten Bodenklinkern, lag ein gutes Dutzend verglühter Kippen, verkohlte Streichhölzer und einige Papiertaschentücher. Zwischen ihren von einer Jeans bedeckten Beinen ragte, obszön wie ein erigierter Penis, eine Schnapsflasche.

»Bullenschluck, das Original aus Sulingen« war auf dem oberen Teil des Etiketts zu erkennen. Lorinser schauderte in Erinnerung an den bitterscharfen Geschmack des Kräuterlikörs, der, als Medizin erfunden, angeblich Eisen ätzte und zum Mutprobe- und Kultgetränk der besonders harten Kampftrinker mutiert war. Er hatte ihn in jener Nacht kennengelernt, als Paula ihm abhandengekommen war.

»Frau Simmerau?«

Träge, als steckte ihr Kopf in zähem Teer, wandte Melanie ihm ihr verhärmtes Gesicht zu. Ihre rechte Hand kroch unter dem wollenen Schutzzelt hervor, griff nach der Flasche und zog sie unter die Decke.

»Wir haben den Hund gehört«, sagte er. »Und dann Sie, als sie ihn zur Ruhe gerufen haben.«

»Ach, Sie sind das«, sagte sie, als müsste sie jedes Wort einzeln abrufen, blickte aber an ihm vorbei und fixierte aus zusammengezogenen Augen Steinbrecher, der hinter Lorinser stand und sie besorgt anstarrte. Der Hauch eines Lächelns kräuselte ihre Lippen. »Ja, Aisha spielt verrückt, wenn jemand klingelt. Dann dreht sie einfach durch. Wenn keiner im Haus ist. Haben Sie vielleicht eine Zigarette?«

»Ja, habe ich«, sagte Lorinser und griff in die Tasche. Er hielt ihr die Packung hin, entdeckte hinter der Scheibe des Terrassenfensters den schwanzwedelnden Hund und, unter dem Plastikstuhl, eine Medikamentenschachtel mit dem Aufdruck »Fevarin«. Er runzelte die Stirn und erinnerte sich, dass sein Vater das Antidepressivum gegen die Düsternis seines immer schwerer werdenden Gemüts eingenommen hatte. Melanie zog mit zitternden Fingern eine Zigarette heraus, brach den Filter ab und schob sie sich zwischen die Lippen.

Steinbrecher gab ihr Feuer. »Ihre Mutter und Ihr Bruder haben Sie wohl alleine gelassen?«, fragte er so leise, als fürchtete er, sie aus einem Traum zu reißen.

»Ja, die sind vorhin nach Diepholz«, sagte sie und sog den Rauch wie eine Ertrinkende in die Lungen. Ein heiseres Lachen strömte mit dem Rauch aus ihrem Mund. »In so 'nem Kuhdorf Freunde zu finden, ist ja nicht leicht.«

Und wenn einer auftaucht, geht er dir mit Getöse von der Fahne, dachte Lorinser. Ganz anders der Kumpel in der Flasche, den sie in die Wärme unter ihrer Decke gezogen hatte. »Wir möchten mit Ihnen über den Sonntagabend sprechen. Über den Tag, als … als Sie in der ›Leuenfort Schänke‹ verabredet waren.«

Unter der Decke hoben sich ihre Schultern. Eine lahme Bewegung, die dem Garten, den Stiegen, vielleicht ihrem kummervollen Dasein oder der im Carport parkenden »Kathedrale« ihres Bruders galt. Sie schwieg. Weil sie nicht erinnert werden wollte? Oder vielleicht, dachte Lorinser, weil die Mischung aus Chemie und Alkohol ihr die Antwort schwer machte? Steinbrechers Frage jedenfalls schien bei ihr nicht angekommen zu sein. Er ging neben ihr in die Hocke.

»Frau Simmerau«, sagte er eindringlich und berührte ihre Schulter. »Wir möchten mit Ihnen über den Sonntag sprechen, als Sie mit Ihrer Mutter im Festzelt auf dem Schützenfest waren. Erinnern Sie sich?«

»Na klar.«

»Auch daran, wann Ihre Mutter und Thorsten Böse das Zelt verlassen haben?«

»Es war zehn vor zwölf.«

»Sind Sie sicher?«

»Ich habe auf meine Uhr geschaut.«

Carola Bersenbrück, die Lorinser auf der Fahrt nach Lemförde angerufen hatte, hatte ebenfalls behauptet, dass es »mindestens zehn vor, eher noch später« gewesen war.

»Weil Sie die Verabredung in der ›Leuenfort Schänke‹ hatten und pünktlich sein wollten, nehme ich an?«

»Ja, das ist richtig. Ich wollte rechtzeitig da sein. War ich auch, weil ich sofort los bin.«

»Zu Fuß?«

»Nein, mit dem Auto.«

»Ganz schön riskant. Wegen der Polizeikontrollen, meine ich.«

Sie schüttelte den Kopf. »Ich hatte nicht viel getrunken.«

»Aber ziemlich viel getanzt, erzählte uns Halvesleben. Mit Thorsten Böse.«

Sie hob den Kopf, als müsste sie der Frage nachspüren. Ein mageres Lächeln huschte über ihr Gesicht.

»Ja, das stimmt.«

»Der Ihnen versprochen hatte, Sie um Mitternacht in der ›Leuenfort Schänke‹ zu treffen?«

»Versprochen schon«, sagte sie düster, »aber …« Sie brach ab, als hätte sie zu viel preisgegeben. Ihr Blick heftete sich einen Augenblick auf Lorinser, irrte dann ab und blieb auf ihren Füßen haften.

Lorinser atmete erleichtert aus. Steinbrecher zeigte ihm seinen aufgerichteten rechten Daumen, weil er sich über den Treffer freute. Und dass der bemooste Polizistentrick wieder mal funktioniert hatte: Bringe deinen Kunden dazu, dreimal positiv zu antworten, dann wird er es ein viertes Mal auch tun. Melanie sog hastig an ihrer Zigarette, den Blick weiter auf ihre Füße gerichtet.

»Hatten Sie mit ihm telefoniert, als Sie in der Schänke auf ihn warteten?«

Sie schwieg einen Augenblick, fuhr fahrig mit der Hand durch die Luft und nickte schließlich. »Ich dachte, er hätte sich mit dem Treffpunkt geirrt und wäre ins Zelt zurück, aber er ging nicht ran, dann bin ich zurück, weil ich dachte, dass er es überhört hätte oder noch mit meiner Mutter schwätzte und deshalb nicht drangehen wollte. Ist er ja auch nicht.«

»Vielleicht wollte er nicht, dass Ihre Mutter von Ihrer Verabredung erfuhr?«

»Kann schon sein.«

»Und Sie? Haben Sie es ihr inzwischen gesagt?«

»Warum hätte ich sollen?«

»Weil Eltern wissen wollen, was ihre Kinder so machen. Ich denke, Ihre Mutter ist da keine Ausnahme.«

Ein verächtlicher Zug trat auf Melanies Lippen. »Doch. Ist sie«, sagte sie trocken auflachend. »Sie ist froh, in Ruhe gelassen zu werden. Wenigstens von mir.« Ihre Hand verschwand unter der Decke, tauchte mit der Flasche auf. »Aber man arrangiert sich«, sagte sie, schraubte den Verschluss ab und nahm einen Schluck. »So ist das nun mal«, fügte sie mit einer Mischung aus Bitterkeit und Selbstmitleid hinzu, ehe sie die Flasche geradezu demonstrativ wieder zwischen ihre Schenkel presste.

Na ja. Lorinser erinnerte sich der Brandmale an ihren Armen und Beinen. Er war sicher, dass es in Melanies Innerem ähnlich aussah. Mit dem Unterschied, dass die Verletzungen dort offensichtlich noch nicht verheilt waren. Und frei von Angst war sie auch nicht. Angst wovor? Zugeben zu müssen, der Mutter den Geliebten ausgespannt zu haben?

»Ich verstehe das nicht«, sagte er weich. »Dass Sie aus diesem Treffen ein solches Geheimnis machen. Soweit ich es beurteilen kann, hatte Ihre Mutter ein sehr gutes Verhältnis zu Jämie. So nannte sie Thorsten ja wohl. Kann es sein, dass Sie längst Bescheid weiß und dass Sie sich unnötige Sorgen machen?«

Melanie sprang auf. Lorinser wich unwillkürlich zurück, weil er befürchtete, sie werde sich auf ihn stürzen. Aber Melanie stieß nur einen spitzen Schrei aus, versuchte die Flasche aufzufangen, die sich mit einem Salto von ihren Schenkeln löste und auf das Pflaster prallte. Entsetzt starrte sie auf das in Richtung Hauswand torkelnde Gefäß, aus dem sich mit jeder Drehung ein Schwall des tiefbraunen Likörs über den frisch gesetzten roten Terrassenboden ergoss. Mit einer Bewegung, die Wut und Verlegenheit gleichzeitig ausdrückte, schleuderte sie die Zigarettenkippe gegen die Hauswand, trat gegen die Flasche und schrie in das erschreckte Bellen des hinter dem Fenster gegen die Scheibe springenden Hundes.

»Fragen Sie sie doch selbst, wenn Sie es unbedingt wissen wollen! Und du halt endlich die dumme Gosch, Aisha!«, kreischte sie den Schatten hinter der Scheibe an. Sie bückte sich, um die zurückrollende Flasche zu ergreifen, bekam sie aber erst zu fassen, als sie vor einem der Stuhlbeine zum Stillstand kam. Ohne sich noch einmal umzublicken, ging sie auf die Terrassentür zu. Offensichtlich hatte sie genug von den Fragen. Aber dann, die Hand schon an der Tür, drehte sich abrupt um. Ihre nassen Lippen zitterten.

»Sie weiß es nicht, und sie soll es auch nicht wissen! Das ist einzig und alleine meine Sache!«

»Nein, Sie irren sich«, warf Steinbrecher ein. »Es ist nicht nur Ihre, es ist ganz besonders die Sache der Polizei. Wir ermitteln die Umstände seines bislang ungeklärten Todes.«

»Aber *Ihnen* habe ich es doch gesagt!« Sie richtete die rechte Hand auf das Haus. »Aber sie, *sie* muss es doch nicht wissen!

Wozu? Was bringt es Ihnen, wenn …« Sie sah Lorinser an, in den Augen die Hoffnung, ihn erweichen zu können. »Bitte«, flüsterte sie. »Bitte!«

Lorinser roch ihre Not. Er sah ihre ihm entgegengestreckten Hände, ihr blasses, zerrissenes Gesicht und ihre Tränen, die über ihre mageren Wangen rollten. Da drückte mehr als die Furcht, in eine peinliche Situation zu geraten, da drückte existenzielle Angst. Diese Frau steht, mehr als sie selbst ahnt, ganz dicht am Abgrund, dachte er.

Spontan ging er auf sie zu, umfasste ihre Schultern und zog sie an sich. Er roch ihr ungewaschenes Haar, den Hauch eines blumigen Parfüms, die bitterscharfen Essenzen des Alkohols. Er spürte durch die Decke ihren mageren Körper, die knochigen Schultern, ihren Widerstand, der erst nachließ, als sie den Kopf an seine Brust lehnte und in sich hinein weinte. Seine Schwester fiel ihm ein, das Bild, als sie Schmerz geplagt vor seiner Tür kauerte – gedemütigt, körperlich und seelisch verletzt. Nur dass Katta am Horizont ihn wusste, den Bruder, zu dem sie sich hatte flüchten können. Und stark genug, Schläge zu ertragen und zu überstehen, war sie obendrein. Melanie, ahnte er, hatte nicht die Kraft und wohl auch seit Langem niemanden, zu dem sie sich flüchten und bei dem sie Zuspruch finden konnte. Bis Thorsten Böse, diese lediglich das Licht reflektierende Gestalt des schönen Scheins, der Talmimann, wie Halvesleben ihn beschrieben hatte, als vermeintlicher Erlöser in ihr Leben getreten war. Aber der Traum, endlich aus dem Käfig ihres Ichs ausbrechen zu können, war mit dessen Tod brutal zerplatzt. Allerdings war ihr dadurch auch die Enttäuschung erspart geblieben, benutzt abgelegt zu werden. Zurückgeblieben war diese körperlich spürbare, tiefgehende Not, die sie vergeblich mit den stumpfen Waffen der Chemie aus Pille und Flasche zu beherrschen versuchte.

»Im Augenblick«, sagte Lorinser sanft, »sehe ich keinen Anlass, mit Ihrer Mutter über die Geschichte zu reden. Ich bin sicher, dass mein Kollege es genauso sieht.« Er machte eine Pause und spürte, wie sich Melanies Körper entspannte. »Was ich aber hoffe«, fuhr er mit einem Blick auf den Zustimmung signalisierenden Steinbrecher fort, »ist, dass Sie uns helfen, die Zusammenhänge zu verstehen.«

Lorinser bemerkte, wie sich ihr Körper wieder versteifte. Sie löste sich von ihm, hob den Kopf und blickte ihn an, die Flasche in ihrer herabhängenden Hand. Obwohl sie seinen Blick hielt, zitterten ihre Augen wie eiserne Kugeln zwischen zwei sich abstoßenden Polen. Ihren rechten Arm presste sie wie in Erwartung eines Angriffs vor der Brust. »Ich will nicht noch mehr Ärger, verstehen Sie das nicht?«

»Ärger mit Ihrer Mutter, weil Sie sich mit Thorsten angefreundet haben?«

Melanie nickte.

Lorinser erinnerte sich, mit welcher Vehemenz Gertraude Simmerau den jungen Böse in Schutz genommen und damit seinen Verdacht auf eine sexuelle Beziehung mit ihm geschürt hatte. Vorausgesetzt, es hatte sie gegeben, musste Melanie, die unter dem gleichen Dach lebte, nicht zwangsläufig Zeugin geworden sein?

»Seit wann kennen Sie Thorsten eigentlich?«, fragte er wie nebenbei.

»Seit März. Er war bei uns in Freiburg. Das heißt, bei meiner Mutter. Es ging um irgendwelche Patentrechtsverletzungen, glaube ich. Er hat dann den Vorschlag gemacht, ich sollte doch mal mitkommen, wenn meine Mutter nach Lemförde fährt. Das habe ich dann ja auch gemacht.«

»Er hat Ihnen gefallen, nicht?«

Sie hob die Schultern.

»Sie haben sich in ihn verliebt?«

Sie nickte.

»Und er sich in Sie?«

Ihr Adamsapfel hüpfte. Sie kämpfte wieder mit den Tränen. Die Flasche pendelte an ihrer Hand.

»Und weil er nicht wollte, dass Ihre Mutter davon erfuhr, haben Sie sich heimlich getroffen?«

»Ja.«

»Bei ihm?«

»Das wollte er nicht. Wegen seinem Vater. Wir haben was gegessen, wir haben getanzt. In Diepholz, im ›Cesar's Palace‹ und im ›Kreml‹. Einmal waren wir im ›Hotel Deutsch Krone‹ in Bad Essen. Am Mittwoch vor dem Schützenfest.«

»Über Nacht?«

Sie nickte.

»War's das erste Mal, dass Sie …«

»Nein«, unterbrach sie ihn, »das war Sonntag hier im Haus, in meinem Zimmer. Ich war alleine, weil die anderen mit den Leuten von der CDU auf Radtour waren.«

Die anderen.

»Und dann haben Sie Thorsten erst wieder auf dem Schützenfest gesehen?«

»Nein, Samstagmorgen. Aber nur kurz, weil meine Mutter dabei war. Beim Einkaufen im Edeka. – Kann ich noch eine Zigarette haben?«

Ihre Hand zitterte zwar, als sie sie aus der Packung zog, aber insgesamt wirkte Melanie wie befreit. Die Wirkung der Beichte, dachte Lorinser. Und die Sorge, ihre Mutter könnte über ihn von der Liaison mit Böse erfahren, war ihr nach seinem Versprechen jetzt auch genommen. Dennoch blieb unbeantwortet, wieso sie die Offenlegung fürchtete. Weil sie ahnte oder wusste, dass sie ihre Mutter als Gespielin Böses abgelöst hatte?

Er betrachtete ihr Gesicht, auf dem der Alkohol und die Tränen ihre Spuren hinterlassen hatten. Ihre Augen, in denen noch immer die Schatten der Furcht dräuten, ihre unkontrollierten Handbewegungen, als sie die Flasche absetzte, sich die Zigarette zwischen die aufgesprungenen Lippen klemmte und sich mit zitternden Händen Feuer gab. Eingehüllt in die Decke, erschien Melanie ihm wie ein gehetztes Tier, das sich in letzter Not in eine Höhle geflüchtet hatte, aber nicht überzeugt war, gerettet zu sein. Sie tat ihm leid. Dennoch entschloss er sich, seinen Pfeil ins Blaue abzuschießen.

»Sie wussten natürlich, dass die Beziehung Ihrer Mutter zu Thorsten keine rein geschäftliche war?«

Melanie biss sich auf die Lippen. Sie warf einen sehnsüchtigen Blick auf die Likörflasche, senkte dann den Kopf und blickte angestrengt auf ihre Füße. Steinbrecher, der mit verschränkten Armen an der Hauswand lehnte, nickte, auf den Lippen ein wissendes, geradezu siegesgewisses Lächeln.

Sie weiß es, dachte auch Lorinser eher ernüchtert als triumphierend. Und wahrscheinlich auch, dass sie lediglich der Illusion ihrer großen Liebe begegnet ist. Und als sie schließlich den Kopf hob, an ihm vorbei in den Garten sah und eingestand, schon in Freiburg Zeuge des mütterlichen Liebesrausches geworden zu sein, verspürte er nichts weiter als Mitleid mit diesem unseligen Menschlein, dessen Leben dazu bestimmt zu sein schien, unentwegt in Scherbenhaufen zu landen. Er suchte nach Worten, um ihr wenigstens den Hauch eines Trostes zu spenden. Aber was er herausbrachte, war lediglich die Wiederholung der Versicherung, ihr Geheimnis zu wahren. So hohl das Versprechen in seinen Ohren klang, für Melanie war es erneut Anlass, sichtlich befreit aufzuatmen.

»Danke«, sagte sie erleichtert. »Kann ich jetzt hineingehen?«

»Nur eine Frage noch«, sagte Steinbrecher, Lorinser mit verschwörerischem Blick und einer abweisenden Handbewegung auffordernd, sich nicht einzumischen. »Wenn ich richtig liege, befand sich im Haus eine Porzellanfigur … Ich meine den arabischen Reiter mit Pferd, in etwa vierzig Zentimeter hoch … Sie wissen, welche ich meine?«

»Ein Reiter mit Pferd?« Melanies dünne Brauen trafen über der Nasenwurzel zusammen. Sie schüttelte den Kopf. »Nein, weiß ich nicht. Wo soll sie denn sein?«

Steinbrecher stieß sich von der Hauswand ab. Ziemlich frustriert, fand Lorinser, weil Melanie nicht die erwartete Antwort gegeben hatte. »Sie kennen sie also nicht? Haben Sie nie gesehen?«

»Nicht, dass ich wüsste, nein, ganz bestimmt nicht.«

»Vielleicht bei Ihrer Mutter oder bei Ihrem Bruder?«

»Nein!«, sagte sie entschieden. »Aber wenn Sie wollen, können Sie reingehen und nachsehen.« Sie riss die Terrassentür auf. Der Hund schoss hinaus und sprang an ihr hoch. »Lass das, Aisha!«, blaffte sie und stieß ihn mit dem rechten Knie von sich.

»Das muss nicht sein«, sagte Steinbrecher mit einem Achselzucken, während der Hund erneut zum Sprung ansetzte. »Wann kommen denn Ihre Mutter und Ihr Bruder zurück?«

Melanie zwang den Hund am Halsband zu Boden. »Die holen einen Anhänger ab, weil Moritz ein paar Sachen nach Freiburg bringen soll. Und wie ich sie kenne, werden sie dann erst mal groß essen gehen. Das kann dauern. Zehn, elf? So um den Dreh, würde ich sagen.«

»Wo sie den Anhänger leihen, wissen Sie auch?«

»Keine Ahnung«, sagte Melanie und schob den widerstrebenden Hund ins Haus zurück. »Ich weiß nur, dass sie nach Diepholz gefahren sind. Wenn Sie wollen, gucke ich im Telefonspeicher nach, welche Nummer die angerufen haben. Wollen Sie?«

»Gerne«, sagte Steinbrecher und zog sein Notizbuch, um sie aufzuschreiben. Melanie ging ins Haus, schloss sie Tür, um sie wenig später noch einmal zu öffnen. Sie kam heraus, reichte Steinbrecher ohne Kommentar einen Zettel, nahm die Flasche und ging, ohne ein Wort zu sagen, zurück. Sie drehte sich um, blickte Lorinser an und hob die Flasche.

»Die kommt in die Tonne«, sagte sie, ehe sie die Tür hinter sich schloss.

»Ob sie das macht?«, fragte Steinbrecher skeptisch.

Lorinser hob die Schultern. »Ich glaub schon«, sagte er ohne Überzeugung.

»Und wenn das Fleisch schwach ist, holt sie sie wieder raus.«

Wo du recht hast, haste recht, dachte Lorinser und suchte auf dem Weg zum Wagen nach einer Zigarette, um was gegen die Leere zu tun, die sich immer mehr in ihm ausbreitete.

»Ich war sicher, dass sie die Sache mit der Reiterfigur bestätigen würde«, sagte Steinbrecher, als er den Sicherheitsgurt befestigte. »Ich dachte, pass auf, jetzt kommt sie damit raus und … Peng, aus, die Eier sind im Korb. Es war plötzlich alles so verdammt klar, und dann das! Kann natürlich auch sein, dass sie Bescheid weiß und gelogen hat. Was denkst du?«

»An Katzen«, sagte Lorinser und schob den Schlüssel ins Schloss.

Steinbrecher tippte sich an die Stirn. »An Katzen?«

»In Kolumbien hatte ich einen Freund, der eines Tages einen Kater anschleppte. In einem Vogelkäfig. Den kannst du acht Mal totschlagen, hat er gesagt, und dann lebt er immer noch, weil er neun Leben hat. Das hätte er vom Arzt gehört, der es nun wirklich wissen müsste. Er wollte ihn umbringen, um herauszufinden, ob das stimmt. Totaler Blödsinn, habe ich ihm gesagt, niemand hat neun Leben, auch kein Kater. Lass also das arme Vieh in Ruhe. Ich habe ihm erzählt, wie mein Vater eine Katze überfahren hat, und dass da nichts mehr mit Leben war. Er hat sich natürlich nicht überzeugen lassen und ihn umgebracht und drauf gewartet, dass er wieder aufwacht. Passierte natürlich nicht. Trotzdem glaubte er, dass die Viecher neun Leben haben.«

»Total meschugge, der Kerl!«

»Nein, er war nur sicher, er hätte eine Katze erwischt, die schon acht Mal gelebt hat.«

»Das nenne ich Ignoranz mit Todesfolge.«

»Ja.«

»Und wie kommst du ausgerechnet *jetzt* darauf?«

»Keine Ahnung«, sagte Lorinser und drehte den Schlüssel. Der Motor stotterte, sprang aber nach einigem Würgen an. Lorinser löste die Bremse, schaltete und gab Gas. Kurz vor der Ausfahrt bremste er wieder ab und sah Steinbrecher an. Er deutete mit der rechten Hand auf das Simmerausche Haus.

»Trug der nicht 'ne Reiterhose? Moritz, ihr Prinzenbruder. Bei unserem Besuch letzte Woche, meine ich.«

»Ja, und Birkenstocklatschen und drüber ein dunkles T-Shirt mit 'nem ziemlich arroganten Gesicht oben drauf. Wieso?«

»Weil, wer solch eine Hose trägt, offensichtlich was mit Reiten zu tun hat.«

»Ich wage nicht, dir zu widersprechen.«

Lorinser stieg aus. Er lief die etwa zehn Meter zum Hauseingang und klingelte. Der Hund bellte, Melanie schrie, und wenige Augenblicke später tauchte der schwarze Schatten hinter dem Türglas auf.

»Entschuldigen Sie die nochmalige Störung«, sagte er, als Melanie, den Hund am Halsband, aber jetzt ohne die wärmende Decke, in der Tür stand. »Ihr Bruder ist Reiter, nicht?«

»Jedenfalls tut er so«, sagte Melanie, lachte auf und zog den Hund zwischen ihre Beine.

»In einem Verein?«

»In einem?« Ihre Stimme klang verächtlich, wie immer, wenn ihr Bruder ins Spiel kam. »Der ist überall dabei, weil es angeblich gut für's Geschäft ist. Dabei gibt er mehr aus, als er reinkriegt. Die Pferde, die Klamotten, die er braucht, und die Runden, die er schmeißt, um sich bei den Leuten einzuschleimen. Aber die gehen brav dahin, wo sie schon immer waren.«

»Ich hatte den Eindruck, er ist bei Ihrer Mutter beschäftigt.«

»Ja, das stimmt, aber ...« Sie winkte ab. Noch mehr über ihren Bruder zu sprechen, war ihr anscheinend doch zu viel.

Lorinser fürchtete schon, sie werde blocken und ihn im Regen stehen lassen. Er lächelte sie an und berührte ihre Schulter. »Aber?«, fragte er auffordernd.

Melanie zögerte immer noch und schien nicht recht zu wissen, ob sie aus dem Nähkästchen plaudern sollte. Aber dann, nach einem Blick auf die Isabella, überwand sie sich und berichtete stockend, dass Moritz zwar nach wie vor ein Gehalt bezöge, aber nach dem »Schmeißen« seines Wirtschaftsfach-Examens mit dem Geld seiner Mutter seinen eigenen Laden im Bereich Versicherungen und Finanzdienstleistungen aufgemacht hätte. Ein Erfolg sei das nicht, und erst recht nicht die Filiale, die er in Verkennung der sozialen und wirtschaftlichen Situation seit Januar mithilfe eines Freundes in Lemförde betreibe.

Lorinser runzelte die Stirn. Ihm fiel die Mitgliederliste des Reit- und Fahrvereins ein, die Holtkötter ihm überlassen hatte. Auf ihr war eine Firma für Finanzdienstleistungen als Mitglied aufgeführt. »MS-Consult?«, fragte er.

Melanie nickte.

Wie simpel, dachte Lorinser. MS. Das Initial für Moritz Simmerau. Mitglied im Reit- und Fahrverein. Der Porsche, der laut Messmann genau dort verschwunden war … Was das Finanzamt wohl dazu sagt, wenn es dahinterkommt, dass der Bursche die Kosten seines Privatvergnügens über die Firma abrechnet? Meine Güte, welche Gedanken du dir machst, dachte er und hatte das Gefühl, die Situation hier vor der kameraüberwachten Haustür schon einmal erlebt zu haben. Und, fragte er sich, Melanie besorgt anschauend, wie wird *sie* es verkraften, wenn sie erfährt, dass ausgerechnet sie den eigenen Bruder ans Messer geliefert hat?

»Wo hat er sein Pferd eigentlich untergebracht?«, fragte er, bemüht, sich seine doppeldeutigen Gedanken nicht anmerken zu lassen.

»Er hat zwei«, sagte sie, »und ein drittes hat er sich schon ausgeguckt. Und die stehen in seinem Verein in Düversbruch. Aber nicht mehr lange, dann wird sein Stall gebaut. Direkt hinter dem Haus, zur Weide hin, die er für teuer Geld gepachtet hat. Alles vom Feinsten.« Ihr Lächeln war alles andere als fröhlich, als sie nach einer kurzen Pause hinzufügte: »Mama zahlt's ja. – Wollen Sie noch auf einen Kaffee reinkommen?«

»Nein, danke«, sagte er, nickte ihr zu und ging. Erst als er am Wagen war, hörte er, wie die schwere Haustür ins Schloss fiel.

Kinder hatten auf dem abgeernteten Feld ihre Drachen steigen lassen. Einer von ihnen war abgestürzt und hatte sich mit seinen Leinen in dem Geäst eines der Bäume am Eingang des Reiterhofs verfangen. Dort hing er immer noch, angestrahlt von dem gespenstigen, von Insekten durchblitzten Licht der Hofbeleuchtung. Der kurz vor Mitternacht aufgefrischte Wind spielte mit seinem herabhängenden Papierschwanz, trieb ihn gegen den Stamm, vor und zurück – eine Art verrückt gewordenes Pendel, dessen schattenhafte Bewegung Lorinser mehr noch als die aus dem Lautsprecher dröhnende Kreischstimme Axel Roses vor dem Abdriften in den Schlaf bewahrte.

Steinbrecher hatte die Nummer angerufen, die Melanie ihm gegeben hatte. Sie gehörte zu einem Ersatzteilhandel in unmittelbarer Nähe der Polizeiinspektion, dem eine Anhängervermietung angeschlossen war. Nein, hatte die Angestellte mitgeteilt, die Herrschaften mit dem Mercedes, die den großen Hänger bestellt und abgeholt hatten, seien gerade eben vom Hof gefahren. So vor fünf Minuten. Falls es wichtig wäre, sei sie aber gerne bereit, den Kunden eine SMS auf das Handy zu schicken. Steinbrecher hatte dankend abgelehnt und seine verschwitzten Hände zum Kühlen in den Fahrtwind gehalten.

»Wir haben jetzt zehn nach acht«, hatte er gesagt. »Wenn die nicht essen gehen, sind sie in spätestens einer halben Stunde beim Reit- und Fahrverein. Falls denn zutrifft, dass der Porsche da in der Gegend steht und sie ihn tatsächlich beiseiteschaffen wollen.«

»Hast du Zweifel?«

»Du etwa nicht?«

Lorinser war voll davon. Die ganze Geschichte erschien ihm plötzlich zu plausibel. Wieso, fragte er sich, hatte Melanie so bereitwillig Auskunft gegeben? War sie wirklich so naiv, wie sie erschien? Musste sie nicht schon deshalb, weil sie so dicht am Geschehen war, zumindest Verdachtmomente entdeckt haben?

»Mich macht stutzig, dass sie nichts von der Reiterfigur gewusst haben will«, sagte Steinbrecher. »So'n Trümm kann man doch nicht übersehen! Oder wie siehst du das?«

»Unwahrscheinlich, wenn es im Haus gewesen ist.«

»Eben. Und sie hat gewusst, dass ihre Mutter sich von Böse vögeln lässt. Trotzdem legt sie sich ebenfalls für ihn hin, und das, obwohl sie wissen muss, was passiert, wenn sie damit auffliegt. Sie geht volles Risiko. Aber sie ist alles andere als blöd …«

»Nein, blöd ist sie nicht …«

»Und so zugedröhnt, wie sie getan hat, war sie auch nicht. Zumindest hat sie nicht wie eine Zugedröhnte geantwortet. Da war alles ordentlich bei Fuß … fast alles. Ich weiß nicht, irgendwie habe ich das Gefühl, als wenn … aber dann wieder nicht. Um ehrlich zu sein, ich kann sie nicht einordnen, nicht richtig. Was ich mich frage, ist, ob sie vielleicht von sich ablenken will. Kann doch sein, oder?«

»Sein kann auch, dass über Grönland ein Asteroid explodiert und ein Splitter davon dir den Sack abrasiert.«

»Mal nicht den Teufel an die Wand!«

Lorinser grinste. »Der Teufel hat damit nichts zu tun. Für Strafmaßnahmen ist, wie du in der Sonntagsschule gelernt haben dürftest, der liebe Gott zuständig.«

»Und für Sachen, wie wir sie vorhaben, Hildebrandt. Wir sollten sie informieren.«

»Damit sie uns wieder einen Knüppel zwischen die Beine haut?« Lorinser schüttelte den Kopf. Er verstand zwar Steinbrechers Angst vor einem weiteren Desaster, fürchtete jedoch auch, von der unter Druck stehenden Vorgesetzten wieder mal zurückgepfiffen zu werden. »Ich habe nicht vor, über unsere Feierabendaktivitäten zu berichten. Falls wir Pech haben, meine ich. Können wir uns darauf einigen?«

»Na ja«, sagte Steinbrecher zögerlich, »eine Bank überfallen wir ja nicht.«

»Wäre auch saublöd, oder? Jetzt, da sie geschlossen sind.«

Die Isabella hatte Lorinser so postiert, dass er die Einfahrt zum Gelände des Reit- und Fahrvereins und die Anbindung des Moordamms nach Lembruch überblicken konnte. Steinbrecher, der, je länger die Überwachung dauerte, immer unruhiger geworden war, stand schon wieder unter der Eiche und schüttelte die Resttropfen seines Harns ins taunasse Gras. Vornübergebeugt, das Kinn an der Brust, schlurfte er über den mit Unkraut bewachsenen Split, blieb vor der geöffneten Beifahrertür stehen und stützte sich mit beiden Armen auf dem Dach des Wagens ab.

»Wir hätten wenigstens an Kaffee denken sollen«, nörgelte er ins Irgendwo der Nacht. »Und Zigaretten habe ich auch keine mehr.« Sein Kopf tauchte im Türausschnitt auf. »Weißt du, was ich glaube?« Er ließ sich auf den Sitz fallen. »Ich glaube, das war 'n Schuss in den Ofen. Die hätten längst hier sein müssen, wenn sie den Porsche tatsächlich hätten beiseite schaffen wollen. Vielleicht haben sie ihn auch ganz woanders versteckt und längst aufgeladen. Wenn, sind wir ganz schön angeschissen.«

»Bei den Nazis hätten sie dich jetzt an die Wand gestellt. Wegen Wehrkraftzersetzung.«

»Und du hättest schon zehn Jahre KZ hinter dir. Wegen deiner blöden Sprüche.«

»Friedenspfeife?« Lorinser wedelte mit der Zigarettenpackung. »Eine ist noch in der Packung.«

Steinbrecher griff zu, als fürchtete er, das Angebot könnte zurückgenommen werden.

»Wir teilen natürlich«, knurrte er, sein Feuerzeug aus der Brusttasche zerrend. »Willst du die erste Hälfte?«

»Lass mal. Ich hab noch Shit und Tabak und dreh mir 'ne Tüte.«

»Die Kifferei kann dir noch den Hals brechen, mein Junge.«

»Nicht das Kiffen, die Typen, die 'n Geschiss draus machen.«

»Du bist Bulle, Mensch! Bulle auf dem platten Land!«

»Und wahrscheinlich ganz dicht am Stoff«, sagte Lorinser und deutete mit dem Kinn in Richtung der in den Nachthimmel ragenden Windkraftwerke, von deren Köpfen es in regelmäßigen Abständen rot aufblitzte. »Kann ganz gut sein, dass da zwischen dem vielen Mais Cannabis gepflanzt ist.«

»Auf toter Erde voller Schweinescheiße?« Das Gas des Feuerzeugs flammte auf und warf seinen flackernden Schein auf Steinbrechers müdes Gesicht. »Da ist kein Leben mehr drin, kein Wurm, nichts. Und im Frühjahr«, fuhr er fort, als die Flamme erloschen war und die Glut der Zigarette vor seinem Mund erblühte, »wenn sie die Äcker damit fluten, besorgst du dir besser 'ne Gasmaske. – Wir sollten wirklich langsam die Platte putzen. Es ist fast ein Uhr. Wenn du mich fragst, liegen die längst in ihren Betten und lachen sich 'n Ast.«

»Oder auch nicht«, sagte Lorinser und deutete auf den Moordamm, über dem plötzlich Lichtreflexe tanzten.

Das Gespann stand quer im Hof. Die Front des Mercedes dicht vor dem Tor des Pferdestalles, der Hänger – ein offener Autotransporter – stark eingeschlagen mit dem Rücken zum Strohschuppen. Aus einer Höhe von etwa drei Metern torkelten wie von Geisterhand geworfen Strohballen nach unten und landeten, ein dumpfes Geräusch verursachend, auf dem betonierten Boden. Eine schattengleiche Gestalt beugte sich über die Ballen und zerrte sie in Richtung der schwach angeleuchteten Tanksäule, begleitet von den Klängen der Arie des Leporello, die leise, aber durchaus hörbar aus der offenen Heckklappe des Mercedes in die Nacht rieselte.

»Bist du eigentlich bewaffnet?«, flüsterte Steinbrecher, der im Schutz eines Busches neben der Hofeinfahrt kauerte.

»Nein, nur erleuchtet«, gab Lorinser leise zurück.

»Vom Haschischdampf, oder wie?«

»Ich hätte schon heute Mittag mitkriegen können, dass der Porsche unter dem Stroh steckt. Ich stand nur einige Meter daneben.«

»Ich habe andere Sorgen. Was, wenn *die* was zum Schießen haben?«

»Mal den Teufel nicht an die Wand.«

»Wir haben noch nicht mal Handschellen dabei.«

»Aber ein Telefon, oder?«

»Okay«, flüsterte Steinbrecher. »Ich ruf in Diepholz an.«

»Aber nicht von hier! Geh ein ordentliches Stück in Richtung Auto und sag den Jungens, sie sollen schnell machen und vor allem nicht mit Blaulicht und Sirene heranrauschen. Und vergiss nicht zu sagen, wo wir sind.«

»Vergesse ich schon nicht«, knurrte Steinbrecher säuerlich. »Meine Birne ist ja noch nicht von deinem verdammten Giftzeug zerschossen.«

»Wie auch, wenn es kein Ziel findet?«, fragte Lorinser und lachte leise.

Die Frau, die das Weiß so sehr liebte, hatte sich von Kopf bis Fuß in Schwarz gehüllt. Nur ihr schweißüberströmtes, schreckenstarres Gesicht leuchtete wie eine balinesische Tanzmaske im Licht der Scheinwerfer. Entsetzt starrte sie in das Licht, auf die Männer, die sie, geblendet wie sie war, wahrscheinlich lediglich als Schatten wahrnehmen konnte. Ihr Sohn stand noch immer auf dem Hänger, die behandschuhten Hände um das Lenkrad des Porsche gekrallt, die Augen trotz der Helligkeit weit aufgerissen, der Mund offen wie bei einem Schrei. Aber er hatte nicht geschrien. Er hatte laut aufgestöhnt, den Kopf wie in Erwartung eines Knüppelschlags zwischen die Schultern gezogen. Erstarrt, als wäre er schockgefroren, wirkte er wie das geschrumpfte Abbild seiner selbst, ein Verlierer, weich umspült von den einschmeichelnden Klängen des aus dem Mercedes strömenden »Il mio tesoro« aus Mozarts Don Giovanni.

Als Steinbrecher, begleitet von einem bewaffneten Uniformierten, hinter ihm auftauchte, streckte Moritz Simmerau die Hände ruckartig in Richtung Himmel und verlangte mit schriller Stimme seinen Rechtsanwalt.

»Wenn wir in der Inspektion sind«, sagte Steinbrecher und forderte den jungen Mann auf abzusteigen.

Lorinser fand, dass er sich eine Zigarette verdient hatte. Allerdings eine ohne Schuss. Aus Rücksicht auf die uniformierten

Kollegen, die tatsächlich ohne Blaulicht und Sirene schon nach zwanzig Minuten eingetroffen waren. Er lehnte sich an den Einsatzwagen und zog das Tabakpäckchen aus der Tasche, während er zusah wie Moritz Simmerau, von Steinbrecher misstrauisch beobachtet, sich in Richtung des Mercedeshecks hangelte, von der Deichsel aus vom Hänger sprang und, neben seiner Mutter Schutz suchend, den Polizisten abwehrend die Hände entgegenhielt.

»Ich war's nicht!«, stieß er mit sich überschlagender Stimme hervor. »Ich hab ihn nicht umgebracht!« Er fiel vor seiner Mutter auf die Knie. »Bitte, sag es ihnen!«, schrillte er flehend und streckte ihr die wie zum Gebet gefalteten Hände entgegen. »Sag ihnen, dass ich es nicht war!«

Gertraude Simmerau maß ihn mit einem verächtlichen Blick.

16

Stumm, die Hände um die Armlehnen gekrampft, saß Gertraude Simmerau vor dem Schreibtisch und versuchte vergeblich, Lorinsers Blick zu halten. Immer wieder glitt er ab, wanderte über die kahlen Wände, die neben der Tür an der Wand lehnende Hildebrandt und senkte sich schließlich auf ihre prallen Schenkel, während sich aus ihrer Kehle ein weiteres Mal ein Seufzen aus tiefster Not löste.

»Möchten Sie noch einen Kaffee?«

»Ich will, dass Sie mich endlich gehen lassen!«

»Ob Sie entlassen werden können, wird der Richter entscheiden«, sagte Lorinser geduldig. »Morgen. Das heißt heute«, fügte er nach einem Blick auf seine Armbanduhr zu. Zwei Uhr dreiunddreißig. »Ich kann Ihnen lediglich den Abbruch der Vernehmung und eine Zelle anbieten.«

»Aber ich habe doch alles gesagt!«

»Es fehlt noch die Erklärung, wie Böses Leiche in Krögers Güllegrube gelangt ist«, sagte Lorinser und beugte sich über seine Notizen. Seine sowieso nicht besonders leserliche Schrift verschwamm vor seinen Augen. Sein Kopf dröhnte. Er spürte sein Herz, das gegen die unzähligen Tassen Kaffee rebellierte, die er während der schon über eine Stunde dauernden Vernehmung getrunken hatte. Eine Vernehmung, die zögerlich begonnen hatte, als Gertraude Simmeraus Rechtsanwalt ihr unmissverständlich klargemacht hatte, dass er erst am nächsten Tag anreisen könnte. In Fahrt gekommen war sie erst, als Steinbrecher ihr das Geständnis ihres Sohnes vorgelegt hatte.

Ja, es sei richtig, dass sie sich auf den jungen Böse »eingelassen« habe. Zunächst sei es nicht mehr als mütterliche Zuneigung gewesen, aber Weihnachten, da habe sie Jämie aus Mitleid zu sich eingeladen. Sie hätten gegessen, sie hätten getrunken, und dann habe es sich einfach ergeben. »Ich habe ihm nicht länger widerstehen können.« Wie verrückt sei sie nach ihm gewesen, süchtig, ja richtiggehend süchtig und immer in der Angst, ihn zu verlieren. »Ich habe ihm Geld geschickt, damit er mich besuchen konnte. Ich habe ihm Geschenke gemacht, habe ihn ausgeführt, bin mit ihm in Frankreich gewesen und ... Nach meiner Scheidung stand ich ohne alles da. Zwei kleine Kinder, keine Arbeit, aber die Schuldenberge meines Mannes, der sich in die Sozialhilfe abgesetzt hatte. Aber ich habe nicht aufgegeben, habe Putzstellen angenommen, habe mich mit den Gläubigern auseinandergesetzt und alles auf Heller und Pfennig zurückgezahlt. Und nebenbei, die Nächte durch, habe ich studiert, habe dann sozusagen in der Küche mein Geschäft angefangen und es aufgebaut und im Laufe der Zeit zu dem gemacht, was es heute ist. Jetzt beschäftige ich dreiundfünfzig Mitarbeiter. Dreiundfünfzig, verstehen Sie?« Brüchige Stimme, geballte Hände. »Nur gelebt habe ich nie.«

Präzise, als wäre sie im Diktat, hatte sie die Umstände und schließlich die Tat selbst geschildert.

Schon kurz nach ihrer Ankunft in Lemförde hätte sie ihre Tochter verdächtigt, sich mit Böse eingelassen zu haben. Bestätigt worden sei sie an jenem Abend im Festzelt. Ihre Tochter und Böse seien auf der Tanzfläche gewesen, als Melanies Telefon geläutet hätte. Sie habe das Gespräch angenommen und die SMS einer Freiburger Freundin Melanies gelesen. Aus Neugier habe sie auch in den gespeicherten Nachrichten geblättert und darin eine von Böse gefunden, die unmissverständlich gewesen sei. Zwar habe sie sich nichts anmerken lassen, aber sie sei entschlossen gewesen, die »Angelegenheit« noch in der gleichen Nacht zu klären. Deshalb habe sie Böse gebeten, sie nach Hause zu fahren. Er habe darauf bestanden, zuerst zu seinem Vater zu fahren. Gründe dafür habe er nicht genannt. In ihrem Haus angekommen, habe sie ihn, weil ihr Sohn im Wohnzimmer saß, in ihr Zimmer gebeten. Sie habe ihm einen Espresso gemacht und ihn, während er ihn trank, mit »ihrem Wissen« konfrontiert. Böse, der angetrunken, aber nicht betrunken gewesen sei, sei kalt wie »eine Hundeschnauze« gewesen. »Er hat mich ausgelacht. Und als ich ihn fragte, ob denn alles zwischen uns nur Berechnung und Lüge gewesen sei, da hat er mich verächtlich angesehen und gesagt, die Antwort findest du, wenn du dich nackt vor den Spiegel stellst.« Sie wisse gar nicht mehr, was in ihr vorgegangen sei. Sie sei nicht mehr sie selbst gewesen, eine andere, sie habe einfach nach der auf dem Sideboard stehenden Reiterfigur gegriffen und in blinder Wut zugeschlagen.

Zur Besinnung sei sie erst wieder gekommen, als sie ihren Sohn neben dem auf dem Boden liegenden und fürchterlich blutenden Böse entdeckt habe. Sie sei wie gelähmt gewesen, entsetzt, hilflos und nicht fähig, einen vernünftigen Gedanken zu fassen. Sie habe die Polizei rufen, alles erklären und zur Tat stehen wollen. Aber dann habe »das andere« gesiegt: Die Furcht vor der Schande, die Angst, entlarvt, als Mörderin abgestempelt und eingesperrt zu werden. »Meine Firma, meine Familie, die Geschäftsfreunde …« Vor allem Moritz habe gedrängt, Böse »aus dem Haus zu schaffen«. Es sei auch seine Idee gewesen, die Leiche zum Deich zu bringen und an der Stele abzulegen. Dort sei ja schon der Bruder des Alten erhängt gefunden worden. »Wir haben eine Plastiktüte über Thorstens blutenden Kopf gezogen und zugebunden. Wir haben ihn in Laken eingerollt und wollten ihn in den Porsche legen. Aber da ich wusste, dass der zu wenig Benzin hatte, ist Moritz zum Tanken gefahren. Bezahlt hat er mit Thorstens Bankkarte, deren PIN ich kannte. Danach haben wir den Körper in den Porsche gesetzt. Moritz ist mit ihm vorausgefahren, ich mit seinem hinterher. Wir hofften, der Verdacht werde sich gegen den alten Böse richten. Ja, und dann haben wir ihn an die Stele gebunden, so als wenn er sich daran das Leben genommen hätte. Aber, hatte sie mit aller Entschiedenheit gesagt, »in die Güllegrube haben wir ihn nicht gebracht«!

Die Frage war nur, wie die Leiche da hineingeraten war.

Lorinser seufzte. »Sie sagten, Sie hätten Thorsten mehrmals Geld gegeben. Auch größere Summen?«

»Ja, einmal zwölftausend. Vor vierzehn Tagen. Er wollte sich eine eigene Wohnung einrichten.«

»Als Darlehen?«

»Nein, ich hab ihm das Geld geschenkt.«

Lorinser hakte den Punkt ab. »Kommen wir zur Porzellanfigur«, sagte er und bemühte sich, ein Gähnen zu unterdrücken. »Ihre Tochter behauptet, sie nie im Haus gesehen zu haben. Wie kann das sein?«

»Ich habe sie erst am Abend davor geschenkt bekommen«, flüsterte Gertraude Simmerau. »Von Jämie.«

Meine Güte, dachte Lorinser und klickte das Icon zum Ausdrucken des Protokolls an.

Epilog

»Und?«, fragte Lorinser besorgt.

Der dickliche Mechaniker wischte sich über dem vor Hitze knisternden Motor die Hände mit einem Lappen ab.

»Wenn Se Glück haben, isses nur der Keilriemen un’n bissken Wasser.«

»Und wenn nicht?«

Der Mann hob die Schultern.

»So’n Motörchen ist heutzutage der reine Luxus, und ihn zu finden, is auch nicht leicht. Ich würde sagen, tun Se sich’n Gefallen und gehm S’n innen Schrott.«

»Tun Sie mir das nicht an!«

»Ich tue kei’m was an, ich sag nur, wie ich’s seh. Und wie ich’s seh, isses nur ’ne Frage der Zeit, bis der sowieso hin muss. Oder Sie stecken richtig rein.« Er rieb Daumen und Zeigefinger gegeneinander.

»Haben Sie denn den passenden Keilriemen?«

»Ma gucken«, sagte der Mechaniker und warf das Tuch auf den kochenden Kühler. »Aber glauben Se ja nich, dass ich das in ’ner halben Stunde hinkrieg. Se können ja so lang im Büro ’n Kaffee trinken. Bis der abgekühlt is, der Motor, und ich an ihn ran kann.«

Er verschwand in der Werkstatt. Lorinser beugte sich über die glühend heiße Maschine. Waren die aufsteigenden Benzin- und Öldünste die aufdringlichen Boten des Todes? Er sandte ein Stoßgebet ins Irgendwo und hoffte, dass es den richtigen Adressaten erreichte. Den Termin mit Wolfhardt Böse würde er jedenfalls nicht halten können, nicht, wenn er auf das Ergebnis der Untersuchung wartete. Da er sowieso zu warten hatte, entschloss er sich, den geschätzten letzten Kilometer des Weges bis zum Haus des Alten zu Fuß zu gehen.

Er steckte die beiden Luminolfläschchen ein, die auf dem Beifahrersitz lagen und sagte dem Mechaniker Bescheid, ehe er an der Tankstelle vorbei in Richtung Tiemanns Hotel und dann durch den Ort auf den Stemweder Berg zuging. Als er die »Festung« erreichte, entdeckte er neben der Einfahrt einen Sandhaufen und dahinter einen mit Ziegelsteinen beladenen Pritschenwagen. Das Tor war offen. Hinter dem rechten Pfeiler klaffte in der Mauer eine etwa zwei Meter breite Lücke. Darin ein schwitzender Arbeiter, der mit einem Spaten einen quadratischen Schacht aushob.

»Tag, Herr Böse«, sagte Lorinser, als er den Alten vor dem Aushub entdeckte. »Sieht ja aus, als wäre Ihnen jemand in die Mauer gefahren.«

Böse maß ihn aus schmalen Augen hinter blitzblanken Brillengläsern. Unter den Augen hingen schwere, bläulich verfärbte Tränensäcke. Das Gesicht, empfand Lorinser, war noch knochiger als bei seinem letzten Besuch. »Diesmal irren Sie sich, junger Mann!«, sagte Böse knurrend, aber nicht unfreundlich. »Da kommt eine Aussparung hin. Und da hinein eine Rosenquarzsäule, zweieinhalb Meter hoch, auf die ich die Stele vom Deich stelle. Und zwar so geschändet wie sie ist. Und es werden Scheinwerfer installiert, die Tag und Nacht darauf gerichtet sind. Auf die Bronzetafel, die zwischen Säulenkapitel und Stele befestigt wird. Und wissen Sie, was ich in die Tafel hineinmeißeln lasse?«

Lorinser schüttelte den Kopf.

Böses meckerndes Lachen schallte über den Hof. »Groß und breit«, stieß er bellend hervor, »golden die Schrift, schwarz umrandet wird da zu lesen sein: ›Ihr habt nur euren Frieden gemacht, nicht den eurer Opfer‹. *Euren*, junger Mann, verstehen Sie?«

Unversöhnlichkeit über den Tod hinaus, dachte Lorinser und nickte.

»Einen nicht unbeträchtlichen Teil meines Vermögens werde ich in eine Stiftung einbringen, deren einzige Aufgabe es sein wird, dieses mahnende Angedenken vor diesem unausrottbaren Geist zu bewahren, der, ich bin sicher, seine zerstörerischen Hände danach ausstrecken wird.« Er hielt inne, als hätten ihn die herausgebelferten Worte erschöpft, warf die Schaufel auf den Aushub und blickte Lorinser aus trüben, traurigen Augen an. »Nicht ich, die da unten waren und sind unversöhnlich. Hätten die mir nur ein einziges Zeichen gegeben ...« Er drehte sich um, als bereute er, dem Polizisten einen Blick in sein Inneres geboten zu haben. Auf unsicheren Beinen stakste er dem Haus entgegen.

»Einen Augenblick noch, Herr Böse!«, rief Lorinser ihm nach.

Böse blieb stehen, drehte sich aber nicht um. »Was wollen Sie?«

»Ich möchte mir ihr Auto ansehen. Die Ladefläche.«

Böse drehte sich um. »Was wollen Sie damit erreichen?«

»Gewissheit«, sagte Lorinser.

Der Alte lachte leise auf. »Sie erinnern mich an meinen alten Herrn«, sagte er. »Der gab auch nicht eher Ruhe, bis er den Dingen auf den Grund gegangen war. Nun gut, kommen Sie, ich schließe Ihnen das Auto auf.«

Sie gingen zum Auto. Böse öffnete die Heckklappe. Er deutete auf die leere Ladefläche, die mit einer Gummimatte ausgelegt war.

»Bitte«, sagte er, »überzeugen Sie sich.«

Lorinser griff in die Tasche und zog die beiden Fläschchen heraus. »Können Sie sich vorstellen, was das ist?«

»Sagen Sie's mir.«

»Luminol«, erklärte Lorinser. »In dem einen Behälter ist es mit Natronlauge, in dem anderen mit Wasserstoffperoxyd versetzt. Wir sprühen damit Flächen ein, auf denen wir Blutspuren vermuten. Sind welche vorhanden, erzeugt Blaulicht eine Chemolumineszenz. Das Hämoglobin des Blutes reagiert mit einem Leuchten. Selbst dann, wenn nur mikroskopisch kleine Mengen vorhanden sind. Verstehen Sie?«

»Als Chemiker sollte ich wohl, nicht? Aber als Bürger frage ich natürlich, ob Sie mir eine richterliche Anordnung vorlegen können.«

»Nein.«

»Die brauchen Sie aber, wenn Sie Ihr Luminol einsetzen wollen.«

»Nicht unbedingt, Herr Böse. Ich könnte Gefahr im Verzug unterstellen und den Einsatz mit der Befürchtung der Spurenbeseitigung rechtfertigen.«

»Sie könnten?«

Lorinser steckte die Fläschchen wieder ein. »Ja«, sagte er und suchte nach Zigaretten. »Will und werde ich aber nicht. Ich beantrage auch keine Durchsuchungsanordnung.« Er fingerte eine Zigarette aus der Packung, hielt sie wie einen Zeigestock zwischen Daumen und Zeigefinger und deutete auf die Ladefläche. »Ich mach es nicht, weil ich sicher bin, dass Ihr Sohn da gelegen hat. Nicht ganz sicher bin ich mir, ob Bauer Hollenberg Ihnen zur Hand gegangen ist. Ist er aber, nicht wahr?«

»Sie erinnern mich wirklich an meinen Vater«, murmelte Böse, machte eine Drehung und ließ sich unter der Heckklappe auf der Ladefläche nieder. Lorinser meinte, so etwas wie Respekt in den Augen des alten Mannes zu sehen. »Den Sachen immer auf den Grund gehen!« Er nickte. »Und wenn ich zugebe, dass es so war?«

»Dann brauchen Sie keine Sorgen mehr vor diesem Zeug zu haben«, sagte Lorinser und zog eines der Fläschchen aus der Tasche. »Und ich weiß, dass es nicht die Simmeraus waren, die Ihren Sohn in der Güllegrube ablegten.«

»Hat das eine Bedeutung, jetzt, da Sie den Fall gelöst haben?«

»Für mich schon. Ganz privat und für meine Ehre, wenn Sie so wollen.«

Böse rieb sich das Kinn. Er betrachtete die Arbeiter, die Stele, blickte Lorinser an und lachte auf. »Sie sind schon ein seltsamer Mensch«, sagte er. »Und noch seltsamer ist, dass ich Sie mag, junger Mann. Aber Sie liegen falsch, wenn Sie glauben, der Hannes wäre mir zur Hand gegangen. So einem kann man nicht über den Weg trauen.«

»Danke«, sagte Lorinser, nickte dem alten Mann zu und drehte sich um.

»Kommen Sie doch mal vorbei, wenn Sie wieder in der Gegend sind«, hörte er noch, als er das Tor passierte. Er hob die rechte Hand und winkte. Er hatte das Bild seiner Isabella vor Augen und hoffte inständig, dass es wirklich nur der Keilriemen und ein *bissken* Kühlwasser war, mit dem ihr Leben gerettet werden konnte. Dann rief er Paula an.

ENDE

Buchhinweise

Der Verlobte
Vom Heucheln und Meucheln

Christine Sylvester

ISBN 978-3-86680-757-0
9,90 € [D]

Buchhinweise

Schwarze Dame Tod
Ein Braunschweig-Krimi

Mara Laue

ISBN 978-3-86680-755-6
12,00 € [D]

Buchhinweise

gar.aus.

Ein ausgekochter Lübeck-Krimi

Michael Mehrgardt, Vera Anders

ISBN 978-3-86680-609-2 | 12,00 € [D]

SUTTON VERLAG

Weitere Krimis und Romane finden Sie unter:
www.sutton-belletristik.de